*Diga sim
ao Marquês*

Copyright © 2015 Eve Ortega
Copyright © 2016 Editora Gutenberg

Título original: *Say Yes to the Marquess*

Todos os direitos reservados pela Editora Gutenberg. Nenhuma parte desta publicação poderá ser reproduzida, seja por meios mecânicos, eletrônicos, seja via cópia xerográfica, sem a autorização prévia da Editora.

EDITORA
Silvia Tocci Masini

EDITORES ASSISTENTES
Carol Christo
Felipe Castilho
Nilce Xavier

ASSISTENTES EDITORIAIS
Andresa Vidal Branco

REVISÃO
Lucia Scoss Nicolai

CAPA
Carol Oliveira
(Sobre as imagens de DanyL e Daria_Cherry)

DIAGRAMAÇÃO
Carol Oliveira

Dados Internacionais de Catalogação na Publicação (CIP)
Câmara Brasileira do Livro, SP, Brasil

Dare, Tessa

    Diga sim ao Marquês / Tessa Dare ; tradução A C Reis. – 1. ed. ; 1. reimp. – Belo Horizonte : Editora Gutenberg, 2016. – (Série Castles Ever After, 2)

    Título original: *Say Yes to the Marquess*.
    ISBN 978-85-8235-369-1

    1. Ficção histórica 2. Romance norte-americano I. Título. II. Série.

16-01629   CDD-813

Índices para catálogo sistemático:
1. Romances históricos : Literatura norte-americana 813

A **GUTENBERG** É UMA EDITORA DO **GRUPO AUTÊNTICA**

São Paulo
Av. Paulista, 2.073,
Conjunto Nacional, Horsa I
23º andar . Conj. 2301 .
Cerqueira César . 01311-940
São Paulo . SP
Tel.: (55 11) 3034 4468

Belo Horizonte
Rua Carlos Turner, 420
Silveira . 31140-520
Belo Horizonte . MG
Tel.: (55 31) 3465 4500

Rio de Janeiro
Rua Debret, 23, sala 401
Centro . 20030-080
Rio de Janeiro . RJ
Tel.: (55 21) 3179 1975

www.editoragutenberg.com.br

~ Série Castles Ever After ~

TESSA DARE

Diga sim ao Marquês

1ª reimpressão

Tradução: A C Reis

*Para o grande cachorro marrom, de saudosa memória.
Você foi um garoto muito bom.*

Diga sim ao marquês

"Você entendeu mal", ele se forçou a dizer. "Eu não odeio você."

"Oh, é sério?" Ela se virou para encará-lo. "Olhe no fundo dos meus olhos e diga, com sinceridade, o quão ansioso você está para me chamar de irmã."

Maldição.

Lá fora, a chuva caía como uma advertência. Ele sentia o sangue pulsar como um trovão em suas orelhas.

"Você não consegue dizer", ela sussurrou. "Consegue?"

"Honestamente? Não, não consigo."

A mágoa contorceu as feições dela. E ele quis socar a parede até abrir um buraco.

"Muito bem, então." Ela se abraçou. "Ótimo. Agora que nós sabemos o que sentimos um pelo outro, podemos parar de fing..."

Maldita seja sua natureza impulsiva e audaciosa.

Antes que pudesse mudar de ideia, ele a pegou e puxou para perto, virando o rosto de Clio para encará-lo.

Passando um dedo pelos lábios macios e trêmulos dela.

Segurando-a para beijá-la.

Capítulo Um

"Oh, Srta. Whitmore. Olhe só que lugar horroroso."

Enquanto descia da carruagem, Clio Whitmore observou a passagem estreita, de paralelepípedos, entre duas fileiras de armazéns.

"Parece um beco, Anna."

"Fede a sangue. Deus nos ajude. Nós vamos ser *assassinadas*!"

Clio segurou o sorriso. Sua criada pessoal era maravilhosa para fazer cachos em seu cabelo, mas a capacidade mórbida de sua imaginação era ainda mais incomparável.

"Nós não vamos ser assassinadas." Depois de pensar por um instante, ela acrescentou, "Não hoje, pelo menos."

A Srta. Whitmore teve uma boa criação, com os benefícios da educação formal e muita atenção ao decoro. Ela estava noiva do jovem diplomata mais promissor da Inglaterra e não era o tipo de moça imprudente que se arrisca em becos suspeitos à meia-noite, com uma pistola descarregada no bolso, à procura do canalha mais infame de Londres.

Não, de jeito nenhum.

Quando Clio saiu à procura do canalha mais infame de Londres, ela esperou até o meio-dia. Clio entrou no beco suspeito acompanhada por um lacaio, sua criada pessoal e um pouco de medo. E ela não portava nenhuma arma.

Sério, de que adiantaria? Quando o homem que você procura é um lutador de boxe com 1,80 de altura e que pesa cem quilos, uma pistola descarregada não serve para nada. As únicas armas letais em questão eram os punhos dele, e uma garota só pode esperar que elas estejam do seu lado.

Rafe, por favor, fique do meu lado. Só desta vez.

Ela seguiu em frente pela viela estreita e úmida, levantando a barra rendada de suas saias e tomando cuidado para não prender o salto dos sapatos no piso irregular.

"Como o segundo filho de um marquês vem parar num lugar desses?", Anna perguntou, enquanto tentava pisar apenas nos paralelepípedos mais limpos.

"De propósito. Lorde Rafe deu as costas para a sociedade anos atrás. Ele adora a vida selvagem." Mas, por dentro, Clio se perguntava a mesma coisa. Da última vez em que viu Rafe Brandon, o homem que seria seu cunhado, ele ostentava ferimentos graves. Não eram apenas as consequências físicas da sua pior – quer dizer, sua única – derrota na carreira de boxeador, mas também o baque causado pela morte repentina do pai.

Na época, ele parecia estar em um momento ruim. Muito ruim. Mas não tão deprimente quanto aquele lugar.

"Aqui estamos." Ela bateu na porta e ergueu a voz. "Lorde Rafe? Está aí? É a Srta. ..." Ela engoliu o nome. Talvez não fosse aconselhável expor sua identidade em um lugar daqueles. "Eu só preciso de alguns minutos do seu tempo."

Uns minutos e uma assinatura. Ela apertou o maço de papéis em sua mão.

Nada de resposta.

"Ele não está em casa", Anna disse. "Por favor, Srta. Whitmore. Precisamos ir se quisermos chegar ao Castelo Twill antes do anoitecer."

"Ainda não."

Clio se aproximou da porta. Ela ouviu ruídos lá dentro. O ranger de cadeiras sendo arrastadas no chão. Alguns baques surdos. Oh, ele estava lá dentro e a ignorava de propósito.

Ela estava dolorosamente acostumada a ser ignorada. Seu noivado havia lhe dado anos de prática.

Quando ela tinha 17 anos, Lorde Piers Brandon, o belo e autoconfiante herdeiro do Marquês de Granville, obedeceu aos desejos de ambas as famílias e lhe propôs casamento. Ele se ajoelhou na sala de estar dos Whitmore e colocou um anel de ouro e rubi no dedo dela. Clio sentiu como se estivesse sonhando.

Um sonho com um pequeno problema. Piers estava no início de uma carreira promissora em diplomacia, e Clio era muito nova para assumir os deveres da administração de uma casa. Eles tinham todo o tempo do mundo, Piers disse. Ela não se incomodaria com um noivado longo, certo?

"Claro que não", ela respondeu.

Em retrospecto, pensava que talvez devesse ter dado uma resposta diferente ao noivo. Como, por exemplo, "Defina 'longo'."

Oito anos – e nenhum casamento – depois, Clio continuava esperando.

No momento, a situação dela era motivo de piada. Os jornais de fofocas começaram a chamá-la de "Srta. Wait-More (Espera-Mais)". Os boatos a seguiam por toda parte. Todos se perguntavam o que poderia estar mantendo o futuro marquês longe da Inglaterra e do altar. Seria ambição, alguma distração... dedicação ao dever? Ou, quem sabe, dedicação a uma amante estrangeira?

Ninguém sabia dizer. Muito menos a própria Clio. Ah, ela tentava rir dos boatos e das fofocas, mas por dentro... Por dentro aquilo a machucava muito. E a fazia se sentir absolutamente só.

Bem, aquilo tudo acabava ali. A partir daquele momento ela seria a Srta. Não-Espera-Mais.

Clio virou a maçaneta de bronze com a mão enluvada e a porta se abriu.

"Fiquem aqui", ela disse para os criados.

"Mas. Srta. Whitmore, não..."

"Eu vou ficar bem. A reputação dele é horrível, mas nós somos amigos de infância. Eu passava os verões na casa da família dele e estou noiva de seu irmão."

"Ainda assim, Srta. Whitmore... Nós precisamos combinar um sinal."

"Um sinal?"

"Uma palavra para você gritar se estiver em perigo. Algo como 'Tânger', ou... ou talvez 'muscadínia'."

"Tem algo de errado com a palavra 'socorro'?", Clio falou com ironia.

"Eu... bem, acho que não."

"Muito bem." Ela sorriu, incapaz de suportar a expressão de decepção da criada. "Então vai ser 'muscadínia'."

Ela passou pela porta, atravessou um corredor escuro e chegou a um cômodo com teto muito alto.

O que encontrou fez seu sangue gelar... *Oh, muscadínia.*

Ela piscou e se obrigou a olhar de novo. Talvez não fosse ele.

Mas não era possível confundir o perfil dele, com aquela curva acidentada que formava seu nariz, marcado por cicatrizes. Mais o cabelo escuro e farto, o maxilar forte, a largura impressionante dos ombros... Aquele era o próprio Lorde Rafe Brandon, empoleirado em uma viga, a cerca de quatro metros acima do chão. Ele tinha uma corda nas mãos, que amarrava com cuidado à viga. E na extremidade da corda havia um laço. Um laço corredio.

O que ele tinha não era apenas depressão. Era algo muito pior.

E ela chegou no momento exato.

Clio sentiu o coração palpitar em pânico. *Tum-tum. Tum-tum.*

"Meu lorde!", ela exclamou. "Não faça isso!"

"Srta. Whitmore?", ele olhou para ela.

"Isso. Isso, sou eu." Avançou calmamente, erguendo a mão espalmada em um gesto de paz. "É a Srta. Whitmore. Clio. Eu sei que já tivemos nossas diferenças. Aliás, não sei se já tivemos algo *que não* diferenças. Mas estou aqui para lhe ajudar. E eu lhe imploro para, *por favor*, reconsiderar essa decisão."

"Reconsiderar." Ele olhou com firmeza para ela. "Você quer me impedir de..."

"Isso. Não faça algo de que vai se arrepender. Você tem tanto pra viver."

Ele refletiu por um instante.

"Não tenho mulher nem filhos. Meus pais estão mortos. Meu irmão e eu não nos falamos há quase uma década..."

"Mas você deve ter amigos. E possui tantas qualidades."

"Quais, por exemplo?"

Droga. Clio devia imaginar que ele perguntaria. Ela repassou em sua cabeça tudo o que sabia sobre a vida dele nos últimos anos. A maior parte vinha dos jornais, e quase todas as notícias tinham sido pavorosas. Rafe Brandon tinha conquistado a reputação de ser impiedoso nas lutas de boxe e sem-vergonha em todo o resto. Sua fama de acabar com as mulheres na cama era quase tão legendária quanto sua rapidez no ringue. Seu apelido era Filho do Diabo.

"Força!", Clio sugeriu. "Essa é uma qualidade incrível."

Ele apertou um nó.

"Touros são fortes. Isso não os salva da morte quando não conseguem mais puxar uma carroça."

"Não fale assim. Talvez você não seja mais o campeão, mas isso não significa que perdeu seu valor." Ela tentou encontrar algo, qualquer coisa. "Lembro que você deu parte dos seus ganhos para um fundo de viúvas da guerra. Não é verdade?"

"É possível."

"Aí está. É isso. Caridade é a melhor das virtudes."

Ele terminou de atar um nó e puxou a corda para testar a resistência.

"Não adianta. Uma única boa ação não vai compensar meus pecados. E todas as mulheres que eu seduzi?"

"Eu..." Oh, céus. Como alguém consegue falar sobre essas coisas em voz alta? "Eu... eu imagino que algumas delas devem ter gostado."

E com isso ele riu. Foi uma risada seca, baixa... mas ainda assim uma risada.

Riso era um bom sinal, não é mesmo? Homens que riem não se enforcam. Não devia incomodar Clio que ele estivesse rindo *dela*.

"Posso lhe garantir, Srta. Whitmore, que *todas* gostaram."

Ele deixou a corda cair, ficando pendurada na viga, e então desceu por ela, usando a força de seus braços, até terminar bem diante de Clio. Ele estava descalço e vestia calças cinzas e uma camisa de algodão com o colarinho aberto. Os olhos verdes de Rafe a desafiavam a transgredir o decoro de dez maneiras diferentes. E aquele sorriso debochado que ele mantinha nos lábios apenas afirmava que ela não tinha coragem para transgredir nada.

"Pode respirar", ele disse. "Você não interrompeu um suicídio."

Ela aceitou a sugestão. Seus pulmões foram inundados por ar e todo o resto por alívio.

"Mas o que eu devia pensar? Você estava em cima da viga, com a corda, o laço..." Ela apontou para a evidência. "O que mais você poderia estar fazendo?"

Sem falar nada, ele caminhou até a extremidade do salão. Ali, pegou um saco de lona recheado de palha com um gancho no alto. Rafe voltou e pendurou o saco na corda, fazendo o nó correr para ficar firme.

"Chama-se treinamento." Ele deu um soco no saco para demonstrar. "Percebe?"

Ela percebeu. E então se sentiu intoleravelmente tola. Na infância, Rafe sempre a provocava, mas de todas as maldades que ele fez ao longo dos anos...

"Desculpe estragar sua diversão", ele disse.

"Minha diversão?!"

"Esse é um famoso passatempo das mulheres, sabe? Tentar me salvar de mim mesmo." Ele lhe deu um olhar convencido e passou por ela.

Clio ficou corada – mas essa era a palavra errada. Se "corar" fosse equivalente a um sussurro, naquele momento as bochechas dela estavam gritando! Ridículas de tão cor-de-rosa, como um flamingo ou algo assim.

Homem desprezível, perturbador.

Uma vez, quando era apenas uma garotinha, Clio viu uma briga na vila. Um homem que comprava avelãs questionou o vendedor quanto à honestidade de sua balança. Os dois discutiram, gritaram... e uma briga irrompeu. Ela nunca se esqueceu do modo como a atmosfera mudou em um instante. Todos por perto sentiram a mesma coisa. A sensação de perigo formigava.

Clio nunca testemunhou outra troca de socos. Mas ela sentia o mesmo formigamento no ar sempre que Rafe Brandon estava por perto. Ele parecia *carregar* certas coisas consigo, do mesmo modo que outros homens carregavam uma maleta ou uma bengala. Coisas como intensidade e força bruta contida – mas prestes a se libertar. A essa sensação de perigo se unia a de expectativa. E a promessa de que, a qualquer momento, as regras que governam a sociedade poderiam perder o sentido.

Sua vida de libertino era segredo para alguém? Honestamente, os espartilhos não se desamarravam sozinhos.

"Eu pensei que você tivesse parado de lutar", ela disse.

"Todo mundo está pensando que eu parei de lutar. E é isso o que vai fazer da minha volta ao esporte algo tão emocionante. E lucrativo."

Ela pensou que isso obedecia a um tipo estranho de lógica.

"Agora explique-se." Ele cruzou os braços. Aqueles braços grandes... grandes não, imensos... ah, sem palavras para definir. "O que diabos você está fazendo? Devia saber que não é bom vir a um lugar desses."

"Eu sei e não vim sozinha. Dois criados estão me esperando lá fora." Em um impulso tolo, ela acrescentou, "e nós combinamos um sinal."

"Um sinal", ele arqueou a sobrancelha.

"Isso, um sinal." Ela continuou antes que ele quisesse saber mais. "Eu não precisaria vir até aqui se você tivesse deixado algum outro meio de contato. Tentei encontrá-lo no Harrington."

"Eu não tenho mais quarto no Harrington."

"Foi o que me informaram. E então me disseram que este é o seu endereço atual." Ela o seguiu até onde pareciam ser seus aposentos. "Você mora *mesmo* aqui?"

"Quando estou treinando, moro. Sem distrações."

Clio olhou em volta. Ela não tinha estado em muitas residências de solteiros, mas sempre as imaginou atulhadas e cheirando a coisas não lavadas – louça, roupa e corpos.

O armazém de Lorde Rafe não cheirava a nada desagradável. Apenas serragem, café e o aroma tênue de... óleo essencial de gaultéria, talvez? Mas o lugar era espartano. Em um canto viu uma cama simples, um armário e algumas prateleiras, além de uma mesa pequena com dois bancos.

Ele pegou dois copos no armário e os colocou sobre a mesa. Em um deles Rafe despejou dois dedos de xerez. No outro, esvaziou um bule de café e adicionou um toque de um xarope de cheiro forte, tirado de uma misteriosa garrafa marrom. A isso tudo acrescentou três ovos crus.

Ela o observava, com uma vontade imensa de vomitar, enquanto Rafe mexia aquela mistura repulsiva com um garfo.

"Com certeza você não vai..."

"Beber isso?" Ele ergueu o copo e engoliu o conteúdo de uma só vez, depois recolocou o copo sobre a mesa. "Três vezes por dia."

"Oh."

Ele empurrou o xerez para ela.

"Este é seu. Parece que você precisa de um gole."

Clio encarou o conteúdo do copo enquanto ondas de náusea sacudiam seu estômago.

"Obrigada."

"É o melhor que eu posso fazer. Como pode ver, não estou preparado para receber visitas sociais."

"Não vou tomar muito do seu tempo, prometo. Só parei para..."

"Entregar o convite de casamento. Não se preocupe, vou enviar uma carta aos noivos com os meus pêsames."

"O quê? Não. Quero dizer... Imagino que você saiba que Lorde Granville está, afinal, voltando de Viena."

"Eu soube. E Piers lhe deu permissão para planejar o casamento mais suntuoso que puder imaginar. Eu mesmo vou assinar as faturas."

"Bem, sim. Quanto a essas assinaturas..." Clio torceu o rolo de papéis em sua mão.

Ele se afastou da mesa.

"Isso tem que ser rápido. Não posso perder tempo conversando."

Lorde Rafe parou debaixo de uma barra de ferro paralela ao chão, que estava a cerca de um metro acima de sua cabeça. Em um salto, ele a agarrou e então começou a se erguer, flexionando os braços... Várias vezes.

"Continue", ele disse ao ultrapassar a barra com o queixo pela quarta vez. "Eu posso conversar enquanto faço isso."

Talvez *ele* pudesse, mas Clio começava a achar difícil. Não estava acostumada a conversar com um homem seminu, ocupado com esse tipo de... exercício muscular. Uma sensação estranha percorreu suas veias.

Ela pegou o copo de xerez e deu um gole cauteloso.

Ajudou.

"Imagino que você não saiba que meu tio Humphrey morreu há alguns meses." Ela fez um gesto dispensando os pêsames antes que Rafe pudesse se manifestar. "Não foi um choque. Ele já tinha idade avançada. Mas o doce velhinho me deixou uma herança em seu testamento. Um castelo."

"Um castelo?" Ele gemeu ao ultrapassar a barra mais uma vez. Então parou ali, os músculos tensos devido ao esforço. "Uma pilha de ruínas no pântano, com uma montanha de impostos atrasados, eu imagino."

"Na verdade, não. O castelo fica em Kent e é um encanto. Era uma das propriedades pessoais dele. Meu tio era o Conde de Lynforth, se você não está lembrado."

Bom Deus, como ela tagarelava. *Controle-se, Clio.*

"É ideal para um casamento, então." A voz saiu comprimida devido ao esforço.

"Imagino que sim. Para o casamento de alguém. Mas estou indo para lá hoje e passei para..."

"Contar isso para mim." *Subiu.*

"Isso. E também..."

"Para pedir dinheiro." *Subiu.* "Como eu já disse, você pode gastar o quanto quiser no seu casamento. Envie as contas para os administradores do meu irmão."

Clio fechou os olhos bem apertados e depois os abriu devagar.

"Lorde Rafe, por favor. Você faria a gentileza de parar..."

"De completar suas frases?"

Ela reprimiu um rosnado. Ele parou no meio do exercício.

"Não vá me dizer que eu errei alguma?"

Ela não podia lhe dizer isso. Não com sinceridade. Essa era a parte mais irritante.

"Como eu disse", ele continuou, "Eu estou treinando." Cada frase era pontuada por outra subida. "É isso o que nós, lutadores profissionais, fazemos. Nós nos concentramos." *Subiu.* "Antevemos." *Subiu.* "E reagimos. Se isso a incomoda, procure ser menos previsível."

"Estou cancelando", ela disparou. "O casamento, o noivado. Tudo. Estou cancelando tudo."

Ele se soltou e pousou no chão. O ar pesou ao redor dos dois. E a expressão sombria dele contou para Clio, sem dúvida nenhuma, que ele não tinha previsto *isso*.

Rafe a encarou.

Aquele mês não estava se desenrolando como havia planejado. Ele tinha se enfiado naquele armazém para treinar para o seu retorno. Quando enfrentasse Jack Dubose pela segunda vez, seria a maior luta de sua vida e a maior bolsa já oferecida na história da Inglaterra. Para se preparar, precisava de condicionamento físico intenso, sono sem perturbações e comida nutritiva... E, absolutamente, nenhuma distração.

Então, quem resolvia entrar pela sua porta? Ninguém menos que a Srta. Clio Whitmore, sua distração mais íntima e persistente. É claro.

Os dois sempre se estranharam, desde quando eram crianças. Ela era o retrato da "rosa inglesa", com o cabelo claro, os olhos azuis e as feições delicadas. Bem-educada, acolhedora e refinada. Além de irritante de tão *doce*. Resumindo, Clio Whitmore era a encarnação da sociedade civilizada. Tudo que Rafe sempre desdenhou. Tudo que ele tinha jurado arruinar... E devia ser isso que tornava tão tentadora a ideia de arruiná-la.

Sempre que Clio estava por perto, ele não conseguia resistir a chocar as noções de decoro dela com uma demonstração de força bruta. Rafe gostava de atormentá-la até fazer as bochechas de Clio adquirirem um tom exótico de rosa. E ele imaginou, muitas vezes, como ela ficaria com aquele coque dourado desfeito, embaraçado pelo amor e úmido de suor.

Ela era a prometida do seu irmão. Era errado pensar em Clio daquela forma. Mas Rafe nunca fez muita coisa certa fora de um ringue de boxe.

Desviou o olhar do lenço branco rendado que escondia o decote dela.

"Eu acho que ouvi mal", ele disse.

"Oh, estou certa de que me ouviu muito bem. Estou com os documentos bem aqui." Ela desenrolou o maço de papéis que trazia na mão enluvada. "Meus advogados os redigiram. Você gostaria que eu resumisse?"

Aborrecido, ele estendeu a mão para pegar os papéis.

"Eu sei ler." *Mais ou menos.*

Da mesma forma que todos os documentos legais colocados à frente dele desde a morte do velho marquês, aqueles estavam escritos em garatujas tão pequenas e apertadas que eram indecifráveis. Só de olhar para aquele garrancho, Rafe ficou com dor de cabeça. Mas aquela olhada rápida foi suficiente. Aquilo era sério.

"Estes documentos não são válidos", ele disse. "Piers teria que assiná-los primeiro."

"Bem, sim. Existe uma pessoa com poder de assinar por Piers na ausência dele." Os olhos azuis dela se fixaram nos olhos dele.

Não. Rafe não podia acreditar nisso.

"É por isso que você está aqui. Quer que eu assine isso."

"Isso mesmo."

"Impossível." Ele recolocou os papéis na mão dela, depois caminhou até o saco de pancada e o acertou com um cruzado poderoso de direita. "Piers está voltando de Viena para casa. E você deveria estar planejando o casamento."

"É por isso mesmo que eu esperava ver estes papéis assinados antes de ele chegar. Parece melhor assim. Eu odiaria participar de um conflito e..."

"E conflitos são minha especialidade", ele completou.

Ela deu de ombros.

"Isso."

Rafe baixou a cabeça e desferiu uma série de socos no saco de pancada. Dessa vez ele não estava se exibindo. Seu cérebro trabalhava melhor quando seu corpo se movimentava. Lutar o colocava no seu ponto máximo de concentração, que era do que estava precisando naquele momento.

Por que diabos Clio queria desfazer o noivado? Ela foi uma debutante criada para conseguir um casamento vantajoso, do mesmo modo que cavalos puro-sangue são criados para correr. Um casamento suntuoso, com um marquês rico e atraente, deveria ser o maior sonho dela.

"Você não vai conseguir um pretendente melhor", ele disse.

"Eu sei."

"E você tem que *querer* se casar. O que mais pode esperar da sua vida?"

Ela riu com o copo de xerez na boca.

"O que mais, não é mesmo? Não é como se nós, mulheres, tivéssemos permissão para ter nossos próprios interesses ou carreiras."

"Exato. A menos..." Ele parou quando estava prestes a desferir outro soco. "A menos que exista outra pessoa."

Ela ficou quieta por um instante.

"Não existe ninguém."

"Então é só a expectativa que está deixando você nervosa. Você só está com medo."

"Eu não sou nenhuma noiva medrosa. Apenas não quero me casar com um homem que não quer se casar comigo."

"Por que você pensa que ele não quer se casar com você?" Rafe soltou um gancho de direita no saco, depois um de esquerda.

"Porque eu olhei para o *calendário*, entende? Passaram-se oito anos desde que ele me pediu em casamento! Se você quisesse mesmo se casar com uma mulher, esperaria tanto tempo para torná-la sua?"

Rafe deixou os punhos descansarem ao lado do corpo e se virou para ela, ofegante. Seus pulmões se encheram com o aroma de violetas. Droga, até o *cheiro* dela era doce.

"Não", ele respondeu. "Eu não esperaria tanto tempo."

"Imaginei que não."

"Mas", ele continuou, "eu sou um vagabundo impulsivo. E estamos falando de Piers. Ele é o filho leal e honrado."

Ela arqueou a sobrancelha, expressando incredulidade.

"Se formos acreditar nos jornais de fofocas, ele tem uma amante e quatro filhos escondidos em algum lugar."

"Eu não leio os jornais de fofocas."

"Talvez você devesse, pois aparece neles com frequência."

Ele não duvidava. Rafe sabia das coisas horríveis que diziam a seu respeito, e aproveitava cada oportunidade para encorajar as fofocas. Reputação não vencia lutas, mas atraía multidões e enchia os bolsos.

"Não é como se Piers não tivesse tido *razões* para adiar. Ele é um homem importante." Rafe teve que se esforçar para manter o rosto sério. Quem diria, ele fazendo elogios ao irmão. Isso não acontecia com frequência. Não acontecia nunca. "Teve aquele posto na Índia. Depois o outro em Antígua. Ele voltou para casa entre as duas missões, mas houve algum problema."

"Eu estava doente." Ela falou e baixou a cabeça.

"Certo. Depois teve uma guerra que precisou de atenção, e outra depois dessa. Agora que todos os tratados foram concluídos em Viena, ele está voltando para casa."

"Não é que eu me ressinta do senso de dever dele", ela disse. "Nem do quão essencial ele se tornou para a Coroa. Mas tem se tornado demasiadamente claro que eu não sou *essencial* para ele."

Rafe esfregou o rosto com as duas mãos enquanto rosnava.

"Meus advogados me disseram que tenho base para um processo por quebra de promessa. Mas eu não queria constrangê-lo. Agora que tenho o Castelo Twill, não preciso da segurança do casamento. Uma dissolução discreta é melhor para todos os envolvidos."

"Não. Não é melhor. Não mesmo."

Não era o melhor para Piers, nem para Clio. E, com certeza, não era o melhor para Rafe. Tinha adiado sua carreira de lutador profissional depois da morte do pai. Ele não teve escolha. Com Piers fora do país, Rafe se viu, ainda que de má vontade, no comando da fortuna Granville.

O lugar dele era em um ringue de boxe, não em um escritório. Ele sabia disso, como também o sabiam os advogados e administradores, que mal conseguiam esconder seu desdém. Eles apareciam armados com pastas, livros-caixa e dezenas de assuntos para que ele resolvesse, mas antes de Rafe entender a primeira questão, eles já estavam discutindo a próxima. Cada reunião deixava-o agitado e fervendo de ressentimento – como se tivesse sido enviado para Eton outra vez.

Rafe quase podia ouvir o pai se revirando na cova, cuspindo vermes e bravejando aquelas mesmas palavras irritantes e conhecidas: *Filho meu não vai ser um bruto sem educação. Filho meu não vai desgraçar o legado desta família.*

Rafe sempre foi uma decepção. Ele nunca foi o filho que seu pai queria. Mas fez sua própria vida, ganhou seu próprio título – não de "lorde", mas de "campeão". Assim que Piers voltasse para a Inglaterra e se casasse, Rafe estaria livre para lutar de novo e recuperar seu título.

Se Clio cancelasse o casamento, contudo...? Seu irmão viajante poderia lhe dar as costas e desaparecer por mais oito anos.

"Piers, provavelmente, também gostaria desse mesmo desfecho", disse Clio. "Ele gostaria de escapar do compromisso, mas sua honra não permitiria que ele o dissesse. Quando souber que a dissolução está feita, imagino que ficará aliviado."

"Piers *não* vai ficar aliviado. E eu não vou deixar que você faça isso."

"Eu não quero briga." Ela enrolou os papéis e bateu a mão no alto deles. "Por favor, perdoe minha intrusão. Vou embora, agora. E vou levar estes documentos comigo para Kent. Se você mudar de ideia quanto a assiná-los, vou estar no Castelo Twill. Fica perto da vila de Charingwood."

"Não vou assinar. E guarde minhas palavras, você não vai pedir para que ele os assine. Quando Piers voltar, verá que as fofocas não têm fundamento. Você vai se lembrar das razões pelas quais aceitou ser a noiva dele. E *irá* casar com ele."

"Não. Não vou."

"Pense bem. Você será uma marquesa."

"Não", ela disse. "Não vou mesmo."

O tom de voz baixo e solene de Clio irritou Rafe mais do que gostaria de admitir. Diabo, até as palmas da mão dele estavam começando a suar. Era como se ele pudesse sentir que sua carreira — tudo pelo que tinha trabalhado, a única coisa que fazia sua vida valer a pena — escorregasse de suas mãos.

Ela se moveu em direção à saída e ele se apressou para pegá-la pelo braço.

"Clio, espere."

"Ele não me *quer*." A voz dela falhou. "Você não consegue entender isso? Todo mundo sabe. Eu demorei tempo demais para ver a verdade. Anos demais. Mas cansei de esperar. Ele não me quer mais e eu não o quero. Tenho que proteger meu coração."

Maldição. Então era disso que se tratava. Ele deveria ter imaginado. A razão para a relutância repentina dela era tão evidente quanto o leão no brasão dos Granville.

Rafe era o rebelde da família, mas Piers tinhas sido esculpido na mesma pedra de onde saiu o pai. Honrado, orgulhoso, inflexível. E, acima de tudo, sem vontade de demonstrar emoções. Rafe não tinha nada em comum com uma debutante da sociedade, mas sabia como magoava se sentir indesejado pelo Marquês de Granville. Afinal, ele passou a própria adolescência faminto pelo menor sinal de aprovação ou afeto de seu pai — e se odiava porque esses sinais nunca vieram.

"Piers quer você." Ele impediu a objeção dela massageando o braço dela com seu polegar. *Deus, como sua pele era macia.* "Ele *vai* querer. Faça seus planos de casamento, Clio. Porque quando ele a vir outra vez, o que irá sentir vai ser como um soco nas costelas. Vai vê-la naquele vestido grandioso, rendado, com florzinhas espalhadas pelo seu cabelo. Ele vai querer assistir a você caminhando pelo corredor da igreja, ao mesmo tempo que sentirá o peito inchar e quase explodir de orgulho a cada passo que você der. E, acima de tudo, ele vai querer ficar diante de Deus, amigos e família, de toda a sociedade londrina, só para dizer para todo mundo que você é dele. Dele e de ninguém mais."

Ela não respondeu.

"Você também vai querer isso." Ele apertou de leve o braço dela antes de soltá-la, então tocou rapidamente o queixo de Clio. "Guarde minhas palavras. Vou ver você se casar com meu irmão dentro de um mês – ainda que eu mesmo tenha que planejar o maldito casamento."

"*O quê?!*" Ela estremeceu. "Você? Planejar o casamento?"

Um sorrisinho brincou nos lábios dela enquanto Clio olhava para as vigas expostas do teto, as paredes de tijolo à vista, os móveis toscos... Depois se voltou para ele – a coisa mais bruta e deselegante naquela sala.

"Agora estou quase com pena de o casamento não acontecer", ela disse, afastando-se. "Porque *isso* seria engraçado de ver."

Capítulo Dois

"Qual quarto você acha que Daphne e Sir Teddy vão preferir?"

Clio estava no corredor, parada entre duas portas. Ela passou as mãos agitadas pelas saias de seu novo vestido de seda verde.

"Será que nós os colocamos no Quarto Azul, cujas janelas têm vista para o parque? Ou eu lhes dou o quarto maior, ainda que tenha vista para o lado mais escuro da propriedade?"

Anna remexia nos cabelos de Clio, de onde tirou um último papelote.

"Srta. Whitmore, se quer a minha opinião, acho que não deveria se incomodar com isso. Seja qual for o quarto que você escolher, ela vai encontrar algum defeito."

Clio suspirou. Era verdade. Se o quarto tivesse uma porta para fechar e uma vela para ler, Phoebe ficaria contente. Mas Daphne era como a mãe delas – impossível de satisfazer.

"Vamos colocá-las neste aqui", ela disse, entrando no primeiro quarto. "Este é mesmo o melhor."

O Quarto Azul possuía janelas muito altas com uma vista generosa dos lindos jardins do Castelo Twill. Cercas vivas muito verdes. Roseiras de infinitas variedades. Pérgulas viçosas com trepadeiras em flor. E, acima de tudo, a paisagem ondulante de Kent no alto verão. Os campos eram do mesmo verde-esmeralda que seu vestido novo, e o ar recendia a flores e grama amassada – como se o sol fosse um ímã pendurado no céu que extraía vida da terra. Puxando tudo que fosse verde e fresco.

Se alguma coisa conseguiria impressionar sua irmã, tinha que ser esse quarto. Essa vista. Esse castelo *maravilhoso*. Que agora pertencia, graças a algum capricho de seu tio, a Clio.

O Castelo Twill era a chance de ela conseguir tudo o que sempre desejou! Independência, liberdade, segurança. Um futuro que já seria dela se Rafe tivesse cooperado.

Ela devia saber que não adiantava pedir. Rafe Brandon não era capaz de cooperação, da mesma maneira que leões não cooperam com zebras. Não era da natureza dele. Cada parte explosiva do corpo dele era constituída de rebeldia e desafio... trabalhada com musculação pesada.

Dois pontos brancos distantes chamaram sua atenção. Duas carruagens, levantando poeira no caminho de cascalho.

"Elas chegaram!" Clio avisou. "Oh, céus. Elas chegaram."

Ela atravessou o corredor às pressas em direção à escada principal, parando para espiar cada quarto no caminho.

Bom. Bom. Perfeito. Não exatamente perfeito.

Parando de súbito enquanto descia a escadaria, Clio endireitou um quadro pendurado na parede. Então continuou descendo o mais rápido que ousava e atravessou correndo o hall de entrada até chegar à porta, já aberta.

Duas carruagens paravam junto à entrada. Criados começaram a sair do segundo veículo e a descarregar malas e baús. Um criado se apressou a abrir a porta da carruagem da família.

Daphne surgiu primeiro, usando um vestido de viagem lavanda e um bolero com bordado combinando – o que havia de mais fino da moda naquele verão.

Clio se adiantou, de braços esticados.

"Daphne, querida. Como foi a viag..."

Daphne fulminou os criados com o olhar.

"Sério, Clio. Não me trate como qualquer uma. Eu tenho um título, agora."

Depois de quase um ano de casamento, Daphne continuava sendo... Daphne...

Devido a todo o esforço que investiu na educação de Clio, a mãe delas não se dedicou o suficiente para moldar a segunda filha em outra coisa que não uma pirralha maluca por moda e caçadora de libertinos. Foi uma espécie de alívio quando Daphne fugiu com Sir Teddy Cambourne no ano anterior, somente dois meses depois de seu debute. Ele era um cavalheiro fútil e vaidoso, mas pelo menos possuía renda e era um baronete. Sua irmã poderia ter se saído muito pior.

"Lady Cambourne." Clio fez uma mesura formal. "Bem-vinda ao Castelo Twill. Estou encantada que você e Sir Teddy tenham vindo."

"Olá, docinho." Seu cunhado a cutucou informalmente no braço.

"Mas é claro que nós viríamos", disse Daphne. "Não podíamos deixar você ficar sozinha aqui enquanto espera pela volta de Lorde Granville. E depois que ele retornar, nós teremos um casamento para planejar."

Felizmente, nesse momento a irmã mais nova delas saiu da carruagem, salvando Clio de ter que inventar uma resposta.

"Phoebe, querida. É tão bom ver você."

Clio queria abraçar a garota, mas Phoebe não gostava de abraços. Ela usava um livro grosso como escudo.

"Você ficou tão alta este verão", Clio disse. "E tão linda."

Aos 16 anos, Phoebe era esbelta e morena, com feições delicadas e olhos muito azuis, e estava se tornando um tipo de beleza. Levando-se apenas a beleza em conta, ela faria um sucesso enorme em sua primeira temporada. Mas havia algo... *diferente*... em Phoebe. Sempre houve. Parecia estar acontecendo tanta coisa dentro da sua cabecinha extraordinária, que ela tinha dificuldade para se relacionar com as pessoas à sua volta.

"Nós teríamos chegado horas atrás se não fosse pelo congestionamento tenebroso em Charing Cross", Teddy disse. "E depois foram mais duas horas para atravessar a maldita ponte. *Duas horas.*"

"Achei que o cheiro fosse me fazer enjoar", Daphne observou.

Phoebe consultou seu relógio de bolso.

"Nós avaliamos mal o horário de saída. Se tivéssemos saído vinte minutos antes, teríamos chegado cinquenta minutos mais cedo."

"Fico feliz que agora vocês estejam aqui", disse Clio, conduzindo-os até a entrada em arcada. "Por favor, entrem, todos vocês."

Daphne a segurou.

"Eu entro primeiro, você sabe. Talvez você se torne uma marquesa dentro de um mês e talvez eu seja mais nova. Mas como sou casada e uma lady, tenho preferência. Pelo menos por mais algumas semanas."

"Sim, é claro." Clio lhe deu passagem.

A bocarra aberta do Castelo Twill engoliu todos eles e um espanto mudo comeu suas línguas.

Mesmo quatrocentos anos antes, os pedreiros sabiam como fazer uma construção impressionante. O hall de entrada do castelo tinha um pé-direito da altura do edifício. Uma escadaria grandiosa tomava parte do espaço, puxando o olhar para cima. E então, mais no alto, pinturas. Não das pequenas, mas com molduras douradas, que ocupavam cada centímetro disponível de parede.

Depois de algum tempo observando o espaço, Teddy assobiou baixo.

"Interessante, não é mesmo?", Daphne comentou. "Grandioso. Só que eu acho que seria melhor se não fosse tão... tão velho."

"É um castelo", Phoebe disse. "Como poderia não ser velho?"

Daphne beliscou o braço de Clio em um gesto que parecia uma mistura de afeto e despeito.

"Mas um lar é o reflexo de sua dona. Você não devia deixar que o lugar *mostrasse* que está velho. Por exemplo, você poderia cobrir todas essas feias paredes de pedra com painéis novos de madeira. Ou com tecido francês. E depois nós poderíamos vestir *você* com seda nova."

Daphne passou os olhos por Clio de um jeito que a fez sentir como se seu vestido novo estivesse sujo e esfarrapado. Então ela estalou a língua em uma imitação assustadoramente precisa da mãe delas.

"Não se preocupe", ela disse, dando tapinhas nos ombros de Clio. "Nós temos algumas semanas para arrumar tudo isso. Não é mesmo, Teddy?"

"Ah, sim", ele concordou. "Vamos garantir que o marquês não fuja de novo."

Clio sorriu e se virou para o outro lado. Em parte porque "sorrir e olhar para outra coisa" era o único jeito de lidar com seu cunhado, mas principalmente porque algo no caminho de cascalho chamou sua atenção.

Um cavaleiro solitário se aproximava em um cavalo escuro, levantando grandes nuvens de poeira enquanto se aproximava em disparada.

"Alguém mais veio com vocês de Londres?"

"Não", Teddy respondeu.

"Será que é..." Daphne se juntou a ela na entrada em arcada e apertou os olhos. "Ah, não. Pode ser Rafe Brandon?"

Sim. Só podia ser Rafe Brandon. Ele sempre foi um cavaleiro magnífico. Ele e os cavalos pareciam ter algum tipo de comunicação animal. Uma comunhão de naturezas bestiais.

Como se demonstrasse isso, ele fez sua montaria parar junto à entrada sem gritar nem puxar as rédeas, mas apenas usando um toque firme do joelho para que o animal estancasse. Com uma palavra calmante para o cavalo, Rafe desmontou com um movimento fluido. Botas imensas bateram no solo. Sua calça de montaria era de camurça. Todas as calças de montaria masculinas eram de camurça, mas Clio podia apostar que *aquela* camurça estava mais esticada sobre as coxas *daquele* homem do que esteve no próprio animal de onde foi tirada.

O casaco dele balançava contra o vento. Usava apenas luvas de montaria pretas, e sem chapéu. Revelando as ondas de cabelo espesso e moreno. Uma rajada de vento lhe emprestava um ar desgrenhado e libertino.

Ele era o pecado em forma humana. Não era de admirar que fosse chamado de Filho do Diabo.

"Bom Deus!", Daphne exclamou. "Você acha que ele faz de propósito?"

Clio ficou feliz por saber que ela não era a única afetada.

"Não acho que ele faria de propósito por nossa causa. Acho que é apenas o jeito dele."

"Imagino que você não o estivesse esperando."

"Não." Mas talvez ela devesse estar.

"Ah, não. Parece que ele veio com intenção de ficar."

Quando a poeira baixou, elas puderam ver que uma carruagem seguia Rafe pelo caminho. Os estábulos do castelo ficariam abarrotados naquela noite.

"Você não pode fazê-lo ir embora?", Daphne perguntou. "Ele é tão bruto e sem classe."

"Continua sendo o filho de um marquês."

"Você sabe do que estou falando. Ele não se comporta mais como um. Se é que já se comportou um dia."

"Sim, bem. Toda família tem suas peculiaridades." Clio bateu no ombro da irmã. "Eu vou recebê-lo. Anna e a governanta vão mostrar o seu quarto e o de Phoebe, para que possam se acomodar."

Quando Clio saiu para recebê-lo, a silhueta de Rafe foi ficando cada vez maior em seu campo de visão. E ela sentiu que ficava cada vez mais corada.

Ele a cumprimentou com um aceno de cabeça.

"Que surpresa", ela disse. "E estou vendo que trouxe amigos."

Um homem emergiu da carruagem – um sujeito esguio com um sobretudo escuro, parecendo ter o comportamento jovial e tranquilo que uma pessoa precisaria ter para ser amiga de Rafe. Do interior da carruagem, ele pegou o buldogue mais atarracado, feio e velho que Clio já tinha visto. Nossa. Que pobre coisinha mais velha. Até suas rugas tinham rugas.

Assim que foi colocado no chão, o cachorro fez uma poça de urina no caminho.

"Este é Ellingworth", Rafe o apresentou enquanto retirava as luvas de montaria.

"Boa tarde, Sr. Ellingworth." Clio fez uma mesura.

Rafe sacudiu a cabeça.

"Ellingworth é o cachorro."

"Você tem um cachorro?"

"Não. Piers tem um cachorro." Ele olhou para ela como se Clio tivesse a obrigação de saber isso. Mas ela não sabia. Que engraçado. Clio não conseguia se lembrar de Piers ter mencionado possuir um cachorro. Nenhum além dos cães de caça que o zelador dele criava em Oakhaven.

"É um *suvenir* do tempo dele em Oxford", Rafe explicou. "Existe alguma história por trás do animal. É um mascote ou foi uma peça que pregaram... As duas coisas, talvez. De qualquer modo, o cachorro está vivendo comigo. Ele tem 14 anos. Precisa de uma dieta especial e cuidados contínuos. O veterinário escreveu tudo para mim."

Ele enfiou a mão no bolso e entregou algumas anotações para Clio. Três páginas inteiras de anotações.

"Bem", ela disse. "Agora que eu sei que Ellingworth é o cachorro, que tal me apresentar ao seu amigo?"

"Este é o Bru..."

"Bruno Aberforth Montague", o homem interveio. "Escudeiro." Ele se curvou sobre a mão de Clio e a levou aos lábios. "Ao seu serviço."

"Encantada."

Na verdade, ela não tinha muita certeza. Nem sobre esse Sr. Montague, nem sobre Rafe.

Enquanto o Sr. Montague prendia o cachorro em uma guia e o levava para andar nas margens gramadas do caminho, ela foi atrás de algumas respostas.

"Devo imaginar que você apenas passou para assinar os documentos?"

"Claro que não. Como nós conversamos, estou aqui para planejar o casamento."

Ela congelou.

"Ah, não."

"Ah, sim."

Nada de pânico, disse para si mesma. *Ainda não.*

"Pensei que você estivesse em treinamento", ela comentou. "Nada de distrações."

"Eu posso treinar aqui em Kent. O ar do campo é benéfico para a saúde. E você pode ajudar a manter as distrações em um nível mínimo, colaborando com os planos de casamento. Piers quer que você tenha tudo com que sempre sonhou para seu grande dia."

"Então eu devo acreditar que isso é ideia do Piers?"

"Poderia muito bem ser." Ele deu de ombros. "Até ele voltar, eu tenho o peso integral da fortuna e do título dele ao meu dispor."

Agora, ela disse para si mesma. *Agora é hora de entrar em pânico.*

"Rafe, eu não posso fazer esse seu joguinho. Não esta semana. Minhas irmãs e meu cunhado acabaram de chegar."

"Excelente. São três convidados para o casamento que não precisaremos avisar."

Ela enrolou os papéis em suas mãos.

"Você sabe muito bem que não vai haver casamento."

"E você já deu essa notícia para sua família?" Ele olhou para o castelo.

"Não", ela foi forçada a admitir. "Ainda não."

"Ah. Então você ainda não se decidiu."

"Eu estou decidida. E você é muito constrangedor. Chegando como uma tempestade em seu cavalo preto, todo dramático e inesperado. Exigindo planejar uma grande cerimônia e me trazendo listas."

"Eu trago todo tipo de problema, você me conhece. Mas eu também conheço você."

Ela ficou sem fôlego. Então Clio se lembrou de que aquilo que parecia flerte era, com frequência, apenas arrogância masculina.

"Você não me conhece tanto quanto acha, Rafe Brandon."

"Mas eu a conheço o bastante para saber que você não vai me mandar embora."

Rafe a observou cuidadosamente. Isso não era nenhum sacrifício, observá-la com cuidado. Mas ele tinha uma razão extra nesse dia.

Clio talvez ainda não tivesse tomado sua decisão final quanto ao casamento, mas estava claro que ela não queria mais dois convidados em sua casa... Mais *três* convidados, se fossem contar Ellingworth.

Ele pegou a guia com Bruno e agachou-se ao lado do cachorro. O animal era tão velho que não escutava mais nada, mas Clio não sabia disso.

"Não se preocupe, Ellingworth." Ele coçou o cachorro atrás da orelha. "A Srta. Whitmore é um modelo de bons modos e generosidade.

Ela não jogaria um cachorro velho e indefeso no frio." Olhou de lado para Clio. "Ou jogaria?"

"Humpf", ela resmungou. "Eu pensei que campeões jogassem limpo."

"Nós não estamos em um ringue de boxe. Não que eu possa ver." Depois de pensar por um instante, ele decidiu arriscar. "Esse vestido é novo?"

"Eu..." Ela cruzou os braços, depois descruzou. "Eu não acho que isso importe."

Ah, mas importava. Ele sabia que essas coisas importavam. Rafe podia não saber nada sobre planejar casamentos, mas sabia uma coisa ou duas – ou doze – sobre mulheres.

Era disso que Clio precisava. Um pouco de atenção. Admiração. Ela foi deixada esperando tanto tempo que estava se sentindo indesejada. Que bobagem. Era só olhar para ela. Qualquer homem que não desejasse aquela mulher era um idiota.

Piers não era idiota. Infelizmente, Rafe também não era.

"Essa cor lhe cai bem", ele disse.

E caía mesmo. O verde combinava perfeitamente com o dourado do seu cabelo, e a seda moldava as curvas generosas dela como um sonho. O tipo de sonho que ele não deveria ter.

Ele se ergueu, deixando seu olhar passear pelo corpo dela uma última vez, dos pés à cabeça.

Quando seus olhos se encontraram, o rubor nas faces dela tinha adquirido a tonalidade de morangos maduros. Ele abriu um pequeno sorriso. O rosto de Clio Whitmore tinha mais tons de rosa que uma loja de tecidos. Toda vez que Rafe pensava já ter visto todos, ele conseguia provocar um novo.

Imagine só provocá-la na cama... Não, seu idiota. Não imagine nada disso.

Mas, de qualquer modo, seus pensamentos estavam sempre três passos adiante de seu bom senso. A imagem surgiu na cabeça dele, tão espontânea quanto vívida. Clio, ofegante e nua. Debaixo dele. Despida de todas as suas boas maneiras e inibições. Implorando que conhecesse cada um de seus tons de rosa secretos.

Rafe piscou várias vezes. Então pegou essa imagem mental e a arquivou como "impossibilidade agradável", bem ao lado de "carruagem voadora" e "fonte de cerveja".

Ele continuou olhando apenas para os olhos dela.

"Vamos mandar tirar nossas coisas, então."

"Eu não disse sim."

"Você não disse não."

Ela não tinha dito. Os dois sabiam disso. Não importava o quanto ela não gostasse de Rafe, não importava o quanto ela queria que ele fosse embora... A consciência de Clio não lhe permitiria colocá-lo para fora.

Ela soltou um pequeno suspiro de rendição que o agitou mais do que devia.

"Vou pedir aos criados que preparem mais dois quartos", ela disse.

Ele aquiesceu.

"Vamos entrar assim que eu guardar minha montaria."

"Nós temos cavalariços para fazer isso", ela observou. "Tive a sorte de a equipe do meu tio continuar comigo."

"Sempre guardo meu cavalo eu mesmo."

Rafe levou o animal até a garagem de carruagens para uma boa escovada. Sempre que ele vinha de uma cavalgada vigorosa – ou corrida vigorosa, luta vigorosa –, precisava de uma atividade assim para se acalmar. Toda aquela energia não se dissipava sozinha.

E nessa noite também precisava de uma conversa em particular com certa pessoa. Alguém que declarou que seu nome era *Montague*.

"O que diabos foi aquilo?", ele perguntou, assim que Clio estava longe o bastante para não ouvir. "Quem é esse Montague? Nós concordamos que você passaria por meu criado pessoal."

"Bem, isso foi antes de eu ver este lugar! Nossa, dê uma boa olhada."

"Eu já olhei."

O castelo era impressionante, Rafe era obrigado a admitir. Mas já tinha visto melhores. Ele foi criado em um castelo mais refinado.

"Eu quero um quarto de verdade nessa coisa", disse Bruiser, gesticulando para o edifício de pedra. "Não, quero minha própria torre. E com certeza não quero ser seu criado. Alojado embaixo das escadas, fazendo minhas refeições na área de serviço com as arrumadeiras. Não que eu não aprecie uma jovem arrumadeira de vez em quando. Ou, já que tocamos no assunto, um criado bem formado."

Assim era o Bruiser... Trepava com qualquer coisa.

"Que igualitário da sua parte, Sr. Bruno Aberforth Montague", Rafe disse.

"Escudeiro. Não esqueça do escudeiro."

Oh, Rafe queria *muito* esquecer o escudeiro.

"A irmã da Srta. Whitmore está aqui. Trata-se de Lady Cambourne. E o marido também veio, Sir Teddy Cambourne."

"E daí?", Bruiser perguntou. "Eu sei que tenta de verdade se esquecer disso, mas você é Lorde Rafe Brandon. Não tenho dificuldade para falar com você."

"É diferente. Não uso mais esse título. Eu me afastei disso tudo há muitos anos."

"E agora está voltando para isso. Não pode ser difícil."

É mais difícil do que você possa imaginar.

Diabos, Rafe estava preocupado que se sentiria um impostor, e ele tinha sido criado em propriedades grandiosas como aquela.

"Escute", Rafe exclamou. "Você é filho de uma lavadeira e de um taverneiro; ganha a vida organizando lutas ilegais, e acabou de se inserir no meio de uma classe de pessoas tão acima do seu mundo habitual que é como se elas estivessem andando nas nuvens enquanto você se arrasta aqui embaixo. Como você pretende fazer isso dar certo?"

"Relaxe. Você me conhece. Eu me dou bem com todo o mundo e, além disso, estou de chapéu novo."

Rafe olhou para o chapéu de castor que Bruiser rodava no dedo.

"Esse chapéu é meu", Rafe observou.

"Durante os jantares e coisas assim, vou observar o que você faz."

Que plano maravilhoso. Rafe mal guardava alguma noção de etiqueta.

"E tem também a minha arma secreta." Com um olhar para cada lado, Bruiser puxou um objeto de metal do bolso. "Peguei esta belezinha em uma loja de penhores."

"Um monóculo", Rafe disse após olhar para o objeto. "Sério?"

"Estou lhe dizendo, essas coisas gritam alta sociedade. Você deveria arrumar um, Rafe. Estou falando sério. Alguém menciona um assunto difícil? Monóculo. Alguém faz uma pergunta que você não sabe responder? Monóculo."

"Você acredita mesmo que um monóculo idiota é tudo de que precisa para se misturar com a aristocracia?"

Bruiser ergueu a lente e olhou para Rafe através dela. Solenemente. O idiota até que podia ter acertado naquilo.

"Apenas não exagere", Rafe avisou.

"Oh, eu não vou exagerar. Lembre-se, eu sou seu segundo. Estou sempre no *canto* do seu ringue."

Mas eles não estavam em uma luta de boxe. Aquilo era algo muito mais perigoso. Como visita no Castelo Twill, Rafe estaria fora do seu ambiente. E quando estava fora do seu ambiente, ele ficava agitado. E, quando agitado, sua natureza impulsiva e imprudente vinha à tona. As pessoas se machucavam. Ele precisaria tomar cuidado.

"Então, quando o planejador de casamentos vai chegar?", Rafe perguntou.

Bruiser permaneceu em silêncio, o que era estranho.

"Você contratou os serviços de um planejador de casamentos, não é?"

"Claro que contratei. O nome dele é Bruno Aberforth Montague, Escudeiro."

Rafe soltou um palavrão.

"Não acredito nisso."

"Onde é que eu iria arrumar um planejador de casamentos?" Bruno levantou as mãos em um gesto de defesa. "Nem tenho certeza de que isso existe. Mas não importa. Tudo vai ficar perfeito. Você vai ver."

"Eu duvido muito. Você sabe menos sobre planejar casamentos do que eu."

"Não, não. Isso não é verdade."

Os olhos de Bruiser assumiram aquele brilho forte, empolgado, que ao longo dos anos Rafe tinha aprendido a reconhecer. E temer.

"Pense bem, Rafe. Sou treinador e promotor de lutas. É o que faço o tempo todo. Eu encontro duas pessoas que combinam. Faço a divulgação. Atraio multidões desesperadas para ver essas pessoas no mesmo lugar. E, acima de tudo, eu sei como fazer a cabeça de um lutador", ele encostou a ponta do dedo indicador no meio da testa de Rafe, "entrar no ringue muito antes do dia da luta."

"Bruiser."

"Sim?"

"Tire seu dedo da minha cabeça ou irei quebrá-lo", Rafe o alertou.

Bruiser obedeceu e deu tapinhas nos ombros de Rafe.

"Esse é o espírito combativo", disse.

Rafe escovou o cavalo com vigor.

"Isso nunca vai funcionar. Vai ser um desastre."

"Vai funcionar, sim. Eu prometo. Nós iremos envolvê-la em seda. Submergi-la em flores e bolos decorados, até ela ficar inebriada com a empolgação nupcial. Até ela conseguir se ver, em pensamento, claro como o dia, deslizando pela nave da igreja em direção ao altar. Sou o seu homem, Rafe. Ninguém é melhor do que *mim* para criar expectativa e espetáculo."

"Melhor do que *eu*", Rafe o corrigiu.

Bruiser arqueou uma sobrancelha e levantou o monóculo.

"Vamos entrar", Rafe disse depois de pendurar a sela e a brida nos ganchos. Juntos, eles saíram dos estábulos e foram na direção do castelo. A alguns passos da porta, parou. "Mais uma coisa. Não beije a mão dela."

"Ela não pareceu se importar", Bruiser respondeu.

Rafe se virou para encará-lo e o agarrou pela camisa.

"Não beije a mão dela."

Bruiser levantou as duas mãos em um gesto de rendição.

"Tudo bem. Eu não beijo mais a mão dela."

"Nunca. Mais." Quando achou que sua mensagem tinha sido assimilada, Rafe o soltou.

"Você gosta dessa garota?", Bruiser perguntou enquanto ajeitava o colete.

"Ela não é uma garota. É uma mulher. Que logo vai se tornar uma lady. E não, eu não gosto dela."

"Ótimo", disse Bruiser. "Porque isso seria estranho. Já que ela está comprometida com seu irmão e tal."

"Acredite em mim, eu não me esqueci disso. Essa é a razão pela qual estamos aqui."

"Eu sei que você tem uma queda por esse tipo de mulher, de cabelos claros e peitos grandes. Mas normalmente você não gosta quando elas são tão saudáveis", Bruiser observou. "Nem tão... qual é a palavra?"

"*Comprometidas*. Ela está comprometida."

Piers iria se casar com Clio. Essa era a verdade com que todos cresceram. O casamento fazia todo sentido. Era o que os pais dos dois sempre quiseram. Era o que Piers sempre quis. E era o que Clio queria, mesmo que tivesse esquecido disso no momento. E era o que Rafe também queria. O que ele *precisava*.

"Isso não é um problema", Rafe disse. "Para ela eu sou um bruto grosseiro, quase analfabeto, com poucas qualidades. Quanto a ela... é tão inocente e reprimida que provavelmente toma banho de chemise e se troca no escuro. O que eu faria com uma mulher dessas?"

Tudo. Ele faria de tudo com uma mulher dessas. Duas vezes.

"Eu não vou tocar nela", ele insistiu. "Ela não é minha. E nunca será."

"Muito bem." Bruiser revirou os olhos e tirou poeira do chapéu. "Ainda bem que não temos aí anos de desejo reprimido. Que bom que resolvemos isso."

Capítulo Três

Pelo menos uma vez, Clio ficou contente com a natureza exigente de sua irmã.

Como Anna tinha previsto, Daphne e Teddy não gostaram nem do Quarto Azul, nem do aposento maior do outro lado do corredor. Em vez desses dois, eles preferiram um apartamento na Torre Oeste, recém-modernizada.

Clio não conseguia entender como paredes cobertas de papel podiam superar a personalidade antiga e uma vista incrível, mas pelo menos ela tinha dois quartos disponíveis para os hóspedes inesperados.

Ela acompanhou o Sr. Montague até o quarto norte.

"Espero que você fique bem instalado aqui", ela disse.

O homem puxou o monóculo do bolso e o levou ao olho, transformando em um grande espetáculo seu exame do ambiente – das tapeçarias penduradas nas paredes à poltrona Luís XIV resgatada de um *château* francês.

"Será suficiente", ele disse.

"Ótimo", Clio exclamou. "Se você precisar de qualquer coisa, é só tocar a campainha para chamar os empregados." Fechando a porta atrás de si, Clio mostrou o Quarto Azul para Rafe. "Espero que este seja..."

"Iupiii!"

O grito abafado veio de trás da porta fechada do quarto do Sr. Montague. Ele foi seguido por uma espécie de baque macio. O tipo de som que se poderia esperar como resultado de um homem se lançar no ar e cair sobre um colchão.

Seguiram-se mais sons de saltos. E alguma coisa que soou como uma gargalhada alegre.

Clio inclinou a cabeça e olhou para Rafe.

"De onde você disse que conhece o Sr. Montague?"

"Eu não disse."

Ela parou para escutar os novos sons. Portas abrindo e fechando com estrépito.

"Olhe só quantos armários!" As palavras abafadas foram seguidas por um assobio de admiração. "Jesus Cristo, tem um *bar*."

Clio ergueu as sobrancelhas para Rafe.

Ele deu de ombros, na defensiva.

"Ele é um diplomata, colega de Piers. É provável que esteja vindo de algum posto remoto, esquecido por Deus. Você sabe como é."

Desistindo de insistir no assunto, ela lhe mostrou o quarto.

"Este é o Quarto Azul. Espero que sirva para você e seu cachorro."

"Eu já disse, o cachorro não é meu."

O cão não chegou a cambalear um metro à frente antes de desabar sobre o carpete. Logo uma poça espessa de baba escapou de suas mandíbulas.

Rafe foi mais cuidadoso ao avaliar o quarto. Ele andou pelo ambiente, passando de um móvel para outro. Seu olhar se fixou rapidamente em cada superfície, sem se deter.

"Seu quarto tem uma vista linda dos jardins e do campo, se gostar de..." Clio o viu abaixar-se e espiar debaixo do guarda-roupa. "Meu lorde, alguma coisa está errada?"

"Está." Ele parou ao lado da cama de madeira rosa entalhada e franziu o rosto. "Esta cama tem vinte almofadas e travesseiros."

"Eu acho que não são *vinte*."

"Uma." Ele pegou uma almofada com borlas, em forma de rolo, e a jogou de lado. Ela caiu no chão e rolou até parar perto da baba de Ellingworth.

"Duas." Ele pegou outra e a arremessou. "Três." Outra. "Quatro."

Uma a uma, ele jogou as almofadas e os travesseiros da cabeceira para o pé da cama, onde formaram uma pilha instável.

"Catorze... quinze..." Finalmente, ele segurou a última almofada na mão e a balançou diante de Clio. "Dezesseis."

"Eu falei que não eram vinte."

"Quem diabos precisa de dezesseis almofadas? Um homem só tem uma cabeça."

"Mas tem dois olhos."

"Que ficam fechados enquanto dorme."

Clio suspirou.

"Talvez você esteja morando em um armazém, mas eu sei que não foi criado em um estábulo."

Indo até o outro lado da cama, ela começou a recolocar as almofadas e os travesseiros no devido lugar.

"Estas almofadas", disse, "têm um propósito decorativo. A simetria é agradável."

"Certo. Todo mundo sabe que é isso o que um cavalheiro acha mais *agradável* na cama. Almofadas e travesseiros simétricos."

Ela sentiu as faces ficando roxas.

"Lorde Rafe..."

"Essa é outra coisa que está errada." Ele andou até o lavatório. Sem dúvida, para encontrar algum problema na bacia, ou questionar por que haviam dois – que Deus não permita, dois! – sabonetes ali. "Eu não respondo mais pelo título. Então chega de 'meu lorde isso, meu lorde aquilo'. Não quero mais ouvir isso, nem de você, nem da criadagem."

"Lorde *Rafe*." A voz dela ficou tensa quando ela se abaixou para pegar outra almofada. "Estou tentando ser amável. Mas esta é a minha casa, não um armazém de Southwark. E eu continuo – pelo menos por enquanto, de qualquer forma – noiva de Lorde Granville. A menos que você pretenda desfazer o compromisso assinando os papéis esta noite..."

"Não pretendo."

"Então eu sugiro que, para variar, comporte-se de um modo que honre o nome da sua família. Esse mesmo nome que você quer que eu assuma."

"É isso que estou fazendo." Ele virou a cabeça, conferindo a barba no espelhinho. "O melhor que posso fazer para honrar o nome da família é me distanciar dele."

Clio parou.

Com certeza ele não acreditava *nisso*. Lutas profissionais podiam ser ilegais e escandalosas, mas tratava-se de um esporte reverenciado por todos os ingleses. Sem dúvida ele causaria um tumulto no Almack's, mas em qualquer noite de sua escolha Rafe podia entrar nos clubes de cavalheiros mais exclusivos de Londres e andar entre os membros como um semideus. Ainda assim...

Sua voz grossa tinha uma característica dura, cansada.

"Não se preocupe", ele disse. "Depois que você casar com meu irmão, vou manter distância de você também."

"Lorde Rafe..."

Ele estalou os dedos enquanto se aproximava do armário.

"Só Rafe. Ou Brandon, se preferir. Desde os 21 anos só uso os títulos que conquistei."

Os títulos que ele conquistou?

Naquele momento, Clio pensava que ele fazia por merecer o título de Lorde Dor de Cabeça. Nossa, o homem era cansativo.

"Eu imagino que se refira ao título de campeão", ela concluiu, sentindo-se irritada enquanto arrumava uma almofada em sua fileira. "Mas agora o título é de Jack Dubose, não é?"

Rafe se virou para ela, e pela primeira vez desde que entrou no castelo, parou com o excesso de movimentos. O olhar dele parou de vagar e focou, intenso e sombrio, em Clio.

Ela endireitou as costas, recusando-se a parecer intimidada. Enquanto isso, sua nuca formigava como louca. E seu coração saltitava dentro do peito.

Ele falou quatro palavras simples e solenes.

"Não por muito tempo."

O quarto vibrava com uma tensão insuportável.

Desesperada para resolver a situação, Clio recolocou a última almofada no lugar.

"Pronto", ela disse.

Rafe olhou para a almofada, depois para ela.

"Você é tão perfeita para o meu irmão."

As palavras fizeram algo estranho com ela. *Perfeita*, ele disse. Perfeita para *Piers*.

Rafe não fazia ideia de como aquela declaração a afetou. Todos aqueles anos de professores de línguas e aulas de etiqueta e... pior. Muito pior. Os esforços da mãe para moldá-la no papel de Lady Granville tinham deixado Clio enjoada, literalmente. Mas ela aguentou tudo isso sem reclamar, desesperada para ser considerada satisfatória, sem nunca ter esperança de ser perfeita. Aos 16 anos – ou aos 19, ou aos 23 – Clio teria dado *qualquer coisa* para ouvir essas palavras. E agora que ela tinha desistido de continuar perseguindo a perfeição... vinha Rafe com toda sua bagagem de ousadia perigosa e arrogante.

Você é tão perfeita para o meu irmão.

Ela não encontrou nenhuma resposta espirituosa.

"Não comece", foi tudo que conseguiu dizer.

"Rafe." Um Montague esbaforido irrompeu no quarto carregando algo em suas mãos. Ele pareceu não reparar que Clio estava junto à cabeceira da cama. "Rafe, estes quartos são incríveis. Você precisa ver este penico. Eu já comi em pratos que não estavam assim tão limpos."

"Montague..."

"Estou falando sério. Eu lamberia isso." Ele virou a bacia esmaltada nas mãos. "Duvida?"

"Não."

"Porque eu vou lamber."

"*Não!*"

Rafe e Clio falaram a palavra ao mesmo tempo. Um grito mútuo de desespero.

Montague congelou – língua de fora, sobrancelhas arqueadas – quando, afinal, reparou na presença de Clio. Ele falou sem recolher a língua.

"Ah. Sioita Wifmó."

"Sr. Montague."

Montague escondeu o penico atrás das costas.

"Eu só estava... comentando com Lorde Rafe a respeito de como sua casa é excepcionalmente bem cuidada."

"Percebi."

Clio não entendeu o que se passava com aquele tal de Montague, mas sentiu que isso lhe dava alguma vantagem sobre Rafe. E ela precisava disso.

"Vou deixar que vocês dois se instalem", ela disse, afofando a última almofada. "O jantar será servido às sete."

O jantar foi... demorado.

O primeiro prato *começou* bem, Rafe pensou. O que significava dizer que ele e Bruiser conseguiram usar a colher correta e não viraram a sopeira.

Então veio o momento constrangedor em que Rafe ergueu os olhos do prato vazio para perceber que todo mundo à mesa ainda estava na segunda ou terceira colher.

Clio olhou para ele, parecendo estar se divertindo.

"Você gostou da sopa?"

Ele olhou para a tigela vazia.

"Sopa de ervilha, não é?"

"Alcachofra de Jerusalém. Com *croutons* de alecrim, óleo de limão e um toque de creme fresco."

"Certo. Era isso que eu queria dizer."

Rafe estalou as juntas dos dedos debaixo da mesa. Ele sempre odiou esses jantares formais, desde quando ficou velho o bastante para poder se sentar com os adultos. Comida, para ele, era combustível, não uma razão para horas de cerimônia. Era de se pensar que a costela de carneiro tinha se formado em Cambridge, ou se tornado tenente da marinha, por toda pompa com que era recebida.

"Quantos pratos você vai servir?", ele perguntou, quando os criados retiraram a sopa e trouxeram o peixe.

"É apenas um jantar simples em família." Ela ergueu sua taça de vinho. "Somente quatro."

Maldição. Ele preferia lutar quarenta assaltos. Rafe sentiu que estava ficando agitado e isso nunca acabava bem. De algum modo ele conseguiu terminar o peixe, e então chegou a vez da carne. Pelo menos cortar a carne lhe dava algo para ocupar a mente.

"Então, Sr. Montague." Lady Cambourne olhou com firmeza para Bruiser por cima da perna de cordeiro. "Suponho que seja um advogado?"

"Advogado? Bom Deus, não." Bruiser virou um gole de vinho. "Ahn... O que a faz pensar isso?"

"Bem, o 'escudeiro', claro. Deve ser por algum motivo. Então, se você não é advogado... ou seu avô era nobre, ou seu pai foi feito cavaleiro. Qual das duas?"

"Eu... bem..." Ele passou um dedo pela gravata e a puxou, lançando um olhar de *ajude-me-aqui-amigo* para Rafe.

Em resposta, Rafe lhe deu um sorriso de *vire-se-idiota*.

"Ah, não responda." Daphne cortou sua carne. "Vamos adivinhar. Eu acredito que existam outros modos de merecer essa honra. Pode ser realizando um serviço especial para a Coroa. Mas você é um pouco novo para isso, não, Montague?"

Ele levou o maldito monóculo até o olho e a observou através da lente.

"Ora, sim. Eu sou, sim."

"Ah." Ela curvou os lábios, satisfeita. "Estou entendendo."

"Imaginei que entenderia."

Pelo amor de Deus. Rafe não conseguia acreditar que aquela coisa realmente funcionava. Será que Daphne Whitmore sempre foi assim tão tola? Ele não lembrava. Da última vez em que a viu, ela ainda era apenas uma garota. Ele pigarreou.

"As origens do Sr. Montague não são importantes. Meu irmão o mandou para o Castelo Twill por uma razão. Para ajudar na preparação do casamento."

"O casamento." Daphne olhou firmemente de Bruiser para Rafe. "Você está aqui para planejar o casamento? O casamento da minha irmã com Lorde Granville?"

"Esse mesmo", Bruiser respondeu. "Lorde Granville deseja que tudo esteja pronto quando ele retornar. Para que possa se casar com a Srta. Whitmore sem mais delongas."

"Mas ele deve retornar em algumas semanas", Daphne replicou. "Não é tempo suficiente para planejar um casamento. Não um casamento digno de um marquês, de qualquer modo. Vocês vão precisar de convites, flores, decorações, almoço de casamento. Do vestido."

"Acho que você tem razão", Clio disse. "Não pode ser feito. É melhor esperar até que Piers..."

Daphne levantou o garfo, pedindo silêncio.

"Improvável, mas não impossível. Vocês vão precisar de muita ajuda no planejamento. É bom que Teddy e eu estejamos hospedados no castelo. Ficaremos felizes em oferecer nosso auxílio."

"É muita bondade sua", disse Clio. "Mas não será necessário."

Com certeza não era necessário. Clio não precisava da irmã ajudando a organizar eventos com pouca antecedência. Clio tinha planejado o funeral do antigo marquês no início do ano, quando Rafe estava machucado, sem condições de ajudar. E agora administrava aquele castelo sozinha.

Diabos, havia dezesseis almofadas sobre a cama dele, arrumadas como um monumento celta aos poderes de organização dela. Além disso, planejar o casamento tinha o objetivo de deixá-la entusiasmada com a ideia de casar com Piers e se tornar a Marquesa de Granville. Isso seria muito menos provável com Sir Janota e Lady Patetoide se metendo em tudo.

"A Srta. Whitmore pode ter o que ela desejar", Rafe declarou. "Qualquer coisa. Não faremos economia."

"Mas é claro", Daphne disse. "Felizmente, eu estou a par de tudo que está na moda, tanto em Londres como no continente. Este casamento será o mais refinado que a Inglaterra já viu na última década. Depois do jantar nós vamos começar uma lista de tarefas."

"Eu posso começar a lista agora mesmo." Phoebe empurrou de lado o pudim com framboesas que o criado tinha acabado de colocar diante dela e tirou do bolso uma caderneta e um lápis.

"Vamos precisar de um lugar", disse Daphne. "O castelo tem uma capela?"

"Tem", Clio respondeu. "Uma capela linda. Eu iria oferecer para vocês um passeio pelo castelo depois do jantar. A arquitetura do lugar é..."

Daphne fez um gesto dispensando a explicação.

"Mais pedras e teias de aranha entediantes. Se elas estão aqui há quatrocentos anos, podem esperar. Os planos de casamento não podem. Eu imagino que tenhamos um vigário ou pároco na vila. Então é só uma questão de conseguir a licença... Alguém vai ter que conseguir uma licença especial na Cantuária."

"Eu faço isso." Rafe precisava mesmo de desculpas para sair do castelo. Qual era a distância, cerca de trinta quilômetros? Uma boa distância para um galope. Então ele alugaria um cavalo para a jornada de volta.

"Nós já temos aqui quem vai ficar no altar", disse Phoebe fazendo uma anotação, para depois riscar tudo. "Daphne vai ficar com Clio e Lorde Rafe será o padrinho."

Ao ouvir isso, os pensamentos dele pararam de repente em algum lugar nas cercanias da Cantuária. Padrinho? Fora de questão. Rafe era a pior escolha para a função.

Abandonando seu pudim intocado, Clio levantou-se da mesa.

"Vamos nos retirar para a sala de estar, senhoras? Podemos deixar os cavalheiros tomarem seu vinho do porto."

Uma taça de vinho do porto seria bem-vinda. Como regra, Rafe não ingeria bebidas alcoólicas fortes enquanto treinava. Ele estava pensando em reconsiderar essa regra durante esta semana.

Então ele viu o olhar suplicante de Clio por cima da taça de cristal. Pensando bem, ele decidiu não tomar o vinho. Ele não iria reconsiderar nenhuma regra. Aquela era uma semana para regras inflexíveis. Nada de bebidas fortes. Nada de alimentos que não fossem saudáveis. Nada de mulheres.

"Sim, vamos para a sala de estar", disse Daphne. "Vamos começar pela lista de convidados."

"Isso está acontecendo rápido demais", disse Clio. "Não vejo qualquer razão para fazermos planos antes que Piers retorne."

"Eu vejo uma razão, cara irmã. Eu vejo oito anos de razões."

"Não discuta, docinho." Cambourne acenou para o criado trazer o vinho do porto. "É melhor estar com a ratoeira armada e pronta, considerando quantas vezes ele já escapou. Prenda a corrente com a bola de ferro nele antes que o marquês consiga escapar de novo. Não concorda, Brandon?"

O homem gargalhou da sua própria piada. Mas Rafe não estava rindo. Ele podia sentir aquela raiva conhecida crescendo em seu peito.

"Meu irmão está ansioso para se casar com ela."

"Acredite em mim. Todos estamos ansiosos para ver esse casamento." Cambourne se inclinou para a frente. "Acreditem em mim. Corrente e bola de ferro. Providenciem."

Blam. As palmas das mãos de Rafe desceram sobre a mesa com um estampido violento. A porcelana tilintou. Os cristais balançaram e as pessoas o encararam.

Ele se apoiou na mesa para se colocar de pé.

"Se vocês me dão licença."

Rafe precisava olhar para outra coisa que não o rosto sorridente de Sir Teddy Cambourne ou iria virar aquela mesa – com porcelana, cristais, talheres e tudo mais.

Capítulo Quatro

Depois que Rafe subiu correndo, pegou o cachorro, levou-o até o jardim para um passeio rápido, e carregou-o de volta por três lances de escada de pedra e o depositou junto à lareira de seu quarto, sua raiva volátil tinha passado. Então ele apenas se sentia... perdido.

Ele chamou um criado no corredor.

"A Srta. Whitmore e os hóspedes?"

"Na sala de estar, meu lorde."

"Ótimo." Ele deu dois passos, então parou e se virou. "E a sala de estar fica..."

"Na ala leste. No fim do corredor vire à direita, desça as escadas e atravesse o hall de entrada para a esquerda, meu lorde."

"Certo."

Rafe seguiu imediatamente pelo corredor antes que esquecesse aquela ladainha de instruções. Ele navegava pelo labirinto de passagens e corredores, começando a ganhar velocidade, quando dobrou uma esquina... E colidiu, de frente, com alguém que vinha em sentido contrário.

Clio.

"Opa."

Ela recuou com a força do impacto, como um gafanhoto que é jogado do flanco de um cavalo galopante.

Ele a pegou pelo pulso, impedindo que caísse.

"Desculpe", ele pediu.

"Estou bem."

Ela podia estar bem, mas Rafe precisava de um momento. No breve instante que durou a colisão, ele sentiu como se tivesse sido marcado pelo corpo dela. A marca do calor exuberante, curvilíneo, permaneceu em lugares inconvenientes. Algumas subidas e descidas pela escada não eram suficientes. Ele precisaria correr no dia seguinte. Quilômetros, e em ritmo forte. Ele precisava socar coisas, e levantá-las também. Muitas vezes.

"Eu estava dando uma corrida até a sala de estar", ele disse.

"Então você estava correndo na direção errada."

Rafe deu de ombros.

"Este lugar é um labirinto. E você deveria estar lá embaixo com suas irmãs, fazendo a lista de convidados."

"Eu fugi por um momento. Você pareceu... agitado ao sair da sala de jantar. Eu queria ter certeza que você estava bem."

Ele não podia acreditar. Depois de todas as observações irônicas do cunhado dela à mesa de jantar, Clio estava preocupada com os sentimentos *dele*?

Ela tocou o braço de Rafe.

"Na verdade, você pareceu inquieto durante toda a refeição. Está precisando de alguma coisa?"

Deus. Havia tantas coisas de que ele precisava, e metade delas podia ser resumida naquele gesto. Ele disse para si mesmo não aumentar o significado da bondade dela. Ela foi criada para ser uma anfitriã perfeita, sempre pensando no conforto dos convidados.

"Case-se", ele disse. "Então eu vou ficar bem."

Os dois se viraram e começaram a andar juntos pelo corredor.

"Essa bobagem de planejar casamento", ela suspirou. "Você não consegue ver que é perda de tempo? Para não falar que estamos brincando com os sentimentos das minhas irmãs."

"É estranho, então, que você não conte para sua família os seus planos de cancelar o casamento."

"Antes de os papéis serem assinados? Eu não ousaria. Então eu teria vocês quatro dispostos a me fazer mudar de ideia. Não, obrigada." Ela sacudiu a cabeça. "Não sei como posso perdoar você por aparecer dessa forma."

"Você já me perdoou por coisa pior."

"Você está falando do modo como reservou a terceira dança no meu baile de debutante e então não compareceu?" Ela acelerou o passo. "Ainda me sinto constrangida por isso."

"*Isso* foi um favor que eu fiz para você." Rafe igualou o passo dela conforme eles viraram em uma galeria comprida e estreita. "Eu estava pensando na festa de aniversário em que mergulhei suas luvas no ponche. "

"Ah, sim. E teve a vez, quando eu tinha 8 anos e você, 11, quando queimou meu vestido com uma brasa." Clio olhou enviesado para ele. "Mas isso não foi nada se comparado à vez em que você me humilhou na quadra coberta de tênis durante aquela semana chuvosa em Oakhaven. Ganhar quatro vezes seguidas? Não é um comportamento cavalheiresco."

"Eu deveria ter deixado você ganhar só porque era uma garota? Eu queria a taça de prata."

"Era uma forma velha de manjar. E de cobre", ela lembrou. "De qualquer modo, eu me vinguei quando ganhei de você na corrida."

"Você nunca ganhou de mim na corrida", ele franziu a testa.

"Ganhei, sim."

"Quando?"

"Bem, vamos ver." Ela parou no meio da galeria, pensando. "Isso deve ter acontecido, mais ou menos... Agora."

Ela chutou os próprios sapatos para longe. Segurando as saias, ela saiu em disparada, correndo toda a extensão da galeria. Quando chegou ao final, ela parou de correr. O impulso continuou a levá-la para a frente, e, como calçava apenas as meias, deslizou pelo chão de madeira encerada até que as portas na extremidade a seguraram.

"Pronto." Ela se virou para ele, ofegante e sorridente. "Você perdeu."

Rafe ficou olhando para ela, imobilizado. Se aquilo era perder, ele nunca mais queria ganhar. Bom Deus, olhe só para ela. O cabelo se soltando dos grampos, o pescoço corado, da cor de rosas chinesas... e a respiração forçada fazendo mágica – um tipo de magia sombria, sensual – em seu busto abundante. E o mais sedutor de tudo, aquele brilho divertido em seus olhos.

A garota precisa de aperfeiçoamento. Esse era o entendimento geral, quando o noivado foi anunciado. Quando Piers zarpou para a Índia, iniciando sua carreira diplomática, Clio teve que permanecer em Londres para receber "aperfeiçoamento". Rafe não sabia que diabos "aperfeiçoamento" significava, mas ele sabia que não gostava daquilo. Poucos anos depois ela estava de fato perfeita. Tudo o que ela tinha de individualidade ou entusiasmo em seu comportamento foi retirado, preso ou reprimido... Pelo menos era o que ele pensava.

Mas parecia que a velha Clio continuava ali em algum lugar – a Clio de que ele tanto gostava, antes de os dragões a pegarem em suas garras e a paralisarem com dez camadas de verniz... A Clio que agora ele não tinha nenhum direito de admirar. Droga. Ele precisava se controlar. Ele não estava ali para ficar babando por ela. Ele estava ali para garantir que dentro de algumas semanas ela entrasse na igreja para se casar com outro homem. Não qualquer "outro homem", mas seu próprio irmão.

"Nós realmente nos divertíamos naquela época", ela disse. "Antes de o noivado ser combinado e tudo ficar... complicado. Bem, pelo menos nós dois nos divertíamos. Phoebe e Daphne eram dois bebês, e mesmo nas minhas memórias mais antigas, Piers já era velho demais para aquelas brincadeiras."

"Piers *nasceu* velho demais para brincadeiras."

"E parece que eu não fiquei madura o bastante para parar com elas. Outro sinal de que ele e eu não combinamos." Ela prendeu uma mecha de cabelo atrás da orelha e deu de ombros. "Eu fui uma boa garota durante muito tempo. Estou pronta para me divertir de novo."

Não. Não diga isso.

"Sabe o que é divertido?", Rafe exclamou. "Casamentos!" Bom Deus. Era inacreditável as coisas que saíam de sua boca naquela semana. "Apenas dê uma chance ao seu. Você vai ter realizado cada capricho com que conseguir sonhar. Revoada de pombas, cisnes no lago, pavões perambulando pelos jardins, se quiser."

"Isso é um monte de aves."

"Não ligue para isso."

"Eu quero dizer, vai ser pena para todo lado. Para não falar da quantidade de cocô."

"Nada de aves. Esqueça que eu falei de aves." Ele esfregou a mão no rosto. "O que eu estou tentando dizer é: você pode ter tudo que quiser, e nada que não quiser. Nós não vamos economizar."

Era como Bruiser tinha falado. Um casamento era como uma luta pelo título, e a cabeça de Clio ainda não estava no ringue. Ela precisava entrar em alguns vestidos, planejar o cardápio, começar a se imaginar como uma noiva admirada e invejada de braço dado com Piers. Triunfante. Vitoriosa. Isso iria funcionar. *Tinha* que funcionar. Ele não podia deixá-la dissolver o noivado.

"Não adianta, Rafe." Ela foi pegar os sapatos.

Ele tentou não olhar enquanto ela levantava as saias para enfiar os pés nos calçados... Tentou e fracassou.

"Mesmo que eu fosse convencida com tanta facilidade... Não é como se meu tio Humphrey tivesse me deixado uma casinha à beira-mar ou um colar de pérolas." Ela balançou para cima e para baixo enquanto remexia o pé para entrar no sapato.

Outras partes dela também balançaram. Sério, ela estava fazendo de propósito para torturá-lo.

"Eu tenho um *castelo*", ela disse. "Meu *próprio* castelo. Como é que um casamento – ainda que seja suntuoso, com dezenas de aves – pode competir com isso?"

"Então, é um castelo. Existem castelos por toda a Inglaterra. Tenho certeza de que o título Granville vem com um ou dois. Se é uma casa grande e chique que você está querendo, saiba que vai ser a dona de Oakhaven."

"Não é só uma casa grande e chique que eu estou querendo. É..." Clio olhou para o canto e suspirou. "Você não entende."

"O que eu não entendo?" O orgulho dele foi provocado, como sempre acontecia quando alguém questionava sua inteligência. Ele podia não ter se formado com honras em Oxford, assim como Piers, mas não era nenhum palerma.

"É difícil explicar com palavras. Venha comigo, vou tentar lhe mostrar."

Ele meneou a cabeça.

"Lá embaixo. Lista de convidados."

"Ainda não." Ela se aproximou dele. "Você quer entender por que este lugar é diferente? Por que eu também estou diferente, agora? Então me dê uma chance de mostrar para você, e eu prometo que vou ficar com minhas irmãs na sala de estar pelo resto da noite."

Ele não se abalou.

"Da semana", ele disse.

"Como?"

"Eu quero uma semana inteira de dedicação nupcial. Você vai fazer listas e menus. Vai escolher flores. Provar vestidos. Sem reclamações, sem ficar se esquivando."

"Vamos dizer que, supostamente, eu concorde com seu plano", Clio disse. "Eu permito que você fique aqui por uma semana. Permaneço aberta à ideia de casamento. Você promete manter a cabeça aberta quanto às minhas opções. Se no fim da semana, eu ainda quiser terminar o noivado... o que acontece? Você assinaria os documentos de dissolução?"

Ele inspirou lentamente. Rafe estava pondo muita fé no poder das rendas, sedas e da competência de Bruiser, mas ele não parecia ter escolha. Os preparativos não conseguiriam convencê-la se ela não participasse.

"Muito bem", ele concordou, afinal. "Estamos combinados."

"Aperto de mãos para selar o acordo?"

Ele tomou a mãozinha dela na sua e a sacudiu uma vez. Ela apertou os dedos dele e não o soltou.

"Excelente! Agora venha comigo. Estou morrendo de vontade de mostrar o castelo para *alguém*. Vamos ver quanta confusão nós conseguiremos encontrar até chegarmos lá embaixo."

Enquanto ela o conduzia até a outra extremidade da galeria, um tipo de pressentimento crescia no peito de Rafe. Acima de qualquer coisa, ele tinha talento para encontrar confusão.

E, de repente, uma semana pareceu um tempo perigosamente longo.

Clio sentiu um singelo aumento em sua autoconfiança quando puxou Rafe para fora da galeria e o levou para baixo pelos lances em espiral da escada. Quinze minutos seria tempo mais que suficiente para provar que aquele lugar não era apenas outra pilha de pedras entulhando o interior da Inglaterra. É claro que depois viria a parte mais difícil – fazer Rafe entender por que o Castelo Twill era tão importante para ela.

"Rápido", ela sussurrou, espiando o corredor para ter certeza de que ninguém os estava vendo. "Por aqui."

"Mas..."

"*Rápido.*"

Enquanto eles se enfiavam na escadaria menor e mais escura, Clio agarrou com mais força a mão dele e tentou ignorar o arrepio bobo que a percorria toda vez que sua pele encontrava a dele. Isso era ridículo. Sim, ele era um libertino infame. Mas os dois se conheciam desde a infância e ela estava noiva do irmão dele há quase uma década. Não havia nada de impróprio em pegar a mão daquele homem.

Mesmo assim, o coração dela tamborilou dentro do peito enquanto o conduzia pela descida da escada. Lá embaixo, foram recebidos por uma escuridão fria e úmida. A única iluminação vinha de um resto de crepúsculo que se esgueirava por uma abertura perto do teto.

"Está vendo?" Ela baixou a voz enquanto os dois avançavam pelo espaço cavernoso. "Este castelo tem masmorras."

"Isto aqui não é masmorra."

"É claro que é uma masmorra."

"É muito grande para ser uma masmorra. É óbvio que isto aqui é uma adega."

Ela foi até um gancho em que um lampião estava pendurado e pegou uma pederneira na caixa ao lado.

"Pare de estragar a diversão." Ela bateu a pederneira. Nada. "Batalhas foram travadas neste lugar. Ele tem mais de quatrocentos anos. O próprio ar é denso, carregado de história. Durante séculos as pessoas moraram, amaram e morreram aqui. Pense nisso."

"Eis o que eu penso. Você tem lido muitas histórias de cavaleiros e donzelas. As pessoas moram, amam e morrem em todos os lugares. E, para cada cavaleiro cruzado que ganhou um torneio em nome de sua lady neste castelo, posso lhe garantir que existiram cem homens que passaram uma década inteira se coçando e competindo nas muralhas para ver quem mijava mais longe."

Ela estremeceu e tentou a pederneira outra vez.

"Homens são nojentos", ela disparou.

"Sim", ele confirmou, orgulhoso. "Somos mesmo. Mas também somos úteis, de vez em quando. Me dê isso aqui."

Ele tomou a pederneira das mãos dela e a bateu. As fagulhas não ousaram desobedecê-lo. Segurando aquele brilho incipiente e quente na concha formada por suas mãos, ele poderia ser Prometeu, pintado por algum mestre florentino. O brilho avermelhado iluminou as linhas fortes da têmpora e do maxilar dele e escorreu pela descida acidentada do nariz quebrado mais de uma vez.

"Bem, eu não sou um homem", disse Clio, revelando a consciência de sua feminilidade. "Não vou passar uma década mijando nas muralhas. Eu vou *fazer* alguma coisa com este castelo."

"Deixe-me adivinhar." Ele acendeu o lampião, depois abanou a palha, apagando o fogo. "Você quer abrir uma escola para crianças abandonadas."

"Essa é uma ideia encantadora, mas não. Para eu conseguir manter este lugar, ele precisa gerar uma renda. Nada contra as pobrezinhas, mas crianças abandonadas não dão dinheiro."

Clio pegou o lampião e foi até a parede oposta e contou as pedras. *Um, dois, três, quatro...*

"Aqui está o que eu trouxe você para ver."

Se *aquilo* não o impressionasse, ela não sabia o que impressionaria.

Ela empurrou com força a quinta pedra. Uma parte inteira da parede foi deslocada.

"Veja", ela anunciou. "Uma passagem secreta."

"Muito bem...", ele disse. "Ponto para você. Isso é demais."

Finalmente. Clio sentiu uma onda de satisfação. Ela queria que ele pensasse na história e visse o potencial daquele lugar, mas era mais que isso. Queria que ele *apreciasse* aquele lugar do mesmo modo que ela apreciava. Lembrou-se do armazém espartano em que ele morava, com seu catre humilde e o chão coberto de serragem. De todos aqueles ovos crus pegajosos. Ele precisava apreciar mais a vida. Precisava de um lar com confortos e de diversões que não terminassem em um banho de sangue. Precisava ver como um ser humano, não como um animal criado para lutar.

"Então, aonde esta passagem secreta vai dar?", ele perguntou.

"Vá em frente e descubra." Ela arqueou a sobrancelha. "A menos que esteja com medo."

"Eu defendi o título de campeão peso-pesado da Grã-Bretanha por quatro anos." Ele se empertigou e continuou: "Se tiver alguma coisa viva nessa passagem, *ela* é que deve ficar com medo."

"Ah, sim. Imagino que as aranhas vão fugir apavoradas assim que virem o Filho do Diabo."

Rafe olhou para ela, surpreso.

"Onde foi que você ouviu esse nome?"

"Ah, eu sei das coisas que chamam você. Brandon Brigão. Lorde Destruidor. Filho do Diabo."

"Você tem acompanhado minha carreira...", ele falou. "O que faz uma jovem bem-nascida e educada, respeitável, acompanhar o mundo das lutas de boxe ilegais?"

De repente e sem motivo, ela ficou nervosa.

"Não é que eu acompanhe *você*. Eu leio os jornais. E você aparece com frequência neles."

Clio sempre tinha prestado atenção nos eventos em voga. E também em história mundial, geografia, línguas e mais. Sua mãe sempre insistiu nisso. A mulher de um diplomata tinha que estar por dentro de tudo que acontecia. Falando com sinceridade, a mulher de um diplomata provavelmente não precisava saber de todos os acontecimentos no submundo do boxe, mas Clio não foi capaz de resistir. Rafe sempre foi uma fonte de fascinação para ela. No meio do jardim bem aparado e cuidado que era seu pedaço da Sociedade, tinha crescido aquela vinha selvagem, rebelde, que se recusava a ser contida. Clio queria compreendê-lo. Queria saber por que ele tinha se afastado daquele mundo e aonde tinha ido.

Por que era feliz ali. Importar-se com Rafe Brandon parecia um hábito perigoso, mas ela não conseguia se livrar disso.

"Por falar em nomes", ele quebrou o silêncio, "desde quando você atende por 'docinho'?"

Ela franziu o nariz.

"Desde que Daphne casou e seu marido decidiu dar apelidos às cunhadas. Phoebe é a gatinha e eu sou o docinho."

"É um nome idiota."

"Não vou discordar. Mas eu não sei como dizer a ele para parar de me chamar assim."

"Vou lhe ensinar como fazer isso. Chegue para ele e diga 'Não me chame de docinho'."

Não era fácil. Não para ela. Clio se moveu na direção da passagem secreta.

"Você vai atravessar este túnel ou não?"

Ele a segurou.

"Desta vez, eu vou na frente."

Ela lhe entregou o lampião. Eles se abaixaram e entraram no túnel. A passagem era estreita e o teto era baixo. Rafe teve que se curvar e virar para passar pelos lugares mais estreitos.

"Por que você faz isso?" A pergunta escapou dela. Ela conseguiu perguntar porque ele a acompanhava naquela aventura e os dois estavam sozinhos. "Por que você luta?"

A resposta dele foi prática.

"Eu fiquei sem dinheiro nem herança. Eu precisava de uma carreira."

"Eu sei disso. Mas com certeza existem outras maneiras de ganhar a vida. Maneiras menos violentas."

"Ah." Ele parou. "Eu sei aonde você quer chegar. Você quer saber qual é minha dor secreta."

"Dor secreta?"

"Oh, sim. Meus demônios. A tormenta escura que leva embora pequenos grãos da minha alma. É disso que você está atrás. Você acha que, se me mantiver em seu belo castelinho e me mimar com dezesseis almofadas, eu vou aprender a me amar e assim talvez eu pare de submeter meu corpo a esse abuso horroroso."

Clio mordeu o lábio, grata por estar escuro demais para que ele a visse corar. Se no outro dia tinha ficado rosa como um flamingo, naquele momento ela devia estar escarlate.

"Não sei de onde você tira essas ideias", ela disse.

"De toda mulher que eu conheço." Ele riu. "Você não é a primeira a tentar e não vai ser a última."

"Que decepção. Pelo menos eu posso ser a melhor?"

"Talvez." Ele parou e se virou no túnel, encarando-a. "Quer saber qual é meu segredo profundo e obscuro, Clio? Se fosse para eu aliviar minha alma com você, tem certeza de que aguentaria?"

Ela deve ter estremecido, ou algo assim, o que ele entendeu como um gesto de confirmação com a cabeça.

"Prepare-se."

Ela prendeu a respiração quando ele se aproximou para sussurrar em seu ouvido, sentindo a nuca formigar. A voz grave dele ressoou em seus ossos.

"Eu luto", ele disse, "porque sou bom nisso. E porque dá dinheiro." Ele se afastou. "Essa é a verdade."

Clio não se convenceu. Ah, ela não duvidou que ele tivesse falado parte da verdade – mas suspeitava que essa não era *toda* a verdade. Havia algo mais, algo que ele não queria admitir. Nem para ela e talvez nem para si mesmo.

Logo o corredor fez uma curva e começou a subir.

Eles abriram um painel e emergiram em uma alcova estreita.

"Onde diabos nós estamos?" Ele era tão alto e forte que quase ocupava todo o espaço.

"Perto da entrada frontal." Clio se apertou em um canto. "Esta é minha parte favorita do castelo."

"Esta." Ele tirou um pouco de musgo de uma pedra saltada. "Esta é sua parte favorita."

Ela inclinou o rosto para cima.

"Está vendo aquela alavanca ali em cima?"

"Estou."

"Consegue alcançá-la?"

Ele esticou o braço e agarrou a alavanca antiga de ferro. A mão gigantesca se encaixou ao redor do cabo como se tivesse sido feita sob medida.

"Vá em frente. Puxe-a."

A desconfiança fez com que ele juntasse as sobrancelhas .

"O que acontece se eu puxar?"

"Você não quer estragar a surpresa."

"Se a surpresa for uma lança no meu peito, sim, eu quero."

"Confie em mim. Você vai gostar disso." Clio subiu na ponta dos pés e colocou as duas mãos sobre a dele, puxando a alavanca com todo seu peso.

Mecanismos com séculos de idade gemeram e rangeram.

"Agora venha ver. Depressa!"

Ela acenou para que ele saísse da alcova a tempo de ver. De uma abertura na arcada, um portão de ferro começou a descer. Uma imensa mandíbula de ferro, com dentes afiados, mordendo a pedra.

"Para trás!"

Rafe passou o braço pela cintura dela e, com uma imprecação grosseira, puxou-a para trás, bem longe do lugar em que o portão caiu.

O eco reverberou nos dois. A empolgação pulsava nas veias dela. Clio adorava aquele som, que declarava que não, aquela não era uma casa comum. Era uma fortaleza.

"Então?" Ela perguntou. "Não é uma coisa incrível?"

"Ah, sim.. é uma coisa..."

"Você parece não ter gostado." Ela se virou para encará-lo. "Eu pensei que você gostaria. Sabe quantos castelos na Inglaterra ainda têm uma ponte elevadiça em funcionamento?"

"Não."

"Nem eu", ela admitiu. "Mas não podem ser muitos."

Ele ainda não a tinha soltado. O braço dele continuava ao redor da cintura dela, protetor e opressor. E os batimentos cardíacos dele socavam seu peito, lutando com os dela. Nossa. Ele tinha se assustado mesmo. Ficar encostada ao peito dele provava isso... bem, aquilo a fazia se sentir segura, de certa forma, e absolutamente indefesa, de outra.

"Rafe", ela sussurrou. "O portão não ia me acertar."

"Eu não podia arriscar."

"Você não precisa se preocupar tanto. Você sabe que, se eu terminar o noivado – ou se alguma outra coisa acabar comigo –, Piers vai encontrar outra noiva. As mulheres farão fila às dezenas. Posso lhe garantir, eu sou muito substituível."

Ele sacudiu a cabeça.

"Não, sério", ela insistiu. "Eu sei que nossos pais queriam uma ligação entre as duas famílias. Mas agora os dois morreram e eu acho que eles..."

Rafe pôs o dedo sobre os lábios dela, silenciando-a.

"Isso é um absurdo. Você não é substituível."

"Não sou?" As palavras saíram abafadas pelo dedo dele.

"Diabos. É claro que não!" O dedo dele deslizou por sobre os lábios dela, e o olhar de Rafe pareceu também pairar ali. A voz dele se tornou um rugido baixo, impaciente, que amoleceu os joelhos dela. "Eu juro para você, Clio. De algum modo, vou fazer você ver..."

Passos vieram da direção do corredor. Oh, droga. Imediatamente, Rafe deu um passo para trás e a soltou. Não. Não! *De algum modo, vou fazer você ver...* O que, exatamente? O que ele iria fazer com que ela visse? O ponto de vista dele? Como ela estava errada? Sua coleção de conchinhas e lacres de cera? Agora ela iria passar a noite acordada, imaginando o que seria. E pensando naquele braço em volta de sua cintura. O toque dele em seus lábios.

"Bom Deus." A voz estridente e inconfundível de Daphne ecoou pelo corredor. "O que foi esse estardalhaço?"

"Apenas a ponte elevadiça." Clio estendeu a mão na direção do portão. "Lorde Rafe queria uma demonstração."

"Sim. E a Srta. Whitmore foi generosa o bastante para atender ao meu pedido. Apesar de estar ansiosa para começar os preparativos para o casamento." Ele olhou enviesado para ela. "A semana inteira."

Clio não tinha escolha, agora. Teria que sofrer com alguns dias de planejamento. O que mais podia fazer? Ela não tinha como anunciar o rompimento do noivado sem que aqueles papéis estivessem assinados. E os dias iriam se passar de um modo ou de outro. Na verdade, enquanto sucumbia à inexorável atração da sala de estar, Clio começou a pensar que aquela tarefa não lhe tomaria uma semana inteira. Decerto que um casamento simples no campo poderia ser planejado em um ou dois dias.

Não podia ser tão difícil.

Capítulo Cinco

"Eu elaborei uma lista com dezessete tarefas. E um cronograma."

Rafe podia dizer uma coisa a respeito de Phoebe Whitmore: ela era assustadora de tão eficiente. Ela apareceu com a lista no dia seguinte, logo no café da manhã, antes mesmo que ele tivesse tocado sua xícara. Quantos anos tinha a garota? Dezesseis ou perto disso? Se Rafe fosse elaborar uma lista de afazeres quando tinha a idade dela, só conseguia imaginar que seria mais ou menos assim:

Matar aula.
Correr atrás de garotas.
Arrumar uma briga.
Aquilo é um esquilo?
Fim da lista.

Enquanto ele se sentava à mesa, um criado colocou uma tigela contendo três ovos ao lado do seu prato.

"Para o seu desjejum, meu lorde."

Ele coçou a orelha, espantado. Clio não perdia nenhum detalhe, não é mesmo? Não sabia como entender aquilo, o fato de ela ter pensado nele aquela manhã. De ter-lhe feito aquela pequena gentileza. Ele também acordou pensando nela. Mas seus pensamentos não eram nada gentis. Na sua imaginação, ela estava corada e ofegante de tanto rir, pois eles estiveram... se exercitando, de certa maneira. Em uma maneira horizontal. Seu sangue esquentou, só de lembrar. *Maldição*. Ele tinha corrido quinze quilômetros aquela manhã. Quinze quilômetros pela paisagem brumosa de Kent deveriam tê-lo deixado desprovido de energia para pensar em qualquer coisa carnal. Ainda não estava desprovido o bastante. Não, ele podia se beneficiar de um pouco mais de desprovimento.

Daphne tirou a lista das mãos da irmã.

"Nós vamos precisar mandar alguém para Londres para providenciar os itens desta lista. Amostras de vestidos para provar. Tecidos e fitas para a decoração. Papel fino e tinta para os convites."

"Eu tenho tinta." Clio ergueu os olhos para Daphne.

"Você não tem a tinta *certa*. Mas, enquanto esperamos pelos suprimentos, existem algumas coisas que podemos fazer."

"Torradas?"

Daphne manteve os olhos na lista.

"Não, não. Comida e bebida podem esperar. Se bem que nós deveríamos começar a testar a receita do ponche."

"Eu perguntei se você quer torrada." Com um sorriso, Clio passou um prato de torradas para a irmã.

"Oh." Daphne pegou uma torrada mais clara e apontou-a para Rafe, como se fosse uma arma amanteigada. "Mas pensando bem, meu lorde, você deveria começar a escrever um rascunho."

"Rascunho do quê?"

"Do brinde! Você será o padrinho"

Então ela se virou para o lado, dando instruções para o marido, que estava junto ao aparador servindo dois pratos ao mesmo tempo. Isso de novo, não. Rafe não tinha nenhuma intenção de cumprir os deveres de padrinho no casamento do irmão. Eles mal se falaram por uma década, e Rafe não acreditava que iriam se ver muito nos próximos anos. A única coisa mais inconveniente e desconfortável do que nutrir desejo pela noiva do irmão seria nutrir desejo pela *esposa* do irmão. Não, ele só estava ali para garantir que o casamento acontecesse. Então devolveria os deveres do marquesado ao irmão e voltaria à sua vida. Sua carreira. Seu título. *Suas* mulheres. Não que ultimamente tivesse muitas mulheres. Sem dúvida isso fazia parte do seu problema de energia.

"Hoje nós iremos nos encontrar com o vigário para começar o planejamento da cerimônia", Daphne anunciou. "Depois disso, o cardápio."

"Precisamos fazer tudo isso hoje?", Clio perguntou. "Vocês acabaram de chegar e eu ainda não tive chance de lhes mostrar o castelo. Eu adoraria que vissem a propriedade."

Cambourne olhou pela janela, desanimado.

"Parece que vai chover. E meus sapatos são novos."

"Nós não temos tempo para esse tipo de coisa", Daphne replicou. "Phoebe fez uma lista com dezessete itens. *Dezessete*."

"Você tem certeza de que não são dezesseis, minha lady?" Uma nova voz perguntou. "Ou podem ser dezoito." Bruiser se debruçou sobre o ombro dela, examinando a lista com ajuda do monóculo.

Se aquele monóculo sobrevivesse àquela semana sem ser esmagado pelo sapato de Rafe, seria um milagre.

"Dezessete", ele declarou, afinal. "Eu nunca devia ter duvidado de você, Srta. Phoebe. Onde nós estaríamos sem os seus excepcionais conhecimentos de matemática?"

"E quanto às flores?", Clio perguntou. "Flores são um dos dezessete itens?"

"Mas é claro que sim."

"Então nós podemos fazer um acordo. Vamos dar um passeio pelos jardins do castelo e assim eu posso decidir quais flores eu quero no buquê."

Rafe imaginou que flores eram um bom começo. Enquanto caminhavam em direção ao jardim de verão, Cambourne se aproximou dele. O homem cutucou a lateral da coluna de Rafe com o cotovelo, de um modo que, ele imaginou, deveria ser um gesto amistoso. Mas Rafe não queria ser amigo dele.

"Sabe, Brandon", Cambourne começou. "Eu estava alguns anos atrás do seu irmão em Eton. Mas não me lembro de cruzar com você por lá."

"Eu não estava lá. Pelo menos não fiquei por muito tempo." Rafe não durou um semestre no meio daqueles esnobes pretensiosos de Eton. "Fui expulso por brigar."

"Certo. É claro que sim."

Era quase totalmente verdade. Rafe nunca gostou de aprender com os livros. Preferia estar ao ar livre, cavalgando seu cavalo ou perseguindo revoadas de estorninhos. Em seus primeiros anos, teve dificuldades com os professores particulares em casa, mas quando chegou a Eton, tinha ficado para trás dos garotos da sua idade. Sentia-se constrangido de ficar na aula sem ter feito os deveres do dia, incapaz de se concentrar no que acontecia ao seu redor. Ele foi um malandro indisciplinado, rebelde, de acordo com seus professores. Então Rafe interpretou o papel que lhe atribuíram. Começava brigas e as vencia. Preferia ser expulso por ser brigão a ser expulso por ser estúpido.

Aquele cotovelo de novo.

"Você sabia", Cambourne disse, "Eu pratiquei um pouco de boxe, na minha época."

"Não diga."

"Campeão do clube, dois anos seguidos." Ele esticou a bochecha com a língua. "Que tal, Brandon? O que acha de algumas investidas de treinamento? Eu não me importaria de testar minha habilidade em você."

Rafe mediu o outro. Um homem de constituição sólida, com a face corada, colete vermelho combinando, um sorriso convencido. Com os comentários que fez para Clio no jantar da noite anterior, o sujeito tinha praticamente pintado um alvo no próprio queixo. Rafe adoraria socar aquele rosto.

"É melhor não", ele disse.

"Oh-oh-oh." Cambourne socou o bíceps de Rafe com um golpe desajeitado que mais parecia uma picada de pulga. "Não está mais em forma? Com medo de passar vergonha na frente das mulheres?"

Não. Com medo de matar você na frente das mulheres, seu idiota. Rafe nunca lutaria com um amador sem treinamento – muito menos com um homem de quem ele não gostava. O perigo para seu oponente seria grande demais. Ele gostava de cultivar a reputação de perigoso e brutal, mas não iria aleijar ninguém. A raiva podia tê-lo transformado em lutador, mas foi a disciplina que o tornou campeão. A melhor coisa que o boxe tinha feito por ele foi lhe ensinar quando *não* socar. Sem o esporte, Rafe provavelmente estaria na prisão àquela altura. Ou num túmulo.

"Não é o momento nem o lugar para praticarmos", ele disse. "Estamos aqui para que a Srta. Whitmore possa escolher suas flores."

Rafe mal tinha pronunciado essas palavras quando Clio mostrou uma braçada de flores.

"Bem, está feito", ela declarou. "Agora nós podemos dar um passeio pelo campo. Há cervos no parque."

Ele foi até ela.

"Você não pode já ter terminado."

"Mas parece que terminei. O Sr. Montague fez a gentileza de cortar estas para mim."

Ele olhou para a mixórdia nas mãos dela. Alguns dos botões nem estavam abertos, e outros tinham perdido metade das pétalas. Ele viu rosas e... umas flores brancas e outras amarelas. Ele não sabia os nomes.

"Você prometeu cooperar com o planejamento do casamento", ele disse.

"Mas eu estou cooperando."

Antes que Rafe pudesse insistir, Daphne se juntou a eles e pegou as flores das mãos de Clio.

"Estas não servem. Horrorosas. Pavorosas. E erradas, todas erradas. Montague, você não sabe nada da linguagem das flores?"

Havia uma linguagem para as flores? *Pelos deuses*. Rafe nem sabia o nome delas!

"Cada flor transmite uma mensagem diferente. E este ramalhete medonho está dizendo todas as coisas erradas." Uma por uma, Daphne tirou as flores do ramalhete e as jogou no chão. "Rosas amarelas são para inveja." E foram-se as rosas. "Prímulas? Isso é inconstância." Prímulas foram parar na grama. "E tanásias..." Ela fez uma careta. "É uma declaração de guerra."

"Existe uma flor que serve como declaração de guerra?" Clio pegou uma das flores amarelas e felpudas no chão e se virou para Rafe. "Que interessante. Eu imagino o que aconteceria se mandássemos um buquê delas para Napoleão. Será que é a mesma coisa que desafiar um homem com um golpe de luva?"

"Se um homem me esbofeteasse com uma tanásia", disse Rafe, "eu não encararia isso muito bem."

"E se fosse uma mulher?"

"Nesse caso, eu lhe pagaria em dobro."

Ela se virou para o outro lado, mas não antes de ele ver os cantos dos lábios dela se curvarem para cima e suas faces ficarem rosa. Um inchaço absurdo de triunfo cresceu no peito dele. O que queria dizer quando ela ficava corada? Rafe não resistia a provocá-la. Quando ele via a cor surgir nas faces dela, isso o fazia sentir que tinha feito algo de certo. Como se fosse uma pequena bandeira hasteada com as palavras *Muito bem!*

"Agora espere, espere." Bruiser deu um jeito de se infiltrar no grupo e pegar o resto das flores descartadas no chão. "Eu sou, na verdade, muito versado na linguagem das flores." Ele se empertigou e alisou o colete com um puxão. "Mas no dialeto vienense."

Bom Deus. Rafe não esperava por isso.

"Dialeto vienense?" Daphne pareceu cética.

"Não vamos nos esquecer, minha lady, que Lorde Granville está vivendo há muitos anos no continente." Bruiser ergueu uma rosa amarela. "Na Áustria, estas rosas não falam de inveja, mas de devoção." Ele acrescentou a prímula ao buquê. "Estas, de ternura de espírito."

"E a tanásia?" Daphne cruzou os braços.

"Ah. A tanásia. A tanásia diz..."

"Eu quero me reproduzir sexualmente."

A intervenção veio de Phoebe, que até então estava em silêncio. E ela conseguiu a atenção de todos.

Bruiser não se intimidou.

"Bem, sim. Nos países baixos, talvez. Nas montanhas é um convite ao canto tirolês."

"Eu quero me reproduzir sexualmente", Phoebe repetiu. "É o que a tanásia diz. É o que todas as flores dizem. Qualquer planta que produz uma flor está querendo procriar."

"Oh, querida", Daphne disse. "Decoro."

Ela e Bruiser continuaram discutindo os méritos de hortênsias e nastúrcios.

Rafe puxou Clio de lado, empurrando-a na direção contrária.

"Esqueça de tudo isso. Nós precisamos encomendar flores de estufas. Orquídeas, lírios ou..." Ele agitou a mão no ar. "O que for mais refinado."

"O que há de errado com estas?" Ela ergueu seu buquê patético. "Elas são alegres."

"Não há nada de errado com elas", Rafe respondeu.

"Muito bem. Então, elas servem."

"Não. Não servem." Ele tirou o ramalhete da mão dela. "É o que estou querendo dizer. Elas poderiam servir para um vaso no peitoril da janela, mas não para o dia do seu casamento."

"Talvez eu me satisfaça com 'bom o bastante'." Ela pegou as flores.

Rafe as pegou de volta.

"*Eu* não me satisfaço com 'bom o bastante'", ele disse.

"Você disse que é o meu casamento. Você disse que eu poderia ter o que quisesse."

"Eu quero que você queira algo melhor." Ela esticou a mão para pegar o ramalhete, mas ele não o soltou. Então Rafe flexionou o braço, trazendo-a para perto. "Você tem que ter o melhor. Sempre."

Ele a segurou com firmeza. Ela não tentou se soltar. E o mundo encolheu à volta deles, tornando-se do tamanho de dois corações acelerados e um buquê murcho.

Devia ser a discussão, porque era raro Rafe se sentir assim fora de uma luta. Aguçado. Intenso. Poderoso. Consciente de tudo ao mesmo tempo. Do rubor rosado da pele dela contrastando com o vestido branco. Da maciez do pulso dela e da aspereza dos talos das flores. Da brisa que soprou uma mecha solta do cabelo dela e a fez dançar. Da doçura suave das violetas. Só que não havia violetas no buquê. O que significava que ele estava inspirando a doçura suave da própria Clio. O aroma do sabonete francês que ela usava no banho, ou talvez os aromatizadores que ela punha nas gavetas de suas roupas de baixo. Ele não deveria ficar pensando nas roupas de baixo dela. Muito menos imaginar essas roupas de baixo brancas, alvíssimas, sobre o corpo seminu dela... Ou, pior de tudo, imaginá-las em uma pilha no chão.

Olhos. Ele manteve os seus cravados nos dela. Mas isso também não era seguro. Os olhos dela eram do mesmo azul claro e brilhante dos lagos nas montanhas. Água pura, doce e profunda, que podia afogar um homem em segundos. Ele já sentia o corpo inclinando para a frente. Como se fosse curvar a cabeça para beber a água desse lago. *Que os deuses me salvem.* E pela primeira vez em sua vida, alguma divindade respondeu à sua prece.

Seu salvamento veio na forma de um grito penetrante.

Ao ouvir sua irmã gritando, Clio libertou seu olhar do de Rafe. Uma dor estranha, aguda, acompanhou o movimento. Como se ela tivesse puxado a língua rápido demais de um bloco de gelo, deixando um pedaço de si para trás. Ela girou sobre os calcanhares, procurando o problema.

No centro do jardim, Daphne estava pálida e absolutamente imóvel, como se fosse uma estátua de jardim que começou a gritar, ultrajada.

"Não. *Não!* Pare!"

Clio foi na direção da irmã, à procura da fonte do perigo.

"É uma vespa? Uma cobra?"

"É o cachorro", Rafe disse.

"Oh." Ela cobriu a boca com a mão. "Oh, céus."

Era evidente que ela não foi a única a confundir Daphne com uma estátua.

Ellingworth estava urinando no pé dela.

"Não!", a irmã guinchou. "Pare! Pare neste instante, sua fera abominável."

Depois de terminar, Ellingworth saiu bamboleando e desapareceu debaixo de uma sebe. Um agitado Sir Teddy pegou a mulher e os dois começaram a andar de volta para o castelo. Phoebe e Bruiser foram logo atrás.

Clio segurou a risada.

"Eu não devia achar isso engraçado, devia?"

"Não, tudo bem", Rafe respondeu. "Se você se divertiu, eu não preciso me sentir culpado."

"É melhor encontrarmos o cachorro, pobrezinho", Clio disse. "Logo vai chover."

Um trovão distante confirmou as palavras dela.

Eles procuraram o animal juntos pelo jardim, espiando por entre sebes e crisântemos. Finalmente, eles encontraram Ellingworth deitado de barriga debaixo de uma roseira. O buldogue parecia cansado demais para ir a qualquer lugar.

"Vou ter que carregá-lo", disse Rafe.

"Embrulhe-o nisto", ela tirou o xale dos ombros. "Ou você vai ficar enlameado."

"Não quero estragar seu xale."

"É só um xale comum. Não tem nada de especial."

Sem querer alongar a discussão, Clio estendeu o tecido estampado sobre o cachorro adormecido. Rafe o pegou nos braços.

O trovão distante troou de novo. Só que dessa vez o castelo parecia estar mais longe do que o trovão.

"Nós não vamos ganhar da chuva", ela disse. "Venha por aqui."

Ela o levou até uma velha torre de pedra que guardava o limite do castelo, na direção nordeste. A tempestade caiu pouco antes de eles alcançarem a estrutura. A chuva castigou o solo com gotas pesadas. Eles, afinal, se enfiaram na torre, ofegantes.

"Que lugar é este?", Rafe perguntou. Apesar da força ensurdecedora da chuva, a voz dele se fez ouvir na estrutura de pedra.

"Uma torre de vigia", ela conseguiu dizer. "Tem sido usada para armazenar lúpulo nos últimos cem anos. Achei que isso ajudaria com Ellingworth."

Ela puxou um velho carrinho de mão das sombras. A carrocinha de madeira era de tamanho perfeito para o buldogue.

"Aí está. Cabe direitinho. Nós podemos carregá-lo aí de volta para o castelo quando a chuva parar e depois guardamos na garagem. Desse jeito os criados podem levá-lo para passear."

"Nada mal, mas faltam umas almofadas", ele disse, com a voz grave. "Pelo menos uma dúzia."

Ela se esforçou para ignorar a provocação.

Depois que ele depositou o cachorro no carrinho e ela ajeitou o xale como uma coberta, Rafe se ergueu e observou a aparência dela.

"Você está molhada."

"Só um pouco." Ela se abraçou.

Rafe tirou o paletó e o colocou nos ombros dela.

"Obrigada", ela disse, observando a chuva. "Acho que é melhor nós ficarmos aqui até parar."

Clio pegou as lapelas e apertou o paletó à sua volta. Aquela coisa devia pesar uns cinco quilos, pelo menos. A lã continuava quente do calor do corpo dele. Mas o melhor era o cheiro – intensamente maravilhoso e intensamente Rafe. Ela disfarçou enquanto inspirava os aromas de café, couro e óleo de essência de gaultéria. E aquele almiscarado que era a marca dele. Ela nunca tinha estado assim, tão envolvida pelo aroma de outra pessoa. A sensação foi, de certo modo, de intimidade. Quase como um abraço.

Ela riu de si mesma. *Falou a garota que nunca foi abraçada.*

"Estou conversando com o administrador da terra desde que a propriedade veio para mim. Estamos planejando fazer desta torre uma estufa."

"Uma estufa", ele repetiu.

"Você sabe o que é uma estufa, não sabe?"

"Claro que *eu* sei o que é uma estufa." Ele cruzou os braços e olhou para ela. "Diga-me o que *você* acha que é uma estufa e eu lhe digo se está certo."

Ela balançou a cabeça. Mesmo para uma mulher relativamente inocente como Clio, às vezes os homens eram tão transparentes. Em um momento como aquele, isso podia ser reconfortante.

"Uma estufa é um edifício alto e redondo para secar lúpulo e malte", ela explicou. "Para converter esta torre em uma estufa, nós vamos precisar construir um forno aqui no térreo. Lá em cima vamos fazer uma plataforma para secagem. E no alto uma chaminé para atrair o calor para cima. Pronto. Que tal esta definição?"

"Aceitável."

"E isso é só o começo. Não apenas o solo desta região é ideal para plantar lúpulo, mas também nós temos um rio de água pura, cristalina, que atravessa a propriedade. Depois que acabarmos a estufa, vamos começar a construir a cervejaria."

Ele balançou a cabeça com a surpresa.

"Espere, espere. Uma cervejaria?"

"Foi o que eu lhe disse ontem à noite. Eu quero fazer alguma coisa com este lugar."

"Você quer administrar uma cervejaria." Ele a mediu com o olhar. "*Você*."

"Sim. O Castelo Twill é um pouco longe de Londres, mas aqui mesmo em Kent nós podemos vender nosso produto para inúmeros pubs e tavernas. Temos bastante espaço para armazenamento no porão do castelo."

"Ah. Então você concorda. Aquilo *era* uma adega."

"Está bem." Ela revirou os olhos. "Você ganhou. É uma adega. E é perfeita. O esquema todo é perfeito. Até você tem que admitir."

"Não vou admitir nada." Ele removeu uma mecha de cabelo molhado da própria testa. "A ideia é terrível. O que você entende de cerveja?"

"Mais do que você entende de casamento."

Ao longo dos últimos oito anos ela não estudou só etiqueta diplomática e política internacional, mas também agricultura e administração de propriedades. Sua mãe dizia que tudo estava a serviço de ela se tornar uma esposa perfeita. Pois precisava estar preparada para conversar com o marido sobre qualquer tópico que pudesse interessá-lo ou preocupá-lo. Clio não achou isso ruim, na verdade. Ler todas aquelas revistas e aqueles livros ajudou a passar o tempo enquanto... esperava uma coisa e outra. Quando acompanhava Phoebe com seus tutores. Sentada na costureira durante as provas de vestido de Daphne. Mantendo vigília ao lado da mãe doente, depois de os médicos declararem que não havia nada mais a ser feito. Clio leu durante tudo isso.

Então chegou o dia em que soube que este castelo lhe pertencia. E ela percebeu que outra coisa também lhe pertencia. Todo aquele conhecimento que tinha acumulado... era dela. Clio estava tão bem preparada para administrar uma propriedade quanto Piers poderia estar, com suas viagens incessantes. Só havia um detalhe significativo que os diferenciava. Infelizmente, era uma diferença que ninguém – nem mesmo Rafe – conseguia ignorar.

"Você é uma mulher." Ele pronunciou essa declaração como se fosse o início, fim e resumo de qualquer discussão.

"E você acha que uma mulher não pode administrar uma cervejaria? Ou só não acredita em mim?"

"Não importa o que *eu* acho. Só importa o que todos os fazendeiros, cervejeiros e taverneiros acham."

"Até alguns séculos atrás, toda cerveja era feita por mulheres. Hoje em dia, qualquer propriedade de bom tamanho fabrica sua própria cerveja. É de onde sai o fermento para o pão."

"Existe uma diferença entre produzir um pouco de cerveja para os empregados e produzir o bastante para distribuição."

"Eu sei que existe. É por isso que eu queria que você assinasse os documentos da dissolução. Para começar a fazer cerveja no ano que vem, preciso começar a construção agora. Isso significa que preciso do dinheiro do meu dote, e quanto antes, melhor. O arquiteto não vai começar o projeto sem ser pago."

"Escute, se você está decidida a fazer uma cervejaria nesta propriedade, essa é mais uma razão para você casar com Piers. Os administradores dele podem supervisionar tudo."

"Eu não vou casar com Piers. E eu posso contratar meus próprios administradores. Você não consegue ver? Eu quero algo que seja *meu*. Quero um desafio."

"*Quando* você casar com Piers, vai ter o título de marquesa. Uma casa em Londres e uma propriedade imensa para administrar. Ele vai ter obrigações diplomáticas. Vocês vão ter filhos. Se isso não for o bastante, haverá empreendimentos de caridade aos quais você poderá dedicar seu tempo e seu nome. Não irão lhe faltar desafios."

"Mas isto é diferente."

"Como?"

Ela fez um gesto de frustração.

"Este é um desafio no qual eu tenho alguma chance de sucesso."

"O quê?! Isso é absurdo. Você vai ser uma perfeita Lady Granville."

Lá estava. Aquela palavra pretensiosa e ridícula de novo. *Perfeita*.

"Eu estou falando sério." Colocou as mãos nos ombros dela, virando-a de frente para ele. "Olhe para mim."

Ela olhou para ele. Não era fácil. Rafe era tão grande e estava tão perto. Ela teve que inclinar a cabeça para trás, expondo a garganta vulnerável ao ar frio e úmido. Sua pulsação tinha o ritmo de um coelho indeciso.

"Eu sei que tem sido uma espera longa", ele disse. "Eu sei das fofocas."

"Para dizer o..."

"O mínimo. Eu sei."

Lá estava ele de novo, terminando suas frases. Oh, então era briga o que ele queria. Mas dessa vez Clio não iria recuar. Ela tinha mais capacidade do que ele pensava. Mais do que qualquer um suspeitava.

"Mais do que qualquer coisa", ele disse, "eu sei como é ser o azarão. Ter todo mundo apostando contra você, pensando que você não conta. E eu conheço o sentimento que vem quando finalmente se vence. Que é o que você vai sentir quando estiver caminhando pela nave da igreja em seu vestido lindo e cheio de babados, de braços dados com um dos maiores homens da Inglaterra, e todas aquelas línguas fofoqueiras murcharem. Acredite em mim..." As mãos enormes dele apertaram seus ombros. "O triunfo é doce. É doce demais."

Os olhos verdes dele estavam quase pretos e sua voz era sincera. E uma parte escondida e solitária dela queria acreditar nele.

"Isso tudo é um erro", ela disse, afastando-se. "Eu nem sei por que estou tentando explicar alguma coisa para você."

"Eu sei. Eu sou um bruto idiota e ignorante. Da próxima vez fale mais devagar e use palavras simples."

"Não foi o que eu quis dizer. Você é muito inteligente e eu sempre soube disso. Eu só queria que você me desse o mesmo crédito."

"Eu? Não acho que você seja idiota."

"*Parece* que acha. Pois acredita que um vestido bonito e uma festa grandiosa podem ser suficientes para me fazer mudar de ideia a respeito de algo tão importante quanto o casamento. Como isso pode não ser um insulto à minha inteligência?"

"Ora, Clio..."

"Não venha com 'ora, Clio' para mim." Ela se virou e começou a subir os degraus tortuosos. Por causa daquela tempestade, ela não podia ir embora correndo da torre. "Talvez eu seja mesmo uma tola. Você chegou sem avisar, com todas as suas listas."

"Só havia uma lista." Ele subiu a escada atrás dela.

"... e seu amigo 'escudeiro' ridículo..."

"Eu posso explicá-lo."

"... e seu cachorro..."

"Ele não é meu."

"... e eu fui tola o bastante para deixá-lo ficar. Eu o recebi no meu lar porque esperava que pudesse ver que o Castelo Twill é exatamente isso. Meu *lar*. Mas você é tão teimoso." Ela pisou mais forte nos degraus enquanto se aproximava do topo. "Você é igualzinho ao Piers. Todo o interesse na carreira, nenhum em mim. Eu queria ter colocado você para fora."

Quando ela deu o passo seguinte, seu sapato escorregou na pedra úmida e ela torceu o tornozelo.

Rafe estendeu a mão para segurá-la.

"Peguei você." Ele contraiu o braço, trazendo-a para seu peito. "Peguei você."

Clio agarrou na camisa dele. Ela teria se equilibrado, mesmo sem a ajuda dele. Mas, por um breve momento, deixaria que ele bancasse o herói. Estava ficando perigosamente acostumada com isso. Com a sensação de estar nos braços dele. Protegida, valorizada – ainda que só um pouco.

"Ainda querendo ter me colocado para fora?" Ele baixou a cabeça para o chão de pedra a cerca de seis metros abaixo. "A queda é longa. Nós poderíamos ter acabado lá embaixo, em uma pilha de ossos quebrados, e esperar dias até que alguém nos achasse."

"Rá." Ela o soltou, virou e continuou subindo. "Se nós fôssemos encontrados juntos, era melhor que estivéssemos mortos. Você pode imaginar o que as pessoas iriam concluir."

"O que elas iriam concluir?"

"Que nós éramos amantes, é óbvio."

Capítulo Seis

"Amantes?", Rafe perguntou.
As paredes redondas, de pedra, ecoaram como um cântico provocador. *Amantes... Amantes... Amantes...*
Ele pigarreou e baixou a voz para um tom discreto, aborrecido.
"Por que alguém pensaria isso?"
"Está à nossa volta", ela disse enquanto subia os últimos degraus até o segundo andar. "Olhe."
Com a chuva e a escassez de janelas, era difícil distinguir qualquer coisa a princípio. Mas conforme seus olhos se ajustaram à escuridão, Rafe começou a entender o que ela queria dizer. As paredes de pedra ao redor deles estavam marcadas com letras. Pares de letras. Algumas delas entalhadas dentro de corações... Iniciais de amantes... Aquele devia ter sido um local de encontros românticos durante décadas. Talvez séculos.
"É encantador, não acha?" Ela contornou um coração com a ponta do dedo. "Tantos casais ao longo dos anos. Fico me perguntando quem eram essas pessoas."
Rafe pensou que aquele era um desdobramento interessante. Qualquer coisa que estimulasse pensamentos relativos a casais e romance na imaginação dela era bem-vinda.
"E quanto a você?" Ela se virou para ele. "Suas iniciais estão gravadas em alguma parede de Somerset? Ou... em muitas paredes?"
"Eu?" Ele sacudiu a cabeça. "Não. Quando se trata de romance, eu não grav..."

"Você não grava nada em pedra." Ela sacudiu a cabeça. "Claro que não."

Ele olhou para ela, parecendo aborrecido.

"O quê?", ela exclamou. "Lutadores não são os únicos que sabem se concentrar, antever, reagir." Ela ergueu os punhos pequenos e brincou de socar o ombro dele. "Se você não quer que eu termine suas frases, tente ser menos previsível."

Ele riu para si mesmo. Nossa. Aquela mulher era inteligente. E talvez não fosse tão inocente quanto sua aparência sugeria. Ainda assim, ela nunca conseguiria imaginar os pensamentos que sua cabeça ruminava naquele momento. No momento em que quase caiu, ela derrubou o paletó que Rafe havia lhe emprestado. Aquela coisa maldita era, decerto, responsável por ela ter se desequilibrado. Mas então ela ficou apenas com seu vestido de musselina – fino, molhado, quase transparente –, tremendo, fosse de frio ou do susto de quase cair. Ele não conseguia olhar para ela sem sentir vontade de aquecê-la. Abraçá-la. Protegê-la. *Mais do que isso...*

"Piers", ele disse. "Piers é o tipo de homem que entalharia suas iniciais na parede, bem ao lado das dele."

Ela fez uma expressão de pouco caso.

"Eu duvido. Ele passou anos se recusando a escrever o nome ao lado do meu em uma certidão de casamento."

"Isso é diferente."

"Rafe, eu gostaria que você parasse de negar o óbvio. Ele não me ama."

"É claro que ama. Ou vai amar. O amor tem um jeito de surpreender o homem. Eu me arrisco a dizer que o amor *tem* que surpreender o homem. Pois se nós víssemos o amor se aproximando, sairíamos correndo."

"O amor nunca surpreendeu você."

"Bem, esse sou eu." Ele deu um empurrão de brincadeira no ombro dela. "Eu passei anos treinando meus reflexos. O amor pode tentar todos os golpes que quiser, eu sei como evitá-los."

"Até aqui", ela acrescentou, um detalhe significativo.

"Até aqui."

Eles ficaram escutando a chuva por um momento.

A verdade era que Rafe duvidava que o amor um dia o alcançasse. Ele perdia o interesse nas coisas com muita facilidade. Ele sempre foi assim. Com os estudos, deveres, clubes... amigos e amantes também. Lutar mantinha seu corpo e sua mente engajados, pois o desafio mudava a cada adversário. Essa era a única coisa que tinha conseguido capturar e manter sua fascinação.

Ele observou um leve rubor no rosto de Clio. *Bem, talvez lutar fosse uma das duas coisas.*

"E se for o contrário?" Clio perguntou. "E se quando Piers voltar e me vir, o que ele sentir não for amor? Se ele simplesmente concluir que não sente nada por mim? Que nunca sentiu nem vai sentir?"

"Impossível."

"Não é impossível. Ele deve ter mudado durante o tempo em que esteve fora. Eu também mudei. Eu fiquei mais velha, e também... bem, eu apenas mudei." A voz dela ficou baixa. "Eu ganhei seis quilos desde a última vez em que ele me viu."

Nos melhores lugares, Rafe quis dizer. Mas não podia dizer isso. E ainda considerou uma atitude heroica, da sua parte, baixar os olhos para os seios dela apenas por um momento, e não dez.

"Clio, você ainda..." Droga. *Ainda* não era a palavra que ele procurava. "Você sempre foi..."

"Pode parar. Por favor, não tente me adular. Soa tão falso. Principalmente porque é óbvio que você não gosta de mim."

Isso mesmo, ele não gostava dela. Ele não gostava *tanto* dela, só tinha se arriscado a pular para sua morte ao segurá-la quando ela tropeçou.

"Em oito anos você não respondeu a nenhuma das minhas cartas", ela disse. "Você nunca retribuiu nenhuma das minhas visitas. Até aparecer aqui, você não tinha aceitado nenhum dos meus convites. E eu fiz diversos."

Ele expirou devagar. Maldição. Sim, ela o convidou várias vezes. Rafe acreditava que ela procurava manter contato por obrigação. Por qual outro motivo uma dama trataria o irmão afastado e infame do seu noivo dessa forma? Todos aqueles cumprimentos nos feriados, votos de aniversário, convites para jantares em família... Tudo isso era devido a um sentimento de obrigação, ele deduziu. No máximo, provinham da doçura essencial no caráter dela. Incomodá-la com respostas indesejadas parecia o modo incorreto de retribuir esse gesto.

Mas esses gestos *tinham* significado algo. Ele tinha guardado todas as cartas e todos os cartões de visita. Cada um deles. Ele não ficava cheirando ou acariciando essas correspondências, isso seria ridículo. Mas ele as tinha guardado. Ela o fez se sentir mais parte da família Brandon do que seus próprios parentes. Ele não sabia como pôr isso em palavras. Muito menos escrever uma carta a respeito. Quando se tratava de sentimentos assim tão fortes, ele só sabia agir.

"Você entendeu mal", ele se forçou a dizer. "Eu não odeio você."

"Oh, é sério?" Ela se virou para encará-lo. "Olhe no fundo dos meus olhos e diga, com sinceridade, o quão ansioso você está para me chamar de irmã."

Maldição.

Lá fora, a chuva caía como uma advertência. Ele sentia o sangue pulsar como um trovão em suas orelhas.

"Você não consegue dizer", ela sussurrou. "Consegue?"

"Honestamente? Não, não consigo."

A mágoa contorceu as feições dela. E ele quis socar a parede até abrir um buraco.

"Muito bem, então." Ela se abraçou. "Ótimo. Agora que nós sabemos o que sentimos um pelo outro, podemos parar de fing…"

Maldita seja sua natureza impulsiva e audaciosa. Antes que pudesse mudar de ideia, ele a puxou para perto, virando o rosto de Clio para encará-lo. Passando um dedo pelos lábios macios e trêmulos dela. Segurando-a para beijá-la.

Quando os lábios dele tocaram os seus, Clio estava certa de que aquilo era um engano. Essa era a única explicação possível. Era óbvio que Rafe pretendia pôr sua boca larga e sensual em algum outro lugar – e ela, estabanada do jeito que era, acabou colocando o rosto no caminho. Que constrangedor. Aquele tipo de situação era a cara dela. Mas… parecia que as mãos grandes e quentes dele estavam *segurando* seu rosto. E aqueles lábios macios estavam se movendo sobre os dela, sem parar, com algo que parecia muito com intenção. Bom Deus. Rafe a estava beijando. E o que era mais chocante ainda? Enquanto o cérebro dela tentava entender o que acontecia, o resto do corpo dela já estava retribuindo o beijo.

Oh, Rafe. Isso. Ela mal sabia como, mas isso não importava. Rafe lhe ensinou o básico, da mesma forma que ele tinha lhe ensinado a pescar truta no rio. Com habilidade adquirida na prática e uma provocação delicada, além da paciência que disfarçava sua fome.

Eles se beijaram terna e apaixonadamente. Eles se beijaram como se isso fosse a coisa *certa*. Como se fizesse todo o sentido. Como se tudo que conversaram e não conversaram, o modo como discutiram e se ignoraram ao longo dos últimos oito anos – não, há muito mais tempo que isso – foram apenas itens de uma longa lista de "Coisas Para Fazer Para Evitar Beijos e Desejos". E como eles chegaram ao fim da lista, tinham muito atraso para tirar.

Eles se beijaram e beijaram, enquanto a chuva caia lá fora. Era tão romanticamente absurdo, que Clio pensou que seu coração fosse explodir. E doce. Tão doce. A boca dele se moveu pela dela de novo, cada beijo durando um pouco mais que o anterior. Uma nuvem de respiração e anseio se formou entre eles. Sua própria tempestade particular e secreta.

Rafe segurou a nuca de Clio, inclinando seu rosto para ele, e a puxou para mais perto de seu peito, aprofundando o beijo, explorando sua boca com passadas ousadas de sua língua. Tudo que Clio conseguia fazer era se segurar.

Os sentidos dela se ampliaram para assimilar tudo. A batida firme do coração dele. O batimento mais rápido do seu. O sabor doce dele e o aroma picante de gaultéria que a pele dele soltava. Aquele aroma a intrigou. Algum tipo de sabão aromático para barbear? Não era colônia.

Curiosa, então, ela deslizou a mão para tocar o rosto dele. Embora fosse o início da tarde – e ele tivesse se barbeado pela manhã –, os pelos nascentes arranharam a ponta de seus dedos. Ela achou aquela textura uma loucura de tão excitante. Tão estranha para ela e tão masculina. Tão *real*.

Para sua surpresa, ele não tentou nada além de beijos. Não tentou acariciá-la nem agarrá-la da forma que homens de má índole tentariam fazer com garotas inocentes – segundo os alertas que estas recebiam. Oh, ela podia sentir a força pulsando pelo corpo dele, a necessidade se retesando quente e firme em seus músculos. Ele queria mais. Ele queria tudo. Mas ele apenas a beijou. Como se isso fosse o suficiente.

Como se *tivesse* que ser o suficiente. E Deus ajudasse aos dois se não fosse.

"A chuva parou", ele disse algum tempo depois.

Ela aquiesceu, lânguida. Os beijos também tinham parado.

As mãos dele deixaram o rosto dela. Rafe virou as costas para a parede e deixou a cabeça bater na pedra com um baque suave.

"Eu sou um vagabundo."

"Se você é um vagabundo, não sei o que isso me torna."

"Não tem nada a ver com você."

Ela baixou o rosto.

"Não?"

"Bem, é claro que tem. Tem muita coisa a ver com você. Se eu tentar explicar, vou fazer uma confusão."

"Tente assim mesmo." Ela esperou, ainda envolta pelo aroma e calor dele.

"Eu deveria ter superado isso a essa altura", ele disse. "Eu pensei que tinha... maldição."

"Beijar?"

"Invejar. Eu sempre invejei meu irmão. Os brinquedos, as realizações. Todos os elogios que ele recebia. Desde que me lembro, eu sempre quis o que era dele." Ele apertou o maxilar. "Você era dele."

"Oh."

Ele esfregou o rosto com as duas mãos.

"Que diabos eu estou dizendo? Você é dele."

Clio não sabia como reagir àquilo. Rafe a queria. Ele a queria há muito tempo, mas não porque a considerava desejável ou atraente. Ele a queria porque ela pertencia a Piers. Aparentemente, ela poderia ser um ser disforme, horrendo, com rosto de duende, que isso não importaria. Ele ainda assim iria querer beijá-la durante horas na chuva.

Aquele calor persistente começou a esfriar. E rápido.

"Isso não vai acontecer mais", ele disse. "Nunca mais."

Lá se foi o calor... E o frio ficou no lugar.

"Bem", ela conseguiu dizer depois de um momento desconfortável em que ficou recolhendo o que restava de seu orgulho. "Eu entendo agora por que você é tão popular com as mulheres, Rafe. Você sabe mesmo como fazer uma garota se sentir especial."

Ela tentou desembaraçar as saias encharcadas para que pudesse ir embora.

Ele colocou a mão sob o cotovelo dela para apoiá-la e evitar que escorregasse de novo. A audácia dele, agindo com tanto cavalheirismo menos de um minuto depois de a humilhar, e *isso* menos de um minuto depois de beijá-la com tanta entrega. Será que ele estava tonto depois de todas aquelas manobras faciais?

"Pelo menos isso significa que eu ganhei", ela disse.

"Você ganhou o quê?"

"Você vai ter que assinar os documentos de dissolução, agora. Eles estão na minha cômoda. Agora que parou de chover, você pode ir embora."

"Espere, espere. Você não ganhou. Não vou assinar os documentos."

"Como você pode se recusar depois de...?" Ela gesticulou para o lugar em que eles tinham se beijado. "... depois disso? Você ainda vai me encorajar a casar com seu irmão?"

"É claro que vou."

"*Você me beijou!*"

"Não faça tanto drama com isso. Um beijo não é nada."

Nada?! Para ele, talvez. Mas aquele beijo não pareceu ser *nada* para ela.

"Eu já beijei muitas mulheres que seguiram em frente e se casaram com outros homens", Rafe disse. "Às vezes no mesmo dia."

"Você não está falando sério."

"Quanto a você...", ele continuou, recusando-se a lhe dar uma explicação, "se tivesse a experiência de uma temporada de verdade, também não daria muita importância para isso. Você teria sido beijada por uma dúzia de libertinos em varandas, em momentos de loucura, e perceberia sozinha que casar com um homem como Piers é o melhor a fazer."

Clio sabia que não era bem assim. Havia um motivo pelo qual ela ficou conhecida como a debutante mais sortuda de sua temporada. Porque não só ficou noiva do solteiro mais cobiçado da sociedade, como também todo mundo sabia que ela não teria a menor chance com ele se os pais dos dois não tivessem arranjado o casamento anos atrás. Se ela tivesse tido uma temporada normal, talvez nem tivesse sido beijada.

"Mas você quer que eu me case com o seu irmão. Como você acha que isso pode funcionar?" Ela começou a descer a escada. "Nos jantares de Natal e Páscoa nós vamos nos sentar à mesa, um de frente para o outro, e tentar não pensar no dia em que nos beijamos como amantes na chuva?"

"Você não precisa se preocupar com conversas formais. Eu não vou aparecer no Natal nem na Páscoa."

Clio parou no meio da escada. Ela sabia que Rafe e o irmão tinham vivido uma verdadeira guerra particular nos últimos anos. Mas é claro que, com o velho marquês morto, os dois irmãos não precisavam continuar o enfrentamento.

"Você não apareceria nos feriados?", ela perguntou. "Mesmo agora, que o seu pai morreu?"

"Não vejo motivo."

Que mentiroso. O beijo estava carregado de motivos. Houve emoção no abraço que compartilharam. Talvez não houvesse atração, afeto ou amor – mas houve anseio. Ele podia ter ignorado todos os convites dela ao longo dos anos, mas ficou claro para Clio que ele não a tinha ignorado por completo.

Eles chegaram ao pé da escada. Ellingworth tinha adormecido no carrinho. Será que ele estava *mesmo* dormindo? O cão jazia tão imóvel que ela ficou preocupada por um instante. Mas encostou os dedos no xale que cobria o animal e sentiu que continuava quente. Clio então fez um carinho no pescoço dele. O cachorro velho franziu a cara – já muito franzida – e fungou, contente.

Clio criou coragem para falar:

"Eu sei que faz poucos meses que ele morreu, Rafe. E você está sozinho... Quando minha mãe morreu, eu teria ficado perdida sem minhas irmãs." Ela se endireitou. "Você pelo menos quer conversar sobre isso?"

"Não." Ele fez uma careta.

"Tem certeza? Às vezes isso ajuda."

"Eu não preciso de ajuda. Eu parei de pensar no marquês como meu pai há anos; aquele homem nunca me viu como um filho querido. Eu sempre fui um erro." Ele pegou os braços do carrinho e virou o rosto para olhar para o andar de cima. "E parece que continuo sendo. Mas apesar do que aconteceu lá em cima, não vou assinar seus papéis. Se quiser me colocar para fora, eu..."

"Não", ela o interrompeu. "Não, eu quero que você fique."

"Não precisa ser educada. Não desperdice cortesia comigo."

"Não estou sendo educada." Para provar isso, ela acrescentou, "Maldito seja."

Oh, aquele homem. Ele tentava parecer frio e indiferente. Mas bastava olhar para ele para notar que seus olhos desafiavam Clio a colocá-lo na rua, ao mesmo tempo em que lhe imploravam para deixá-lo ficar. Dois círculos verdes de isolamento, rodeando poços escuros, profundos de... Uma dor oculta. Rafe tentava negar, mas estava faminto por uma ligação, por uma sensação de pertencimento em sua vida. Família, aceitação, lar... Uma razão para aparecer no Natal e na Páscoa. Clio podia ver isso.

E talvez – só talvez – se ela o mantivesse no castelo um pouco mais, ele começaria a admitir isso para si mesmo.

"Eu quero que você fique, Rafe. Porque nós temos um acordo. Um *round* não decide a luta. Eu preciso daqueles documentos assinados e não vou desistir."

Nem de si mesma, nem dele.

"Quanto ao beijo..." Ela abraçou o próprio corpo, uma tentativa de preservar a lembrança daquele doce calor. "Você tem razão. Foi só um beijo. Vamos esquecer que aconteceu."

Capítulo Sete

Vamos esquecer que aconteceu.

É fácil falar. Mas muito difícil de fazer. Na verdade, Rafe estava achando impossível.

Quando ele, Bruiser e as três irmãs Whitmore se reuniram na pequena capela do castelo na tarde seguinte, cerca de 22 horas haviam se passado. Rafe pensou beijo, sonhou com isso ou se recriminou por beijar Clio durante as últimas 21 horas e meia.

Ele correu vinte quilômetros naquela manhã, depois mergulhou no lago gelado... Não ajudou. Ele não conseguia parar de olhar para ela. E tinha oportunidades demais para ficar encarando Clio, pois ela se recusava a olhar na direção dele. Estava brava com ele, e tinha um bom motivo. O pior de tudo é que ele gostava muito da Clio brava. Ela ficava um pouco mais altiva, com o queixo mais alto. Seus olhos ardiam como fogo. Se Rafe a estivesse treinando para uma luta, estaria se sentindo bem confiante. Mas como estava querendo obrigá-la a se casar, contudo...

"Queridos amados", Bruiser anunciou, em frente à capela, "estamos reunidos aqui hoje para estabelecer o cenário para a mais alegre das ocasiões." Ele esfregou as mãos. "Está preparada para ficar deslumbrada, Srta. Whitmore?"

"Eu... não sei bem."

"A Srta. Whitmore está pronta para ficar deslumbrada", Rafe disse, olhando na direção dela. "Ela me disse isso. Outro dia."

Clio olhou para ele, então.

Rafe lhe enviou uma mensagem com os olhos. *Nós temos um acordo, lembra?*

"Muito bem", ela disse, parecendo resignada. "Estou pronta para ficar deslumbrada."

"Excelente." Bruiser abriu bem os braços, as mãos para cima. "Imaginem isso: vamos revestir toda a capela com bandeirolas brancas."

"Oh, eu adoro bandeirolas", Daphne disse. "Meu próprio casamento sofreu de uma escassez de faixas."

"Você fugiu para se casar", Clio lembrou.

Rafe abriu a boca para questionar essa ideia. Então ele se segurou e sentou em um dos bancos, onde ficou olhando entorpecido para a frente, tentando entender como ele, o infame Filho do Diabo, tinha chegado àquele momento de sua vida... sentado em uma capela, em um castelo de contos de fada, perto de Alguma-Coisa-Encantadora, em Kent, querendo dar sua opinião sobre *bandeirolas*. Bom Deus. Ninguém poderia saber disso além daquelas muralhas.

Daphne disparou na frente, desfilando pelo corredor central, enquanto desenhava decorações imaginárias com as mãos.

"Vamos ver", ela disse. "Vamos colocar lenços de tecido para decorar as extremidades dos bancos. São um, dois..."

"Doze", Phoebe interrompeu.

A mais nova das irmãs Whitmore sentou no banco à frente de Rafe e puxou um pedaço de barbante do bolso. Enquanto os outros faziam planos à sua volta, ela trabalhava o barbante com os dedos para criar figuras. Como se fosse um jogo de cama de gato, só que mais complexo.

"Doze fileiras", ela disse. "Vinte e quatro bancos." Ela esticou os dedos para revelar uma treliça de cordão formando uma série de diamantes.

Rafe deslizou pelo assento, aproximando-se dela, e apoiou os braços nas costas do banco em que Phoebe estava.

"Você é boa nisso, não?"

"Com o barbante ou com contas?"

"Com as duas coisas."

"Sou", ela confirmou.

Rafe ficou olhando para ela, intrigado. Das três irmãs Whitmore, Phoebe foi a que ele menos teve chance de conhecer. Ela era uma criança pequena quando ele e o marquês se distanciaram, e Rafe evitou as reuniões familiares desde então. Ele imaginou que aquela brincadeira com o barbante devia explicar seu apelido.

"Vinte e quatro laços, então", Daphne disse. "E bandeirolas em cada janela. Quantas janelas, Phoebe?"

"Catorze. Com trinta e dois vidros em cada uma."

"Você nem mesmo olhou", Rafe sussurrou.

"Não preciso." Phoebe observou seu barbante através da franja de cabelos escuros. "Com números, contas, formas, possibilidades... É sempre assim. Eu apenas sei."

Aquela era uma sensação que ele não conseguia entender. Aprender nunca foi fácil para ele.

"Como é isso?", ele perguntou. "A sensação de apenas... saber as coisas, sem se esforçar?"

Ela passou os dedos pelo barbante.

"Como é ter o poder de derrubar um homem grande?", Phoebe perguntou.

"Eu tenho que ter cuidado com o que faço. Principalmente perto de pessoas que acabei de conhecer, ou de quem eu não gosto. Mas é útil em certas situações. E, às vezes, muito gratificante."

Pela primeira vez ela olhou na direção dele.

"Então eu não preciso explicar."

Enquanto Rafe observava, ela esticou os dedos para revelar uma nova figura. A abertura em arco no centro era exatamente igual ao vitral na janela diante deles. Então ela deixou os dedos escaparem do barbante e a figura sumiu.

Daphne se colocou na frente deles, fazendo cálculos.

"Então, se nós precisamos de dois metros de bandeirolas por janela, e três quartos de metro por laço... Vamos lá, gatinha, não me obrigue a pegar lápis e papel."

"Quarenta e seis metros", Phoebe respondeu.

Clio riu.

"Você pretende encomendar *quarenta e seis* metros de tecido? Nós estamos decorando uma capela ou vestindo um elefante? Ela já é encantadora como está, com os entalhes e os vitrais."

"Qualquer coisa encantadora pode ficar *ainda mais* encantadora", Daphne disse. "Você não se lembra do que a nossa mãe falava sempre?"

Pela expressão no rosto de Clio, ela lembrava o que quer que a mãe delas sempre falava – mas não com um carinho muito especial.

Bruiser pigarreou para chamar a atenção.

"Certo, então. Continuando. A capela vai ficar *ainda mais* encantadora. E a Srta. Whitmore vai ser a parte mais fascinante de todas."

"Mais *encantadora*, Montague", Daphne o corrigiu.

"Sim, é claro. Mais encantadora."

Clio parecia em dúvida. Na verdade, ela parecia péssima. E Rafe sabia que a culpa era dele. Ele tinha sido um idiota no dia anterior, beijando-a e depois dizendo que aquilo não era nada. Não dava para dizer que era uma boa tática para aumentar a autoconfiança de uma mulher.

Ele puxou Bruiser de lado.

"Isso não está funcionando. Você disse que podia deixá-la empolgada com o casamento. Você prometeu deslumbramento."

"Ela vai ficar deslumbrada, Rafe."

Ele olhou novamente para Clio.

"Não estou vendo nada, ainda."

"Dê um tempo, sim?" Bruiser foi até o lado de Clio e delicadamente a colocou no começo do corredor. "Apenas imagine, Srta. Whitmore. Os bancos repletos de familiares e amigas íntimas. Melhor ainda, suas piores inimigas. Todos e todas segurando a respiração, na maior expectativa, esperando que você faça sua entrada grandiosa."

"Minha entrada grandiosa?"

"Isso mesmo. Em um vestido esvoaçante com um incomparável véu de renda."

No pequeno vestíbulo da capela havia uma mesa estreita com uma toalha rendada e um vasinho de flores. Bruiser arrancou a toalha da mesa e a passou ao redor da cabeça de Clio, improvisando um véu para cobrir o rosto dela.

Rafe percebeu que ela estava rindo por baixo daquilo. Sorrindo do absurdo, sem dúvida – mas qualquer sorriso era melhor que a expressão de desânimo que ela ostentou a manhã inteira.

"E um buquê." Bruiser pegou as flores do vaso e as colocou na mão dela. "Pronto."

Clio manteve as flores afastadas do corpo.

"Estão pingando", ela disse.

"Não ligue para isso", Bruiser replicou. "Imagine um tapete de veludo, estendido no chão à sua frente, coberto de pétalas de rosas. E suas irmãs vão na frente enquanto você caminha pelo corredor." Bruiser colocou primeiro Daphne, depois Phoebe na frente de Clio. "Vá ficar na outra ponta, Rafe. Ao lado do altar, onde será o seu lugar."

Bom Deus. Aquela bobagem de "padrinho" de novo, não... Se havia qualquer dúvida quanto à adequação de Rafe àquele papel, seu comportamento na torre no dia anterior deveria tê-la apagado.

Apesar disso, Rafe fez o que Bruiser pediu e foi se posicionar ao lado do altar. Pela primeira vez Clio parecia estar se divertindo com a ideia de casamento, e ele não estragaria a diversão.

"Um vigário", Bruiser murmurou para si mesmo. "Nós precisamos de um vigário. Alguém solene, digno, com colarinho... Ah."

Ele pegou Ellingworth no tapete e o levou para o altar, depositando o buldogue velho e enrugado no lugar em que o vigário deveria ficar. Arquejando, o cachorro deitou sobre a barriga, com a cabeça entre as duas patas da frente. Sua papada enrugada se acumulou ao redor do focinho preto.

"Agora só está faltando um noivo", Daphne disse.

"Uma sensação tristemente familiar", Clio respondeu.

"Não tem problema. Nós podemos dar um jeito nisso, Srta. Whitmore." Bruiser correu para trás de Rafe e o empurrou para a frente, em direção ao centro. "Rafe vai fazer o papel de Lorde Granville. Eu vou ser o padrinho."

"O quê?!", Rafe rosnou. "Não. Não vou fazer o papel do noivo."

"Você é o irmão dele", Bruiser rosnou de volta. "É a escolha mais lógica. Não posso fazê-la atravessar o corredor para beijar Ellingworth, posso?"

Rafe passou os olhos pela capela. O que diabos tinha acontecido com Sir Teddy Cambourne? O homem sempre estava onde não era bem-vindo, mas nunca estava por perto quando podia ser útil.

"Então", Bruiser continuou, "a orquestra vai tocar a marcha nupcial."

"Eu não sei onde você pretende enfiar uma orquestra nesta capela", Clio disse por debaixo da toalha de mesa."

"Eles vão se apertar em algum canto."

"Sério, o órgão deve ser suficiente."

"Não", Rafe interveio. "Nada 'suficiente' é suficientemente bom. Não para este casamento. Teremos uma orquestra."

"Prontos, então? As madrinhas primeiros." Bruiser começou a cantarolar a marcha nupcial.

Daphne se juntou à cantoria e conduziu Phoebe pelo corredor.

"Agora a noiva." Quando Clio hesitou, Bruiser cutucou Rafe. "Cantarole você também, por favor?"

"Eu não vou cantarolar. Eu não cantarolo."

Seu treinador o socou no rim.

"Você quer que ela entre no clima ou não?"

Maldição. Rafe começou a cantarolar.

Clio se rendeu e começou a caminhar pelo corredor da capela – em direção a um buldogue, acompanhando os acordes de uma cantoria sem ritmo, envolta por uma toalha de mesa e segurando um punhado de flores murchas e molhadas. Na metade do caminho começou a rir. Quando chegou até Rafe, no altar, ela gargalhava alto.

"Estou lhe dizendo, Srta. Whitmore", Bruiser disse. "Os convidados irão se levantar, extasiados."

"Ah, sim." Ela continuava rindo ao tirar a toalha de mesa do rosto. "Tenho certeza que sim, com esta noiva diante deles, como poderiam não ficar extasiados?"

Droga. Rafe devia saber que isso não ia funcionar. Ela não estava deslumbrada. Só estava achando graça. Tudo estava errado. Só que, de um modo estranho, aquilo parecia certo. Se algum dia ele fosse se casar, era assim que iria querer sua noiva desfilando pelo corredor enquanto ia ao seu encontro. Feliz. Alegre. Rindo, até. Tendo o melhor momento de sua vida. Mas não era Rafe quem ia se casar. E Clio não era sua noiva.

"Que horas são?" Phoebe perguntou. "Sr. Montague, pode verificar no seu relógio de bolso?"

"Eu... ahn..."

Bruiser olhou para a vistosa corrente que desaparecia dentro do bolso do seu colete. Rafe podia apostar que ela não estava ligada a nenhum tipo de relógio.

Rafe puxou seu próprio relógio e o abriu.

"São duas e dezessete."

Phoebe aquiesceu.

"Vocês devem fazer o casamento às duas e dezoito."

"Não seja ridícula, querida." Daphne deu um beliscão na irmã mais nova. "Ninguém se casa às duas horas, muito menos às duas e dezoito. Por qual motivo alguém faria isso?"

"Espere um minuto", Phoebe respondeu. "E você verá."

Ela mal tinha acabado de falar isso e um raio de luz atravessou o vitral da janela acima do altar. Uma coluna dourada, luminosa, de tirar o fôlego, envolveu Clio em seu calor. O cabelo dela cintilou. Sua pele reluziu. Seus olhos azuis adquiriram a profundidade e a riqueza do lápis-lazúli. Até mesmo aquela toalha de mesa rendada foi transformada em algo de delicada beleza.

"Minha nossa", Bruiser exclamou, esquecendo por completo de seu papel de Montague. "Eu prometi deslumbramento, não?"

Rafe não sabia quanto a Clio, mas ele estava deslumbrado. Até seus ossos estavam deslumbrados.

"O que aconteceu?" Clio olhou para eles. "Vocês estão todos boquiabertos. Nasceu uma segunda cabeça em mim?"

"Não", Daphne respondeu, parecendo gentil e sincera, o que não era do seu feitio. "Não mesmo. Oh, Clio, você está linda."

"Muito linda", Bruiser a corrigiu.

"A mais linda", Rafe deixou escapar sem pensar.

Ele não retiraria o que disse mesmo que pudesse. Ela era, simplesmente, a coisa mais linda que via em anos. Talvez em toda sua vida.

"Eu?" Ela riu e tocou o véu feito de toalha de mesa. "Com isto?"

Todos se apressaram a confirmar que era verdade.

"Você precisava se ver", Rafe disse. "Você está..."

Ele não conseguiu encontrar palavras para descrevê-la. Ele esperou que a expressão em seus olhos transmitisse a mensagem. Quando um homem admirava uma mulher com essa intensidade... tinha que ser evidente.

Os olhos dela se aqueceram. Um canto de sua boca se ergueu. E então, como se ela tivesse ativado, aquele toque de rosa, já tão conhecido por ele, tingiu suas faces. Graças a Deus. Ele não via esse rubor desde o dia anterior, e estava sentindo falta.

"Sério?", ela sussurrou.

"Encontrei!" Cambourne chegou correndo à capela, ofegante e parecendo convencido. Como sempre. "Eu sabia que devia ter um negócio desses neste lugar. Fiquei a manhã toda procurando, e também durante a hora do almoço, mas finalmente encontrei."

"Encontrou o que, Teddy?", sua mulher perguntou.

O homem ergueu o dedo pedindo um instante, depois desapareceu. Quando voltou, ele se movia devagar – e produzindo um barulho de metal arranhando e batendo...

"É um grilhão com bola de ferro, estão vendo?" Ele riu, mostrando a tornozeleira de ferro e tilintando a corrente. "Era disso que este casamento estava precisando."

E nisso – nesse breve momento – qualquer progresso que eles tivessem feito para provocar deslumbramento na noiva desapareceu.

"Não tema, docinho", Cambourne disse. "Nós não vamos deixar que seu noivo fuja."

Obrigado, Sir Teddy Cambourne. Seu pedante nefasto.

"Grilhão e bola de ferro", Clio disse. "Que divertido."

Ela se obrigou a rir para ser educada. Porque era gentil, e não gostava que ninguém se sentisse insultado – nem mesmo o homem que tinha acabado de insultá-la.

A terra girou e o raio de luz se deslocou, deixando-a novamente pálida e pequena, enrolada em uma toalha de mesa e segurando um buquê encharcado.

Rafe ficou furioso. A fera dentro dele estava inquieta. Queria dar uma sacudida em Bruiser, socar o almofadinha convencido do Cambourne no queixo, jogar Clio no ombro e carregá-la para algum outro lugar, longe de todos aqueles imbecis que davam mais atenção para fofocas maliciosas e jornais sensacionalistas do que para a óbvia beleza – interna e externa – de sua própria irmã.

Mas nada disso ajudaria sua causa. Ela tinha lhe dado apenas uma semana para que a convencesse. Ele não podia se arriscar a mudar de assunto. Se, por sorte, conseguisse gerar alguma empolgação nupcial, não seria daquele modo.

Sua única alternativa era clara. Então ele agiu.

"Eu tenho que sair." Com uma reverência curta para as mulheres, ele se virou para ir. "Cuide do cachorro enquanto eu estiver fora", ele disse para Bruiser.

"Você vai sair?", Clio perguntou às costas dele. "Vamos ver você no jantar?"

Ele não se virou.

"Não. Eu tenho compromissos em Londres. Vou partir agora mesmo."

Capítulo Oito

"Para onde Lorde Rafe disse mesmo que ia?"

"Londres", Clio respondeu e pegou o pote de geleia de groselha. "É tudo que eu sei."

Como tinha dito, Rafe demorou-se a sair do Castelo Twill apenas o tempo suficiente para selar seu cavalo. Clio ficou observando, da janela do seu quarto, sua silhueta se distanciar.

Sentada à mesa do café da manhã, dois dias depois, ela não o via desde então. Disse a si mesma que não se preocupasse. Ele já era grandinho – enorme, melhor dizendo, e um lutador campeão. Rafe saberia cuidar de si mesmo em qualquer situação. Teria sido bobagem passar horas sentada naquela mesma janela, olhando o horizonte e esperando algum sinal dele... Mas mesmo assim, foi o que ela fez.

Clio não podia evitar de se sentir um pouco desapontada, na verdade. Aquela batalha nupcial que os dois travavam começava a ficar engraçada, principalmente porque a vantagem era toda dela. Até ali os planos do casamento tinham sido desastrosos. Será que ele pretendia desistir? Se fosse o caso, ela esperava que ele fosse honesto o bastante para honrar os termos do acordo que fizeram. Uma semana foi o combinado. Se não por qualquer outro motivo, ele precisava voltar dentro de alguns dias para assinar os documentos de dissolução.

"Nós podíamos trabalhar nos convites esta manhã", Daphne disse, mexendo o açúcar em seu chá. "Assim estarão prontos para serem despachados quando Lorde Granville voltar."

Claro que o resto da família não tinha ideia de que esses preparativos de casamento estavam para se tornar irrelevantes. Clio se sentia cada vez mais desconfortável com a fraude, mas ela não ousaria falar na dissolução do noivado até os papéis estarem assinados. Eles não compreenderiam. E por "eles" ela queria dizer "Daphne".

"Não podemos começar os convites", Clio contestou. "Nem sabemos a data em que Piers vai retornar."

Daphne dispensou o comentário balançando a colher.

"Vamos escrever todo o resto deixando espaço para a data."

Clio teria contestado isso, mas ela foi interrompida por uma comoção na entrada do castelo.

"Você está esperando alguma entrega?", Teddy perguntou.

"Eu encomendei mais carvão", Clio respondeu. "Deve ser isso. Este castelo é tão frio, até mesmo no verão."

"Imagine como deve ser no inverno." Daphne estremeceu. "Gelado."

"Muito caro para se manter", Teddy acrescentou, erguendo uma garfada de arenque com ovos.

Seu cunhado tinha razão e Clio sabia disso. Com bastante lenha ou carvão para queimar, qualquer espaço podia ser aquecido, mas combustível exigia uma renda. Seu dote, assim que liberado, poderia sustentá-la por alguns anos. Mas se pretendia morar no Castelo Twill por tempo indeterminado, precisaria tornar a cervejaria rentável.

Tornar seu negócio operacional era uma questão de tempo e investimento. Conquistar os fazendeiros precisaria de certo esforço. E para ganhar a confiança dos taverneiros? Seria necessária uma estratégia. Ela precisaria conquistar uma reputação de qualidade, criar um cronograma de produção consistente. E, acima de tudo, precisava de um nome memorável. Cerveja do Castelo? Cervejaria Twill? Nenhuma das alternativas com que ela tinha sonhado parecia inspiradora.

"Como Lorde Rafe está fora", Phoebe começou, "eu estava pensando que podíamos aproveitar esta manhã para tratar do décimo oitavo item na minha lista."

"Décimo oitavo?" Clio estranhou. "Mesmo incluindo as esculturas de gelo, achei que eram apenas dezessete itens."

"Precisamos falar sobre a noite de núpcias."

Tudo ao redor da mesa – garfos, colheres e xícaras de chá – ficou suspenso no ar.

Clio engoliu seu chocolate com dificuldade.

"O que disse, querida?"

"O item dezoito na lista de preparativos nupciais. Instruções para seus deveres matrimoniais."

Clio trocou um olhar desesperado com Daphne, que não demonstrou ter nenhum conhecimento de que aquele assunto viria à tona.

"*Não olhe para mim*", ela fez com a boca.

"Nossa mãe morreu", Phoebe disse, no mesmo tom que ela usaria para explicar aritmética simples. "O certo seria que ela conversasse sobre isso com Clio. Como ela não está mais conosco, o dever cabe a nós, suas irmãs." Ela pegou alguns papéis dobrados embaixo da mesa. "Eu tomei a liberdade de pesquisar um pouco. E fiz anotações."

Oh, céus.

"Phoebe, querida", Clio disse. "É muita gentileza sua, mas não acho que seja necessário."

"Isso mesmo", Daphne concordou rapidamente. "Se Clio tiver alguma dúvida, ela pode falar comigo. Agora eu sou uma mulher casada."

"Sim, mas você está casada com um inglês. E como o Sr. Montague nos lembrou nos jardins, Lorde Granville está vivendo no continente há alguns anos. Se ela pretende satisfazer o marido, Clio vai ter que saber como fazem as mulheres do continente. Eu consegui encontrar alguns livros em francês. Eles são ilustrados."

Fosse falta de educação ou não, Clio apoiou o cotovelo na mesa e escondeu sua risada com a palma da mão.

"É mesmo?"

"É. Mas esses livros não são muito úteis. E o vocabulário que usam é ridículo. Toda essa conversa de dobras, varas e botões. Estamos copulando ou costurando cortinas?"

Com isso, Clio teve uma desculpa para gargalhar.

"No fim, tive que cruzar referências com meus compêndios de fauna e flora."

"Oh, gatinha. Você não precisava", Daphne disse. "Clio, o que vamos fazer com nossa irmã?"

Com o rosto sem expressão, Phoebe olhou de Clio para Daphne, e voltou para a primeira.

"Eu fiz algo errado?"

"Não", Clio a tranquilizou. "Você é assustadora de tão inteligente, além de ser muito bem-intencionada. Espero que você nunca mude em nenhum desses aspectos."

As irmãs dela podiam ser absurdas, algumas vezes, e irritantes, em outras. Mas Clio defendia até seus pontos fracos e defeitos. Talvez Daphne e Phoebe não fossem irmãs perfeitas, mas eram *suas* irmãs, e era isso que importava.

"Não consigo ver o que há de assustador ou maravilhoso nisso." A irmã mais nova se endireitou na cadeira e remexeu nos papéis que tinha em mãos. "Mas eu detestaria que todo este trabalho fosse inútil. Eu fiz uma pesquisa completa da mecânica envolvida e até preparei alguns diagramas. Da melhor maneira que pude defini-los, eu criei uma taxonomia para termos como 'luxúria', 'desejo', 'excitação', 'clímax'. Quanto às emoções e sensações decorrentes, teremos que confiar no relato de Daphne."

O cunhado de Clio estava mastigando o mesmo pedaço de torrada já fazia algum tempo. E com o último comentário de Phoebe, ele engasgou.

"Oh." Phoebe olhou para ele. "Eu não pretendia excluí-lo, Teddy. Você gostaria de contribuir com alguma informação útil, do ponto de vista masculino?"

Teddy, com o rosto vermelho como fogo, rapidamente levantou de seu lugar, abandonando um prato cheio de comida.

"Eu tenho uma carta urgente para escrever. Lá em cima." Ele engoliu em seco. "Acabei de me lembrar. Se vocês me dão licença."

Após uma reverência curta, o pobre homem saiu com tanta rapidez da sala que Clio podia jurar ter ouvido o som do ar se deslocando.

"É melhor assim", Phoebe disse. "Melhor só as mulheres."

Daphne, que tinha enterrado o rosto nas duas mãos durante a maior parte da conversa até ali, finalmente levantou a cabeça.

"Nós não vamos ter essa conversa, querida. O marido de Clio será a melhor pessoa para instruí-la na... ahn..."

"Mecânica da coisa?", Clio sugeriu.

"Isso. E quanto às sensações... Não adianta descrevê-las. O que é agradável para uma pessoa pode não ser para outra. É melhor que ela mesma faça suas descobertas. Com a ajuda do marido, é claro."

Na verdade, Clio tinha feito *algumas* descobertas sem a ajuda de qualquer marido. Ela tinha 24 anos de idade, e dispunha de um corpo adulto há cerca de oito ou nove anos. Ela entendia as reações do seu corpo ao toque e...

"Bom dia", a voz grave ecoou pela sala do café da manhã.

... E graças ao homem que preenchia o vão da porta, ela agora conhecia o sentimento de desejo.

"Ora, Lorde Rafe!", Clio exclamou. Porque aquilo parecia algo que precisava ser dito, e ele a tinha deixado preocupada. "Você voltou."

"Eu voltei."

"Sim. Está... Quero dizer, voltou." *Boba, boba.* Quando Clio se levantou da mesa, ela olhou feio para Phoebe, enviando uma mensagem silenciosa de irmã mais velha.

Guarde esses papéis. Agora.

Rafe deve ter notado as três olhando constrangidas uma para a outra.

"Estou interrompendo alguma coisa?"

"Não", Clio disse, apressada demais. "Não, você não interrompeu nada de importante. Nós estávamos apenas discutindo..." Ela sentiu o rosto ficar quente. "... sobre cortinas."

Na outra ponta da mesa, Daphne soltou uma risadinha nervosa.

"Bem, fico feliz de não estar interrompendo nada importante. Porque eu preciso lhe dar uma palavrinha, Srta. Whitmore. Se puder vir comigo."

Perplexa, Clio o seguiu pelo corredor. Ele era tão grande que quase ocupava o corredor inteiro, e sua virilidade bruta preenchia os espaços que sobravam. O coração dela acelerou.

"O que foi?", ela perguntou. "O que aconteceu?"

"Eu quero lhe mostrar uma coisa", Rafe respondeu.

"O quê?"

"Não quero estragar a surpresa." Um sorriso jovial levantou os cantos da boca dele.

A reação do corpo dela foi imediata e intensamente feminina. Se alguém tivesse ligado um fio dos cantos da boca dele aos mamilos dela, o efeito daquele sorriso não teria sido mais direto.

"Nós não deveríamos esperar pelas minhas irmãs e pelo Sr. Montague?", ela perguntou.

A voz dele não ficou mais baixa ou discreta. Era como se tivesse *mergulhado* em um poço de masculinidade.

"Não", ele disse.

O coração inebriado de Clio pulou uma batida. Depois outra. Oh, aquilo estava ficando cada vez pior.

"Confie em mim. Você vai gostar disso."

Ele passou o braço dela pelo seu e a conduziu pelo corredor. Clio sentiu que só passaria vergonha se tentasse resistir, então não tentou. E, falando sério, quantas vezes em sua vida ela teve a chance de estar de braço dado com um homem que... bem, com um homem dono de braços como *aqueles*? Os dedos dela jaziam sobre o punho dele, exercendo menos pressão do que folhas caídas em uma pedra. Ela teria acreditado que ele era esculpido em pedra, não fosse o calor palpável através das camadas de algodão e lã.

Os sentidos dela explodiram com a lembrança daquele beijo na torre. Talvez tivessem concordado em deixar aquilo de lado e nunca mais falar do assunto. Mas isso não significava que Clio tinha parado de pensar nisso. De sonhar com isso. Desejando, contra toda lógica e todo sentido, que pudesse acontecer de novo. Era como se aquele desejo tivesse estado dentro dela o tempo todo, ganhando força e crescendo durante anos... e neste instante sentia toda a força desse sentimento de uma só vez. Aquilo era luxúria e, agora, ela entendia sua força. Cada parte de seu corpo latejava de desejo. Sabia que nada poderia resultar daquilo, e ainda assim essa consciência não ajudava a acalmar sua imaginação. Pelo contrário.

"Eu não consigo imaginar o que pode ser esse grande segredo", ela disse. "Nós já decidimos o local, falamos com o vigário e planejamos o almoço para esse casamento imaginário que nunca vai acontecer. Já falamos de bandeirolas, gaitas de foles, pavões no jardim..."

"Isso mesmo. Nós temos desperdiçado tempo com inutilidades. Decidi assumir o controle de tudo. Esta manhã vamos resolver as pendências. Nós dois. Sozinhos."

"Sozinhos?"

Oh, Deus.

Ele escancarou as portas da sala de música. Clio ficou aliviada ao ver que o ambiente estava cheio de gente. Eles não estavam terrivelmente sozinhos.

"Piano", ele anunciou, indicando o instrumento grandioso alojado no canto da sala. A pianista sentada diante do instrumento produzia um fluxo brilhante e impecável de Händel.

"Harpa", ele disse e fez com que Clio girasse.

No centro da sala, uma mulher de aspecto sereno levou os dedos às cordas da harpa, produzindo uma melodia intrincada e finalizando com um glissando majestoso.

"Quarteto de cordas."

No canto mais distante, um violinista fez um sinal para seus parceiros. Os acordes envolventes de Haydn logo preencheram a sala, chegando até Clio com habilidade incomparável e harmonia perfeita. A sensação era de calda de chocolate passando pelo tímpano, se isso fosse possível.

Depois que o último acorde terminou de soar, Clio piscou, emocionada. Então aplaudiu os músicos.

"Isso foi lindo, obrigada."

"Então?" Rafe se virou para ela. "Escolha um para o casamento. Ou fique com os três."

"Eu..."

"Pense a respeito", ele disse. "Eles podem tocar outras músicas depois."

"Depois do quê?"

"Nós temos mais coisas para ver", ele respondeu.

Rafe a conduziu pela porta seguinte até o aposento ao lado – a sala de café da manhã. Um perfume inebriante a envolveu de imediato.

"Oh, nossa."

Orquídeas. Lírios. Íris. Hortênsias. Rosas de todas as cores que ela conhecia e algumas que não sabia que podiam existir. Não eram apenas flores colhidas, mas também ervas aromáticas e vasos com botões que floresciam por um dia e depois morriam. Elas cobriam todas as superfícies disponíveis. Sua sala do café da manhã tinha sido convertida em uma estufa floral.

"Oh, Rafe."

"Eu simplesmente pedi que enviassem tudo do melhor", Rafe disse. "Eu não sei nada da linguagem das flores."

"Não importa."

Clio também não dava importância para o código floral de Daphne. Nem para as explicações botânicas de Phoebe. Para ela, flores de qualquer tipo transmitiam uma só mensagem... Diziam, *eu gosto de você*. E aquela sala gritava isso. *Eu gosto, eu gosto, eu gosto de você.* Buquês de consideração aqui, vasos de gentileza ali. Apreço florescendo em todas as cores da natureza.

Não era de admirar que ele estivesse ostentando aquele sorriso de menino que foi pego com a mão no pote de biscoitos. Rafe tinha se esforçado tanto para organizar tudo aquilo. Aquela era a coisa mais bonita que alguém tinha feito por ela – se, de fato, foi feita para ela. Mas era com Clio que ele se importava ou apenas com sua própria carreira?

Fosse o que fosse, receava que podia estar funcionando. Pela primeira vez desde que surgiu aquela ideia de planejar o casamento, ela se pegou sentindo um toque de empolgação nupcial. Entrar pelo corredor central da capela diante de familiares e amigos, flutuando em uma nuvem de acordes de harpa, segurando duas dúzias de flores perfeitas de estufa...? Seria emocionante.

"Tenho certeza de que você deve gostar de uma ou duas destas flores", ele comentou.

Era imaginação dela ou ele pareceu ansioso?

"Estou encantada. São todas tão lindas." Ela caminhou pela sala, tocando pétalas aqui e ali.

"Bem, você também pode pensar mais sobre isso." Ele pegou o braço dela outra vez. "O que está na próxima sala não pode esperar."

"Você disse *próxima* sala? Não pode estar dizendo que tem mais."

"Venha ver."

Ele a levou até a porta na outra extremidade da sala e a abriu. Eles emergiram na sala de jantar, e Clio ficou paralisada pela visão que a aguardava.

Bolos. *Bolos por todo lado.*

"Você não fez isso", ela suspirou.

"Eu fiz", ele respondeu, fechando a porta atrás deles.

Toda a extensão da mesa de jantar – e a mesa de jantar do castelo tinha uma extensão impressionante – estava tomada por bolos. De todas as variedades concebíveis. Bolos cobertos de montanhas de creme batido e decorados com morangos silvestres; bolos com cobertura de fondant e violetas de marzipã. Bolos envoltos em casulos de algodão-doce.

Olhando mais de perto, Clio percebeu que uma fatia fina já tinha sido cortada em cada bolo, de modo que os tipos de massa e recheio estivessem visíveis. Caminhando ao lado da mesa, viu camadas do que parecia ser chocolate, especiarias, caramelo... e vários tons de amarelo que deviam ser baunilha, amêndoa, limão, abacaxi, água de rosas e quem sabe mais o quê.

"Você os trouxe de Londres? Todos?"

"Eu fui até o Gunter's e pedi um de cada."

Ela meneou a cabeça.

"Que desperdício."

"Não se preocupe. Nós vamos distribuir o que sobrar para os aldeões ou algo assim. Primeiro prove e escolha seu favorito para fazermos o bolo de casamento. Melhor, escolha três. Ou dez. Você pode ser a noiva com um bolo de doze camadas, com cupidos que saltam de dentro dele a cada fatia cortada. Toda Londres vai falar disso pelos próximos anos." Ele a fitou nos olhos. "Eu sei que você esperou muito tempo e tem todo o direito de se sentir impaciente. Mas esse casamento vai ser o seu dia, Clio."

Ele se empertigou e fez um gesto magnânimo com a mão, como se fosse o rei da Bololândia. *Apenas imagine*, dizia o gesto. *Tudo isto pode ser seu.*

Clio entendeu, então, a estratégia dele. Rafe queria domá-la com luxo e ostentação. Ele imaginava que, se armasse um espetáculo fantástico, Clio se renderia. Que era só balançar um bolinho debaixo do nariz dela para que abandonasse todos os seus sonhos e planos só para entrar na igreja. Ela não conseguia decidir se ele não era capaz de entendê-la ou se simplesmente não a respeitava. Depois da conversa que tiveram na torre, esperava que ele lhe desse um pouquinho mais de crédito. Mas parecia que não era o caso. Todos os planos que Clio tinha para aquele lugar e para sua própria independência... Rafe parecia pensar que ela trocaria tudo por um bolo de doze camadas com cupidos saindo pelo topo.

Ele espetou com o garfo uma fatia de bolo de chocolate.

"Experimente este primeiro."

Rafe estendeu o prato para ela.

"Não, obrigada", ela respondeu após olhar para o bolo.

"Quer começar com outro?" Ele deixou o prato sobre a mesa e cutucou uma fatia cor de laranja com o garfo. "Eu acho que este é recheado com creme de damasco."

"Não me interessa provar nenhum deles."

"Colabore. Você tem que escolher um."

"Tenho mesmo?"

"Claro. Nós fizemos um acordo."

"Então deixe Daphne, Phoebe e Teddy escolherem por mim. Ou você mesmo pode fazer isso. Bolo é para os convidados, não para a noiva."

Ele olhou aborrecido para ela.

"Eu não tive todo esse trabalho, toda essa despesa, para que outra pessoa escolha o seu bolo de casamento." Ele espetou um garfo em uma fatia amarela do bolo de limão, e estendeu o prato para ela. "Prove."

"Não gosto de bolo", Clio disse.

"Mentira. Você adora bolo."

"Quem lhe disse isso?"

"*Você* disse."

"*Eu* disse?" Ela não se lembrava dessa conversa.

"Disse, sim. Anos atrás. Em um dos verões que você passou em Oakhaven. Eu me lembro muito bem."

Rafe estava bem perto dela. Perto o bastante de para que, quando ele enfiou o garfo na fatia de bolo, Clio pôde sentir a fragrância de limão e ouvir o estalo quase inaudível dos dentes do garfo acertando a porcelana.

Ele pegou um bocado e o colocou perto dos lábios dela.

"Você", ele disse, "faz sons de bolo."

"Sons de bolo?", ela repetiu. "O que são 'sons de bolo'?"

"São exatamente isso. Quando você come bolo, faz sons característicos."

Não fazia, não... Ou será que fazia?

Ele confirmou com a cabeça.

"Ah, faz. Suspiros, arquejos, gemidos ofegantes. Você... *adora*... bolo. Ou pelo menos já adorou. Eu sei que a obrigaram a passar a última década presa e amarrada em seus espartilhos. Mas eu sei" – ele acenou o garfo diante dela – "que você quer isto aqui."

Um rubor subiu pelo pescoço dela.

"Mesmo que eu faça *sons de bolo*, e não estou admitindo que eu os faça, não é nada cavalheiresco da sua parte reparar neles."

"Tenho certeza que não. Mas, também, não sou conhecido por meu comportamento cavalheiresco."

Não, ele não era. Rafe Brandon era uma ovelha negra. Um rebelde mal-humorado. O Filho do Diabo. Ele era conhecido por toda a Inglaterra como sendo rápido, rude, forte, perigoso. E tentador. Diabólica e irresistivelmente tentador.

Ela engoliu em seco. Sem produzir sons, ela esperava.

"Eu não faço sons de bolo. Não mais."

"Então experimente um pedaço e prove que estou errado." Ele ergueu o garfo outra vez. Quando ela hesitou, ele disse, "é só um pedacinho de bolo. Do que você tem medo?"

Eu. Você. Bolo. Piers. Casamento. Aranhas. De tudo.

"De nada", ela mentiu.

Não adiantava tentar explicar. Rafe não fazia ideia do que estava pedindo a Clio. Ele não conseguiria entender.

"Então experimente um pedaço."

"Você não vai desistir, vai?"

Ele negou com um movimento da cabeça.

"Muito bem." Ela pegou o garfo dele e enfiou o pedaço de bolo na boca.

Mastigue, disse para si mesma. *É só um pedaço de bolo. Mastigue, engula e termine logo com isso.* Mas... Mas aquele homem tinha razão, droga. Ela realmente adorava bolo. E aquele não era qualquer bolo, era...

êxtase. Como uma nuvem açucarada e aveludada em sua língua, que se derreteu em uma bruma de limão, provocante e deliciosa.

Ela não pôde evitar. Enquanto engolia, um gemido inevitável de prazer subiu do fundo de sua garganta.

"Humm..."

"O que eu disse? Você faz sons de bolo."

Terminando de engolir toda aquela doçura, ela sacudiu a cabeça em protesto.

"Isso não é justo! Isso não é apenas um bolo, é... é pecado com cobertura."

Rafe riu.

"Estou falando sério. Ninguém que provar isso consegue irá evitar de fazer sons de bolo. Experimente *você* e vai ver."

"Nada de doces para mim. Não quando estou treinando." Ele colocou a fatia de lado e olhou para os outros. "Qual o próximo?"

Ah, não. Ele não iria se safar assim tão fácil. Ela pegou o bolo de limão e levantou um pedaço com o garfo, decidida a se vingar.

"Experimente o bolo."

Ela se aproximou e Rafe recuou um passo. Pelo menos ela o tinha colocado na defensiva.

Clio estendeu o garfo e baixou a voz para um sussurro aveludado, fazendo sua melhor imitação de Eva no Jardim do Éden, oferecendo não uma maçã a Adão, mas um pedaço de um bolo de limão pecaminoso.

"É só um... pedacinho... minúsculo... de bolo." Ela fez um bico com os lábios. "Do que você tem medo, Rafe?"

Os olhos verdes dele cravaram nos dela.

Clio levou o garfo na direção da boca de Rafe, tentando fazer o pedaço de bolo passar por entre os lábios. Ele abaixou a cabeça. Quando ela tentou de novo, ele girou, rindo.

"Ah, você."

Ela atacou uma terceira vez, mas os reflexos dele eram rápidos demais para ela – como sempre foram. Ele não apenas evitou o pedaço de bolo, como agarrou o pulso dela, impedindo-a de atacar outra vez.

"Você acha mesmo que consegue me acertar?", ele perguntou. "Eu? Impossível. Eu fui campeão dos pesos-pesados da Inglaterra, querida."

"E eu fui o terror da escola." Clio atacou a mesa de bolos com a mão esquerda, enlouquecida. Ela não conseguiu pegar um garfo, então enfiou os dedos no bolo mais próximo – um de chocolate – e pegou um punhado. "Coma *o bolo*!"

Ele driblou o novo ataque dela, então a soltou e correu para o outro lado da mesa. A essa altura os dois estavam rindo, ofegantes, e se encaravam. Cada um de um lado da mesa coberta de bolos. Se ela corria para a direita, ele pulava para a esquerda.

Ele riu dos esforços frustrados dela.

"É como eu lhe disse. Concentrar. Antever. Reagir."

"Reaja a isto." Ela arremessou um punhado de bolo nele.

Mas, maldição, ele se abaixou. E então se virou para ver os pedaços de cobertura e recheio espalhados na parede e assobiou baixinho, espantado.

"Ora, Srta. Whitmore. Eu não acreditava que você faria isso."

"Observe enquanto eu faço de novo." Ela jogou uma torta de amêndoas que raspou no ombro dele. Clio comemorou. "Ah! Acertei."

"Então está bem", ele disse, pegando um bolo cravejado de morangos para usar como arma. "Isso está acontecendo. Agora é real."

Ela mergulhou para o lado, mas ele era rápido demais. Parte da cobertura atingiu seus cabelos e rosto, como estilhaços açucarados.

Hora de recarregar. O olhar de Clio parou em um bolo pesado de ameixa, em formato de bomba. *Aquele* seria o projétil perfeito. Não se desmancharia no ar. Só havia um problema. Rafe também estava de olho nele.

Ele tirou os olhos do bolo de ameixa e a fitou. Rafe sorriu.

"É meu", ele afirmou.

Não se eu o pegar primeiro.

Os dois pularam ao mesmo tempo. Rafe foi o primeiro a pegar o prato, mas Clio enfiou a mão bem no meio do bolo. Ela flexionou o braço e empurrou, como se para levantar o doce do prato.

Mas o que aconteceu foi que ela se dobrou e gritou de dor.

O prato se estatelou no chão.

Capítulo Nove

Quando Clio se encolheu, o coração de Rafe castigou suas costelas.

"Jesus." Ele derrubou o que restava do bolo de ameixa no chão e pulou por sobre a mesa. "Clio, o que foi? Você se machucou?"

Ela aquiesceu, agarrando a mão direita.

"É... a minha mão. Eu acho que meu dedo... Ai, como dói."

Maldição. Maldição. O que poderia ter dentro daquele bolo? Um garfo? Uma faca?

"Você se cortou? Deixe-me ver. Não se preocupe. Eu estou aqui. Vou cuidar de você. Vou cuidar de tudo." Ele pegou a mão dela e a puxou para si.

Ele limpou a mão de farelos e cobertura para confirmar que não havia marcas de sangue ou hematomas. Era a mesma mão delicada e perfeita... E macia. Insuportável de tão macia.

"Não estou vendo nad..."

Blam! Ela usou a outra mão para estatelar um bolo inteiro no rosto dele.

Rafe se endireitou, cuspindo bolo, temporariamente cego pelo marzipã. A risada dela ecoava abafada através da cobertura em sua orelha. Então, depois que limpou o rosto, foi pego desprevenido outra vez – dessa vez por um sentimento de admiração.

O oponente precisava ser muito bom para acertar um golpe nele. Parabéns para ela.

"Sua gatinha trapaceira. Agora você está perdida." Rafe a agarrou pela cintura com um braço, levantando-a do chão. Mas o sapato dele estava sobre a barra do vestido dela, e Clio soltou uma gargalhada quando os dois caíram no chão.

Eles caíram um sobre o outro. Uma das pernas dele ficou sobre as dela.

"Ganhei", ele declarou.

Ela começou a protestar. A mão dele continuava coberta de bolo de morango. Usando o polegar, ele enfiou um pedaço de bolo na boca de Clio. Isso foi um erro... Os lábios e a língua dela envolveram seu polegar, mandando um choque de excitação direto para o membro dele. E, pior ainda, ela gemeu quando ele tirou o polegar. Aquela vibração suave deslizou por sua coluna, enlouquecendo-o.

Então ela lhe deu o resto de bolo de ameixa que ainda tinha nas mãos, enfiando-o na boca dele com seus dedos delicados. Ele agarrou o pulso de Clio e limpou os dedos dela, chupando um por um, gemendo baixo. Os sabores de especiarias, chocolate e frutas maduras se misturaram em sua língua.

"Pronto", ela suspirou. "Está vendo? Eu ganhei. Você também faz sons de bolo."

"Esses não são sons de bolo." Eram sons de Clio.

Não eram bolos que ele desejava. Era isso. Aquela proximidade. Aquela maciez. A doçura que não vinha do açúcar, mas dela. Só dela. Cada fiapo de sua consciência gritou para que ele se lembrasse de sua carreira. Que pensasse no irmão. Que, pelo amor de Deus, saísse de cima dela. Mas ela era tão encantadora e linda – e não era só doce, tinha um toque picante na quantidade perfeita. O peito dela tremia com a risada e os seios dançavam sob o peito dele. Maldição, fazia anos que ele não ria assim com alguém. Talvez nunca tivesse rido dessa forma.

Ele não sabia como se afastar. As mulheres costumavam gostar dele. Rafe nunca teve dificuldade para conseguir companhia feminina. Mas suas amantes queriam o canalha lutador. Um homem bruto, grande, de cabeça quente, que as jogasse na cama e comesse até fazê-las gritar. Quando era mais jovem, ele ficava feliz – mais que isso, ficava em êxtase – de fazer isso. Mas ao longo dos anos ele passou a querer mais na cama do que um exercício que o fizesse suar. Ele queria carinho. Compreensão. Risos. Momentos como esse.

"Rafe..."

Ele a silenciou, tirando cabelo empastado da testa dela.

"Tem cobertura de bolo na sua testa", ele disse.

"Oh, céus." Ela passou a mão na têmpora esquerda. "Aqui?"

"Não. Aqui." Ele lambeu a mancha de baunilha no lado direito da testa dela.

Clio estremeceu, mas não se afastou dele.

"Aqui também tem um pouco", ele mentiu e passou a língua pela maçã do rosto dela. Clio era mais deliciosa do que qualquer cobertura. Mais tentadora do que qualquer bolo.

"Saiu tudo?"

"Não." Ele passou a língua no canto dos lábios dela.

E logo eles estavam se beijando de novo, e os lábios dela se abriram sob os dele. Clio pousou os braços em volta do pescoço dele, e suas pernas se embaraçaram nas saias. Ele rolou por cima do corpo exuberante dela, sem ter vergonha. Deixando que as curvas abundantes do corpo dela abrigassem sua necessidade dura e dolorida de desejo. E ele deslizou a língua por entre os lábios dela. De novo e de novo. Como se beijando-a com paixão suficiente, ele pudesse reclamá-la para si.

Ela não é sua, uma voz dentro dele falou. Ele ignorou essa voz e desceu os lábios pelo pescoço dela enquanto passava um braço por baixo de Clio, pegando-a pela cintura e puxando seu corpo para si. Até que ela estivesse tão perto que poderia ser parte dele. *Ela não é sua... Ela não é sua...*

Ele levantou a cabeça de repente. Os dois estavam ofegantes.

"Eu..."

"Não", ela disse. "Não tente se explicar nem inventar desculpas. Por favor. Se eu tiver que ouvir de novo que isso é só um desejo despretensioso, ou que está querendo resolver algo da adolescência... você vai acabar comigo."

"Não vou dizer nada disso." Ele estaria mentindo se o fizesse. Aquilo era mais perigoso do que desejo ou inveja.

Rafe rolou para o lado e ficou olhando para o teto. Ele não sabia como chamar o sentimento em seu peito. Mas rótulos não importavam. Não tinha direito de explorar esse sentimento.

"Você. Está. Noiva. Do. Meu. Irmão." Talvez se ele falasse em voz alta, bem devagar, as palavras penetrassem na sua consciência.

"Eu não preciso estar." Ela lutou para se sentar. "Para eu não estar noiva basta um rabisco nos papéis."

"Não é tão simples." Ele também se sentou.

"Na verdade, é." Ela ergueu o braço para tirar um pouco de bolo do rosto dele. "Emocionalmente, Piers e eu não temos nenhuma ligação. É só uma questão de formalidades. No momento em que você assinar os documentos da dissolução, eu estarei livre. *Nós* estaremos livres."

"Para fazer o quê? Algo de que você se arrependeria no mesmo instante?" Ele limpou um pedaço de bolo que jazia na perna de sua calça.

"Por que eu me arr..." A voz dela foi sumindo e Clio fez uma careta. "Oh, Deus. Oh, não."

"O que foi?"

"Meu anel de noivado." Ela mostrou a mão nua e pegajosa. "Sumiu."

Ele praguejou.

"Nós temos que encontrar. Vale uma fortuna." Ela se levantou e começou a procurar o anel em cima e embaixo da mesa. "Deve ter saído quando eu enfiei a mão em um dos bolos. Eu acho que me lembro de estar com ele depois do de chocolate. E do de amêndoas. Isso significa que o anel deve ter ficado no..."

"Bolo de ameixa. Que eu joguei no chão quando você gritou." Ele olhou para o canto mais distante. "Ali."

Eles rodearam a mesa correndo.

"Oh, droga."

Bem, o bolo de ameixa *tinha* estado naquele ponto do chão. Mas agora parecia que ele todo – assim como o anel de Clio – estava dentro do estômago de Ellingworth.

Primeiro Clio se esforçou para não rir. A cena era cômica demais! O buldogue velho e feio estava com a cara achatada, lambendo o prato vazio.

Rafe, contudo, não parecia achar aquilo engraçado.

"Ellingworth, não." Enquanto corria até o cachorro, ele soltou uma fileira de palavrões, muitos dos quais Clio nunca tinha ouvido antes e não podia sonhar que existissem. "Como ele entrou aqui?"

"Eu não sei", ela respondeu. "Talvez tenha se esgueirado e pegado no sono horas atrás."

"Não. Não, não, não." Rafe deitou no chão e encostou a orelha na barriga do cachorro. "Ele está gorgolejando."

"Isso é normal?"

"Não sei." Ele se sentou e passou os dedos pelo cabelo. "Pode ser. Eu nunca ouvi isso antes."

"Coitadinho." Ela ajoelhou do outro lado do buldogue. "Mas ele provavelmente vai ficar bem."

"O que nós devemos fazer?", Rafe perguntou. "Fazer com que vomite? Virá-lo de cabeça para baixo e sacudir?"

Ela acariciou a orelha do cachorro.

"Eu acho que não."

"Ele parece estar quente." Rafe bateu o punho no carpete. Depois se levantou em um pulo, tirou o paletó e o usou para abanar o cachorro.

Clio começou a se sentir menos emocionada pelo cuidado que Rafe tinha demonstrado para com ela quando a afastou do portão pesado, quando a amparou na escada da torre – esses atos pareceram tão arrojados no momento, mas não eram nada se comparados àquele esforço. E para ela o cachorro nem parecia estar doente. Na verdade, ele parecia gordo e contente.

Se Ellingworth morresse naquele instante, ele iria embora feliz.

"É só bolo de ameixa", ela disse.

"Não", ele replicou. "Não é só bolo de ameixa. É bolo de ameixa e um anel enorme de ouro e rubi."

Isso era verdade.

"Pelo menos o acabamento é em cabochão, não tem arestas pontudas. Dê um pouco de óleo de fígado de bacalhau para ele e o anel deve passar sem problemas."

"É melhor que sim." Rafe abanou mais forte. "Você me ouviu, sua coisa velha e surda? Que droga, cachorro. Não vá morrer agora."

Como resposta, Ellingworth arrotou.

Clio tentou conter o riso.

"Nós precisamos de um veterinário", Rafe disse, jogando o paletó de lado. "Um cirurgião de verdade, se tiver algum por perto. Caso contrário, um farmacêutico. Mande chamar qualquer um que haja aqui por perto."

"Claro."

Bom Deus, ela nunca o tinha visto daquele jeito. Ela não estava muito preocupada com a saúde de Ellingworth, mas começava a se preocupar com Rafe.

"Rafe, olhe para mim."

E quando ele o fez, a ferocidade naqueles olhos verdes quase a derrubou.

"Nós estamos juntos nisso", ela disse. "Vamos fazer tudo o que for possível. Vamos chamar especialistas em Londres, se for preciso. Eu prometo." Ela esticou as mãos e segurou a mão enorme dele. "Este cachorro não vai morrer hoje."

Doze horas, três veterinários, dois médicos e um farmacêutico depois, Clio estava sentada em uma cadeira do lado de fora de um quarto transformado em enfermaria de cachorro, trabalhando em um bordado à luz de uma vela. Era tarde e todos os outros tinham ido para cama horas atrás. Mas Rafe permanecia no quarto com Ellingworth, então Clio continuava sentada ali.

Durante o transcorrer do dia, ela encontrou um tempo para tomar banho e trocar a roupa suja de bolo. Pelo menos o caos do acidente com Ellingworth a poupou de ter que explicar aquilo. Tudo que precisava era erguer as mãos e dizer "O cachorro", que todos pareciam ficar satisfeitos.

A porta finalmente foi aberta.

"Você continua aí?", ele perguntou.

Clio enfiou seu bordado na gaveta de um aparador ao lado e levantou.

Rafe estava muito sério. Ao contrário de Clio, ele não tinha se trocado, apenas tirou paletó, colete e gravata, e depois enrolou as mangas da camisa até o cotovelo. Seu cabelo estava bagunçado para cima, em ângulos irregulares.

Ela começou a temer o pior.

"Então?", ela disse.

"Eles disseram que ele vai sobreviver."

"Oh." Ela soltou a respiração que estava segurando sem perceber. "É bom ouvir isso. Estou tão aliviada. Você também deve estar."

"Ele parece estar dormindo profundamente, agora. O veterinário vai ficar com ele, então eu vou para cama." Ele virou a cabeça nas duas direções, depois olhou para cima. "Para que lado fica meu quarto, mesmo?"

Clio pegou a vela no aparador.

"Eu levo você até lá."

Ele segurou o casaco com um dedo e o jogou por sobre o ombro. Os dois seguiram pelo corredor lado a lado.

"A boa notícia é que eles deram um purgativo para Ellingworth. O anel deve..." – ele pigarreou – "...aparecer em alguns dias."

Clio estremeceu.

"Eu nunca mais vou colocar aquele anel no dedo."

"Vai, sim. Acabei de dizer, o veterinário disse que só vai demorar alguns dias. É uma boa notícia. Você vai estar com ele antes de o Piers voltar."

Ela se virou para encará-lo.

"Seja como for, Rafe. Eu nunca mais vou colocar aquele anel no dedo."

"Nós podemos lavá-lo."

"Não é por causa do lugar em que ele esteve", ela disse. "Bem, em parte por causa do lugar em que esteve, mas principalmente porque não vou me casar com Piers."

Ele suspirou.

"Isso nunca teria acontecido se você tivesse apenas provado os bolos."

"Nunca teria acontecido se você tivesse respeitado minha vontade e assinado os documentos da dissolução dias atrás." Clio esperou um instante para se recompor. "Mas não vamos discutir agora. O importante é que o cachorro está bem."

"Isso."

Eles subiram um lance de escada. Quando chegaram ao alto, Rafe falou novamente, com a voz mais suave. Como se tivesse deixado sua impaciência e seus ressentimentos no pé da escada.

"Eu preciso lhe agradecer por ficar de vigília comigo. De novo."

"De novo?"

"Eu nunca lhe disse o que significou para mim. Nunca lhe agradeci adequadamente, e isso foi uma falha minha. Quando o marquês morreu, você ajudou muito."

"Eu não fiz nada demais..."

"Você *estava* lá. Você tomou as providências para o funeral e atendeu as visitas. Você trouxe aquela cesta de... biscoitos ou algo assim."

"Bolinhos. Eram bolinhos. Seu pai morreu e eu levei bolinhos." Ela fechou os olhos e apertou a ponte do nariz. "*Eu* sou um bolinho. Enérgica, doce e boa, mas nada que empolgue."

"Nada que empolgue? Certo. Essa é você, Clio. Você pode me fazer um favor? Diga isso para o meu..."

O pulso dela acelerou. Ela podia imaginar vários finais para aquela frase, alguns lascivos e outros de doer o coração.

"Para o seu o quê?", ela perguntou.

"Nada. Deixe para lá."

Droga.

"Eu estou feliz porque Ellingworth vai ficar bem", ela disse. "Eu não tinha me dado conta do quanto você gosta do velhinho."

"Eu não ligo, na verdade. É só que... ele não é meu. É o cachorro do Piers. Não posso deixar que algo dê errado enquanto ele está sob minha guarda. Eu não tive escolha a não ser assumir a responsabilidade pelo marquesado na ausência dele. Mas quando meu irmão voltar para casa, eu pretendo entregar tudo nas mesmas condições em que recebi. Só assim vou ficar satisfeito."

Clio parou de andar e levou uma mão até o coração.

"Oh, meu Deus."

Rafe também parou.

"O quê? O que foi?"

"Eu sou o cachorro", ela disse.

"O quê?!"

"É isso." Ela se virou para ele. "Eu sou o cachorro. É por isso que você está se dando a esse trabalho todo. É por isso que está tão disposto a me manter noiva. Na sua cabeça, eu sou como o cachorro, e pertenço ao Piers. Você não liga muito para mim, mas não pode deixar algo de errado acontecer sob sua responsabilidade. Você precisa me entregar para ele nas mesmas condições em que me recebeu."

Ele abriu a boca para responder – e então hesitou, parecendo não encontrar palavras.

Clio não precisava de palavras. A hesitação naquele momento lhe contou tudo o que ela precisava saber. Ela tinha entendido corretamente. Ela era o cachorro.

Clio saiu pisando duro, sem se importar se Rafe ficaria sozinho no escuro. Ele que vagasse pelos corredores a noite toda.

Ele a alcançou e segurou-a pelo braço.

"Clio, espere!"

Ela fechou a mão livre, formando um punho. Como ela desprezava aquelas palavras. Aquelas duas palavras eram o resumo da sua vida: *Clio, espere! Espere. Espere. Espere...*

"Você me entendeu mal", ele disse.

"Eu não acho que entendi mal."

"Você não é o cachorro."

"Bem, eu pareço. Sou uma coisinha fiel e babona que você quer manter viva, para que Piers possa voltar para casa e me fazer um carinho na cabeça. Quem sabe até me dar um biscoito."

Ela começou a rugir de frustração, mas se conteve, analisando sua situação.

"Clio, Clio. Você é... muito mais que isso."

"Muito mais que um cachorro. Isso é que é um elogio! Obrigada!"

"Você quer parar de falar no cachorro?" Ele cobriu os olhos com a mão. "Está tarde e eu não estou me expressando bem. Mas se você, por algum motivo, ficou com a impressão de que eu não vejo você como uma mulher linda, inteligente e admirável, nós precisamos esclarecer isso imedi..."

Ela gargalhou alto.

"Por favor. Pode parar. Nós dois sabemos que seu irmão poderia ter dezenas de mulheres mais elegantes e refinadas. E quanto a você... bem, você *de fato* teve dezenas de mulheres."

"Minha história é irrelevante. Sim, talvez Piers pudesse se casar com uma mulher mais elegante ou refinada. Mas ele nunca encontraria uma mulher melhor. Você não sabe, Clio, mas as pessoas usam as palavras 'leal' e 'bondosa' como se fossem qualidades comuns. Mas não são! São muito raras. Um homem poderia procurar no mundo todo e não encontrar outra como você."

Ela sacudiu a cabeça, recusando-se a encará-lo.

"Eu não aguento mais ouvir isso. Você é inacreditavelmente egoísta. Não é de se admirar. Você me casaria com um homem que não amo e que não me ama, só para satisfazer sua própria conveniência."

"*Minha* conveniência?"

Ele recuou um passo e olhou para os dois lados antes de puxar Clio para o seu quarto e fechar a porta atrás deles. Então ele tirou o castiçal da mão dela e o colocou sobre um aparador. Depois, pôs as mãos sobre os ombros dela, mantendo-a imóvel.

"Você realmente acha que isso é conveniente para mim?" A voz dele era um sussurro áspero. "Planejar seu casamento com outro homem, enquanto me preparo para sumir da sua vida para sempre? Você acha que não vai ser uma tortura, para mim, pensar em você durante todos os anos e décadas que virão? Imaginá-la tendo os filhos dele, organizando as festas dele, tendo todos aqueles inúmeros momentos de felicidade aos quais os casais felizes não dão atenção, mas o resto de nós inveja como loucos?"

Bom Deus. O que ele estava dizendo?

"Não vai ser nada conveniente para mim", ele disse. "Vai ser um inferno."

"Mas se você se sente assim, então por que...?"

"Eu sou o Filho do Diabo, lembra? Eu conquistei meu lugar no inferno. Você merece algo melhor." As mãos dele desceram e subiram pelos braços dela. "Você merece o que existe de melhor. Não só as melhores flores, o melhor bolo, o melhor vestido e o melhor casamento... mas a melhor vida possível, com o melhor homem possível. Você merece todas essas coisas. E só pelo modo como a estou tocando agora, eu mereço encarar uma pistola ao amanhecer."

Ela meneou a cabeça. Quem era essa mulher perfeita e virtuosa que ele estava descrevendo? Não era Clio, com certeza. Toda vez que ele a beijava, ela correspondia. E ela passou horas sonhando com aquele momento. Sozinha com ele à noite. No quarto dele. Com aquelas mãos grandes e habilidosas passeando por todo seu corpo. Talvez ele não soubesse disso. Bem, não haveria momento melhor para fazê-lo saber.

Ela deu um passo na direção de Rafe e colocou as mãos espalmadas sobre a superfície imensa do peito dele.

"O que você está fazendo?", ele perguntou, segurando a respiração.

"Tocando você." Ela passou as mãos pelo tecido macio da camisa, sentindo os músculos esculpidos e duros por baixo do pano.

"Clio..." A voz dele saiu rouca. "Eu não posso fazer isso."

"Você não está fazendo nada. Dessa vez, *eu* vou fazer tudo."

"Pelo amor de Deus, por quê?"

"Porque isso é algo que eu quero fazer há muito tempo."

Passou os braços ao redor de Rafe, colocando as mãos nas costas dele e aproximando-se até encostar a face nas batidas enlouquecidas daquele coração. Então ela o apertou mais.

"Relaxe, Rafe, é só um abraço." Apertou o rosto contra o peito dele, aninhando-se. "Quando foi a última vez que você recebeu um abraço de verdade?"

"Eu..." Ele soltou o ar do fundo do peito. "Eu não consigo me lembrar."

Clio também não lembrava. Ela nasceu em uma família amorosa, mas não era a família mais afetiva do mundo. Daphne era uma abraçadora formal – braços frouxos, tapinhas nas costas e pronto. E Phoebe não gostava nem um pouco de ser abraçada. Mas havia poucas coisas que Clio amava mais na vida do que um abraço apertado e afetuoso. E ela era boa nisso, alisando as costas dele para cima e para baixo com as mãos espalmadas, soltando a tensão dos músculos.

"Você também podia me abraçar", ela disse.

Finalmente, ele se rendeu ao ato, apertando a cintura dela com seus braços fortes e descansando o queixo sobre a cabeça dela. Seu polegar desenhou círculos reconfortantes nas costas de Clio, enquanto ele a balançava delicadamente para a frente e para trás.

Oh, misericórdia. Ele era um excelente abraçador. Um verdadeiro campeão. Ela não queria soltá-lo nunca mais.

"Desculpe-me pelo que aconteceu", ela sussurrou. "Você trabalhou duro para trazer de Londres todas aquelas coisas lindas e eu arruinei tudo."

"Você não arruinou nada."

"Depois, todo aquele nervosismo com o cachorro. Eu sei que você estava preocupado. Foi um dia longo e difícil."

Tinha sido *um ano* longo e difícil para ele. Ele havia perdido o pai e o título – os dois no período de uma semana. Rafe podia fingir o quanto quisesse que não sentia nada. Clio sabia que não era assim. Lembrava-se da aparência dele quando chegou à Casa Granville pouco depois da morte do marquês. O rosto dele tinha as marcas de um espancamento brutal, mas os olhos mostravam que a verdadeira dor vinha do fundo de sua alma. Ela queria ter tido coragem de o abraçar nesse dia.

Esta noite queria compensar o descuido.

"Por que você acha que não merece ser feliz, Rafe?"

Ele demorou um pouco para responder.

"Você não tem como entender. Eu sou ruim em ser bom, e só sou bom em ser ruim. Você não sabe quem eu sou, o que eu já fiz. Você não conhece a metade da minha história."

"Talvez não. Mas eu sei o que você merece apenas pelas ações que presenciei hoje." Ficando na ponta dos pés, Clio encostou os lábios no rosto dele. "Isso é pela música." Abaixando a cabeça, ela beijou o lado de baixo do maxilar dele, onde o pulso batia forte e rápido. A barba por fazer arranhou sua pele. "Isso é pelas flores."

"Pare", ele pediu.

"Isso é pelo bolo."

Ela encostou os lábios na reentrância na base do pescoço. E ela congelou seus lábios ali, inspirando o aroma e o calor dele.

Um rugido de tortura veio do peito de Rafe. Aquilo provavelmente era um alerta, mas Clio ficou entusiasmada com o som. Ela adorava saber que tinha esse efeito sobre ele. Aquele era Rafe Brandon, um dos homens mais fortes, ferozes e assustadores da Inglaterra. E ela, Srta. Clio Whitmore, conseguia amolecer as pernas dele.

Quando ergueu a cabeça, ela viu que Rafe a encarava, os olhos nublados de desejo.

"Você precisa sair deste quarto. *Agora*."

Clio não quis discutir com ele. Mas também não queria sair. Ela sentiu que uma batalha acontecia dentro dele – desejo e simples necessidade de intimidade contra ambição e lealdade. Era uma luta feroz e, como espectadora, prendia a respiração, fascinada, tensa com a expectativa, esperando para ver qual lado sairia vencedor.

As mãos dele estavam estendidas sobre a base da coluna dela. E então... aos poucos... ela sentiu que os dedos dele se fechavam sobre o tecido de seu vestido, formando punhos apertados. Ele contraiu os braços e a puxou para mais perto, tirando seus pés do chão. Os seios dela foram esmagados contra o peito forte dele, e um volume de puro calor masculino latejou contra o ventre dela.

A respiração dele estava entrecortada. Seus lábios estavam perto dos dela. *Sim*. Deus, sim. Era essa a sensação de desejar e ser desejada. E agora que sabia qual era a sensação, Rafe não podia esperar que ela se conformasse com menos. Ela não queria um casamento morno e de aparências. Queria loucura. Queria o imoral. Queria *Rafe*.

Clio agarrou a camisa dele, proibindo que Rafe se afastasse.

"Rafe."

A porta do quarto foi aberta.

"Olá."

Rafe só a apertou mais forte.

"Quem está aí?", ele perguntou. "Identifique-se."

Oh, não. Sir Teddy Cambourne estava parado à porta.

E ele não parecia satisfeito.

Capítulo Dez

Aleluia.

Essa foi a primeira e instintiva reação de Rafe quando a porta se abriu para revelar o semblante severo de Sir Teddy Cambourne. *Excelente. Perfeito. Graças a Deus.* A luta tinha terminado. A dança tinha acabado. Ele foi pego com as mãos agarrando as costas do vestido de Clio, puxando firmemente a noiva do seu irmão contra o seu corpo, que ardia de desejo... e era isso. Agora ele seria revelado como o vilão que era. Rafe poderia acabar com aquele teatro de planejar casamento. Deixaria que Sir Teddy atirasse nele nos primeiros raios de sol da alvorada... e, se fosse morto, aleijado ou simplesmente desgraçado, ele sumiria. Desapareceria do "felizes para sempre" de Clio e Piers para sempre. Ótimo.

Mas Cambourne não parecia estar entendendo a situação. Ele não gritou nem ficou enfurecido, não o chamou de vilão nem canalha. Ele não exigiu que Rafe soltasse sua cunhada nem que indicasse seu padrinho para o duelo. Ele apenas ficou ali, de pijama, com o rosto inexpressivo, segurando um par de botas nas mãos.

Ele estendeu as botas para Rafe.

"Pegue isto."

Rafe apenas olhou para o homem. Aquilo era algum código de duelo que ele nunca aprendeu? Pensava que uma bofetada com a luva era o modo habitual de desafiar um homem, mas talvez houvesse uma nova moda: entregar-lhe botas.

Então ele ouviu Daphne chamar no fim do corredor:
"Teddy? Teddy, onde você se meteu?"

O homem nem se virou ao ouvir a voz da mulher. Ele apenas empurrou as botas na direção de Rafe.

"Elas precisam estar limpas e engraxadas pela manhã. Mamãe vai me levar ao zoológico."

"Pegue as botas", Clio sussurrou. "Teddy é sonâmbulo."

Rafe pegou as botas.

Clio pôs as mãos nos ombros de Teddy e o virou para o corredor.

"Pronto. Está tudo certo, agora. Você pode voltar para a cama."

"Espero que eles tenham tigres. Mamãe disse que lá tem tigres."

"Muito bem. Vai ser uma maravilha."

Ele se arrastou pelo corredor.

"Tigres têm listras. Eles fazem *grrrou*."

Rafe segurou uma risada.

No fim do corredor, os gritos de Daphne foram ficando cada vez mais agitados.

"*Teddy! Teddy, onde você está?!*"

"Aqui!", Clio avisou. "Ele está bem." Para Rafe, ela sussurrou, "Não conte para minha irmã do zoológico. Ela já está bem envergonhada."

Eles encontraram Daphne no corredor.

"Oh, graças a Deus." Ela passou os braços pelo pescoço do marido e o beijou no rosto.

Cambourne pareceu não notar.

Phoebe também tinha saído de seu quarto, enrolada em um penhoar e segurando um livro.

"Não é de surpreender. Nós deveríamos estar esperando. Ele está em um lugar diferente."

Clio assentiu.

"Mas nós precisamos encontrar um modo de mantê-lo no quarto", ela disse. "Este castelo é grande e extenso. Pode ser perigoso, para ele, sair andando por aí."

"Eu tranquei a porta, mas deixei a chave na fechadura", disse Daphne. "Aprendi minha lição. Depois desta noite, a chave vai dormir debaixo do meu travesseiro. Ou pendurada no meu pescoço."

Rafe resistiu ao impulso de sugerir prender Sir Teddy a uma bola de ferro com grilhões.

"Vou colocar um criado no corredor, por precaução", Clio disse.

"Obrigada." Daphne se virou para Rafe. "Eu sinto muito. Ele não faz isso há muito tempo."

"Não precisa se desculpar", Rafe disse.

Pelo contrário, ele deveria agradecer ao homem. Com ou sem tigres listrados, Cambourne tinha arrancado Clio das garras da perdição.

Rafe passou a mão pelo cabelo. O que havia de errado com ele? As razões pelas quais devia se afastar de Clio eram tantas que precisaria de Phoebe para contá-las. Mesmo assim, não conseguia manter as mãos – nem os lábios – longe dela. Um homem melhor teria conseguido. Mas um homem melhor não estaria desesperado pelo toque dela.

"Posso ajudar de algum modo?", Rafe perguntou.

"Não, não. Está tudo bem agora." Daphne conduziu o marido de volta para o quarto. "Vamos, querido. De volta para a cama."

Phoebe bocejou e também voltou para o seu quarto.

"O que eu faço com isso?" Rafe continuava segurando as botas.

"Vou cuidar para que cheguem ao criado dele", disse Clio, pegando as botas estendidas... "E você não precisa se preocupar com que ele tenha nos visto. Ele nunca se lembra de nada no dia seguinte."

"Ele já consultou algum médico?"

Clio aquiesceu.

"Não há o que fazer, a não ser dopá-lo com opiáceos todas as noites. Nesse caso, a cura seria pior do que o problema. Ele melhorou bastante ao longo do ano passado. Era mais grave quando eles se casaram."

"Deve ser difícil para sua irmã."

"Certamente." Ela desviou o olhar para o lado. "Mas, por mais estranho que pareça, eu invejo essa dificuldade."

"Por quê?", Rafe perguntou.

"Porque mostra que o casamento deles é de verdade. É isso o que você não está conseguindo enxergar, Rafe. Um casamento é mais do que encenar um evento perfeito ou ter tudo do melhor. Um casamento é feito por duas pessoas que juram cuidar uma da outra em qualquer situação. É compromisso e amor incondicional."

"Não é assim que os casamentos funcionam na maioria dos lares de Mayfair. E eu duvido que Piers esteja esperando algo assim. Nós sabemos que nesse nível da sociedade, amor é um luxo. Casamento é um contrato. Você concordou com a sua parte."

"Isso é injusto", ela disse.

Ele sabia que era injusto. Ela era muito nova e foi criada para acreditar que não tinha escolha. Então Piers a deixou pendurada durante anos. E Rafe não era a melhor pessoa para falar de obrigações sociais, quando ele próprio tinha se afastado de tudo.

"Falando de contratos... você fez um acordo comigo, Rafe. E em dois dias ele vence. Você me deu sua palavra, e eu espero que a cumpra."

Ela se virou e começou a se afastar. Rafe não conseguiu pensar em nada para dizer.

Uma porta rangeu enquanto era aberta, e a cabeça de Bruiser apareceu no corredor, de monóculo e tudo.

"Ora, ora. Estamos tendo uma comoção por aqui? O que... o quê?"

"Deixe de graça, Montague. Cambourne é sonâmbulo. Já acabou."

Bruiser estalou os dedos.

"Droga. Eu esperava poder desfilar com tudo isso."

Ele saiu para o corredor vestindo um robe indiano de seda adamascada e uma touca de dormir longuíssima, que descia até a altura de seus joelhos, com uma borla dourada na ponta.

"Comprei no mesmo lugar em que encontrei o monóculo", Bruiser explicou e apertou a faixa com franjas na cintura. "Eu estava esperando que alguma coisa acontecesse à noite, para que eu pudesse aparecer no corredor como alguém de alta classe."

"E por que não apareceu?"

"Demorei demais para vestir tudo isso. Não consigo dormir a menos que esteja nu como um recém-nascido."

Rafe coçou a cabeça, como se tentasse apagar aquela imagem do seu cérebro.

"Eu não precisava saber disso."

"Isso mesmo, fique bravo. Continue bravo. Posso ver que está voltando", Bruiser disse e bateu no ombro dele. "Aquele apetite, a ansiedade, o impulso de se mostrar... está nos seus olhos. Nós logo vamos ser campeões de novo. Só guarde essa energia para o ringue."

"Eu poderia estar me dedicando ao meu trabalho se você estivesse fazendo o seu." Rafe deu um peteleco na borla daquela touca idiota. "O que... o quê."

"Ah, sim. Quanto a isso, eu não tive oportunidade de lhe avisar antes porque você estava com o cachorro e os médicos. Mas amanhã é o dia em que Clio ficará finalmente deslumbrada."

"Duvido disso."

Se todo o esforço de hoje não a tinha impressionado, Rafe estava ficando sem ideias.

Clio queria compromisso e amor, queria alguém que jurasse ficar sempre ao lado dela. Rafe sabia que ela merecia tudo isso e ainda mais. Quando a segurou em seus braços, quis lhe prometer qualquer coisa... Mas não iria assinar aqueles documentos. Ele não podia fazê-lo.

"Duas palavras, Rafe. Seda italiana, renda belga, costureiras francesas. Pérolas, brilhantes, babados..."

"Eu não sou matemático, Bruiser, mas tenho certeza de que aí tem mais que duas palavras."

"*Os vestidos*." Bruiser lhe deu um soco no braço. "Essas são as suas duas palavras. Os vestidos. Eles chegaram. E são magníficos."

"Não sei se os vestidos serão suficientes para convencê-la. A Srta. Whitmore é uma dama de posses. Ela está acostumada a usar roupas finas."

"Não como estes vestidos. Estou lhe dizendo, ela não vai resistir. Raios, estou tentado a vesti-los eu mesmo."

Rafe abriu a porta do seu quarto.

"Caso precise ser dito: não os vista."

"Não vou. Não de novo." Ele ergueu as mãos. "Brincadeira, brincadeira!"

No dia seguinte, Clio acordou cedo. Talvez fosse mais exato dizer que mal dormiu. Sabia que Rafe também acordaria cedo. Ele sempre acordava. Mas não sabia como faria para olhar para ele, então usou uma desculpa covarde. Ela se lavou e vestiu, depois tomou café da manhã no quarto, escreveu algumas linhas para uma amiga em Herefordshire e lacrou o envelope, só para ter uma desculpa para ir até a vila.

No último instante, Phoebe se juntou a ela.

"Eu vou junto, preciso comprar barbante."

"Claro."

Clio sabia que a irmã tinha um baú cheio de barbante no quarto, mas ela ficava ansiosa se passava mais do que uns poucos dias sem comprar mais. Em algum canto de Yorkshire havia alguma fábrica de barbante lucrando bastante com Phoebe.

Elas não tinham saído da área do castelo quando Phoebe falou.

"Então, o que aconteceu ontem à noite?"

"Você sabe. Teddy saiu andando enquanto dormia e causou uma comoção. Já aconteceu antes e tenho certeza de que vai acontecer de novo."

"Eu sei de tudo isso. Eu estava me referindo ao que aconteceu antes disso."

"Como assim?", Clio perguntou.

"Eu vi você saindo do quarto de Lorde Rafe."

Droga. Clio temia que era sobre isso que Phoebe falava, e aí estava a confirmação. Ela se esforçou para permanecer calma.

"Sim, é verdade. Nós ficamos até tarde com o cachorro para ter certeza de que ele não sofreria por ter comido tanto bolo. Depois disso nós apenas conversamos."

"Entendo."

"Nós tínhamos assuntos importantes para discutir", Clio continuou. "Mas os outros poderiam ficar com uma impressão errada se soubessem. Então, por favor, vamos manter isso entre nós duas."

E por favor não me peça mais explicações.

A irmã deu de ombros.

"Muito bem. Não vou contar para ninguém. Embora eu não entenda por que os outros se importariam com o fato de vocês dois conversarem."

Não, Phoebe não entenderia. Apesar de toda sua inteligência, Phoebe era incapaz de entender certas sutilezas da humanidade. Ela aceitava tudo o que lhe diziam, como se não pudesse conceber motivos pelos quais alguém mentiria.

Clio ficava apavorada ao pensar no que aconteceria quando chegasse a hora de apresentar sua irmã mais nova para a Sociedade. Isso poderia ser adiado por alguns anos... mas elas eram netas de um conde. Em algum momento Phoebe teria que ser apresentada. E a menos que Clio fosse muito vigilante, os dragões da Sociedade iriam devorar a pobrezinha... Mas naquela manhã ela ainda não precisava pensar nisso.

O dia estava bonito. A chuva tinha parado, para variar. Sim, o solo estava lamacento, mas o sol se firmava no céu. Clio jogou seu capuz para trás para aproveitar o calor. Adorava aquela parte de Kent. Combinava com ela. Não havia picos ou vales dramáticos. Só campos bem cuidados, murados por cercas vivas e de pedra, com alguns bosques. Das torres do Castelo Twill, a paisagem parecia uma colcha de retalhos com uma dúzia de tons de verde. Acolhedora. Confortável. Segura.

Ela conduziu a irmã por uma ponte estreita, de duas pranchas, por cima de um riacho cheio pela chuva. Elas atravessaram uma por vez, equilibrando-se com os braços estendidos para os lados.

"Com o tempo eu vou colocar aqui uma ponte de verdade", Clio disse. "Mas eu gosto do charme desta aqui."

Ela deu um salto para chegar ao outro lado, depois estendeu a mão para ajudar Phoebe na travessia.

Clio continuou segurando a mão da irmã enquanto cruzavam o caminho entre dois campos – cevada de um lado, trevo do outro.

"O que você acha daqui?"

"O mesmo que acho de qualquer outro lugar."

"Você gostaria de morar no Castelo Twill?"

"Para sempre?" Phoebe franziu o rosto. "Por que eu faria isso?"

"Porque eu vou convidar você."

"Lorde Granville não vai querer morar em Oakhaven?"

"Talvez eu possa convencê-lo a ficar aqui. É mais perto de Londres."

A irmã dela balançou a cabeça.

"Vocês vão estar recém-casados. Ele não gostaria que eu ficasse no caminho."

"Por que você diz isso?", Clio perguntou.

"Porque Teddy e Daphne são recém-casados e *eles* não gostam que eu fique no caminho. Daphne me disse isso. A não ser durante o jantar, eles não querem que eu os incomode, a menos que a casa pegue fogo."

Clio apertou a mão de Phoebe, mas ela sabia que a irmã preferia ser reconfortada com fatos.

"Eu sempre vou querer você no meu caminho", disse. "Quanto ao Piers... bem, ele é um homem poderoso, mas nem mesmo ele pode decidir quem mora aqui. O Castelo Twill é meu."

"Só até você casar." Phoebe observou. "Então o castelo vai se tornar dele."

"Talvez eu não me case com ele", Clio disse.

Phoebe parou no meio do caminho, e Clio também parou. As palavras tinham escapado dela, de repente. Mas pelo menos agora descobriria como sua família – pelo menos um membro dela – reagiria.

Phoebe ficou com o olhar fixo no horizonte.

"Então?", Clio a incitou. Seu coração ribombava dentro do peito e uma abelha zunia por perto.

A irmã levantou a mão para fazer sombra nos olhos.

"Aquele é Lorde Rafe? Ali adiante, junto à cerca."

Clio estremeceu, surpresa pela mudança repentina de assunto. Será que Phoebe pelo menos tinha ouvido sua confissão? Não dava para saber, com sua irmã mais nova. Às vezes ela parecia não registrar coisa alguma, então respondia um dia ou uma semana depois.

Clio semicerrou os olhos na mesma direção.

"Aquela é a fazenda do Sr. Kimball."

Do outro lado do campo de trevo, um grupo de trabalhadores empilhava pedras para consertar uma cerca. Só que um dos trabalhadores era duas vezes maior que os outros. Quando ele se virou de lado, Clio pôde reconhecer seu perfil contra o campo – mas a essa altura seu coração já estava acelerado. Seu corpo conhecia o dele.

"Aquele é Lorde Rafe", disse. "É ele mesmo."

Ele as viu e levantou a mão.

"O que será que ele está fazendo?", Clio exclamou.

"Consertando uma cerca, ao que parece", Phoebe respondeu e a puxou pelo braço. "Vamos lá, então. Nós devemos cumprimentá-lo, já que ele acenou para nós."

"Ele não acenou."

"Acenou, sim", Phoebe insistiu.

"Ele levantou a mão. Não a mexeu para um lado e para outro. Isso não é acenar."

Ainda assim, elas estavam a caminho da cerca de pedra. Conforme se aproximavam, Rafe, que estava só de camisa, recolocou o paletó e passou as mãos pelo cabelo. Ficou maravilhoso no mesmo instante.

"Eu deveria ter vestido outra coisa", Clio murmurou.

"Por quê?", Phoebe perguntou.

"Por nenhum motivo."

E não havia nenhum motivo, mesmo. Não importava a aparência dela. O que quer que houvesse entre eles... não resultaria em nada. Não *podia* resultar. E, de alguma forma, desfrutar daquela atração tinha que ser errado. Até que ele assinasse os documentos, ela continuaria – no papel, ainda que não em seu coração ou sua cabeça – comprometida com Piers. Mas ela estava esperando há tanto tempo para sentir aquele tipo de alegria. Quem poderia dizer quando iria sentir aquilo de novo?

Rafe se despediu dos trabalhadores e começou a andar na direção delas. Eles se encontraram no centro do campo, com trevos na altura dos joelhos.

"Você está ajudando a consertar a cerca?", Phoebe perguntou.

"Estive trabalhando nisso por algumas horas." Ele olhou por cima do ombro. "Está quase terminado, acho."

"É muita bondade sua", Clio observou. "Tenho certeza de que o Sr. Kimball ficará grato pela ajuda."

"Estou treinando", ele deu de ombros, modesto. "Preciso de exercício."

Ah, e como isso ficava bem nele. Sua pele estava bronzeada e aquela aura de esforço físico pairava sobre ele como um manto dourado, irradiando saúde e força. Ela se perdeu na admiração por alguns momentos.

"Nós vamos até a vila", Phoebe disse. "Vou comprar barbante."

"Eu vou enviar uma correspondência", Clio acrescentou, sem jeito.

"Vou com vocês, se me permitem."

E assim eles entraram na vila. Clio postou sua carta. Phoebe comprou seu barbante. Rafe estava com fome devido ao esforço e sugeriu que fizessem um lanche no pub. Era um estabelecimento simples e tranquilo. Cerca de uma dúzia de mesas e um balcão pequeno. As escolhas das refeições do dia – todas as duas – estavam escritas em giz numa lousa. Clientes lotavam o pub e, quando os três entraram, todos se viraram para encará-los.

Clio acenou e sorriu, reparando em alguns rostos conhecidos. Tinha feito o possível para visitar seus arrendatários e conhecer os comerciantes locais. Mas não era ela quem causava fascinação na clientela. Era Rafe. A reputação dele o precedia, atravessando o salão e deixando um rastro e tanto. Enquanto eles passavam, Clio pôde ouvir os sussurros.

"Esse é Rafe Brandon, não é?"

"O Filho do Diabo. Ouvi dizer que passava férias aqui."

"Eu o vi lutar uma vez em Brighton. Ele fez uma exibição para o regimento pouco antes de embarcarmos para a península."

Se Rafe ouviu os cochichos, não demonstrou. Ele levou Clio e Phoebe até a última mesa vaga no pub, uma num canto atrás de um grupo de homens jogando cartas. Quando a garota da taverna veio, pediu torta do pastor para as mulheres e o lanche do lavrador para si, que consistia em queijo, presunto fatiado e pão com manteiga.

Enquanto esperavam pela refeição, Phoebe pegou um barbante no bolso e cortou um pedaço com os dentes. Depois amarrou as pontas e começou a produzir figuras.

"Estou trabalhando em algo novo, mas não estou acertando." Phoebe sacudiu a cabeça, frustrada. Então soltou o barbante e começou de novo. "Talvez passando isso pelo laço... Espere. Lorde Rafe, está vendo essa parte do barbante no meio? O terceiro. Segure firme, por favor."

Ele fez o que Phoebe pedia e ela baixou as mãos, abrindo os dedos para revelar uma teia no formato de um castelo. A parte que Rafe segurou se tornou uma torre muito alta no meio, com torres menores de cada lado.

"Oh, muito bem." Clio aplaudiu.

Rafe assobiou, demonstrando sua admiração.

"Essa é a melhor que já vi."

"É um feito inútil", Phoebe disse, soltando o barbante. "Acredito que não poderei me levantar e fazer figuras de barbante quando for a hora do meu debute."

"Como alguém que já foi a vários bailes de debutantes", Rafe disse, "posso dizer que preferiria assistir a uma garota fazer figuras de barbante a mais uma apresentação infeliz ao piano."

"O que você exibiu no seu baile?" Phoebe olhou para Clio.

"Eu toquei piano." Clio deu um sorriso irônico. "Foi horrível. Mas Rafe não foi submetido a isso, pois não compareceu."

Ele tomou um gole de cerveja.

Talvez ela não devesse cutucá-lo por isso, mas a ausência dele a tinha magoado. Durante a infância Rafe sempre a provocava, mas Clio pensava que os dois eram amigos, de certa maneira. E então ele a abandonou na noite em que ela mais precisava de um amigo.

"É uma pena que nós não possamos preservar as figuras", Clio disse. "Eu gostaria de pendurá-las na parede para que todo mundo pudesse ver."

"É melhor assim", Rafe observou. "Na parede seriam apenas pedaços de barbante. É Phoebe que os torna especiais."

O elogio não pareceu ter muito efeito em Phoebe, mas pegou Clio de surpresa. Uma parte sensível de seu coração latejou – como uma dor de dente, só que mais para baixo. Ele tinha tantas qualidades. Por que insistia em manter uma reputação tão baixa? Clio imaginou que deveria ter relação com a carreira dele. "O Monstro que Afaga Cachorros" ou "O Feroz Reparador de Cercas" não seriam apelidos que atrairiam muitos espectadores para uma luta.

A taverneira levou a comida até eles. Phoebe comeu rapidamente, depois pegou seu barbante e virou a cadeira para assistir aos homens jogando baralho. Clio experimentou seu pedaço de torta.

Rafe se aproximou de Clio, para que pudessem conversar com relativa privacidade.

"O Sr. Kimball estava me contando da reunião que o seu agente imobiliário e fez com os fazendeiros. Que ele lhes contou das suas ideias sobre as plantações de lúpulo e a cervejaria."

"É mesmo?"

"Ele não está convencido. Nem eu."

"Por que não? O lúpulo pode exigir um investimento inicial, mas os fazendeiros vão ter um mercado garantido para sua colheita."

"Desde que a cultura vingue." Ele colocou uma fatia de queijo na boca.

Clio tentou não ficar encarando, mas estava discretamente fascinada pelo modo como ele comia, de um jeito másculo e sem reservas. Rafe não dava qualquer atenção à etiqueta. Mas também não a desprezava. Rafe apenas... comia. Ela achava isso atraente, de um modo estranho, visceral. Talvez o invejasse.

"Nós vamos ter serviço para tanoeiros, carroceiros e carpinteiros", ela disse enquanto pegava um bocado de sua comida. "A própria cervejaria vai empregar dezenas de pessoas. Vai ser bom para toda a paróquia. Está tudo muito bem planejado."

"Seja como for", ele disse, coçando a barba por fazer, "começar uma cervejaria requer um investimento tremendo. Lúpulo é uma cultura delicada. Você poderia perder seu dote inteiro e o castelo junto. Como ficariam os fazendeiros e os tanoeiros, então?"

"Eu sei que existe um risco. Mas eu não estou indo atrás de alguma moda passageira." Ela fez um gesto na direção do pub lotado. "Os homens ingleses não vão parar de beber cerveja."

"Mas você não é um *homem*. Você é uma *mulher* solteira sem qualquer experiência em agricultura ou comércio."

"É claro que eu não tenho experiência. Onde eu poderia ter conseguido? Na escola preparatória?" Ela espetou um pedaço de carne. "É tão injusto! As mulheres só podem fazer um décimo do que os homens fazem, e ainda assim somos avaliadas com muito mais rigor. Se eu vou ser considerada ineficiente, pelo menos desta vez vai ser diferente. Prefiro ser julgada pelas minhas deficiências na administração da propriedade a ser julgada por falhas ao tocar piano. O começo talvez possa ser difícil, mas eu tenho o dinheiro e a determinação para transformar o empreendimento em sucesso. Sou a primeira a admitir que existe muita coisa que eu não sei, mas que sou capaz de aprender e estou disposta a fazê-lo."

Quando ergueu os olhos, ela percebeu que Rafe não estava à mesa. Clio olhou ao redor e viu que ele voltava do balcão com três canecas de estanho com cerveja até a borda.

"Cerveja tipo ale – produzida com cevada maltada", ele disse, empurrando as canecas na direção dela. "Bitter. E porter."

"As três? Você deve estar com muita sede depois de consertar aquela cerca."

"Elas são para você", ele disse. "Você disse que estava disposta a aprender e que é capaz. Vamos ver se você comprova isso."

Ah, então ele pretendia lhe dar uma lição. Que fofo. Ridículo e desnecessário, mas fofo.

Ciente das pessoas que os observavam, ela baixou a voz e sussurrou.

"Obrigada. Mas eu conheço os tipos. Eu não me proporia a abrir uma cervejaria sem primeiro conhecer as diferenças entre cerveja ale, bitter e porter."

"Então vamos ver se você consegue dizer qual é qual." Ele deslizou as canecas pela superfície da mesa, embaralhando-as como se fossem cascas de nozes escondendo uma ervilha. "Prove e diga-me qual é qual."

"Eu posso dizer qual é qual só de ver. Esta é a ale." Ela foi indicando com a cabeça. "Esta é a porter, e a última, a bitter. Mas não vou provar nenhuma delas hoje."

Clio podia ver o fantasma de sua mãe caindo no chão, desmaiando só de ouvir aquela sugestão. Mulheres bem-criadas bebiam limonada ou água de cevada. Talvez um gole de tônico ou uma taça de clarete. Cerveja fraca, em casa. Damas não bebiam cerveja ale. Muito menos porter. Nunca em público.

"Então você quer produzir cerveja, mas não quer ser vista bebendo. Não faz sentido."

Ele era um homem, não fazia ideia. As mulheres eram encorajadas a produzir todo tipo de coisas – beleza, jantares e filhos. Mas essas produções deviam parecer fáceis. Saídas do ar e dos mistérios femininos. Ai da mulher que tirasse os pelos do rosto em público, ou que recebesse as visitas com farinha nas mãos. Para não falar da que admitisse sentir desejo.

"Este não é o lugar", ela disse.

"Este é um bar público. É, por definição, o lugar *feito* para se beber cerveja." Ele empurrou a ale na direção dela.

O orgulho dela venceu o decoro. Com um olhar cauteloso para o pub, Clio pegou uma caneca de cada vez, provando seu conteúdo.

"Pronto. Provei todas."

"E...?" Ele a instigou.

"E... são boas."

"Errado", ele disse. "Duas são boas. Uma é lavagem. Como você pode pedir aos fazendeiros que arrisquem suas safras pela sua cervejaria se não consegue distinguir a cerveja boa da ruim?"

Clio suspirou. Parecia que não tinha escapatória.

"A cerveja ale é muito boa. Fermentada recentemente com água da região. Doce, com sabor de nozes. Também tem um toque de mel. Alguém cultivou trevo perto da cevada. A porter é decente. O sabor de café seria mais intenso se tivessem usado malte escuro, não apenas açúcar queimado para dar cor. Mas todo mundo está usando o malte mais leve atualmente. Agora, a bitter..." Provou de novo e inclinou a cabeça. "Eu não chamaria de lavagem. Ela tinha potencial, mas o fermento não dissolveu direito. O que poderia ter sido céu claro e campos verdes é apenas... um pântano na neblina. Uma pena. Um desperdício do bom lúpulo de Kent."

Ela ergueu os olhos e viu que ele a encarava boquiaberto.

"De onde veio isso tudo?", ele perguntou. Mas os olhos dele faziam uma pergunta ligeiramente diferente. *De onde você veio*, era a verdadeira questão.

Oh, Rafe, eu estava aqui o tempo todo. Só esperando.

"Uma garota precisa de um hobby." Ela se sentiu um pouco atrevida. Sem dúvida por causa da cerveja. Ou, quem sabe, por causa da expressão no rosto dele.

Ele olhou para Clio com aqueles olhos verdes intensos, e embora fosse violentamente atraente e estivesse tão perto, Clio tentou não fazer nada que fosse muito feminino e bobo. Como mexer no cabelo. Ou umedecer os lábios. Ou lembrar-se da sensação da masculinidade dura dele encostada em sua carne macia.

É claro que ela fez as três coisas... Constrangida consigo mesma, baixou os olhos.

"Você vai ficar me encarando desse jeito?"

"Vou."

"Por quê?"

"Eu fiz uma aposta comigo mesmo. Para ver se eu consigo fazer você ficar de dez tons de rosa."

Bem, naquele momento ele deve ter contado mais um tom. Alguma nuance de carmim, era o mais provável.

"Um homem também precisa ter um hobby." Com uma exibição repentina e letal de charme, ele empurrou a cadeira para trás e levantou. "Vou pagar a conta."

Phoebe se inclinou na direção da mesa ao lado, na qual os homens jogavam cartas.

"Não espere pelo rei", disse para o homem mais próximo dela, espiando as cartas na mão dele por cima de seu ombro.

"Phoebe", Clio sussurrou, cortante. "Não faça isso. É falta de educação interromper."

"Mas ele precisa saber." Ela bateu no ombro do homem. "Não fique esperando o rei de ouros. Não está no baralho."

"O quê?" O homem olhou para ela por sobre o ombro.

"Estou observando o jogo há catorze rodadas. Todas as outras cartas do baralho já apareceram pelo menos uma vez. Com uma média de vinte e uma cartas reveladas por rodada, a chance de o rei de ouros não aparecer seria de menos de uma em..." Ela fez uma pausa. "...um milhão e trezentos mil."

O homem soltou uma risada.

"Não existe número assim tão grande."

"Que diabos ela tem de errado?" Um homem exclamou do outro lado da mesa. "Ela é algum tipo de imbecil?"

"Ela é mais esperta que você." O homem com o baralho virou o restante das cartas e as examinou. "Ela está certa. Não tem rei de ouros. Se não está no baralho, onde está?"

Phoebe deu de ombros.

"Eu perguntaria ao seu amigo calado."

Do outro lado da mesa, um homem ruivo e corpulento fez uma careta.

"Não se meta em assunto de homem, garota."

Clio tentou distrair a irmã, sem sucesso. Quando Phoebe se agarrava a um fato, ela parecia um cachorro com um osso.

"Aí está", ela apontou para o ruivo. "A carta está na manga esquerda dele. Estou vendo a ponta."

O homenzarrão então se levantou e ficou olhando todos de cima para baixo.

"Você está me chamando de trapaceiro, sua pirralha? Porque se estiver, eu não vou aceitar isso."

Ele agarrou o tampo da mesa com as duas mãos e o virou, espalhando cartas, cerveja e tudo o mais.

Clio recolheu a irmã entre seus braços. Phoebe ficou rígida com o contato, mas não adiantava. Clio não ia deixar que aquele homem machucasse sua irmã.

"Sua bruxa mentirosa, anormal", ele rosnou. "Eu vou lhe dizer uma coisa, eu vou..."

Rafe interveio, enfrentando o homem cara a cara. A voz dele soou como uma ameaça baixa e controlada.

"Você vai parar. É isso que vai fazer. Porque se tocar ou ameaçar essas moças de novo, juro por tudo que é sagrado que vou matar você."

Capítulo Onze

Ah, sim. Rafe podia matá-lo. Podia demolir aquela escória vil e fedorenta. Com facilidade. Com uma mão atrás das costas. E isso queria dizer que ele precisava ter muito cuidado.

"Você sabe quem são essas moças?", ele perguntou, tanto para informar aquele patife como para se lembrar de manter alguma civilidade. "Elas são sobrinhas do Conde de Lynforth. A Srta. Whitmore é a proprietária das terras e em breve se casará com meu irmão, Lorde Granville."

Rafe continuava com a caneca de cerveja na mão direita. Com o antebraço esquerdo, ele cutucou o homem no peito. Várias vezes.

"Não toque nelas." Ele deu um passo adiante, fazendo o homem recuar para o canto do salão. "Não fale com elas. Não olhe para elas." Empurrou o homem contra a parede de madeira e reboco. "Não respire perto delas. Nunca mais. Em troca, eu deixo você sair deste pub com o mesmo número de dentes com que entrou. O noivo da Srta. Whitmore é um diplomata, mas não está aqui no momento. Eu estou, e não sei fazer as coisas com diplomacia."

Na adolescência, ele vivia fervendo de raiva. Insultos menores do que aquele o faziam partir para a violência. Dez anos atrás teria socado primeiro e pensado depois, deixando sangue nas paredes, sem remorsos. Estava mais velho, agora. Mais sábio, ele esperava. Mas, quando se tratava de vagabundos como aquele, a raiva não diminuía. Estava mais perto de perder o controle do que tinha estado em anos.

Calma, Rafe.

O trapaceiro riu.

"Oh, eu sei quem você é, Brandon. Você já teve seus bons dias. Mas agora acabou, não é mesmo?"

"Ainda não. Logo vou reconquistar meu título."

"É mesmo? Vamos ver o que você tem aí, então." O homem estalou o pescoço e fechou os punhos. "Eu já estive em algumas brigas. Vou encarar você."

Rafe revirou os olhos. Maldição.

O patife ruivo não era apenas um vagabundo fedorento. Não, o idiota precisava estar bêbado, também, só para dificultar as coisas.

"Eu não luto com amadores. É minha regra."

"Então as fofocas são verdadeiras", o bêbado o provocou. "Você está acabado. Sai correndo de medo."

"Eu disse que não lutar com amadores é uma regra. Mas toda regra tem sua exceção."

Atrás dele, alguém na multidão crescente de espectadores gritou.

"É uma briga, rapazes!"

"Nenhuma briga será necessária", Clio interveio, falando por trás de Rafe, que a ouviu.

Ele não tirou os olhos do trapaceiro, mas a ouviu. E embora Rafe não pudesse tranquilizá-la, Clio não precisava se preocupar. Ele sabia muito bem o que estava em jogo naquela situação – para ela e para ele.

"Foi erro nosso ter interrompido o jogo de cartas", ela disse, destemida. "Senhores, nossas sinceras desculpas. Não é mesmo, Phoebe?"

"Não vejo razão para desculpas", Phoebe respondeu. "Ele estava trapaceando. Eu tinha razão."

"Nenhuma de vocês precisa pedir desculpas para esse homem", Rafe rugiu, agarrando o outro pela camisa e levantando-o do chão. "Eu vou lhe dar o que ele está pedindo."

O rosto do homem ficou pálido de um modo muito satisfatório.

À volta deles, a agitação dos clientes da taverna atingiu um ponto crítico. Os homens afastaram mesas e cadeiras para os cantos do salão. Apostas começaram a ser feitas. Quanto àquela coisa imunda que ele mantinha em suas mãos... bem, ele devia estar ouvindo como os apostadores não gostavam de suas chances.

Rafe estava ficando agitado. E ele não se importava com quem o visse. Tinha conquistado sua reputação de brutalidade e a usaria da forma que quisesse.

Ele sentiu um toque delicado em seu ombro. A voz de Clio tremeu quando ela sussurrou:

"Rafe, por favor. Não faça isso."

"Ah, mas eu vou fazer. E vou gostar de fazer. Assim que terminar minha bebida."

Com isso, ele moveu a mão direita para a frente, enterrando sua caneca no reboco caiado da parede da taverna a menos de um palmo do rosto feio e lívido do homem. A cerveja caiu no chão.

Quando ele tirou a mão, a caneca continuou ali, cravada no reboco. Como se tivesse ganhado uma prateleira só sua.

"Continua querendo brigar comigo?", Rafe perguntou.

O homem deu uma olhada para a caneca presa na parede, sem dúvida imaginando aquilo quebrando todos os seus dentes.

"Eu... quer dizer..."

"Achei que não." Rafe soltou o homem, que caiu no chão e continuou lá, onde devia ficar a escória que ele era.

Antes que os espectadores saíssem do transe em que estavam, ele passou os braços protetores sobre os ombros de Clio e Phoebe.

"Desculpe decepcioná-los", falou para a multidão. "Não haverá briga hoje." Para Clio, ele murmurou. "Vamos embora. *Agora*."

Rafe não precisou falar duas vezes. Clio ficou feliz de ir embora dali.

Os três saíram da vila rapidamente, sem parar ou falar durante todo o caminho até chegarem à trilha no campo. Quando chegaram a uma cerca, Rafe parou e se virou para elas. Examinou-as com um olhar preocupado.

"Vocês duas estão bem? Não se machucaram?"

Clio sacudiu a cabeça.

"Não estamos machucadas. Só um pouco preocupadas."

"Foi culpa minha, não foi?" Phoebe franziu o cenho, unindo suas delicadas sobrancelhas castanhas. "Eu deixei aquele homem bravo."

"Não", Clio disse. "Ele é um bêbado trapaceiro e você não fez nada de errado."

"Mas eu fiz. Eu fiz." Ela puxou o próprio cabelo. "Estou sempre fazendo ou dizendo a coisa errada. Eu sei que sou estranha."

"Phoebe, querida. Você não é estranha. Você é especial."

"Por que usar palavras diferentes, como se não quisessem dizer a mesma coisa?"

Clio se aproximou para consolá-la com tapinhas no ombro. Mas a irmã evitou o toque.

"Se está preocupada que eu vá chorar ou ter um surto histérico, não fique. Eu nunca faço nada disso. É o que me torna estranha. Ou, pelo menos, é parte do problema. Você acha que eu não reparo. Não penso nem me comporto como as outras pessoas. Há coisas que são importantes para mim, mas as outras pessoas não ligam. E existem coisas que os outros parecem dar valor, e eu não consigo entender por quê. A Daphne me provoca. Clio, você é muito educada, mas sei que se preocupa comigo. Já ouvi você falar."

"Nós duas amamos você", Clio disse.

"E eu não entendo isso também." Phoebe subiu os degraus da cerca e passou para o outro lado.

Clio fez menção de ir atrás dela, mas Rafe a segurou.

"Deixe-a ir", ele disse. "Ela sabe o caminho de casa."

"Mas ela está triste e magoada. Eu não aguento isso."

"Você não tem escolha. Porque ela está certa. Phoebe não é como as outras garotas." Ele silenciou as objeções dela com um toque em seu braço. "Eu posso não ser brilhante com os números como a Phoebe, mas sei o que é estar confuso aos 16 anos. Confie em mim. De vez em quando ela vai precisar de espaço para encontrar suas próprias respostas. Você pode deixar que ela saia andando. Só deixe claro que sempre pode voltar."

Clio suspeitava que ele tivesse razão, mas isso não tornava as coisas mais fáceis.

Para se distrair, baixou a cabeça e olhou para a mão dele. Clio estremeceu com o que viu.

"Você está sangrando! Deve ter esfolado a mão na parede."

"Não é nada."

"Deixe-me ver mesmo assim." Ela tirou um lenço do bolso e levantou a mão dele, colocando-a sob a luz do sol para uma inspeção mais detalhada. "Se vou deixar Phoebe sair andando, preciso cuidar de outra pessoa."

Ele cedeu e se apoiou na escada enquanto ela enxugava suas feridas. Rafe enfiou a mão livre no bolso.

"Aqui. Use isso. É bom para todos os tipos de dores." Ele pegou uma latinha redonda, menor que uma caixa de rapé. "Bruiser jura que é milagroso."

"Bruiser", ela repetiu, pegando a lata e passando o polegar em volta dela. "Então ele é o seu *treinador*. Eu bem que desconfiava. Onde você encontrou esse homem?"

"Não me lembro. Faz tantos anos. E eu tomei golpes fortes na cabeça durante aquela semana."

Ela sorriu.

"Eu posso fazer ele parar com aquela encenação de Montague, se você quiser", Rafe suspirou. "Pode acreditar, não foi ideia minha."

"Não, não precisa. É engraçado ver Daphne bajulando-o. E ele está se divertindo. É bom ver que pelo menos um dos meus convidados está apreciando o castelo."

Com um movimento do polegar, Clio abriu a tampa da lata. Um odor pungente e aromático a alcançou. Ela o reconheceu no mesmo instante. Óleo de gaultéria.

Ela ficou imóvel, avaliando o efeito daquilo nela.

Ele esticou os dedos.

"Se está tentando ler minha sorte, está olhando para o lado errado da minha mão."

Ela estremeceu, quebrando o encanto. Com a ponta do dedo médio, Clio pegou um pouco do unguento e o passou nos machucados da mão de Rafe. Não, ela não estava tentando ler sua sorte. Mas aquele momento lhe propiciou uma visão dolorosa de seu próprio destino. Às vezes, acreditava, era possível ver o futuro. Não era preciso cartomante nem bola de cristal. Só era necessária a coragem de olhar para dentro do próprio coração e ser honesta com o que encontrasse ali. O que ela viu nesse dia foi o seguinte: pelo resto da sua vida, mesmo que vivesse para ver uma centena de verões, toda vez que cheirasse gaultéria, se lembraria de Rafe Brandon. O calor do casaco dele, o sorriso diabólico e o jeito doce com que a beijou na chuva.

Ela deslizou a ponta do dedo sobre a pele machucada dele. Com delicadeza, como se aquela mão fosse um animalzinho recém-nascido, não um instrumento de violência.

"Ele nunca fez você sentir que era bem-vindo para voltar, não é? O falecido marquês, eu quero dizer. Quando você era um jovem problemático e precisava se afastar para conseguir pensar, entender as coisas... Ele era teimoso demais para acolher você em casa."

"Não posso culpá-lo." Ele deu de ombros. "Eu não era como a Phoebe. Era terrível. Fui longe demais."

"Você conseguiu se controlar." Acariciou a mão dele. "Obrigada por vir em nosso socorro."

"Eu sei que você detesta uma cena desagradável."

"Às vezes, uma cena desagradável é necessária."

Na verdade, Rafe lidou muito bem com a situação. Ele puniu o trapaceiro, defendeu Clio e Phoebe... e também deu à plateia o que ela queria. Uma demonstração impressionante de força e perigo. Uma história para ser contada, recontada e aumentada ao longo dos próximos meses e anos. Tudo isso sem derramar sangue, sem comprometer sua reputação de boxeador.

"Amanhã vou voltar lá para amenizar a situação", ele disse. "E vou pagar ao taverneiro pelo estrago."

Ela riu baixinho.

"Você está falando da parede? Eles não vão fechar aquele buraco. É provável que ponham uma moldura em volta da caneca e a exibam com orgulho. '*Rafe Brandon bebeu aqui*'."

Assim que as palavras saíram de sua boca, Clio teve uma ideia. Sua cabeça começou a girar mais rápido que uma roda-d'água.

"É isso", disse, fechando a latinha com um estalo. "É isso que eu preciso para tornar a cervejaria um sucesso. Um sócio."

"Um sócio?"

"Isso. Alguém que tenha boa relação com fazendeiros e comerciantes. Alguém com um nome conhecido em pubs e tavernas por toda a Inglaterra." Ela sentiu a empolgação crescendo em seu peito e olhou para ele de frente. "Será que você conhece alguém assim?"

"Não." Ele enrijeceu o maxilar.

"Ora essa, Rafe. Seria perfeito. Nós poderíamos... nós poderíamos chamar a cerveja de Filho do Diabo. Para promovê-la, você poderia viajar pela Inglaterra enterrando canecas nas paredes das tavernas. Eu lhe daria uma parte dos lucros."

"Você quer me *contratar*?"

"Por que não?", ela deu de ombros. "Em algum momento você vai ter que arrumar uma carreira."

"Eu já tenho uma carreira. Eu sou um lutador."

"Mas..."

"Não vai dar, Clio." Ele interrompeu a objeção dela pegando-a e colocando-a sobre a escada. Então pulou a cerca de madeira e saiu andando pela trilha.

Fim da conversa.

Clio o seguiu um passo atrás, suspirando consigo mesma. Como a ideia de uma cervejaria conseguiria competir com a glória de uma carreira de lutador? Como qualquer coisa conseguiria? Ela tinha que admitir que a perspectiva de uma luta iminente tinha sido *bem* emocionante. Quando pensou que Rafe estava se preparando para socar aquele canalha trapaceiro, arrepios percorreram sua pele. Não apenas porque Rafe era um campeão, mas porque agia como se fosse o campeão *dela*. Mas mesmo aquela emoção rara e inebriante não foi nada – absolutamente nada – se comparada ao alívio que sentiu quando ele socou a parede em vez do rosto do outro. Ela acompanhava o esporte há anos, e sabia como esses lutadores frequentemente terminavam. Esquecidos e empobrecidos. Às vezes, na prisão. Derrotados, em corpo e espírito. Acabaria com ela ver isso acontecer com Rafe.

Entre a relativa privacidade de que desfrutavam e a coragem proporcionada pela cerveja, Clio se sentiu valente o bastante para dizer isso para Rafe. Correu para ficar ao lado dele.

"Eu acho que você mentiu para mim quando eu estive no seu armazém em Southwark."

"Como assim?"

"Você me disse que eu não tinha interrompido um suicídio. Agora não tenho mais tanta certeza. Sei que você não pretendia se enforcar, mas voltar a lutar...? Não é uma rota mais lenta para o mesmo final?"

"De modo algum." Ele sacudiu a cabeça.

"Li as reportagens sobre as suas lutas, Rafe. E não só porque eu li os jornais e por acaso você estava lá. Eu *procurei* as notícias. Li sobre as trinta e quatro agressões da sua luta com Dubose. As revistas descreveram a luta com detalhes de tirar o fôlego. Cada golpe e cada hematoma."

"Os repórteres fazem soar mais perigoso do que é", ele disse. "É assim que vendem revistas. E talvez ajude a gerar interesse pela próxima luta."

As preocupações de Clio não foram amenizadas.

"Eu detesto o modo como as pessoas falam sobre você. Mesmo nesse pub, hoje, o modo como eles se apressaram em abrir espaço e fazer apostas. Como se você fosse uma criatura desumana feita para sangrar e sofrer apenas para a diversão deles, como se não valesse mais que um urso ou galo de briga. Isso não o incomoda?"

"Não. Eu não luto por eles. Luto por mim mesmo."

"Pelo amor de Deus, por quê?"

"Porque sou bom nisso", disse, parecendo agitado. "Eu sou ótimo nisso. E nunca fui bom em nada. Porque o ringue é o único lugar em que sei que o sucesso é meu, e o fracasso também. Posso enfrentar um estivador irlandês, um tanoeiro inglês ou um escravo liberto americano. Quando o sino toca, nada disso importa. Sou só eu. Minha força, meu coração, minha vontade e os meus punhos. Nada que recebi, nada que peguei. Luto porque isso me diz quem eu sou."

"Se você está procurando alguém para lhe dizer quem é, eu posso fazer isso."

Ele a afastou.

"Não."

Ela correu para a frente dele e pôs a mão em seu peito, segurando-o onde estava. Com a palma da mão, pôde sentir o coração dele acelerado. Cada batida bombeava emoção pelas veias dela.

"E posso começar lhe dizendo que você é teimoso, impulsivo e orgulhoso", disse. "E generoso, protetor e passional. Em público, cavalga como um demônio e é o próprio pecado, vestindo uma calça de camurça. Mas em particular você se comporta como se tivesse ingressado em uma ordem monástica. Você é gentil com cachorros feios e é paciente com irmãs esquisitas. Seus beijos são doces. E sua vida vale muita coisa." Ela segurou a emoção que crescia em sua garganta. "Eu vou lhe dizer quem você é, Rafe. Sempre que estiver em dúvida. E não vou fazer você sangrar."

"Não por fora, talvez", ele disse, olhando para o horizonte. "Mas por dentro tem lugares que você está deixando em pedaços."

"Ótimo."

Era mais que justo. Porque ele também estava rasgando em tiras o coração dela.

"É melhor irmos", ele disse. "Estão esperando por nós. Você vai provar vestidos de noiva esta tarde."

Ele ainda queria fazê-la passar por isso?

"Eu queria ter bebido mais cerveja", Clio suspirou.

"Está querendo pular fora?"

"Ah, não." Clio alisou a frente do seu vestido. "Não vou lhe dar nenhuma desculpa para desfazer nosso acordo. Hoje vou experimentar alguns vestidos com babados. Amanhã você vai tirar a minha coleira."

"Pela última vez", Rafe esbravejou, "você não é o cachorro."

"*Au-au*", ela murmurou.

Capítulo Doze

"Saia logo", Daphne a chamou. "Já faz um século."

Rafe também estava impaciente. Ele, Daphne, Teddy, Phoebe, Bruiser e Ellingworth aguardavam sentados na sala de estar. Clio estava com as costureiras no quarto ao lado. Provando vestidos de noiva. Essa era a ideia, de qualquer modo. Eles assistiriam a um desfile de três ou quatro vestidos, para que Clio pudesse escolher seu favorito. Meia hora depois, Clio ainda não tinha exibido nenhuma peça. Alguma coisa estava errada?

Rafe tamborilou um dedo no braço da cadeira. Depois começou a sacudir o joelho. Ficar sentado daquele modo era uma tortura para ele. Sempre foi. Não entendia por que "cavalheiros sociais" como Cambourne conseguiam passar dias inteiros, e meses, e anos desse modo, sem fazer nada.

Ficou olhando intensamente para aquelas portas, o bastante para fazer um furo na madeira. *Saia logo, maldição.* Enfim, Rafe não aguentou mais ficar sentado. Pediu licença e foi até o corredor, onde percorreu toda a extensão do tapete Savonnerie. De um lado para outro, como um animal acorrentado. Aquilo teria que funcionar. A prova do vestido era a melhor chance de salvar o noivado. A última chance.

Mesmo um bruto mal-educado como Rafe sabia que o vestido era a parte crucial de um casamento. Ele só esperava que seu treinador estivesse certo quanto à qualidade dos materiais e do trabalho das costureiras. Aquele precisava ser um vestido com seda tão fina e renda tão trabalhada que, quando Clio visse seu reflexo no espelho, nunca mais iria querer tirar aquela roupa. E então ela *teria* que se casar. Seria isso ou se tornar uma solteirona maluca que vagaria pelo castelo em um vestido de casamento já amarelando. Rafe achava que a segunda opção não combinava com Clio, mas não iria mencionar essa possibilidade, para não lhe dar ideias.

Bam! O som o fez parar. Estranho... Talvez os criados estivessem movendo alguma coisa. Ou talvez aquele lugar fosse assombrado. Qualquer castelo, para merecer ser chamado assim, tinha que ter pelo menos um fantasma. Então aconteceu de novo... *Bam!* Seguiu-se um grito abafado de dor.

Os dois sons vinham de trás de uma porta dupla. Se ele não estivesse enganado, aquela seria a sala designada como provador de Clio. Em segundos chegou àquela porta.

"Srta. Whitmore?" Bateu na porta. "Clio, você está bem?"

Após momentos intermináveis, uma fresta foi aberta na porta. Ele viu uma fatia de dois dedos do rosto de Clio pela abertura. Um olho azul e parte de lábios rosa.

"Posso ajudá-lo, Rafe?"

"Sim, é claro que você pode me ajudar. Você pode me dizer o que diabos está acontecendo. Por que está demorando tanto e o que foi esse som? Alguém está mexendo na mobília?"

"Não, eu..." Dava para dizer que ela estava fazendo força para respirar, enquanto escolhia suas palavras.

Então o grito que ele ouviu *foi* de Clio. O rosto dela estava vermelho, e seus olhos – bem, pelo menos o olho que ele podia ver – parecia lacrimoso. Maldição.

"Diga-me o que aconteceu," ele pediu em voz baixa. "Agora."

"Não foi nada, pode acreditar."

"Então abra a porta para que eu possa ver."

"Rafe, eu estou bem. Por favor, não ligue para mim."

"Eu ligo para você. Está aí há séculos. Eu ouvi você gritar. Seu rosto está vermelho. Você mal consegue falar. E teve esses baques."

"Baques?"

"Umas pancadas."

"Pancadas?" Ela torceu a boca.

Barulhos." Ele fechou a mão, formando um punho. "Eu ouvi barulhos. Você está visivelmente emocionada. Alguma coisa está acontecendo aí. Ou você abre a porta, ou eu a ponho abaixo."

Aquele solitário olho azul foi arregalado.

"Você arrombaria a porta?"

"Você me viu hoje na taverna. Se achasse que você está em perigo, eu atravessaria a parede."

O olho azul de Clio piscou. Clio já devia conhecê-lo um pouco a essa altura. Ele gostava de uma conversa espirituosa como qualquer pessoa, mas quando seu sangue começava a ferver, não ligava para palavras. O que saía dele era ação.

"Muito bem. Já que você insiste." Ela recuou um passo e abriu a porta. "Vê?"

Oh... E ele viu. Ele viu uma boa parte dela que provavelmente não deveria ter visto. Ela vestia um tecido de delicada renda marfim. Contudo, a renda estava tão apertada que chegava a ficar transparente. Seus seios transbordavam o corpete, formando dois montes carnudos e... E o olhar dele ficou preso no vale escuro e misterioso entre eles. O resto do vestido podia ser de mais renda... ou tweed, ou veludo vermelho. Ou podia estar pegando fogo, que ele não teria reparado.

"Eu... Isso é..." Ele estava sem palavras. Pelo menos nenhuma que pudesse dizer em voz alta.

"Isto é algum tipo de brincadeira?", ela perguntou. "Esta é sua ideia de vestido de casamento?"

"Na verdade, não tenho muita ideia. Não sei."

Aquele vestido não servia para desfilar pela nave central de uma igreja. Contudo, pensando na noite de núpcias... Maldição. Seus pensamentos não podiam seguir por esse caminho. E seu olhar também precisava ser acorrentado. *Olhos, Rafe. Olhe-a nos olhos.*

Clio bufou.

"E eu aqui preocupada que você pudesse ter sucesso em me envolver com elegância e refinamento."

"Não é... ruim."

Ela o encarou.

"Parece que eu estou representando um anjo no presépio de um prostíbulo."

Ele não conseguiu evitar a risada.

"Alguém tem que levar a nós, pecadores, para a igreja", ele disse.

"Não consigo nem me mexer." Ela deu três passos cambaleantes para provar, bamboleando pelo corredor como um pato com artrite. "O *baque* que você ouviu era eu caindo."

"Duas vezes?"

"Sim, duas vezes." Ela fez uma careta. "Obrigada por colocar o dedo na ferida."

"Experimente outro vestido."

"Eu experimentei todos! São muitos pequenos."

"Mas eu pensei que Bruiser os tivesse encomendado sob medida para você."

"Eu não dei minhas medidas para ele. E com certeza Anna teria..." O sentimento de confusão fez aparecer rugas na testa dela. Então, uma compreensão repentina a alisou. "Daphne. É claro. Esse é o tipo de coisa que ela faria."

"Por que ela faria algo assim? Eu pensei que ela estivesse animada planejando o casamento."

"Ah, mas ela está. Esse é só o jeito dela de me lembrar que eu..."

"Que você o quê?"

"Não importa. Deixe para lá."

"Mas importa. Estou vendo que importa."

Um brilho de tristeza abriu espaço nos olhos dela, fazendo Rafe ter vontade de começar a quebrar coisas. Para então arrumar os destroços como uma barricada para protegê-la.

"Aí está você." Daphne apareceu no corredor. "Oh, Clio. Você está linda."

"Eu estou ridícula!", Clio falou entredentes. "Você deu as medidas erradas para o Sr. Montague."

"Não dei, não. Eu lhe dei as medidas *certas*."

"Mas o vestido não serve nela," Rafe disse.

"Vai servir." Daphne deu um tapinha na bochecha da irmã mais velha. "Você vai ver. Com o nervosismo do casamento e todo trabalho que precisa ser feito, ela vai conseguir emagrecer. E se isso não for o bastante...? Estou aqui para ajudar. Vamos fazer o jogo da mamãe."

Jogo da mamãe? O que diabos seria isso?

"Eu..." Clio ficou sem voz. "Com licença, eu... eu preciso ir para o meu quarto."

"Mas você só experimentou um vestido", Daphne disse.

"É mais do que suficiente por hoje." Ela se virou e saiu cambaleando pelo corredor, na direção do hall de entrada.

"Você não está irritada, está?" Daphne disse às costas dela. "Minha intenção é ajudar, você sabe." Ela olhou para Rafe, então deu de ombros e sorriu. "Ela vai me agradecer depois. Você vai ver. De tempos em tempos, todo mundo precisa de uma dose de motivação."

Motivação. Rafe estava se sentindo motivado. Para fazer o quê, ele não sabia. Mas estava muito motivado a... fazer algo. Qualquer coisa. Seu sangue trovejava em suas veias.

E então, lá no hall de entrada, Clio lhe deu um objetivo.
Bam!

"Maldito vestido."

Clio tinha passado por muita vergonha nos últimos oito anos. Ela sorriu durante as semanas que se seguiram à fuga de Daphne para casar, sabendo que todo mundo cochichava perguntando quando seria a vez de Clio. Então veio a primeira vez em que ela foi chamada de "Srta. Espera-Mais" na revista *Tagarela*. Isso a fez se sentir mal, também, e só foi superado pelo dia em que ela viu a lista de apostas no livro do clube White's. Dezenas dos cavalheiros mais influentes da Inglaterra haviam transformado a data de seu casamento em algo para a diversão deles. Mas isto? A atitude da irmã ia além de qualquer coisa. Ela nunca foi tão humilhada em sua vida. Constrangida pela própria irmã, desesperada para fugir, impedida por aquele vestido diabólico, que a limitava a bambolear pelo corredor. Até ela tropeçar na bainha, claro. O que a fez cair pela terceira vez.

Clio piscou para afastar uma lágrima escaldante. Sério, aquilo podia piorar?

"Não tente se levantar. Eu estou aqui."

A voz de Rafe. Sim, podia piorar. O homem mais atraente e envolvente que ela conhecia, o único homem que a olhou com desejo nos olhos, estava presente para testemunhar sua vergonha. *Agora* a humilhação estava completa.

"Você machucou alguma coisa?" Ele se ajoelhou ao lado dela.

"Só o meu orgulho." Ela tentou se levantar.

"Então é por isso que você não queria comer bolo ontem." Ele a segurou pelo cotovelo, apoiando-a. "Você não pode estar preocupada que Piers vá julgar você pelo seu peso."

"Eu sou uma mulher. *Todo mundo* nos julga por nossas medidas."

E a mãe de Clio, que Deus a tivesse, nunca perdeu uma oportunidade para lembrá-la disso. Sua mãe era filha de um conde, e todos esperavam que conseguisse um marido excelente. Ainda assim, ela se sujeitou a um casamento com um oficial naval, nascido plebeu. Se ao menos não fosse tão corpulenta, confidenciou um dia a Clio... talvez pudesse ter se casado com um nobre. A mãe estava decidida a não deixar as filhas se tornarem vítimas do mesmo erro. Daphne e Phoebe eram magras por natureza, mas o corpo de Clio sempre teve a tendência de ser mais curvilíneo.

"Minha mãe fazia esse... bem, ela chamava de jogo. Nós começamos com isso logo depois que eu fiquei noiva do Piers. Ela fazia com que levassem meu jantar para o meu quarto. Cada prato servido separado. E então ela me fazia perguntas baseadas no que eu tinha estudado à tarde. Gramática de francês, etiqueta bávara, as formas corretas de se dirigir à realeza da Casa de Hannover. Ela me fazia pergunta atrás de pergunta, e para cada erro que eu cometia, ela tirava um prato do meu jantar, começando pela sobremesa. Em algumas noites eu cometia tantos erros que ficava sem jantar. Só tomava um caldo. Outras noites eu comia três ou quatro pratos. Mas nunca consegui ficar com a sobremesa."

"Esse 'jogo' não me parece muito divertido."

"Teve um jantar que ficou gravado na minha memória. Na bandeja havia uma fatia de bolo de caramelo com nozes. Meu favorito. Lembro-me de ficar olhando para ele com tanta intensidade que podia sentir o gosto do açúcar caramelizado e das nozes amanteigadas. Tomei muito cuidado enquanto ela me desafiava. Eu respondi a todas as perguntas com perfeição. Nenhum erro. Finalmente pude comemorar uma vitória. Então, enquanto eu desfrutava do meu triunfo, ela tirou a fatia de bolo da bandeja."

"Por que ela fez isso, se você não cometeu nenhum erro?"

"Porque *eu* era o erro", Clio disse, sem se importar mais em esconder suas emoções. "Eu estava errada só por existir. Ou pelo menos por existir daquele jeito... Pesada."

Rafe praguejou.

"Sua mãe era uma desequilibrada. Sua irmã, também."

"Minha mãe queria o melhor para mim. E eu sei que a intenção de Daphne é boa. Somos irmãs."

"Ser da mesma família não quer dizer que as pessoas queiram o seu melhor. Elas sabiam em que ferida colocar o dedo."

Clio não respondeu.

"E tem mais", ele disse. "Elas mentiram, porque você não é pesada."

"Você não precisa dizer isso só para fazer eu me sentir bem."

"Estou dizendo porque é a verdade."

"Mas eu..."

Ele suspirou alto.

"Você que pediu."

Ele passou um braço pelas costas dela, depois o outro por baixo de suas pernas. E com um movimento suave, tirou Clio do chão. Pegando-a em seus braços. Aqueles braços grandes, maciços, poderosos.

"O que você está fazendo?", ela perguntou.

"Estou provando algo." Ele a sacudiu e o estômago dela deu uma cambalhota. "Você não é pesada. Não para mim."

Oh. Oh, misericórdia. Ele tirou o fôlego dela. E durante longos e inebriantes momentos, ele se recusou a devolvê-lo. Clio teve certeza de que nunca tinha visto homem mais bonito em sua vida. Sempre considerou Rafe atraente, viril, perigoso, desejável. Mas assim de perto, à luz do dia... o olhar dela vagou do maxilar anguloso para a maçã do rosto altiva, para o verde vibrante de seus olhos, emoldurados por cílios pretos como tinta. Ele era lindo. De uma forma absoluta e masculina. Lindo... Ela não sabia como não tinha visto isso antes. Clio imaginou que era porque ele não a tinha deixado se aproximar o bastante.

"Muito bem", ela conseguiu dizer. "Agora que já provou o que queria, pode me pôr no chão."

"Sem chance." Ele ajeitou o peso dela em seus braços e começou a carregá-la escada acima. "Você nunca vai conseguir subir toda essa escadaria nesse vestido."

"Não vou tratar você como uma mula de carga."

"Eu posso ser uma mula", ele disse, parando no patamar, "mas você nunca será uma carga. Só me diga aonde ir."

Ela relaxou quando eles chegaram ao alto da escada.

"Por ali", ela indicou, e depois, quando chegaram a uma curva no corredor, "Vire à esquerda aqui."

Rafe seguiu as instruções que ela passava.

"Meu quarto é quase no fim. Um pouco mais." A essa altura, ela estava gostando tanto daquilo que começou a desejar que o quarto estivesse a quilômetros de distância. "Ali. A porta à direita. Cuidado com o batente."

Ele a fez apoiar a cabeça em seu peito e empurrou a porta com o pé.

Entraram no quarto e Rafe parou de repente.

Clio imaginou se a cena o afetou da mesma forma que a tinha afetado. O que aquilo sugeria. Ele carregando-a nos braços para dentro do quarto. Ela usando um vestido de noiva de renda cor-de-marfim. Os dois pareciam recém-casados.

Diante deles, assombrando-os como um destino inevitável, estava a cama com dossel de Clio.

Capítulo Treze

Santo Deus. Aquela cama.

Rafe ficou maravilhado. Quatro pilares entalhados, muito altos. Um dossel de veludo esmeralda. E almofadas. É claro que haveria almofadas. Fileiras e mais fileiras delas, de todos os tons de verde, ocupando metade da cama, todas organizadas de acordo com tamanho e formato. Elas fizeram Rafe ter vontade de bagunçá-las. Jogá-las no chão, uma de cada vez.

Ele colocou Clio de pé.

"Não era para ser desse jeito", ele disse. "Nós vamos encomendar mais vestidos, que sirvam direito. Eu mesmo vou cuidar disso."

"Não vai ser necessário." Ela virou as costas para ele e tirou o cabelo do pescoço. "Só me ajude a tirar este."

"Você..." Rafe puxou a gravata e pigarreou. "Você quer que eu tire seu vestido?"

E não era um vestido qualquer, mas um de noiva. Com aquela cama por perto.

"Solte os botões, só isso. Nem consigo me mexer. Estou aprendendo a sobreviver sem várias coisas – bolo, casamento, o respeito da Sociedade –, mas ainda não aprendi a viver sem ar."

Ele hesitou enquanto olhava fixamente a suavidade leitosa da nuca exposta e a coluna de botõezinhos minúsculos cobertos de seda, que não poderiam parecer mais inocentes – e que poderiam conduzi-lo direto para o inferno.

Ela se apoiou no pilar da cama com a mão livre.

"Por favor, Rafe. Estou começando a me sentir tonta."

Praguejando em silêncio, ele pegou o botão mais alto. Que escolha tinha? Rafe não podia deixá-la sufocar. Quanto a ele, tinha feito seu nome na devassidão e na violência. Já estava condenado. Rafe lutou para manusear o botãozinho com o polegar e o indicador enquanto tentava não roçar os nós de seus dedos no pescoço exposto dela.

"Você consegue?", ela perguntou.

"Consigo." Ele apertou os dentes e desejou que seus dedos parassem de tremer. "É porque eu quebrei esta mão, uma vez. Alguns anos atrás."

"Que pena."

"Não precisa sentir pena. Só tenha paciência."

Ela riu um pouco, fazendo-o soltar o botão outra vez.

"Essa é a história da minha vida", ela disse. "Ter paciência."

Finalmente o primeiro botão escorregou de sua casa. E o polegar dele deslizou por baixo do tecido, roçando a pele macia das costas dela. Pronto. Agora ele tinha começado. Um botão já era e... Ele olhou para baixo. E parecia que ainda faltavam mil para terminar. Bom Deus. As costureiras eram pagas pela quantidade de botões? Procurou se concentrar na tarefa. Mais alguns botões e ele expôs o espartilho. Na verdade, conhecia muito bem as roupas de baixo que as mulheres usavam. Quantos espartilhos tinha visto durante a vida? Dezenas, com certeza. Talvez mais de uma centena. Nenhum o afetou tanto quanto o que tinha diante de si.

Ele notou que estava muito apertado sobre a chemise fina que ela usava por baixo. O aroma de violetas estava em toda parte. Era suave. Violetas não são o tipo de perfume insuportável. O aroma o provocava. Estimulava seus sentidos. Fazia com que se sentisse quente e em segurança. Mas aquilo não tinha nada de seguro. Se ela fosse qualquer outra mulher no mundo, já a teria deixado seminua a essa altura. Mas se ela fosse qualquer outra mulher no mundo, ele não estaria ansiando tanto por isso. Rafe sempre gostou do proibido. E sempre gostou de Clio. Adicione o estímulo da inocente renda marfim sobre o delicado rubor da pele dela e o coração dele queria pular para fora do peito. O sangue estava correndo para onde não devia.

A cada botão que ele soltava, sua depravação aumentava. Ele queria abrir as mãos, passá-las pelas suas costas. Tomá-la para si. Colar os lábios na cavidade na base do pescoço dela. Passar o dedo por baixo daqueles cordões amarrados e puxá-la de encontro a seu membro latejante. *Droga, Rafe.*

Ele agarrou as bordas e soltou os últimos botões.

"Pronto. Terminei." E não foi fácil.

"O espartilho também", ela pediu.

Oh, Deus!

Ele recuou, examinou o nó e encontrou a extremidade dos cordões. Quando segurou a ponta do laço entre o polegar e o indicador, Rafe sentiu como se tivesse em mãos o último fiapo de sua sanidade. Um puxão e ele iria se perder por completo.

Ele puxou mesmo assim. Rafe tinha ido muito longe para fazer qualquer outra coisa.

"Respire", ele disse.

Ela obedeceu e o ruído da inspiração forçada de Clio o deixou louco. De repente, não eram apenas mil botões e o espartilho mais tentador que ele tinha visto, era o calor macio dos lábios dela sob os seus. A doçura do beijo dela. Os dedos de Clio em seu cabelo. A chuva tecendo um casulo ao redor deles. Risada e calor.

"Muito melhor. Obrigada." Ela se virou para ele, os braços cruzados à frente do corpete solto do vestido. "Fazia anos que eu não experimentava um bolo. É engraçado, não acha? Quando algo lhe é negado muitas vezes, você começa a dizer para si mesmo que nem queria aquilo, e passa a acreditar nisso."

Ele afastou uma mecha de cabelo do pescoço dela.

"Acho que sei como é."

"Quando Piers estava voltando de Antígua, minha mãe me fez passar fome por meses antes de ele voltar. Eu não podia comer nada, a não ser sopa de couve com caldo de carne. Ela estava decidida a diminuir minha cintura. No fim, eu fiquei tão desnutrida que adoeci. Eu estava tão fraca que não conseguia nem levantar uma caneta, quanto mais aguentar uma cerimônia de casamento. Tivemos que adiar outra vez."

A raiva começava a sufocar Rafe.

"Ela estava errada", ele disse. "Errada por constranger você. Errada por fazê-la se sentir menos do que perfeita."

"Mas eu não sou perfeita. Não para isso. Se Piers me achava perfeita aos 16 anos, teria se casado comigo então. A mesma coisa aos 19, aos 21 e aos 23 anos. A última vez que ele me viu foi há quase dois anos, quando esteve aqui por pouco tempo, antes de ir para Viena. Nós poderíamos ter feito nossos votos naquela semana, e eu poderia ter ido com ele para o continente. Mas ele não me queria lá. Talvez eu pudesse envergonhá-lo."

"Você não o teria envergonhado!" Maldição. Rafe gostaria de transformar em picadinho qualquer homem que sentisse qualquer coisa que não orgulho por ter aquela mulher ao seu lado. Ainda que fosse seu irmão.

"Minha mãe sempre disse a mesma coisa. Que eu era uma boa garota, mas que, para uma marquesa, isso não era o suficiente."

Rafe começava a entender por que ela resistiu tanto durante a semana. Várias vezes ela lhe disse que bastava que algo fosse "bom o bastante", e várias vezes ele respondeu que queria algo melhor.

"Clio, você é..." *Sensual, atraente, maravilhosa.* "Linda."

Ele tinha que fazê-la acreditar nisso, de algum modo. Se o passado sórdido dele e sua natureza rude podiam ser úteis, aquele era o momento.

"Acredite em mim", disse. "Existem muitos homens que preferem mulheres com um pouco de carne."

"Você está dizendo que Piers é um desses homens?"

"Existe uma boa chance. Ele é meu irmão e eu sou um desses homens."

Céus. A sensação de Clio debaixo dele na sala de jantar, no dia anterior. Ele ainda podia sentir a exuberância dela marcada em seu corpo. Cada curva.

"Então isso significa que não existe chance nenhuma", ela observou. "Porque você e Piers são opostos."

"Tem razão", ele concordou. "Eu e meu irmão somos diferentes de muitas maneiras. De quase todos os modos. Ele é diplomata, eu sou lutador. Ele cumpre seu dever, eu sou um rebelde. Ele passou oito anos sem lhe dizer o quão atraente você é." Ele foi até a porta, fechou-a e virou a chave. "E eu não vou esperar nem mais um minuto."

Ao clique da fechadura, um calafrio desceu pela coluna de Clio. Ela cruzou os braços sobre o corpete do vestido desabotoado e se abraçou apertado.

"Eu não vou tocar em você", Rafe disse. "Só quero falar."

Ela estremeceu de novo. Isso deveria tranquilizá-la, por acaso? A voz era o que Rafe tinha de mais perigoso.

"A contrário do meu irmão, eu não tenho dificuldade para dizer o que precisa ser dito, não importa o quão rude ou imprudente." Ele andou de um lado para outro na frente da porta. "Escute, você... você não teve irmãos. Não sabe como funciona a cabeça do homem adolescente. Nós não nos cansamos do corpo da mulher. Seios, quadris, pernas. Até mesmo um tornozelo de relance pode nos deixar agitados. Nós espiamos as empregadas no banho, fazemos desenhos sensuais..."

"Por que você está me contando isso?"

"Porque cada homem tem uma mulher que é sua grande fantasia. A primeira em que pensamos, noite e dia. A primeira com que sonhamos, que nos faz acordar duros e sofrendo." Ele a encarou. "Você era essa mulher para mim."

"Eu..." Clio ficou sem ar. "Eu era?"

"Você era." Ele deu um passo na direção dela. "Não, droga. Você ainda é! Eu a desejo desde que era um moleque excitado. Seu corpo me deixa maluco. Cada uma dessas curvas exuberantes, redondas, enlouquecedoras. Sempre existiram milhares de coisas carnais que eu sonhava em fazer com, em, sobre ou dentro de você."

Clio não sabia como responder a isso. Então, naturalmente, ela soltou a resposta mais tola possível.

"Mil coisas? Esse é um número inacreditável."

"Um exagero, talvez, mas não muito diferente disso. Você quer ouvir uma lista?"

Ela aquiesceu. Se isso evitasse que ela tivesse que falar, ela não queria outra coisa.

"Vamos ver." Os olhos dele passearam pelo corpo de Clio. "Posso começar com seus seios. Só eles ocupam os primeiros cinquenta lugares da lista. Um, acariciar. Dois, apertar. Depois, beijar, lamber, chupar – nessa ordem. Cinco, morder suavemente. Seis, morder mais forte. Sete, segurar os seus seios juntos, envolvendo meu pau duro com eles, bem apertados."

"Sério?!", ela piscou forte para ele.

"Você mesma disse. Homens são nojentos."

"Eu acho que não chamaria isso de nojento. Surpreendente, sim. E surpresa."

Verdade, só o fato de pensar nisso – se ela pudesse confiar que sua imaginação retratava a cena corretamente – estava deixando seus mamilos eretos e esquentando o ponto em que suas coxas se encontravam.

"E eu ainda não cheguei ao número dez", ele continuou. "Só estou começando. Têm coisas nessa lista que nem *eu* consigo dizer em voz alta."

Ele recuou um passo e começou a rodeá-la com passos lentos.

"Maldição. Houve momentos em que não sabia nem como olhar para você. Porque você era uma garota tão boa e, na minha cabeça, eu fazia você realizar coisas tão obscenas, tão pervertidas. Eu desejo você desde que me lembro."

"Mesmo com todas as mulheres que você teve?"

"Mesmo com todas as mulheres que eu tive."

Ela apertou o vestido solto junto ao peito. Clio não conseguia acreditar em nada daquilo.

"Mas você disse que era por causa do Piers. Você me queria porque tinha inveja dele, que não tinha nada a ver comigo."

"Ah, sim." Ele voltou a ficar diante dela. "Isso era o que eu dizia para mim mesmo. Tentei me convencer de muitas coisas. Disse para mim mesmo que me sentia assim porque você, por acaso, era meu tipo de mulher." Ele passou o olhar faminto pelo corpo dela. "Que eu só me sentia atraído por você porque sempre gostei de mulheres loiras, com olhos azuis e cheias de curvas. Isso faria sentido, não acha?"

"Faz todo o sentido."

O olhar dele travou no dela.

"Mas é uma mentira."

"Então... você... não se sente atraído por mulheres loiras, com olhos azuis e curvas?"

"Ah, eu me sinto", ele respondeu. "Sinto, sim. E isso porque elas me lembram você."

Céus. Os joelhos dela... não estavam funcionando mais. Talvez nem existissem mais.

Ela cambaleou para trás e suas costas encontraram o pilar da cama.

"Seu corpo" – Rafe encurtou a distância entre eles – "é cada sonho carnal e erótico que eu já tive. Passei anos imaginando como você seria por baixo das roupas."

"Bem..." Ela abriu os braços e o vestido de renda escorregou até o chão. "Não precisa mais imaginar."

Ela não ficou realmente nua. Mesmo com o vestido e o espartilho empilhados a seus pés, ainda estava com a chemise e as anáguas. Mas o tecido fino e muito delicado deixavam pouco para a imaginação.

Rafe não disse nada. Ele simplesmente ficou olhando para ela.

Clio pegou o laço no decote da chemise e o soltou.

Ele nem mesmo piscou.

O pulso de Clio acelerou. Ela não tinha chegado até ali para recuar. Se ele a deixasse ali, exposta e rejeitada, o orgulho dela nunca mais se recuperaria. Em um momento de pura loucura, ela esticou os braços acima da cabeça, agarrando o pilar da cama com as duas mãos. A pose fazia sua coluna curvar e projetava os seios em um ângulo, ela esperava, bastante provocador.

Ele não mostrou sinais de estar se sentindo provocado. Oh, Senhor! Talvez todas as confissões dele tivessem sido mentiras para consolá-la. Ela foi uma tola de pensar que ele a achava irresistível. Ali estava ele, ao alcance de suas mãos, apreciando a visão do corpo seminu de Clio e... Resistindo.

A coragem dela esmaeceu, e ela baixou os olhos para o chão. Começou a soltar as mãos, também. Clio sentiu a necessidade de se cobrir, de encontrar algum lugar para se esconder daquela humilhação. Talvez o armário, ou uma bela fenda na parede.

"Não."

Ele agarrou os dois pulsos dela com uma das mãos, devolveu-os ao lugar em que estavam e os segurou ali, agrilhoando-a ao pilar da cama.

"Não se mexa."

Bem. Assim era melhor. O calor repentino e a natureza enérgica do contato, o olhar desavergonhado dele, a vulnerabilidade da postura dela... tudo isso fez com que Clio se contorcesse de excitação. Não era só porque sabia que Rafe achava o corpo dela atraente, ela também achava seu próprio corpo muito atraente.

"Olhe para você", ele suspirou.

Ela olhou. Clio baixou os olhos para si mesma, admirando a coloração rosada de sua pele por baixo do tecido translúcido branco. O sol que entrava pelas janelas era quente e favorecia o corpo claro dela, pintando-a com um brilho rosado. Seus mamilos endurecidos esticavam o tecido. As curvas suaves da barriga e dos quadris não tinham vergonha de si mesmas. Aquele era o corpo dela. Ela tinha aprendido a ter prazer com ele, ainda que nenhum homem tivesse feito o mesmo. Era um corpo curvilíneo, generoso, feminino e forte, capaz de fazer mais coisas do que decorar uma sala de estar ou de transferir riqueza de um cavalheiro para outro. Feito para seduzir, trabalhar, inspirar, criar, sustentar.

Apesar do modo como Rafe a prendia com a mão, uma sensação de poder percorreu o corpo dela. Para variar, ela podia se deleitar em sua feminilidade, sentindo que esta não era uma desvantagem a ser superada, mas uma qualidade a ser respeitada, venerada. Até mesmo temida. Clio podia fazer qualquer coisa naquele momento. Ela se sentia...

"Uma deusa", ele murmurou.

Bom Senhor. Esqueça as frases. Agora ele estava terminando seus pensamentos.

"Você é esculpida como uma deusa grega." O olhar dele buscou os olhos dela. "E o pior é que seu corpo é apenas a terceira coisa mais atraente em você. Logo depois da sua inteligência espantosa e do seu coração encantador."

Se Rafe pretendia admirar seu coração, era melhor se apressar, porque Clio suspeitava que esse órgão estivesse para parar a qualquer instante. Sua "inteligência espantosa" já tinha se transformado em uma tigela de pudim.

"Se você fosse minha, se eu pudesse lhe dar prazer, eu..."

Ela prendeu a respiração.

"O que você faria?"

Ele se inclinou para a frente e sua voz saiu carregada de sensualidade.

"Pegaria você em meus braços, primeiro. Manteria seu coração perto do meu, rezando para que isso fosse o suficiente. Mas não seria. Eu logo iria querer mais. Eu iria querer que *você* quisesse mais."

Oh, mas ela já queria mais. Clio se encostou no pilar da cama para se equilibrar. *Não pare. Por favor, continue.*

"Eu pegaria seu cabelo lindo e o deixaria cair por entre meus dedos. Passaria minhas mãos por seus braços, suas costas. E nas suas partes mais macias... eu usaria minha boca. Então..." Ele inclinou a cabeça, e suas palavras queimaram a orelha dela. "E então eu enfiaria a mão por baixo da sua chemise e tocaria você. No lugar em que nós dois mais queremos."

O quarto ficou borrado diante dos olhos de Clio. Uma pulsação difusa, dolorida, começou a latejar entre as coxas dela.

"Faça isso", ele pediu, soltando uma das mãos dela. "Faça isso por mim."

Ela estremeceu, mas a mão livre dele foi até a cintura dela, mantendo-a no lugar.

"Não tem ninguém aqui", ele disse. "Ninguém vai saber. Ninguém vai ver. Faça aquilo que eu não posso. Só uma vez."

O coração dela foi parar na garganta. Ela não sabia se podia fazer aquilo. Não assim. Não na frente dele.

Ele encostou a testa na dela.

"Céus, Clio. Acho que vou morrer de desejo por você. Se por acaso você sente o mesmo... diga que eu não estou sozinho."

Aquilo era loucura. Mas era o que ela queria. E ela não queria que ele se sentisse sozinho.

Com dedos trêmulos ela brigou com as anáguas até conseguir afrouxar o fecho – só um pouco – e deslizou a mão para dentro. Ainda restava o tecido da chemise entre seus dedos e seu ventre, mas era tão fino que não atrapalharia.

Quando desceu ainda mais a mão, ela mordeu o lábio.

"Sim, é isso", ele murmurou. "Isso. É aí que você quer, não é? É onde eu quero também. Você é tão linda aí. Linda, rosada e quente."

Ela aquiesceu.

"E molhada. Você está molhada por mim, não está?"

O pulso de Clio foi acelerando com as palavras desavergonhadas, mas ela não podia negar a verdade. Quando ela enfiou os dedos entre as coxas, o tecido ficou molhado e mais macio.

"Aí", ele disse.

Onde a mão dele segurava a dela no pilar da cama, Rafe passou a ponta de um dedo por entre o indicador e o médio dela, chegando ao encontro dos dois como se estivesse abrindo as pernas de Clio. Ou as dobras de seu sexo.

Então o toque dele parou no lugar sensível em que os dedos se uniam.

"Toque em você mesma aqui", ele sussurrou, movendo a ponta do dedo em círculos apertados e contínuos que ela sentiu no corpo todo. "Assim."

Clio estava além de qualquer noção de vergonha ou decoro; as palavras dele a mantinham em um tipo de transe.

Quando seus dedos atingiram o lugar certo, ela perdeu o fôlego em um arquejo assustado.

"É isso." Ele beijou sua orelha. "Boa garota."

As palavras a fizeram sorrir. Para variar, ela *não* estava sendo uma boa garota. Clio se comportava como uma menina muito, muito má. E estava adorando. Ele também estava adorando. Os limites do autocontrole de Rafe começavam a se desfazer. Ele passou a língua pela orelha dela, e então tomou o lóbulo entre os lábios. Os sentidos dela zuniram quando ele soltou um gemido rouco.

A mão dele – a que estava parada na cintura dela – começou a se mexer. Só um pouco, a princípio. O polegar começou a ir para trás e para a frente, descrevendo um arco estimulante. Então sua mão toda começou a se mover para cima e para baixo em uma carícia delicada. A cada passada, as pontas dos dedos desciam um pouco mais pelo quadril, enquanto o polegar chegava mais perto da parte de baixo dos seios.

Por favor. Ela queria encorajá-lo de algum modo, mas Clio tinha medo de dizer algo ousado demais, algo que o fizesse parar. Eles estavam se aproximando rapidamente de um limiar, de um ponto em que não haveria mais volta.

Finalmente, com uma imprecação murmurada, ele os empurrou para o precipício. Deslizando a mão para cima, Rafe agarrou o seio dela.

Quando tocou o seu mamilo dolorido de desejo, Clio quase desmaiou de prazer e alívio.

"Goze." O sussurro dele foi quente e rude. Rafe passou a língua pelo pescoço dela. Ele ergueu e apertou o seio por cima do tecido macio, fazendo movimentos circulares com o polegar no mamilo enrijecido. "Ainda que isso seja uma maldição para o meu futuro, eu preciso ouvir você gozar. E quero que seja por mim."

Ela se tocou, ele a tocou, e o êxtase foi crescendo e crescendo, até a envolver como uma onda devastadora.

Ela tremeu.

"Rafe..."

"Estou aqui. Com você. Deixe acontecer."

A boca de Rafe capturou a de Clio, dando a ela o abrigo de que precisava. Quando a onda de êxtase arrebentou sobre ela, Clio gemeu, soluçou e suspirou dentro daquele beijo. Onde estava em segurança. E muito depois de ela terminar, ele continuou a beijá-la com doçura.

Rafe soltou o braço dela do pilar da cama e os dois se abraçaram apertado. Clio passou os dedos pelo cabelo dele. Rafe tocou a face dela. Bem de leve, usando apenas a parte de trás dos dedos. Pela primeira vez, Clio estava perto de se sentir adorada.

Mas a expressão no rosto dele quando o beijo terminou... oh, foi uma facada no coração dela. A culpa entalhou rugas na testa dele, e o verde de seus olhos tinham um tom de arrependimento. Como se ele tivesse roubado algo de Clio, em vez de ter lhe dado a experiência mais linda e sensual de sua vida.

"Rafe, isso foi..."

"Clio, nós não podemos..."

"Srta. Whitmore?" Uma batida ressoou na porta. "Srta. Whitmore, precisa de ajuda com o vestido?"

Anna.

"Droga, droga, droga", ela murmurou.

As palavras que Rafe usou foram com certeza muito menos delicadas.

"Só um instante", Clio exclamou. Ela sacudiu o corpo e saiu da pilha de tecidos que se acumulavam aos seus pés. Em seguida, pegou a mão de Rafe. "Rápido. Por aqui."

"Você não pode estar querendo me esconder", ele resistiu. "Sou grande demais. Não vou caber no guarda-roupa nem atrás das cortinas."

"Você vai caber aqui." Ela colocou a mão em um entalhe na madeira que revestia a parede e deslizou um painel. "Por aqui, rápido."

Ele entrou no aposento secreto, que tinha uma janela estreita e um banquinho para ajoelhar.

"O que é isso?"

"Um oratório. Uma capela particular para a senhora do castelo se retirar e meditar." Ela indicou o outro lado com a cabeça. "Ali tem uma porta igual a esta que dá para a minha sala de estar."

"Não dava para saber que isso existia." Ele inclinou a cabeça para admirar o teto. "Este castelo é incrível."

"Eu falei para você." Sorrindo, ela começou a fechar o painel de madeira.

"Espere." Ele pôs a mão na fresta, mantendo-a aberta. "Você também é, Clio. Você é realmente incrível. Nunca duvide disso."

Ele tirou a mão e a porta foi fechada.

Capítulo Catorze

"Nós precisamos discutir as esculturas de gelo", Daphne observou mais tarde, naquela noite.

"Precisamos?"

As três irmãs Whitmore estavam reunidas na sala de estar de Clio para se arrumarem para o jantar. Phoebe estava sentada à penteadeira enquanto Clio escovava o cabelo da irmã. Esparramada em um divã, Daphne folheava uma revista para senhoras com uma mão e pegava framboesas em uma tigela com a outra.

Apesar do problema causado por Phoebe na vila e da armadilha que Daphne lhe preparou com os vestidos pequenos demais, Clio sentia que precisava das irmãs por perto naquela noite. Ela não conseguia explicar o motivo, a não ser que, às vezes, os demônios que você conhece são mais fáceis de enfrentar do que o demônio que a prendeu ao pilar da cama e acariciou seu mamilo com o polegar.

"Eu estava pensando que talvez fosse interessante uma escultura de um casal famoso de amantes", Daphne sugeriu. "Que tal Romeu e Julieta?"

"Isso acabou mal", respondeu Phoebe. "Ele envenenado, ela apunhalada."

"Cleópatra e Marco Antônio?"

"Pior ainda. Mordida de cobra e espada."

"Lancelot e Guinevere, então."

"Ele se tornou um eremita e morreu. Ela virou freira."

"Você estraga tudo", Daphne suspirou, exasperada.

"Eu estou começando a perceber isso." Phoebe entregou um grampo de cabelo para Clio. "Mas desta vez não é minha culpa. Casos de amor proibido nunca acabam bem nas histórias."

Clio se segurou para não falar enquanto prendia o cabelo escuro da irmã em um coque simples. Phoebe estava certa. Nada de bom poderia sair daquilo... daquilo que estava acontecendo entre ela e Rafe. Clio não podia chamar de "um caso de amor", a palavra amor não tinha sido pronunciada, e eles não fizeram nada de irreversível, que não pudesse ser deixado de lado.

Mas ela não queria deixar aquilo de lado. Ela queria agarrá-lo com força e nunca mais soltar. Do mesmo modo que ele a segurou, com tanto carinho... a segurança e a excitação que sentiu nos braços dele... Ela queria isso. Queria *mais*. Queria que Rafe pensasse nela com a mesma frequência com que pensava nele – que era, em uma estimativa grosseira, sempre que estava respirando.

Ele tinha que assinar aqueles papéis, logo. Ele simplesmente *precisava* fazer isso. Nem que fosse só para aliviar a consciência dela. Piers não a tinha tratado com nenhuma consideração especial, e talvez o noivado deles fosse uma mera formalidade, mas parecia errado tirar o vestido para um homem enquanto continuava oficialmente comprometida com outro.

"Se você quer amantes famosos, que tal Ulisses e Penélope?", Phoebe sugeriu. "Ela permaneceu fiel ao marido durante vinte anos, enquanto ele viajava o mundo para voltar para ela."

"Cisnes", Clio disparou, desesperada para tirar o foco das mulheres fiéis e sofredoras. "Essas esculturas de gelo normalmente não são cisnes?"

"São, mas *todo mundo* tem cisnes", Daphne disse. "Eles são tidos como românticos porque ficam com o mesmo companheiro toda a vida."

O reflexo de Phoebe no espelho arqueou uma sobrancelha fina.

"Assim como urubus, lobos e o cupim africano. Mas nunca vi esculturas de gelo desses bichos."

Clio pensava que seria fácil fazer uma escultura de cupinzeiro quando alguém bateu na porta e Anna entrou carregando um envelope.

"Chegou uma mensagem para você, Srta. Whitmore. O portador está lá embaixo aguardando sua resposta."

"A esta hora? Que misterioso." Ela quebrou o selo e abriu a carta. "É um convite."

E uma mudança de assunto bem-vinda. Não poderia ter chegado em melhor hora.

Clio passou os olhos pela carta.

"Fomos convidadas para um baile. Amanhã à noite."

"Amanhã à noite?" Daphne estranhou.

"Parece que Lorde e Lady Pennington estão passando uma temporada em sua propriedade perto de Tunbridge Wells. Eles pedem desculpas por avisarem com tão pouca antecedência, mas só souberam há pouco que estamos em Kent." Ela baixou o papel. "Então?"

"Nós temos que aceitar." Daphne ficou animada. "Eu não fui a muitos bailes depois de casada."

"Ótimo. Então você e Teddy podem ir. Eu vou ficar em casa com Phoebe."

"Clio, você também tem que ir. As pessoas vão comentar se você não for."

"Vão comentar também se eu for. Eles comentam de qualquer maneira", ela disse enquanto andava até a escrivaninha. "Eu gostaria de evitar isso."

"Certo, mas dessa vez vai ser diferente", Daphne argumentou. "Nós podemos contar para todo mundo sobre os planos de casamento. Assim todos vão saber que dessa vez vai acontecer."

Só que não vai.

"E quanto à Phoebe?", ela perguntou.

"Ela vai conosco, também. É só uma reunião pequena no interior. Ela não vai dançar, claro."

"Eu não quero ir", Phoebe disse. "Vou me sentir deslocada e entediada."

"E é por isso que você deve ir", Daphne disse. "Para que você comece a aprender como disfarçar isso."

Clio fuzilou a irmã com o olhar. Não que isso tenha adiantado alguma coisa.

"Ela tem 16 anos", Daphne ponderou. "Ela precisa começar a aparecer para a Sociedade."

Mesmo com Daphne se expressando mal, Clio sabia que a irmã tinha razão. Cedo ou tarde, Phoebe teria que desenvolver a habilidade de interagir com pessoas fora da família.

"Eu não quero ir", Phoebe insistiu, virando-se no banco da penteadeira para ficar de costas para as irmãs. "Seria uma provação terrível. Não me obrigue."

"Oh, querida. Daphne está certa. Você logo vai ter que começar a se movimentar pela Sociedade, e um pequeno baile entre amigos é o melhor lugar para começar." Ela bateu o envelope na outra mão. "Não vou obrigá-la, mas espero que você escolha ir."

"Lorde Rafe também vai?", Phoebe perguntou. "Eu vou se ele for."

"Não", Daphne discordou. "Ele não pode ir. Montague não teria problema. Mas não podemos levar Rafe. Com certeza os Pennington não estendem o convite a *ele*."

Clio ficou irritada com as palavras da irmã.

"O convite é para mim e meus hóspedes. Ele é meu hóspede."

"Certo, mas eles não sabiam que Rafe está aqui. Do contrário, não teriam convidado todos. Não o convide, Clio. Você já foi muito gentil ao permitir que ele fique no castelo. Ele é irmão de Granville, você não tem escolha. Mas não é mais bem-vindo na boa sociedade."

Clio sentiu inflamar em seu peito uma emoção quente e volátil. Ela quis pegar o desdém despreocupado de Daphne, enrolá-lo e mandá-lo para longe com uma raquete de tênis. Mas não cabia a Daphne – ou qualquer outra pessoa – deixá-lo de fora.

"Lorde Rafe Brandon é sempre bem-vindo no que me diz respeito", disse Clio, conferindo o cabelo no espelho e alisando a frente de seu vestido cinza. "Se ele quiser ir conosco, claro."

E com isso ela saiu do quarto e foi procurar Rafe para convidá-lo.

"Nada de anel, ainda?", Rafe perguntou sem diminuir o passo.

"Nada... de... anel", Bruiser respondeu. Ao contrário de Rafe, ele estava ofegante. "Não podemos ir um pouco mais devagar?"

"Não."

Eles já tinham completado quatro voltas pelo perímetro da muralha do castelo. Não estava nem perto de ser o suficiente. Rafe continuava sentindo a maciez de Clio na ponta de seus dedos. O sabor dela em seus lábios. Continuava ouvindo os gemidos e suspiros suaves dela ecoar em suas orelhas. Naquele ritmo, ele passaria a noite toda correndo. Mesmo assim, ele não conseguiria correr o bastante para deixar sua culpa para trás. O que fez com Clio naquela tarde foi muito errado. Também foi lindo, delicado e sublime. Mas errado, ainda assim. E totalmente sua culpa.

Ao longo dos anos ele aprendeu a dominar seus impulsos, a controlar seus socos. Mas quando ela deixou aquele vestido escorregar pelo corpo, revelando a roupa de baixo... pedindo – não, *suplicando* por seu toque... Ele não deveria ter cedido à tentação.

A Srta. Lydia Fairchild tinha lhe ensinado essa lição quando ele era bem jovem. A moça de cabelos castanhos, filha de um fidalgo fazendeiro, levou Rafe para o pomar, certa tarde de primavera, e colocou a mão dele debaixo das saias dela. Seu primeiro toque em uma mulher pura. Ele foi envolvido pelo calor dela, por sua entrega. Pelo aroma de flor de maçã do cabelo da moça. Acima de tudo, pela maneira como ela *queria* seu toque, em uma época em que ele se sentia indesejado em todos os lugares.

Depois de cerca de uma hora de agarração desenfreada, Rafe conseguiu fazer uma proposta fraca, inspirada pela culpa, de ir falar com o pai dela. Como resposta, Lydia pôs a mão no rosto dele e riu. Os pais dela a tinham prometido a um fidalgo rural vinte anos mais velho. Ela só queria um pouco de emoção com um garoto impetuoso. Ela não foi a última. Ao longo dos anos, as mulheres o procuraram por todo tipo de razão – prazer, curiosidade, rebeldia, fuga –, mas nunca em busca de amor e casamento. Melhor assim, dizia para si mesmo. Havia muita imoralidade nele. Se Rafe quisesse manter a mente aguçada, precisava de movimento constante. Permanecer em um único lugar o deixava agitado, pronto para fazer besteira. Ele era incapaz de criar raízes. Mas isso não o impedia de invejar os homens que conseguiam se estabelecer. E de querer algo mais que uma rápida e boa... Bem, de querer algo *mais*.

Quando chegou a uma curva, parou e começou a correr sem sair do lugar, esperando que Bruiser o alcançasse.

"Você precisa encomendar mais vestidos", Rafe disse. "Melhores. Que sirvam nela."

O treinador inclinou-se para a frente, colocando a mão no flanco e fazendo cara de dor.

"Eu já encomendei. Mas vai demorar alguns dias."

Droga. Ele não tinha alguns dias.

Rafe boxeou no fim da tarde, golpes e mais golpes no sol poente. Como se ele pudesse socar o disco laranja o bastante para pregá-lo no céu, do mesmo modo que fez com a caneca que embutiu na parede do pub. Então o dia duraria para sempre e ele não teria que encarar as promessas que fez.

"Tem que haver outra coisa", ele disse. "Alguma coisa que ainda não tentamos."

"Nós já fizemos de tudo." Bruiser esticou o braço e se apoiou na muralha, ofegante. "Flores, bolos, cerimônia, vestidos. Eu percebi que só existe uma coisa da qual ela sente falta."

"O quê?"

"Amor."

Rafe praguejou.

"Você a ouviu na outra noite", Bruiser disse. "Ela quer amor, dedicação e compromisso. É engraçado, não acha? Como as mulheres parecem querer mesmo essas coisas quando dizem palavras do tipo 'Até que a morte nos separe'. Agora, se Clio..."

"Srta. Whitmore." Rafe replicou bruscamente.

"Se a Srta. *Whitmore* acreditasse que Lorde Granville a ama, toda esta empreitada seria diferente."

Rafe deixou os braços caírem.

"Meu irmão é igualzinho ao meu pai. Os Granville são movidos pela emoção do mesmo modo que os Alpes balançam com a brisa do vento. Como é que eu vou convencê-la de que Piers está apaixonado?"

"Eu não sei, Rafe. Mas existe um método consagrado pelo tempo que vou submeter à sua consideração. Há milhares de anos que os homens o utilizam, geralmente com grande sucesso. Chama-se *mentir*."

"Sou péssimo para mentir."

"Felizmente, eu sou um excelente treinador." Sem avisar, Bruiser pulou nas costas de Rafe. "Eia!"

"Que diabos você está fazendo?" Rafe girou em um círculo, batendo no treinador como se ele fosse algum tipo de mosquito. Só que mais irritante.

"Calma, pangaré." Bruiser firmou os calcanhares nos quadris de Rafe, como se estivesse montado nele. "Corra um pouco assim, tudo bem? Eu estou esgotado e você precisa de mais exercício."

Rafe suspirou alto e recomeçou a correr. Bruiser tinha razão; desse modo iria cansar mais rápido. E se ele tinha alguma esperança de conseguir passar mais uma noite no Castelo Twill sem estragar tudo, precisava correr até ficar estuporado.

"Agora, escute com atenção", seu treinador disse, agarrado com firmeza ao pescoço de Rafe enquanto este corria a extensão da muralha norte. "O segredo de uma boa mentira é saber bordar."

"Eu faltei nessa aula."

Bruiser bateu com o calcanhar nas costelas dele.

"Não o tipo de bordado que se faz com agulha e linha, mas o do tipo verbal. Floreios. Detalhes. É isso que faz as pessoas acreditarem em uma mentira. Como dizem, a maldade está nos detalhes."

Rafe bufou.

"Se você quiser convencê-la que Piers está apaixonado, vai ter que lhe contar uma boa história. Com tempo e espaço, cheia de detalhes. Agora, conte para mim daquela vez em que você foi para a cama com aquela dançarina de ópera em Paris."

"Eu nunca fui para a cama com uma dançarina de ópera em Paris."

"É isso mesmo, seu tonto. Invente!"

Rafe bem que tentou. De verdade. Em sua imaginação, ele criou a fantasia de uma mulher sensual, misteriosa, que o atraiu para uma cama com dossel cor de vinho. Mas sua cabeça ficava executando uma alquimia estranha, transformando o cabelo de ébano da mulher em dourado. Os olhos escuros e profundos adquiriam um tom familiar de azul. E quanto à cama... bem, a única cama que ele conseguia imaginar era uma com quatro pilares e dossel verde, com fileiras e mais fileiras perfeitas de almofadas. Mesmo em sua imaginação, Rafe não conseguia ir para a cama com outra mulher. Não nesse dia. E era provável que não por muito tempo.

"Isso é bobagem", ele disse. "Estou dizendo para você, eu não sei mentir."

"Você pode aprender. Só precisa praticar. E está para ter uma oportunidade excelente", Bruiser murmurou. "Mais ou menos..."

"Oh, minha nossa!", uma mulher exclamou.

"Agora", Bruiser terminou sua frase.

Rafe parou de correr, respirando forte. A criada pessoal de Clio – Anna, certo? – estava diante deles no meio do caminho. Sem dúvida imaginando por que um homem ofegante e suado corria ao longo da muralha do castelo carregando outro homem adulto em suas costas.

"Sinto muito ter interrompido sua... isso", ela falou agitando as mãos.

"Existe uma explicação razoável, não tema", Bruiser disse. "Lorde Rafe teve que me carregar. Eu tenho uma doença."

Com certeza você tem, Rafe pensou.

"Uma doença?" Ela franziu o cenho e Rafe quase podia ver pequenas engrenagens girando em sua cabeça. "É..." Baixou a voz. "É algo sério?"

"Infelizmente, sim. Talvez fatal."

Ela cobriu a boca com as duas mãos. Porque, aparentemente, uma mão só não seria tão dramática.

"Não! Com certeza algo pode ser feito. O que é?"

"Eu não sei. Fiquei inconsciente enquanto o médico me examinava. Lorde Rafe pode explicar melhor." Bruiser cutucou as costelas do outro. "Vá em frente. Conte para ela a história da minha doença. Com detalhes e sem constrangimentos. Como foi que aquele médico alemão a chamou?"

Rafe soltou uma única palavra, sem bordados.

"Sífilis."

O rosto da criada empalideceu e ela começou a recuar em passinhos curtos.

"Eu só vim dizer que a Srta. Whitmore está procurando por Lorde Rafe."

Com isso ela fez uma mesura apressada e saiu correndo.

Quando ela estava fora de vista, Bruiser torceu a orelha de Rafe.

"Seu maldito cretino."

"Do que você está reclamando? Eu menti e ela acreditou."

"Eu vou me vingar disso." Ele começou a chutar as costelas de Rafe, que virou de costas para a muralha e esmagou Bruiser contra ela.

"Meu bolso", Bruiser guinchou. "Cuidado com o monóculo."

"Foda-se o monóculo." Rafe o deixou cair no chão. "E para o inferno com seus bordados. Não preciso mentir para Clio. Ela tem muitos motivos para se casar com Piers. Ele é uma droga de marquês com rios de dinheiro, além de ser um homem decente e honrado. Ela não pode conseguir coisa melhor."

E Rafe estava decidido a fazer com que ela tivesse o melhor.

"E quanto a você?", Bruiser perguntou.

"O que tem eu?"

Bruiser se levantou do chão, bateu as mãos nas calças para tirar a poeira e as colocou nos ombros de Rafe.

"Seu futuro está em jogo aqui. Eu posso arrumar outro lutador, mas você só tem a si mesmo. E você já lutou o bastante para saber que, se quiser ter alguma chance de derrotar Dubose, tem que querer. Você tem que querer isso mais do que qualquer coisa no mundo."

Ele fechou os olhos e se viu no chão depois da luta com Dubose. Os olhos latejando, a cabeça pesada. Sua visão borrada por suor e sangue. A multidão à sua volta, cantando e gritando enquanto o árbitro contava os segundos finais do seu reinado de campeão. As lutas profissionais tinham sido sua vida, sua salvação. Ele trabalhou duro por muito tempo para sair daquele jeito do esporte.

"Eu quero vencer", ele disse. "Eu preciso vencer."

"Então toda esta situação com Clio é uma distração. O que nós estamos fazendo aqui, Rafe? Se você quer mesmo resolver esta situação, só vejo duas alternativas. Minta e diga para ela que Piers está apaixonado. Ou seja honesto e confesse que *você* está."

"O quê?!" Rafe se encolheu, como se tivesse recebido um golpe inesperado.

Apaixonado por Clio? Não, ele não podia estar. Gostava de Clio. E a admirava. E não havia como negar que a desejava, em um nível perigoso. Sua fascinação por ela tinha superado seu interesse por quase tudo e todos, exceto por lutar. Mas aquilo não podia resultar em nada. Rafe era apenas diversão para ela, e ele tinha que tomar cuidado para não a arruinar. Tinha conquistado aquela reputação e agora tinha que viver com ela. O mais perigoso de tudo era que Clio tinha a capacidade de acabar com seu autocontrole. Se Rafe realmente gostava de Clio, iria manter distância dela.

"Eu não sei de onde você tirou essa ideia", respondeu a Bruiser. "Isso é um absurdo. Ela é... e nós..." Ele fez gestos inúteis. "Eu não estou apaixonado por ela."

Bruiser revirou os olhos.

"Tem razão. Você não sabe mentir. Vamos entrar."

Capítulo Quinze

Na biblioteca, meia hora depois, Rafe olhava fixamente para a garrafa de cristal de conhaque. Bem que precisava de uma bebida forte naquele momento. Mas, o que quer que Clio quisesse discutir, ele precisava estar com as ideias claras.

"Estive procurando você por toda parte. Aí está."

E ali estava Clio, parada à porta. Embaralhando suas ideias outra vez. Droga. Rafe esperava algum aviso. Um pouco mais de tempo para se recompor antes de a ver. Daquele jeito sentiu como se tivesse sido jogado, de surpresa, em um lago de seda reluzente e de beleza luminosa. Ele tinha que nadar ou afundar, e estava sem fôlego... afogando.

"Eu..."

Ele a tinha sentido tão macia e quente com suas mãos. O sabor dela...

Bruiser pigarreou alto. Ele já estava de pé.

Com um instante de atraso, Rafe também se levantou. Cristo, ele tinha se afastado tanto dos modos da Sociedade que agora se esquecia de levantar quando uma lady entrava na sala? Depois que se levantou da cadeira, Rafe ficou sem saber o que fazer com as mãos. Elas pareciam ter vida própria e queriam tocar Clio.

Ele cruzou os braços e escondeu as mãos. Ele precisava se controlar.

"Você estava me procurando", ele disse.

"Estava." Ela mostrou um envelope. "Eu procurava vocês dois, na verdade. Fomos convidados para uma festa amanhã. Os Pennington têm uma propriedade perto de Tunbridge. Fica a apenas algumas horas de carruagem. Daphne está disposta a ir e até Phoebe mostrou interesse. Vocês irão conosco?"

"Que beleza", Bruiser exclamou, com aquele sotaque afetado. "Mas é claro que vamos."

"Não." Rafe olhou para ele. "Não vamos."

"Por que não?", Clio perguntou.

"Minha presença não vai resultar em nada de bom. Eu já não me encaixo nesses eventos. Nunca me encaixei."

"Por que você diz isso?", ela perguntou. "É claro que se encaixa."

"Ah, claro. Todo mundo quer um lutador brigão em suas festas refinadas."

"Talvez não, mas todos querem lordes. Não importa o que você tenha feito em sua vida, será sempre o filho de um marquês. Nascimento e linhagem são tudo para a Sociedade."

Sim, nascimento e linhagem eram tudo para a Sociedade. E era exatamente por essa razão que Rafe a desprezava. Ele preferia ser julgado por suas conquistas.

"Se você for", ela disse, "eu posso até perdoá-lo por faltar ao meu debute, anos atrás."

E então ela lhe deu um sorriso. Um sorriso caloroso, sedutor, curvado como o arco de um arqueiro. A flecha acertou o alvo, pegando Rafe bem no coração.

Ele se esforçou para parecer não ter sido atingido.

"Você é generosa por nos convidar, mas teremos que recusar."

Bruiser lhe deu um puxão no colete.

"Ora essa, meu camarada. Vou lhe dizer, não vejo por que nós..."

Rafe o fuzilou com o olhar.

"Nós. Teremos. Que. Recusar."

"Muito bem." O treinador levantou as mãos. "Nós teremos que recusar."

Clio baixou os olhos e ficou sacudindo o pedaço de papel entre as mãos.

"Entendo. Então, se vocês me dão licença, preciso escrever a resposta."

Quando saiu da sala, Clio apertou os lábios em uma linha inflexível.

Praguejando, Rafe correu para o corredor, onde chegou a tempo de ver Clio entrando na biblioteca. Ele a seguiu.

"Nós precisamos conversar. Sobre o que aconteceu antes. Sobre tudo."

"Precisa ser agora? Eu tenho que escrever esta resposta, se você não se importa. O mensageiro está esperando há uma hora." Ela se sentou à escrivaninha.

"Você tem que entender. Eu não sou bem-vindo nesse tipo de coisa."

"É claro que eu entendo." Ela suspirou e deixou a caneta cair sobre o mata-borrão. "Na verdade, eu não entendo. Durante oito anos eu estendi a mão para você com um convite após o outro. Não entendo como você pode dizer que ninguém quer você nessas coisas. *Eu* quero você nessas coisas. Sempre quis."

"O que você estava esperando, Clio? Que eu aparecesse nesse baile, vestindo casaca preta e botas altas e brilhantes? Que ficasse no alto das escadas para ser apresentado como Lorde Rafe Brandon de Somerset? Que procurasse você no meio da multidão e abrisse caminho para convidá-la para *dançar*?" Ele riu.

Mas ela não riu. Nem disse qualquer coisa. As faces dela ficaram coradas e Clio ficou encarando o mata-borrão. Depois de longa pausa, ela mergulhou a pena no tinteiro e começou a escrever. Ora, maldição. Era exatamente o que ela esperava que acontecesse. E ele debochou dela por pensar nisso. Rafe odiava magoá-la, mas talvez fosse melhor assim. Aquela cena que ela tinha imaginado nunca iria acontecer. Não *podia* acontecer. E precisava entender isso, com absoluta clareza.

"Clio, me desculpe se você..."

"Não, por favor. Não se desculpe. Por que alguma coisa deveria mudar entre nós? Só porque você confessou que me deseja há anos e depois acariciou meus seios? Não importa que esse foi um dos momentos mais apaixonantes e excitantes da minha vida. Porque para você, imagino, foi uma quinta-feira como outra qualquer."

"Você sabe que isso não é verdade."

Ela levantou a cabeça e seus olhos azuis fuzilaram os dele.

"Você tem razão. Eu sei que não é verdade e isso torna tudo ainda mais doloroso."

Inferno. Rafe sabia que estava estragando tudo.

"É que eu não pertenço mais a esse mundo", ele disse. "Mas você sim, Clio. Você tem que ir e se divertir."

"Vou estar rodeada por fofoca." A pena arranhou a página. "Lá está ela, a Srta. Espera-Mais. Será que desta vez ela vai conseguir passar o laço no noivo? Quem quer fazer uma aposta?"

"Não vai acontecer nada disso."

"Você tem razão." Ela parou de escrever. Sua atitude ficou mais branda. "Você tem toda razão. Não vai ser assim, porque a esta hora, amanhã, eu não vou estar mais noiva."

Maldição. Rafe não gostou de ouvir aquilo.

Ela fechou o envelope com um pouco de cera.

"Não vou pedir que vá ao baile. Mas você tem que assinar o documento de dissolução antes de eu sair para a festa."

"A semana ainda não terminou", ele observou. "Ainda temos esta noite."

"Não consigo imaginar o que você pode aprontar em uma noite para me fazer mudar de ideia." Ela lhe deu um sorriso irônico. "Se me dá licença, o mensageiro está esperando."

Ela saiu da sala com a resposta selada na mão.

E Rafe começou a pensar em bordados.

O jantar foi um sofrimento. Pelo menos para a metade das pessoas à mesa. Clio ficou em silêncio, incomodada. Rafe ficou em silêncio, incomodado. Até Phoebe ficou em silêncio, também incomodada. Contudo, a outra metade dos comensais parecia ignorar por completo a aflição dos outros. Daphne tagarelava sobre a festa da noite seguinte na propriedade dos Pennington. O Escudeiro, como Clio passou a chamá-lo em seus pensamentos, preenchia os vazios na conversa contando suas aventuras "continentais". E Teddy monopolizou a hora do peixe com uma extensa descrição de suas botas Hessian feitas sob medida.

Quando a refeição terminou, todos se dirigiram para a sala de estar.

"Estou terminando o menu do almoço de casamento", Daphne disse. "Quantos molhos nós devemos servir?"

"Podemos falar sobre outra coisa?" Clio perguntou, a voz emocionada. "Por favor? Eu me sinto uma anfitriã horrível, fazendo você trabalhar a semana toda. E olhe só o pobre Teddy. Ele está morto de tédio com toda essa conversa de menu. Por que não jogamos alguma coisa?"

"O quê?"

"Qualquer coisa." Ela concordaria em correr atrás de um porco ensebado pelos corredores se isso significasse falar de outra coisa que não o casamento. "Vamos jogar cartas, gamão ou outra coisa."

"Cartas, não", Daphne disse. "Não com Phoebe. É impossível ganhar dela."

"Isso não significa que nós não gostemos de jogar com ela", Clio contrapôs, não querendo magoar a irmã mais nova.

Phoebe virou uma página do livro que estava lendo.

"Eu não quero jogar cartas."

"Se eu puder sugerir algo...", o Sr. Montague se manifestou. "O que as senhoras dizem de um jogo de salão?"

"Um jogo de salão?" Clio arriscou olhar na direção de Rafe. Sua expressão de desgosto era evidente. Ele preferiria comer lesmas a um jogo de salão. "Parece uma ótima ideia."

"Oh, eu adoro jogos de salão", Daphne concordou. "São tão danadinhos. Se não têm beijos, é preciso agarrar alguém vendado ou sentar no colo do outro."

"Eu pensava em um outro tipo de jogo de salão. Um que eu aprendi durante minha passagem pelo continente", Montague disse.

"Um jogo de salão continental?", Daphne perguntou. "Parece promissor. Tem agarração no meio?"

"Não, Lady Cambourne. Mas eu desconfio que você vá gostar mesmo assim." Ele sorriu. "Nós nos revezamos e cada jogador faz três afirmações. Duas devem ser verdadeiras e uma falsa. Os outros têm que adivinhar qual das três é mentira."

Daphne rapidamente foi pegar os palitos. Quando foram sorteados, Rafe declinou. Clio acabou com o mais curto.

"Mas isso vai ser muito fácil", Daphne reclamou. "Nós conhecemos Clio a vida toda. Ela não tem segredos."

"Será que não?" Reclinando-se na cadeira, Montague cruzou a perna esquerda sobre o joelho direito. "Eu não sei, Lady Cambourne. Suspeito que a Srta. Whitmore possa ser cheia de segredos."

"Na verdade, sou mesmo", Clio concordou.

Ao ouvir isso, Rafe lançou para ela um olhar de alerta. O coração de Clio acelerou. Homem terrível. Ele estava preocupado que ela anunciaria seus planos de dissolver o compromisso? Ou talvez estivesse inquieto com a possibilidade de ela confessar o momento apaixonado dos dois? Seria bem feito, para ele, se ela fizesse qualquer uma dessas coisas. Mas Clio estava cansada de pensar em Rafe e Piers. Para variar, ela queria falar de si mesma.

"Estas são minhas três afirmações. Primeiro, minha cor favorita é verde."

Daphne gemeu.

"Dá para ser um *pouco* menos óbvia?"

"Segundo", Clio continuou, "estou planejando construir uma cervejaria aqui, no Castelo Twill. E terceiro..." Ela passou os olhos pela sala. "Eu nunca fui beijada."

Ela juntou as mãos e esperou a reação dos outros.

Todos ficaram em silêncio, estarrecidos. Daphne, Teddy... até Phoebe. Eles não estavam apenas surpresos. Eles pareciam de fato horrorizados. Será que a ideia de uma cervejaria era assim tão inquietante para eles?

Teddy meneou a cabeça, solene.

"Isso é... bem, droga. Eu não sei o que dizer. A não ser que eu sinto muito."

"Oh, querida", Daphne levantou de sua cadeira e foi se sentar ao lado de Clio no divã. Ela pôs a mão no joelho da irmã. "Ele nunca beijou você? Em todos esses anos, nem uma única vez?"

Clio inspirou devagar. Era um testemunho da tristeza de sua vida que seus familiares mais próximos acreditassem que *aquela* era a afirmação verdadeira.

"Eu acho que todos nós sabíamos que não é um casamento por amor", Daphne disse. "Mas eu estava certa que vocês dois tinham algum carinho um pelo outro."

"Ele não vai se safar dessa." Teddy levantou de sua cadeira. "Nós não vamos permitir que ele dê para trás, não importa que ele tente cair fora deste noivado. Depois de oito anos, esse homem lhe deve um casamento."

"Esperem", Clio interrompeu. "Vocês estão tirando conclusões precipitadas. Como vocês sabem que a afirmação sobre o beijo não é a falsa?"

"Porque é óbvio", Daphne disse. "Todo mundo sabe que sua cor favorita é verde. Então essa já era. Uma cervejaria? Sério? Não pode ser verdade, dentre todas as ideias absurdas."

"O que ela tem de tão absurda? Os recursos da propriedade precisam ser usados, ou a comunidade local irá sofrer. Vocês não acham que eu conseguiria?"

"Ela conseguiria", Rafe afirmou.

Clio se virou para ele, surpresa. Ela não achou que Rafe estivesse prestando atenção.

"Ela conseguiria", ele repetiu, apoiando um ombro na parede revestida. "Esta região é ideal para a produção de cerveja. A Srta. Whitmore tem o capital, a terra, o conhecimento. Com a ajuda certa, ela conseguiria."

"Talvez ela conseguisse", Teddy concordou. "Mas o noivo não aprovaria. E nós vamos acreditar que os pubs e as tavernas iriam servir a Cerveja Lady Granville?" Ele riu. "Seu irmão não permitiria algo assim."

"Você tem razão", Clio disse, enchendo-se de coragem. "Não acredito que Piers permitisse. Mas é isso, vocês entendem. Eu não vou me..."

"Você não vai abrir uma cervejaria. É claro que não. Que absurdo." Daphne bateu as mãos. "Isso encerra a vez de Clio. Quem é o próximo?"

"Espere", Rafe interveio, em um tom que não permitia discussão. Seus olhos chispavam. "A vez de Clio ainda não acabou. Você errou, Lady Cambourne. Errou por completo."

"O que o faz dizer isso?"

"A Srta. Whitmore já foi beijada", Rafe afirmou. "Tenho certeza disso."

"Mas como você pode saber?" Daphne perguntou.

Clio prendeu a respiração. Será que ela queria que Rafe respondesse àquela pergunta com honestidade? Talvez sim. Mas mesmo que ela tenha começado o jogo, a decisão não estava mais em suas mãos.

Rafe fez um gesto nervoso.

"Eu sei porque estava lá."

Ah, não... Rafe não pretendia dizer aquilo. As palavras escaparam dele como um soco violento, imprudente, que ele deveria ter segurado.

"Lorde Rafe, você está nos dizendo que testemunhou esse beijo com seus próprios olhos?" Daphne não se preocupou em esconder seu ceticismo.

"Não", ele respondeu, sincero.

Ele não tinha testemunhado com seus próprios olhos. Que tipo de imbecil beija de olhos abertos? Ele testemunhou com seus próprios *lábios*. Mas dizer a verdade não ajudaria em nada a sua causa.

"Então vou manter minha resposta", Daphne disse. "De quem é a vez, agora?"

"Minha", Rafe disse.

"Sua?" Clio estranhou. "Pensei que tivesse dito que não iria jogar."

"Mudei de ideia."

"Receio que você terá que esperar a próxima rodada, Brandon." Sir Teddy Cambourne disse. "Minha mulher cortou e distribuiu os palitos. Isso já foi feito. Você não pode jogar se não tem um palito."

Rafe olhou firme para ele. O olhar tinha a força de um soco no estômago.

"É mesmo?"

Cambourne não tinha mais nada a dizer. Nem os outros.

Rafe tomou o silêncio coletivo como consentimento.

"Primeira afirmação. Na minha primeira luta pelo campeonato, derrotei Golding com um golpe forte sobre o fígado dele, na vigésima-terceira abordagem. Segunda..." Ele se acomodou em uma poltrona. "Na última vez em que falei com meu irmão, Piers me contou o quanto ele lamentava a extensa ausência imposta por seus deveres, porque..."

Resolva logo isso.

"Porque ele estava profundamente apaixonado", ele concluiu.

A sala ficou em silêncio. Até Daphne pronunciar aquelas duas palavras: "Por Clio?"

"Sim, por Clio."

Rafe se levantou e começou a andar pela borda do tapete. Ele estava muito irritado. O que havia de errado com aquela gente? Isso não devia ser assim tão difícil de acreditar. Sim, seu irmão era reservado, mas com certeza *eles* todos amavam Clio. Ela merecia ser amada. Amada *demais*. Ele podia ter começado aquela mentira sem acreditar nela, mas agora estava comprometido a fazê-la funcionar. Comprometido com tudo que tinha.

"Quando nos falamos da última vez, Piers relembrou o baile de debutante dela", ele disse. "De como ela usava um vestido de seda azul clara com renda nas bordas. Pérolas cravejadas no cabelo. Lembrou-se de como ela estava linda, ainda que nervosa. Ele notou como ela cumprimentou cada convidado com verdadeira atenção. E me contou que soube, naquele momento, que não havia outra lady no salão que fosse igual a ela. Que se sentiu o mais feliz dos homens, sabendo que ela era sua prometida." Rafe passou os olhos pela sala. "Ele a amou naquele momento. E ainda a ama."

Todos permaneceram em silêncio enquanto ele voltava para sua poltrona.

"Nada mal", Bruiser murmurou.

Cambourne bateu na coxa com a mão enluvada.

"Bem, isso é reconfortante. Não é mesmo, docinho?"

"Você está supondo que isso seja verdade", Clio disse sem se alterar. "Nós só ouvimos duas afirmações de Lorde Rafe. Eu estou esperando a terceira."

"A terceira. Certo." Ele pigarreou. "Eu durmo com um pijama lilás. Bordado."

Bruiser bebericou seu licor.

"Como você é literal."

Daphne riu.

"Sério, é impossível. Nenhum de vocês sabe jogar este jogo. Seu pijama lilás é quase tão absurdo quanto a cervejaria da Clio. Vamos jogar cartas, então."

Bem, era isso. Ele parecia ter convencido a família dela, pelo menos. Mas Rafe não sabia como se sentir a respeito. Aliviado, vitorioso, enojado consigo mesmo... Suas emoções eram uma combinação de tudo isso. Mas os sentimentos *dele* eram irrelevantes. Só havia uma pessoa naquela sala cujos sentimentos eram importantes. E se Rafe não tivesse conseguido convencê-la nessa noite, ele não tinha mais esperança.

Capítulo Dezesseis

Clio esperou até a meia-noite. E então esperou mais uma hora inteira. Quando ouviu o criado passar pelo corredor em sua última ronda da noite, ela sentou na cama. Era hora...

Vestiu o robe por cima da camisola e apertou o laço na cintura. Então pegou o molho de chaves na cômoda e saiu para o corredor. Clio caminhava devagar. Ela tinha que andar assim, pois nem se arriscou a levar uma vela. Não queria se arriscar a acordar alguém com seus passos ou suas chaves tilintando.

No fim do corredor, virou para a direita e ficou colada à parede, contando as portas até chegar à quarta. Depois de passar as mãos pela superfície da porta para encontrar a fechadura, inseriu a chave-mestra que trazia no chaveiro... Segurou a respiração... E a virou. *Clique.* A porta abriu, silenciosa devido às dobradiças bem lubrificadas.

Ela esperou na entrada por um instante, dando tempo a seus olhos para que se acostumassem com a escuridão. Brasas ardiam lentamente na lareira, convidando-a para dentro. Clio entrou no quarto, pegou um pedaço de vela na cornija e se agachou para acendê-lo nas brasas. A chama solitária pintou o quarto com um brilho amarelo fraco. Ela podia enxergar melhor o aposento. Ela podia enxergar *Rafe* melhor. E, céus, como ele era magnífico.

A cama no quarto dele era grande, mas o corpanzil esparramado fazia parecer uma cama de criança. Todos os cobertores tinham sido jogados de lado. As almofadas também – exceto um travesseiro. Ele dormia de costas, envolto por apenas um lençol de algodão. Por baixo dele, o corpo de Rafe era um cenário de vales e cumes esculpidos. A cada respiração, seu peito subia e descia. Ela observava, paralisada, até perceber que estava respirando no mesmo ritmo que ele.

Clio deixou a vela sobre a cornija e engatinhou até o lado da cama. Ela subiu com cuidado na borda do colchão e esticou as pernas de modo a ficar deitada de lado, apoiada em um cotovelo.

Com a mão livre levantou a borda do lençol e – depois de esperar uma, duas, três respirações para ter certeza de que ele não acordaria – começou a puxar o tecido para baixo. Ela trabalhou devagar, com cuidado... sabendo que a resposta que ela procurava estava ali, embaixo daquele lençol.

Ele se mexeu dormindo. Com os olhos ainda fechados, Rafe virou de lado, jogando um braço na direção dela. A mão dele pousou na coxa de Clio. Ela prendeu a respiração e ficou imóvel, mantendo todos os músculos retesados. Seu coração, contudo, não seria tão facilmente controlado. Ele socava seu peito com tanta força que ela teve certeza que as batidas o acordariam.

Oh, não. Oh, Senhor. Ela tinha saído de seu próprio quarto acreditando no brilhantismo de sua ideia. De repente, não era apenas uma ideia, mas uma realidade – uma realidade imensa, adormecida e sensual – e ela não se sentia segura. A mão dele estava em sua *coxa*. E se *mexia*. Mesmo naquela tarde, ele não ousou tocá-la de modo tão ousado. Ele esticou e fechou os dedos. Suas carícias começaram a formar círculos possessivos, desavergonhados, no quadril de Clio. Seria possível que ela tivesse entrado no sonho dele? Em caso positivo, ela não podia deixar de pensar no que eles estariam fazendo nesse sonho.

Ele flexionou os dedos, apertando o traseiro dela.

"Clio", ele grunhiu. Eles deviam estar fazendo alguma coisa *boa*, ao que parecia. Com um gemido baixo, ele passou o braço ao redor da cintura dela, e uma leve contração dos músculos a levou para perto.

"Clio."

"Sim, Rafe."

Olhos verdes se abriram de supetão.

"Clio?!"

Em um instante ele foi parar no lado mais distante da cama – o mais perto que conseguiu chegar da borda do colchão sem cair. Considerando a violência da reação dele, Clio tentou não se sentir ofendida. Com certeza ela teria notado se feridas de lepra tivessem surgido em seu próprio rosto desde a hora do jantar. Não, esse era o olhar de um homem pego em sua própria mentira. O que significava que ela o tinha bem onde queria.

"Que diabos você está fazendo aqui?" Ele agarrou o lençol e o puxou até o pescoço.

"Não é óbvio?"

"Espero que não."

"Estou aqui para ver o pijama lilás."

Ah, o rosto dele. Clio desejou ser uma desenhista melhor para poder eternizar aquela expressão de estarrecimento.

"O pijama lilás", ela repetiu. "O pijama bordado que você mencionou esta noite. É melhor que você o esteja usando sob o lençol. Porque eu sei que sua história sobre Piers foi pura invenção, do começo ao fim."

"Bem, você está enganada." Ele desceu o lençol até a cintura. "Está vendo? Nada de pijama lilás."

Não, nada de pijama lilás. Nenhum pijama, aliás. Ele estava nu até os quadris, e cada centímetro rígido de seu torso brilhava sob a luz da vela, como uma escultura moldada em bronze. Ela foi abalada pelo impulso de tocá-lo, mas uma voz interior de alerta a segurou – não a que avisa uma garota para ter cuidado com homens perigosos, mas a aquela que a impede de pegar uma batata que caiu nas brasas. Ela poderia queimar os dedos.

"Então você trapaceou", ela conseguiu sussurrar, arrastando os olhos de encontro aos dele. "Contou mais de uma mentira, seu canalha. Homens já foram desafiados por menos que isso."

"O que você está fazendo? Isso virou um duelo, agora? Ninguém é desafiado por jogos de salão."

"Não. Eles são desafiados por brincar com a virtude de uma donzela e arruinar suas chances de felicidade. É a minha vida que está em jogo. E você mentiu para mim."

O sono tinha desaparecido do rosto dele. Rafe estava desperto e bravo.

"Eu disse que Piers a ama. Por que é tão difícil acreditar nisso?"

"Porque a *minha* mentira foi muito perto da verdade. Ele nunca me beijou, nem mesmo uma vez em oito anos de noivado."

Ele sacudiu a cabeça sem querer acreditar.

Ela juntou as mãos sobre as pernas.

"É verdade. Quando você me beijou na torre, há alguns dias...? Esse foi meu primeiro beijo."

"Seu primeiro beijo?" Rafe não podia acreditar. Ele sentou na cama. O lençol ficou caído na cintura. "Isso não é possível."

"Eu lhe garanto, é verdade. É mais do que humilhante admitir isso, mas é verdade."

Rafe ficou olhando para ela, seu perfil delicado com o cabelo solto caindo em ondas douradas. Ela era tão linda que até doía olhar. Pela primeira vez começou a duvidar de seu irmão. Será que Piers era um desses homens que preferiam pessoas do seu próprio sexo? Claro que não. Rafe considerou a ideia absurda. Quando eram adolescentes, seu irmão estava sempre pegando "emprestadas" as melhores gravuras francesas de Rafe, embora fingisse não saber de nada quando perguntado. E havia as histórias sobre suas aventuras devassas durante a época da faculdade. Não eram muitas histórias, mas elas existiam. Piers gostava de mulheres. O que tornava a confissão de Clio ainda mais difícil de entender. Como Piers podia resistir a beijar essa mulher? Rafe tinha excelentes motivos para *não* beijar Clio, e havia sucumbido à tentação – várias vezes – apesar deles.

"Eu fui *mesmo* seu primeiro?", ele perguntou.

Ela aquiesceu.

Um sentimento de vitória faiscante percorreu o corpo dele como um relâmpago. Rafe poderia dar uma corrida da vitória ao redor do castelo. Ele não se sentia assim tão bem desde que ganhou a luta de seu primeiro campeonato. Não conseguia nem ficar bravo com seu irmão. Saber que ele foi o primeiro a beijar Clio, o primeiro a tocá-la... Fazia com que quisesse ser o primeiro em *tudo*. Não só o primeiro, mas o último. O melhor.

Ele fechou as mãos, agarrando o lençol.

"Você precisa voltar para o seu quarto."

Em vez de sair, ela se acomodou na cama e cruzou as pernas debaixo da camisola. Ela estava em casa. Para ser honesto, Rafe ponderou que ela estava mesmo em sua própria casa. Muito bem. *Ele* teria que ir embora, então. Não só do quarto, mas do castelo. Se fosse selar seu cavalo naquele momento, poderia estar em Southwark ao raiar do dia.

Acenou para suas calças e camisa, penduradas no braço de uma poltrona, fora de alcance.

"Pode me passar minhas roupas, por favor?"

Ela não se mexeu, a não ser para brincar com uma mecha de seu cabelo dourado solto. Quando ela falou, seu tom era rouco.

"Você gostaria de ouvir uma história para dormir?"

"Na verdade, não."

Colocando a mão no peito dele, Clio o empurrou, fazendo-o deitar no colchão.

"Vai ouvir mesmo assim."

Santo Deus. Havia termos como "duro-como-pedra" ou "duro-como-aço", mas a dureza da ereção atual de Rafe, superava tanto as suas experiências anteriores, que ele achou que poderia interessar à ciência. Pensou em fechar os olhos, enfiar os indicadores nas orelhas e recitar as regras do boxe no volume máximo até ela ir embora ou amanhecer. Mas bastou olhar para a expressão de teimosia no rosto dela para perceber que não adiantaria. Ela estava determinada a esperar. Aquela mulher era campeã de paciência. E isso era culpa do idiota do irmão dele.

"Era uma vez", ela começou, "em que eu me imaginei ser a Bela Adormecida. Fui prometida, ainda no berço, em casamento... não a um príncipe, mas a algo bem parecido. Fui rodeada por amizades bem-intencionadas e coberta de presentes. Riqueza, boa educação e até mesmo um castelo." Ela abraçou os joelhos e encarou a lenha em brasa. "Perto do meu décimo sétimo aniversário, eu fui dormir. Não houve nenhum fuso de roca de fiar para espetar meu dedo. Mas eu caí no sono assim mesmo, e fiquei dormindo durante oito longos anos."

A luz da vela tremulou no rosto dela, acariciando sua face com mais ternura do que um bruto como Rafe conseguiria.

"À minha volta", ela continuou, "minhas amigas estavam casando, viajando, tendo filhos e construindo seus lares. Eu, não. Eu continuava adormecida naquela torre. Ainda esperando que meu príncipe voltasse para casa e me beijasse, para que pudesse acordar.

"Então, um dia... decidi me dar um beliscão e acordar. O príncipe não viria me salvar. E talvez – só talvez – não precisasse dele. Eu tinha recebido tantos presentes. Educação, fortuna, um castelo. Quem disse que, apenas por ser mulher, eu mesma não poderia fazer alguma coisa com esses presentes?" Ela olhou para Rafe. "Então você apareceu."

"Eu não sou nenhum príncipe."

"Não, não é. Você é rude, rebelde e mal-educado. Mas me beijou em uma torre. Trouxe-me todas as flores da estufa. Entregou-me entregou uma sala cheia de bolos. Você me fez perder o chão." Ela apoiou o queixo nos joelhos e o encarou. "E esta noite lembrou-se do que eu vesti no meu baile de apresentação quando eu tinha 17 anos. Até do cabelo cravejado de pérolas."

O coração de Rafe tropeçou e parou. Sua boca ficou seca.

"Não. Não fui eu. Já lhe disse, foi o Piers."

"Você é um péssimo mentiroso." Os olhos dela dispararam uma acusação na direção dele. "Eu achei que você não tinha ido ao meu debute, mas foi. Você *tem* que ter ido."

"Eu fui", ele admitiu. "Mas não fiquei muito tempo. Saí logo depois que cheguei."

"Por quê?"

"Porque não aguentaria ficar lá nem mais um instante. Eu já lhe disse como me sentia. Gostava de você e, como já contei, sempre tive inveja do Piers. Aquela noite foi... uma tortura. Eu detestei o que fizeram com você. O objetivo daquela noite era embalá-la como o presente de aniversário mais vistoso e entregá-la para Piers, para ver se ele a aprovava." Rafe passou a mão pelo cabelo. "Eu tive vontade de esmurrar alguma coisa. Então saí e encontrei algo para bater."

"Não culpo você por ter ido embora." Ela tocou no ombro dele. "Eu também queria fugir."

As palavras dela fizeram com que alarmes começassem a soar em seu cérebro, mas ele não soube o que responder. A sensação da ponta dos dedos dela acariciando sua pele nua o deixou mudo. Ele a queria há tanto tempo. Ela era tão linda. Tão linda e estava ali. Com ele. Com *ele*. O homem errado. O pior homem.

"Clio..." A voz dele saiu estrangulada.

"Shiiiiiii..." Ela ficou de joelhos e diminuiu a distância entre os dois. "Pare de resistir e deixe algo maravilhoso acontecer."

E algo maravilhoso realmente aconteceu. Ela inclinou a cabeça para a frente e encostou os lábios nos dele. *Santo Deus*. A essa altura ele já a tinha beijado várias vezes, e cada novo beijo era melhor que o anterior. Mas ser beijado por ela? Aquilo era algo novo, desconhecido. Rafe pensou que talvez estivesse no Paraíso.

Clio passou sua boca na dele, abrindo mais os lábios a cada passada. Com a língua, ela provocou o canto dos lábios dele, separando-os timidamente para poder aprofundar mais o beijo. Ele gemeu em sua boca, incapaz de resistir. Com vontade própria, os braços dele a envolveram, puxando-a para perto, ajudando-a a sentar em suas coxas. Mas as palavras dela ficavam atormentando o cérebro dele.

Eu também queria fugir. Rafe sabia que, com as mulheres, ele normalmente era apenas uma fuga. Quando iam para sua cama, as mulheres estavam fugindo de algo. Expectativas, decoro, tédio, um casamento infeliz... às vezes, todas as alternativas anteriores. Era por isso que ele tinha cortado todas as relações bem antes da sua última luta. Ele não achava mais graça em ser um tipo de garanhão sexual, que as mulheres procuravam para uma cavalgada louca e despreocupada. Na próxima vez em que começasse um caso, dizia para si mesmo, não seria com uma mulher que estivesse *fugindo* de algo. Ele queria uma mulher que estivesse *procurando* por ele.

Ele a rolou na cama, ficando sobre ela, e interrompeu o beijo. Rafe ficou olhando para ela, procurando segurança.

"Diga-me por que você está aqui comigo. Por que estamos fazendo isso?"

Ela inspirou para responder – um ato que fez seu peito subir.

"Deixe para lá", ele disse, passando um dedo por baixo do decote rendado da camisola dela. "Não responda. Eu não quero saber."

Não havia tantos botões dessa vez. Cerca de cinco, apenas. Rafe não contou; ele não teria paciência de desabotoar todos. Assim que chegou à altura do tórax, ele passou os dedos por baixo do tecido e o deslizou pelo ombro dela... expondo aquele monte claro e indescritível, que era o seu seio. Um pedacinho provocante de cada vez. Então, o outro.

Por um longo momento, ele não conseguiu fazer nada a não ser olhar.

"Espero corresponder a todos esses anos de fantasias."

Ela parecia nervosa, e ele detestou deixá-la insegura, ainda que por um instante. Um homem sofisticado e eloquente comporia uma ode à beleza dela.

"Melhor. Você é muito melhor", foi só o que ele conseguiu dizer.

Fantasias não são quentes nem macias. Não fazem a cabeça dele girar com o aroma de violetas. E as fantasias não estavam ali, com ele.

Ele encontrou uma pinta minúscula do lado de baixo do seio esquerdo e a acariciou, tocando-a de leve com o polegar. A pinta o fez saber que aquilo era real.

Clio estremeceu quando ele envolveu o seio com a mão. Ótimo. Assim, talvez, ela não reparasse que ele também tremia.

Ele não conseguia evitar de se sentir emocionado. A pele dela era tão macia sob seus dedos. Mais macia que pétalas de flores, nuvens, sonhos. Dentre toda essa maciez onírica, o mamilo desenhava um nó teso e rosado, implorando por atenção.

Quem era ele para recusar?

Baixou a cabeça e tomou o bico em sua boca.

"Rafe", ela arfou. "Isso."

Isso. Ela entremeou os dedos no cabelo dele, segurando-o perto, enquanto o membro dele... Deus, o membro rijo estava onde queria, aninhado na abertura dela. Rafe afastou as coxas dela para os lados, acomodando seus quadris entre elas. E então começou a se mexer de encontro a ela em um ritmo lento, imitando o ato de fazer amor, enquanto chupava os seios dela. Clio estava em silêncio, mas não total. Seus gemidos doces e suaves de prazer deslizavam pelas costas dele como unhas, despertando cada um de seus nervos.

Logo ela começou a se mexer com ele, cavalgando no cume rígido da excitação de Rafe. As camadas de camisola e lençóis ficavam quentes e deslizavam entre os dois, aumentando a fricção. E, Santo Deus, como aquilo era bom. Tão. Terrivelmente. Bom. Ainda assim, aquelas palavras não paravam de assombrar Rafe. *Eu também queria fugir.*

Ele levantou a cabeça. Se havia conseguido cultivar algum autocontrole ao longo dos anos – cada fio de disciplina que o transformou de rebelde cabeça quente em campeão –, Rafe esperava utilizá-lo naquele momento.

"Mudei de ideia", ele disse. "Eu quero saber. *Preciso* saber. Por que você está comigo aqui e agora?"

"Porque eu quero você. Eu quero isso." Arqueou o pescoço para dar um beijo no rosto dele, depois nos lábios. Ao mesmo tempo, ela se mexeu debaixo dele, esfregando-se por toda a extensão da saliência dura dele.

A mente dele foi esvaziada. Objeções? Que objeções? Será que existia algum escrúpulo do qual ele devia se lembrar? Alguma questão de dever ou lealdade? A menos que alguma dessas coisas estivesse escondida debaixo da curva do seio dela, Rafe não conseguira se lembrar. A cabeça dele só conseguia guardar um pensamento: Clio o queria. E ela conseguiria o que estava querendo. Ali. Naquele instante. Ninguém mais importava. Ninguém nunca tinha se importado com ele.

"Rafe. Eu quero isso há tanto tempo."

Quando ela sussurrou o nome dele, algo selvagem tomou conta de seu corpo. Afastando ainda mais as coxas dela, ele baixou o corpo de encontro ao dela, precisava que aquele calor suave e abundante amortecesse seu coração. Do contrário, aquela coisa acabaria pulando para fora do peito. Rafe encostou a testa na dela. E tocou seu cabelo e aquele rosto tão lindo. Então ela o beijou com uma doçura que o fez querer chorar.

Ela passou uma das pernas, macia e forte, em volta da dele. Com os dedos, agarrou apertado o cabelo de Rafe. Ela o segurava como se aquele, e nenhum outro, fosse o lugar dele. Como se tudo naquela alma sombria, carente e desesperada pertencesse a ela. E talvez essa fosse a verdade. Aquilo era tudo com que ele sonhava desde seus 15 anos. Ela era tão quente, reagia com tanta intensidade ao toque dele. E por mais que quisesse entrar nela e soltar aquele desejo há tanto reprimido, Rafe queria ainda mais o que viria depois. Intimidade. Afeto. Talvez até... Oh, droga. Talvez até amor.

"Você entende o que isso... nós deitados aqui... significa?" Ele colocou uma mão entre os corpos, segurou a bainha da camisola dela e a puxou para cima. "Você sabe o que vai acontecer?"

"Sei."

"Não fique com medo. Eu vou tomar cuidado. Vou fazer com que seja bom para você."

As palavras murmuradas soaram banais até para ele, mas Rafe falava sério. Poucos acreditariam que um homem com aquele jeito bruto fosse capaz de ser delicado. De qualquer modo, no passado as mulheres nunca quiseram isso dele. Mas ele tinha muita delicadeza guardada. Anos e anos de doçura acumulada. E naquela noite derramaria tudo sobre ela.

"Não estou com medo", ela sussurrou. "Mas você precisa me soltar, só por um instante."

Ele beijou e mordiscou todo o pescoço dela, adorando cada centímetro de pele.

"Sem chance."

Agora que a tinha nos braços, daquele modo, Rafe não a soltaria. Nunca mais.

"Eu preciso ir até o meu quarto. Só vai demorar um instante. Eles estão na gaveta de cima."

Na gaveta de cima. Se aquela fosse outra mulher, ele teria pensado que ela se referia à esponjas preservativas. Mas ele tinha lhe dado seu primeiro beijo. Ela era inocente. Rafe sabia que ela almejava a independência, mas com certeza Clio não era *tão* moderna.

"O que está na gaveta de cima, amor? Com certeza isso pode esperar." Ele subiu com a mão pela perna dela, deslizando seu toque até a coxa sedosa de Clio.

Bom Deus. Ele estava a centímetros do centro dela. Daquele calor doce e apertado.

"Não pode esperar", ela arfou. "São os documentos."

Capítulo Dezessete

"Os documentos", ele repetiu.

Clio assentiu. Sua respiração estava tão entrecortada devido à excitação, que ela mal conseguia falar. A magia sensual da língua dele a deixou louca. O calor duro e o peso dele sobre ela era ao mesmo tempo ardente e reconfortante. Perigosamente seguro. Agora a mão dele estava em sua coxa, e o polegar... Ah, tão perto. Ela se contorceu debaixo dele, ansiando por fricção. Pressão. Qualquer coisa. Nunca teria se imaginado tão devassa, mas Rafe a fazia se sentir adorada. Ele a livrou de qualquer tipo de vergonha.

"Por favor", ela implorou. "Só assine os papéis antes. Então eu estarei livre e não existirão dúvidas nem arrependimentos."

"Certo." Ele retirou a mão da camisola dela.

Apesar da perda temporária do toque dele, Clio ficou alegre. Aquilo finalmente iria acontecer. *Eles* iriam finalmente acontecer – ela e Rafe. Clio sentiu como se estivesse esperando por aquele momento não há dias ou anos, mas por toda a sua vida.

Ela se contorceu até ficar sentada e ergueu as mãos para abotoar a camisola. E soltou uma risada alegre.

"Não vai demorar mais que um minuto. Eu já volto."

"Não precisa voltar."

O tom áspero dele a assustou.

"O quê?"

"Não vou assinar."

"Por que não?"

"Porque você não quer isso." Ele gesticulou para o espaço entre os dois. "Você sabe que *eu* quero isso. Mas o que você quer é fugir."

Clio não entendeu. Instantes atrás, ele dava beijos apaixonados em seus seios, e agora parecia... chateado. Quase bravo. Ou estava magoado?

"Este foi seu plano a semana toda, não foi? É a razão pela qual me deixou ficar." Ele deu as costas para ela ao se virar para pegar as calças na poltrona ao lado. "Você conhece a minha reputação. Se eu não assinasse os documentos que você colocaria na minha frente, era só me seduzir. E isso funcionaria muito bem. Eu não teria escolha senão dissolver o noivado."

"Não", ela se apressou em lhe dizer. "Não, esse não era meu plano. Eu juro, Rafe, você entendeu mal."

Ele levantou, puxando as calças.

"Por isso você foi me procurar em Southwark. Por isso me deixou beijá-la, vê-la, *tocá-la*... Você é tímida demais para enfrentar Piers, e eu sou um vilão conveniente."

"Você não é um vilão", ela disse.

"É claro que sou. Você acompanhou a minha carreira. Conhece a minha reputação. Eu sou o Filho do Diabo. Aos seus olhos, eu sou útil para uma coisa: destruição. Dissolver seu noivado. Arruiná-la para o casamento. Abrir buracos nas paredes das tavernas para vender cerveja." Ele olhou com raiva para ela. "Você não me quer. Apenas deseja um modo de escapar."

Clio também começou a ficar brava.

"Eu não sou tímida. Não mais." Ela fechou as mãos. "Durante toda minha vida, fui criada para acreditar que não valho nada sozinha. Não sou nada além da filha obediente de um cavalheiro, a caminho de se tornar a noiva submissa de um aristocrata. Nem nisso eu tive sucesso. Você não faz ideia de quanta coragem é necessária para apenas conceber a dissolução desse noivado."

"Então tenha coragem de falar você mesma com Piers", ele disse. "Eu não vou assinar esses papéis. Nem hoje, nem amanhã. Nunca."

Nunca? O estômago dela deu voltas.

"Você não pode recusar. Você me fez uma promessa."

"Você também fez promessas ao Piers."

"Eu era uma *criança*."

"Você não é mais criança." Ele se debruçou sobre ela, as mãos apoiadas no colchão. Uma mão de cada lado dos quadris dela. "Você é uma mulher de 25 anos. Uma lady com propriedade e dinheiro. Você poderia ter dissolvido o noivado a qualquer momento. Uma carta que tivesse enviado a ele, anos atrás. Mas não. Você fez sua família passar por uma semana dessa farsa de planejar casamento, só para se poupar de uma conversa constrangedora."

As acusações dele a atingiram, empurrando-a para um canto sombrio e desagradável – mas a gaiola formada pelos braços dele não lhe dava escapatória.

"Eu só quero uma chance de fazer minhas próprias escolhas, de definir minha própria vida", ela disse. "Você tem que entender. Eu sei que quer a mesma coisa para si."

"Eu sei quem eu sou. Um lutador profissional. Não sou o seu capanga. Se você quer dar um soco de surpresa nesse homem depois de oito anos, feche a mão e dê você mesma."

Clio não entendia nada de socos de surpresa. Mas sabia que não podia deixar a conversa terminar daquele modo. *Concentrar. Antever. Reagir.*

Ela lançou as duas mãos à frente e fez cócegas nas costelas dele. Rafe ganiu de surpresa. Quando os braços dele dobraram nos cotovelos, ela lhe agarrou o pescoço e o derrubou na cama, colocando-o de costas.

Antes que Rafe pudesse se recuperar do choque, Clio montou a cavalo sobre a barriga dele.

"Você não vai escapar de mim assim tão fácil."

Senhor. Os rígidos músculos abdominais dele pareciam tijolos sob as coxas abertas dela, e suas narinas pareciam as de um touro bravo. Ela levou vantagem sobre ele por um instante, mas Rafe não teria dificuldade para inverter as posições caso desejasse.

"Nós tínhamos um trato", ela suspirou. "Eu confiei em você. Fiz tudo o que você pediu. Experimentei aqueles vestidos humilhantes. Eu... eu me desnudei para você, de todas as formas."

Ele passou os olhos descaradamente pelo corpo dela, então parou nos seios.

"Você fez isso mesmo, não foi? Você me deixou passar estas mãos enormes, grosseiras, por todo seu corpo."

"Deixei. E tudo o que consegui pensar foi em deixar você fazer isso outra vez. Eu quero *você*, Rafe." Ela bateu o punho fechado no peito dele. "Como eu faço para o convencer disso? Eu sonho com seu toque. Eu sinto uma pontada no coração sempre que você está por perto. E isso só piora quando você está longe. E eu não..."

Não conseguiu continuar. Dentro da sua cabeça, ouviu sua voz ecoando. Um coro de uma palavra se repetindo: *Eu... eu... eu...* Ela podia ser mais egoísta? Lá estava ela confessando seus sentimentos a respeito de Rafe, mas não estava pensando nas emoções *dele*.

"E eu não amo o Piers...", ela continuou, e foi quando um entendimento pesado a atingiu. "... mas você o ama."

O peito dele subiu e desceu.

"Você o ama, não é?"

Ele não disse que sim. Ela não esperava que dissesse. Ele era Granville demais para isso.

"Ele é meu único irmão", disse apenas, depois de soltar um suspiro impaciente. Como se isso explicasse tudo. E explicava.

Ela foi uma boba de não perceber antes. Era isso o que estava por trás daquela semana. Não era a carreira de Rafe nem o seu conforto. Não importava tudo o que tinha acontecido. Não importava o quanto ele tentasse desdenhar a sociedade. Os laços de sangue ainda significavam algo para ele. A julgar por sua expressão, significavam muito.

"Por que você não disse?" Ela deu um empurrão de brincadeira no peito dele. "Homens. Eu tive que vir até o seu quarto, seduzir você durante o seu sono, prendê-lo no colchão... e só assim para você admitir que gosta do seu próprio irmão."

Ele cedeu.

"Eu não posso tomar a noiva dele. Não depois de tudo."

"Depois de tudo?" Ela se moveu para o lado, soltando os braços dele. "O que mais você fez? Mesmo que tenha feito um mal investimento, ou perdido parte do dinheiro dele, duvido que Piers vá culpar você."

"Se fosse simples assim." Ele ergueu o tronco e se apoiou nos cotovelos. "Eu tirei o pai dele, Clio. Fui o responsável pela morte do marquês."

Estava claro que eles precisavam conversar. Mas para Rafe conseguir se concentrar, essa conversa precisaria acontecer em algum lugar longe da cama. E eles precisariam estar vestindo mais roupas.

Quando ele chegou à cozinha, quinze minutos depois, vestindo uma camisa de colarinho aberto e calças folgadas, Clio esperava por ele.

Ela tinha trançado o cabelo, fechado bem o penhoar e colocado um lanche e velas sobre o balcão. Um piquenique à meia-noite para dois.

Se as circunstâncias fossem diferentes, teria sido romântico. Naquela noite, contudo, ele se sentia como um condenado se preparando para fazer sua última refeição.

"Bolo e cerveja", ele disse após bater os olhos na mesa.

"Graças a vocês, nós vamos comer bolo por mais de um mês." Ela enfiou o dedo na cobertura e provou. "Este é de groselha. A acidez deve harmonizar com as notas de anis na cerveja porter."

Notas de anis? Na porter?

"Quem ensinou tudo isso a você?"

"Eu aprendi sozinha. Quando comecei a pensar em fazer uma cervejaria, pedi à cozinheira que encomendasse uma barrica de todos os tipos de cerveja existentes, porter, ale, stout. Meu estudo incluiu instruções sobre como harmonizar vinhos. Sabe que cerveja não é tão diferente?" Ela despejou um dedo de uma porter castanho-avermelhada em um copo e o levantou até o nariz. "Esta aqui é bem maltada. Um toque de cacau. Experimente."

Ela entregou o copo para Rafe, que tomou um gole. O sabor era de porter. Excelente, mas... porter. Maltada, claro. Toda cerveja porter é maltada. Quaisquer notas de anis e toques de cacau que houvesse, passaram despercebidos por ele.

"Eu não sei como você consegue sentir esses sabores."

"Eu acho que nós, garotas Whitmore, somos ligadas em detalhes. Phoebe é um espanto em matemática. Daphne sabe dizer quem fabricou qual renda, onde e durante qual temporada, só de olhar uma amostra de três dedos." Ela deu de ombros e bebeu. "Eu consigo sentir o gosto da alfazema que cresceu perto do lúpulo."

"Mas Daphne e Phoebe não escondem os talentos dela."

Clio encheu o restante do copo.

"Como se não bastasse ser o docinho da família, ainda tenho o dom do paladar? Você pode imaginar as provocações que eu teria que aguentar. E isso só do meu cunhado." Ela passou a cerveja para ele. "Mas não estamos aqui para falar de mim."

Não, eles não estavam. Rafe puxou um banco.

"É uma longa história."

"É um bolo grande." Ela empurrou um garfo para ele. "E antes de começarmos, quero deixar uma coisa clara. Eu *sabia* que você tinha uma *dor secreta*."

O peito dele subiu com uma risada sem graça.

"Depois dessa noite, não vai ser tão secreta."

"Bem, pelo menos isso é algo de que posso me gabar. Nenhuma das suas outras mulheres chegou tão longe."

Ela não fazia ideia. Nenhuma outra mulher tinha chegado tão perto.

Ela cutucou o bolo com o garfo, tirando as frutas do recheio e colocando uma na boca. Enquanto engolia, fechou os olhos sem querer.

Ao abri-los, pegou Rafe a encarando.

"Você está fazendo de novo", ele disse.

"Fazendo o quê?", ela perguntou, a boca ainda com parte da fruta.

"Sons de bolo."

"Desculpe", ela engoliu. "Eu nem reparei."

"Eu reparei. Sempre reparei. Sou esse tipo de canalha."

"Eu gostaria que você parasse de falar assim." Ela largou o garfo e apoiou os braços na mesa. "Não, estou falando sério, Rafe. Você usa essa palavra com tanta facilidade, e errei em não dizer nada antes. Eu gosto muito de você e... e me dói ouvir qualquer pessoa falar mal de você."

Que garota doce.

"Mas me serve. Eu sempre me senti sendo o estranho da família. Desde a infância, eu era o diferente. Piers foi tirado do mesmo molde que meu pai, e eu... eu simplesmente não fui. Fui um péssimo aluno. Não me destacava nas coisas de cavalheiro. Não tinha os amigos elegantes. Era grande e rude. Não era atraente nem refinado." Ele tomou um gole da cerveja. "Se Piers espirrasse, o velho ficava todo orgulhoso. Eu era sempre o errado. Às vezes me perguntava se era mesmo filho dele."

"É claro que você é filho dele. Como pode duvidar disso?"

"Acontece que *ele* duvidava. Ele afirmava isso. Eu devia ser o filho do diabo, era o que meu pai sempre dizia."

"Seu próprio pai lhe deu esse nome?"

Rafe bateu o garfo na mesa.

"'Filho meu não faz isso'. Não sei quantas vezes eu ouvi frases assim enquanto crescia. Ele estava sempre atrás de mim por uma coisa ou outra. 'Filho meu não disputa corridas com plebeus.' 'Filho meu não vai ser expulso de Eton.' 'Filho meu não entra em briga'."

A cada frase, ele enfiava o garfo mais fundo no bolo.

"Ele não conseguia me entender", Rafe continuou. "Céus, *eu* não conseguia me entender. Quando garoto eu queria, mais do que qualquer coisa, ser o filho que ele amava. Ser um bom aluno. Deixá-lo orgulhoso, como Piers o deixava. Parar de brigar com todo mundo. Mas nunca consegui." Ele fez um gesto vago para o próprio peito. "Eu sou muito agitado e impulsivo. Agora consigo segurar meus socos. Mas sempre tive o hábito de dizer coisas que preferia não ter dito."

"Coisas como 'Clio, acho que vou morrer de desejo por você'?"

"Não. Coisas como, 'eu não quero ser seu filho, não quero um centavo do seu dinheiro, e espero nunca mais vê-lo'."

Clio parou com o garfo no ar e inspirou fundo.

"São palavras mais difíceis de se retirar."

"No que diz respeito ao meu pai? Não são apenas difíceis. São impossíveis."

"O que aconteceu?"

"Eu pedi para ele comprar uma comissão no Exército, mas meu pai não quis nem falar no assunto, com Piers já fora do país. Decidiu que eu deveria fazer minha vida, adivinhe só, na Igreja. Talvez Deus pudesse me corrigir onde ele havia fracassado." Rafe estalou os dedos. "Essa ideia não me caiu muito bem."

"Eu posso imaginar." Ela riu.

"Eu me recusei. Ele ficou furioso. Nós discutimos e foi pior do que qualquer outra vez."

Trata-se do legado da família. Filho meu não vai ser um boêmio sem rumo. Filho meu não vai desperdiçar seu potencial. Foi então que Rafe desferiu o golpe mais violento, mais impensado de sua vida. *Eu não quero ser seu filho.*

"Eu soube no mesmo instante", Rafe disse para Clio. "E ele também. Assim que as palavras saíram, vi naqueles olhos frios. Eu tinha ultrapassado um limite, um ponto sem volta. Ele me falou para ir embora de casa. Daquele dia em diante nós nos distanciamos. Sem herança. Sem lar. Sem família."

"Uma punição dura por ser jovem e impertinente."

Rafe deu de ombros. Não era mais dura do que passar fome. Depois do que Clio tinha aguentado, ele não iria chorar pela compaixão dela.

"Fui eu que pedi. Na época, fiquei feliz de ir embora. Você entende. Depois que algo lhe é negado, você começa a dizer para si mesmo que não queria aquilo."

Ela pegou um bom pedaço de bolo.

"E aí você foi embora e virou lutador para se sustentar."

"Isso mesmo. A melhor coisa que poderia ter acontecido comigo. Isso me deu disciplina e a oportunidade de encontrar meu próprio sucesso.

E não posso negar que serviu como uma vingança deliciosa. Eu ficava contente de lutar usando o nome da família, ainda mais em um esporte tão vulgar e por dinheiro."

Rafe tomou um gole da cerveja. Clio comeu pedaços do bolo. Ela não pediu que ele continuasse. Achou melhor esperar.

"Ele foi assistir às minhas lutas."

Ela engoliu.

"O marquês?"

Rafe aquiesceu.

"Confesso que estou chocada. Eu visitava o falecido Lorde Granville uma vez a cada quinze dias. Ele nunca me contou."

Rafe estalou o pescoço.

"Nós nunca conversamos, antes ou depois, mas ele sempre estava no meio da multidão, com o rosto fechado e severo. Nunca torceu. Nunca aplaudiu. Apenas ia para registrar sua reprovação, eu acho."

"Você gostava de vê-lo?"

Rafe sacudiu a cabeça.

"Aquilo me deixava muito bravo. E também me fazia lutar com mais empenho, porque com certeza não ia perder na frente dele. Eu tinha uma fantasia maluca... uma esperança, acho... de que um dia venceria, e ele abriria caminho em meio à multidão para me dar a mão. Para dizer 'Muito bem, Rafe'. Isso teria sido suficiente. Mas isso não aconteceu nos quatro anos em que fui campeão.

"No dia em que lutei com Dubose", ele continuou, "eu o vi ali. E, pela primeira vez, pensei... se vencer durante quatro anos seguidos não o impressiona, o que o velho faria se me visse perder?"

"Você está dizendo que perdeu a luta de propósito?"

"Não. Não posso dizer isso. Seria injusto com Dubose. Ele lutou muito bem naquele dia. Mas a ideia de perder ficou na minha cabeça. E qualquer treinador pode lhe dizer, depois que a ideia está na sua cabeça... tudo está acabado, menos o sangramento. Comecei a cometer erros, a ficar mais lento, a desferir socos que só acertavam o ar."

"E você perdeu."

"Feio."

"É. Eu lembro dos machucados." Ela estremeceu. "E então? O que o seu pai fez?"

Rafe tomou um gole demorado de cerveja, preparando-se para o que vinha a seguir.

"Ele voltou para casa sem falar comigo. Naquela noite teve um ataque do coração. O resto você sabe. Nunca se recuperou. Morreu em menos de uma semana."

As palavras ecoaram no peito dele.

"Ah, não", a voz dela ficou mais doce. "Rafe, você não pode se culpar."

"Como não?" Ele massageou as têmporas. "Eu não tenho a menor noção do que ele tinha no coração aquela noite. Ele estava enojado? Preocupado? Satisfeito? Seja qual for a emoção que ele guardou tão bem guardada, ela finalmente explodiu. E eu acendi o pavio."

"Rafe, escute." Os olhos azuis dela penetraram nos dele. "Não foi sua culpa. Não foi. Ele tinha sofrido dois ataques mais leves no ano anterior. Ele não estava bem."

Ele aquiesceu, mas o que Clio lhe disse fez pouco para diminuir sua culpa. Se o que ela tinha dito era verdade, Rafe deveria ter sabido. Ele deveria ter tido mais cuidado. Se não tivesse contrariado o pai, talvez ele tivesse sobrevivido para ver Piers voltar para casa.

"Foram me chamar, dizendo que ele estava à beira da morte. Que pedia para ver o filho. Eu disse para mim mesmo que não deveria ir. Não era eu o filho que ele queria. Mas no fim, eu..." A voz dele fraquejou. "Eu não pude ficar longe."

Clio esticou o braço e pegou a mão dele. Ele começou a se afastar, mas se deteve. Em vez disso, apertou os dedos dela, um agradecimento silencioso. Se ela tinha coragem para fazer o gesto, ele tinha que ser homem para aceitá-lo.

"Então eu fui até a casa dele. Fiquei ao lado do meu pai. Parecia que ele já estava se despedindo. Fraco, confuso. Já vi muitos lutadores em mau estado, mas nunca tinha visto um homem ir de indômito a frágil tão rapidamente. Ele não sabia onde estava, nem quando. Ele só ficava repetindo 'meu filho' sem parar. 'Meu filho, busquem meu filho'. Eu..." Rafe pigarreou para limpar a garganta da emoção. "Eu lhe disse que Piers estava em Viena. Ele pareceu não entender."

"Talvez ele estivesse perguntando por *você*."

"Talvez estivesse. Pode ser que ele sempre tenha me amado. Talvez tenha ido a todas aquelas lutas na esperança de que *eu* atravessasse a multidão para cumprimentá-lo." Rafe soltou a mão dela. "Só sei que depois tudo pareceu bobagem. Todos aqueles anos me esforçando para ser uma pessoa ruim, aumentando minha reputação diabólica só para irritar o meu pai. Tanto orgulho e tanto tempo desperdiçado."

"O tempo só foi desperdiçado se você não aprendeu com ele."

"Você acredita nisso?"

"Eu tenho que acreditar. Ou então vou chorar toda vez que pensar nos últimos oito anos."

Ele pensou naquilo.

"Talvez você tenha razão. Eu nunca vou poder voltar e ser um filho melhor. Mas tenho uma chance – ainda que cada vez menor, depois desta noite – de fazer a coisa certa pelo Piers. Nós dois nunca vamos ser grandes amigos. Ele nunca mais vai ver o pai, e isso é culpa minha. Não posso trazer o velho de volta, mas pelo menos eu posso..."

"Manter o cachorro dele vivo", ela concluiu a frase. "E garantir que a noiva o espere."

Ele não se preocupou em negar.

"Você diz que Piers não sente nenhuma paixão por você. Talvez tenha razão; eu não sei dizer. Mas ele é muito parecido com nosso pai. Não posso afastar a possibilidade de que meu irmão goste de você, e muito. De um modo reservado, distante, tipicamente Granville. E tanto que perdê-la poderia acabar com ele."

Piers e Clio eram duas das melhores e mais decentes pessoas que Rafe conhecia. Agora, se Piers a amava, e se os dois podiam ser felizes juntos...? Rafe queria isso para os dois.

Ela apoiou a cabeça nas mãos.

"Eu sei que você odeia que lhe digam para esperar", Rafe disse. "Mas é só por algumas semanas. Se quiser dissolver o noivado, eu não vou me opor. Só não posso ser eu a desferir o golpe."

Rafe já tinha uma decepção pesando na sua consciência. Uma culpa era mais que suficiente.

"Você nunca vai saber o que ele realmente pensa a menos que lhe dê uma chance."

"Ele teve oito anos de chances", ela argumentou. "Eu receio nunca ter a minha."

"Esta é a sua chance. Não espere como um favor para mim. Faça isso por você mesma. Porque a decisão é sua, e tanto você como Piers merecem saber isso."

"Tem razão", ela disse depois de uma pausa. "Eu sei que tem razão. Foi egoísmo meu pedir que você assinasse o documento. Egoísmo e covardia. Eu estava com muito medo. Como é que vou conseguir argumentar com ele? Piers é um diplomata que passou os últimos oito anos convencendo governos a se render. Tenho pavor de que, quando ele voltar para casa, as lições da minha mãe prevaleçam sobre as minhas intenções, e case com ele só para ser bem-educada."

"Você vai se sair bem", Rafe disse.

Ela riu alto.

"Estou falando sério. A semana toda você não teve dificuldade nenhuma para discutir comigo."

"É diferente." Ela lhe deu um olhar confidente. "Eu nunca consegui conversar com ninguém do jeito que converso com você. Você nunca concorda com as minhas ideias, mas pelo menos as escuta e me faz o favor de rebatê-las."

Ele olhou, sorridente, para a cerveja.

"Nós treinamos você do modo errado."

"Vocês me *treinaram*?" Ela arqueou as sobrancelhas. "Como um cachorro?"

Rafe grunhiu. Isso de novo não.

"Não como um cachorro. Como um lutador. Bruiser deu a ideia de que nós deveríamos fazer o planejamento do casamento do mesmo modo que se prepara um lutador para a busca do título. Colocar sua cabeça no ringue, aumentar sua confiança. Para que você possa se imaginar vitoriosa."

"Bem, isso explica algumas coisas. Como os elogios. E os beijos. E aquela mentira ridícula sobre Piers no meu debute." Ela cobriu os olhos com a mão. "Que vergonha. Você só queria aumentar minha confiança. E esta noite, então, eu..."

"Esta noite você foi quase arruinada." Ele tirou a mão dela da frente dos olhos. "Eu sempre desejei você. É uma das razões pelas quais me mantive à distância. Você é tentadora demais, e não está em mim resistir."

Como resposta, ela empurrou um pedaço de bolo pelo prato. Com certeza não podia duvidar disso. Mesmo que acreditasse que Rafe seria capaz de enganá-la, Clio devia ter *sentido* o desejo dele. Cada centímetro quente e duro do seu desejo. Por outro lado, considerando que ela não recebeu nada além de insultos e descaso de sua própria família e de seu noivo nos últimos anos... a ponto de ficar doente de fome... Rafe pensou que uma conversa maliciosa e um cutucão nas partes moles podia não ser o gesto de encorajamento pelo qual ela ansiava. Um vestido branco rendado também não devia ser a resposta. Droga. Rafe nunca foi um gênio, mas naquela semana tinha sido um verdadeiro idiota. *Eu quero um desafio*, ela tinha lhe dito. *Algo que seja meu*. Ela já era uma lutadora. Ele devia ter reconhecido logo de início. Clio não teria sobrevivido aos últimos oito anos se não tivesse coração de campeã. Mas ela não queria vencer no "jogo da mãe" mais do que Rafe queria ser o campeão mundial de bocha. Ela queria definir seu próprio sucesso.

"Então aquele casamento grandioso do sonho de toda garota", ele disse, "no qual você flutua pela nave da igreja como um anjo e prova que todas as fofocas estavam erradas... não era essa a vitória que você queria."

"Não, não era."

Ele aquiesceu.

"Então termine seu bolo e sua cerveja. Depois nós vamos tratar de melhorar sua resistência."

Capítulo Dezoito

Clio não fazia a menor ideia do que Rafe queria fazer. Eles pegaram lamparinas e foram até a sala de estar, onde ele afastou as mesinhas e cadeiras para abrir espaço.

"O que nós vamos fazer?", ela perguntou.

"Eu vou lhe ensinar a dar um soco."

Ela riu.

"Você quer que eu *soque* seu irmão?"

"Não." Ele encostou um divã na parede.

"Então não entendo por que isso é relevante."

"Eu sei que você não entende. Mas acredite em mim. A hora de ser educada já passou. Você precisa ser mais agressiva, Clio. Precisa entender a força do seu corpo e como usá-la."

"Força?" Ela ergueu o braço delicado para Rafe avaliar. "Você vê alguma força nesse corpo?"

"Vejo sim."

"Você quer dizer a força para atrair o olhar de um homem, talvez. Mas parece que isso nunca funcionou com o Piers."

"Eu estou falando de força física. Está aí, esperando para ser liberada." Após afastar a última peça da mobília, ele se colocou diante dela. Seu olhar fixou-se no dela. "Confie em mim."

Clio queria confiar nele. Contudo, suspeitava que o exercício inteiro só a faria parecer mais tola. Ela, dando um soco? Mas ela tinha que tentar. Rafe afirmava que queria acertar sua dívida com Piers. Clio sabia que ele desejava muito mais do que isso. Ele precisava de uma família, de ligações duradouras. E para ele ter alguma chance de conseguir isso, Clio não podia lhe pedir que lutasse as batalhas dela. Precisava aprender a desferir seus próprios golpes.

"Muito bem, o que eu faço?"

"Primeiro, você precisa se aquecer."

Rafe segurou os pulsos de Clio com suas mãos enormes e sacudiu os braços dela como se fossem duas enguias que ele queria nocautear. Clio se sentiu ridícula.

"Ótimo." Ele soltou seus pulsos e a rodeou, ficando atrás dela. Com as mãos, ele segurou sua cabeça. "Agora mova a cabeça para trás e para a frente um pouco. Alongue seu pescoço."

Ela fez conforme ele mandou, olhando de um lado para o outro, depois do teto para o chão. Ela saltou para a frente e para trás, transferindo o peso do corpo de um para o outro pé.

"Quando eu começo a socar?"

"Calma, calma. Comece com os pés separados na largura dos seus ombros. Braços soltos, ombros caídos. Encontre seu centro de equilíbrio." A mão espalmada dele encostou no abdome dela. "Aqui. Você consegue sentir?"

Como ela poderia *não* sentir? Se o objetivo era aquecê-la, Rafe tinha conseguido. O peso quente e possessivo de sua mão na barriga dela, aliada à voz baixa e trovejante em seu ouvido... Oh, aquilo a deixou toda quente.

"Eu... eu acho que estou pronta, agora."

"Então me mostre o punho."

Ela fechou a mão e a ergueu.

"Aqui."

Ele reprovou o que viu.

"Não, não assim. Você vai quebrar o polegar." Ele desdobrou os dedos dela e os enrolou de novo, dessa vez deixando o polegar por fora.

Então, envolvendo-a com seus braços, ele a colocou em uma posição de luta. Perna direita um pouco para trás, os dois punhos em guarda. O calor amplo e sólido do peito dele funcionava como um ferro de passar, alisando a tensão nas costas de Clio.

"O primeiro soco que se aprende é o jab", ele disse. "Dê um passo à frente com o pé esquerdo, ao mesmo tempo que solta o punho esquerdo também para a frente. Deixe que o peso do corpo empurre o golpe. Rápido e certeiro, como uma picada de abelha. Então recue. Assim, está vendo?"

Clio deixou os braços soltos e permitiu que ele a guiasse pelos movimentos do soco, como se fosse uma marionete.

"Você segue o jab com um cruzado de direita." Ele guiou o punho direito dela para a frente. "Você consegue sentir o tronco girando enquanto desfere o golpe?"

Ela aquiesceu.

"É daí que vem a força. Não é do braço, mas do resto do corpo."

Quando ele empurrou para a frente os punhos dos dois juntos, Clio pôde sentir a pura força dele por trás do movimento. Fardos de músculos se agrupando e flexionando sob a pele. Com Rafe atrás dela, Clio sentiu que poderia mover montanhas. Mas aquela era uma força emprestada. Ele poderia fazer um homem sair voando com um peteleco, se quisesse.

"Agora é a sua vez." Ele a soltou e pegou duas almofadas firmes no divã. Segurou uma almofada em cada mão, na altura do ombro dela e mostrando o lado plano para Clio. "Experimente."

"Você quer que eu soque a almofada?"

"Por que não? Você precisa de um alvo." Ele fez uma pausa. "E estas coisas ridículas precisam de um objetivo."

Clio mordeu o lábio.

"Elas fazem eu me sentir menos sozinha."

"Como é?" Ele franziu a testa.

"As almofadas. Esse é o objetivo delas. A razão pela qual eu tenho tantas e em todos os lugares. Elas são macias e quentes, e ficam paradas em um lugar. Elas fazem eu me sentir menos sozinha." Clio fungou. "Acho que você tem razão. É ridículo."

Baixando as almofadas, ele andou na direção dela.

"Clio..."

"Eu estou bem." Ela recuou um passo e fechou os punhos. "Estou pronta para socar."

"Punhos para cima", ele disse e ergueu a almofada da direita. "Tente um jab."

As primeiras tentativas foram constrangedoras. Da primeira vez, ela nem conseguiu acertar a almofada. Na segunda, seu jab foi apenas um empurrão. Mas Rafe não riu dos esforços dela. Ele ficou insistindo, alternando provocação com encorajamento. De vez em quando pedia uma pausa para corrigir a postura dela. Depois de algumas dezenas de tentativas, ela soltou um soco que pareceu atingir o alvo com uma coisa que lembrava... força.

"Aí está", ele disse. "A sensação é boa, não é?"

"Muito boa", ela disse, ofegante. Mas "muito" era uma palavra educada demais. Aquilo era boxe, afinal de contas. "É boa pra cacete!"

Ele sorriu.

"Não conte isso para o Bruiser, ou ele vai tentar colocar você no ringue."

Ela inclinou a cabeça.

"Existem mulheres que lutam? Sério?"

"Ah, sim. Fazem muito sucesso com o público. Principalmente porque elas geralmente acabam com os seios de fora."

Aquele malandro incorrigível. Ela soltou um cruzado de direita que atingiu a almofada com um baque satisfatório.

"Estou começando a entender por que você gosta disso."

"Então quem sabe agora você consegue entender meu verdadeiro segredo. O que nenhuma outra mulher quis acreditar."

"Qual é?"

"Eu não preciso ser salvo das lutas. As lutas me salvaram."

Clio baixou as mãos e o observou. Ela acreditou nas palavras dele. O tom de sua voz, enquanto explicava aqueles movimentos simples... carregava não apenas autoridade, mas algo que soava quase como amor. O boxe profissional era para ele mais que violência bruta ou manifestação de rebeldia. Era uma técnica que ele trabalhou anos para dominar. Talvez até mesmo uma arte.

"Obrigada", ela disse. "Por dedicar seu tempo para me ensinar."

"Oh, mas nós não terminamos." Ele ergueu a almofada. "De novo."

E ela socou de novo. E outra vez. Ela acertou aquelas almofadas sem parar, até que começou a empurrar Rafe para trás, e ele começou a fazer um círculo para não ser colocado contra a parede.

"Muito bem", ele disse. "Essa é a minha garota. Soque tudo o que sempre lhe disseram. Que tiveram a ousadia de dizer. Que você não era boa o bastante, que nunca seria. Tudo isso é bobagem! Olhe como você é forte!"

Ela desferiu soco após soco, jogando toda raiva e frustração dos últimos oito anos, até seus braços ficarem moles.

"Agora," – ele jogou as almofadas de lado – "eu sou Piers. Voltei de Viena. Pronto para casar com você. Mostre o que você tem de pior."

"De pior? Eu pensei que você queria que eu desse uma chance ao seu irmão."

"É a mesma coisa. Dê-lhe uma chance, mas também acabe com ele. Se Piers não conseguir conquistá-la, ele não a merece."

"Ahn..." Ela estava ofegante de tanto boxear. "Oh, céus. Piers, eu..."

"Não, não. Sua postura está toda errada." Ele a corrigiu com as mãos, colocando uma nas costas, entre as escápulas, e outra na barriga. "Lembre-se, você pode fazer isso. Você não tem mais 17 anos. É uma mulher forte."

Ele a soltou e deu dois passos para trás, fingindo novamente ser Piers.

"E agora, o que você tem a dizer?"

"Eu..."

"Olhos nos olhos. Levante a cabeça."

Ela se obrigou a encará-lo.

"Estou feliz que você esteja bem e tenha voltado para casa, mas acho que não devemos nos casar."

"Oh, que maravilha." Ele se jogou na poltrona mais próxima e colocou os pés para cima.

Clio estremeceu e riu.

"O que você está fazendo?"

"O que você tem afirmado que Piers vai fazer." Cruzou os dedos das mãos atrás da cabeça. "Você garantiu que ele vai se sentir aliviado. Radiante, até."

Ela suspirou.

"Está vendo? Quando é honesta consigo mesma, até você percebe que não vai ser assim." Ele levantou. "Então ele não vai dizer 'oh, que maravilha'. Vai dizer algo como..." Rafe empostou a voz com um tom aristocrático. "É claro que vamos nos casar. Isso foi decidido quando éramos crianças. Estamos noivos há anos."

"Sim, mas acho que seria melhor se..."

"Não, não." Rafe saiu do papel de Piers. "Não use palavras como 'acho' ou 'seria'. Você está decidida, não está? *Você* decidiu."

"Eu decidi. Eu decidi terminar nosso noivado."

Ele estreitou os olhos, encarando-a de modo severo, em uma imitação assustadora do irmão.

"Mas você tinha concordado em casar comigo."

"Eu tinha 17 anos. Era pouco mais que uma criança. Não sabia que possuía escolhas. E agora que sei... eu escolho algo diferente."

"Por quê?"

"Porque eu não te amo e você não me ama."

"Uma afeição mais profunda virá com o tempo", ele disse. "Não importa o quanto eu tenha viajado, você nunca saiu do meu pensamento. Eu gosto de você."

Ela engoliu em seco.

"E eu lhe agradeço por isso. De verdade. Mas isso não muda minha decisão."

"Existe outra pessoa?"

A pergunta a pegou desprevenida. Embora... não devesse. Fazia sentido que Piers perguntasse isso. Mas Clio não sabia o que *Rafe* queria que ela dissesse.

"Responda", ele disse, enérgico e autoritário como um bom marquês. "Exijo saber a verdade. Existe outra pessoa?"

"Sim. Existe outra pessoa. Eu mesma."

E então ela continuou.

"Eu sou a outra pessoa", ela insistiu. "Eu passei muito tempo sozinha nos últimos oito anos. Comecei a conhecer melhor a mim mesma e minhas possibilidades. Sou resiliente. Consigo aguentar um pouco de fofoca. Muita, até. Eu consigo herdar uma propriedade e não só preservá-la, mas também melhorá-la. Porque tive todas essas aulas que deveriam fazer de esposa ideal de um diplomata e as usei em proveito próprio. Em algum momento, enquanto você viajava pelo mundo fazendo tratados e dividindo os despojos de guerra, eu declarei discretamente a minha independência. Agora sou a nação soberana de Clio. E não há rendição possível."

Rafe ficou em silêncio.

"Bom?", ela perguntou.

Ele deu de ombros, sem se manifestar.

"Melodramático demais no fim? Não foi bom?"

"Não... foi ruim", ele disse.

"Não foi *ruim*?" Ela pegou a almofada que ele tinha jogado de lado e bateu no ombro dele com ela. Várias vezes. "Foi brilhante e você sabe disso."

"Está bem, está bem." Rindo, ele pegou um canto da almofada e a puxou, trazendo Clio para perto. "Foi brilhante."

O coração de Clio inchou dentro de seu peito. O elogio dele foi... Bem, foi melhor do que bolo.

"Você é brilhante", ele sussurrou. "Se Piers não cair de joelhos e implorar para você reconsiderar, é porque é um verdadeiro idiota."

Calor e desejo cresceram entre eles, rápido como fogo incendiando capim seco. A sensação era tão inebriante e cruel. Durante toda sua vida esperou sentir esse tipo de paixão – para então encontrá-la com o único homem que ela não poderia, jamais, ter. Discutir como lidar com uma irmã problemática, passar a noite toda cuidando de um cachorro com indigestão, falar de dores secretas tarde da noite acompanhados de bolo e cerveja... essas eram as experiências que provavam que duas pessoas poderiam construir uma vida juntas. Não importava o que eles sentiam um pelo outro. Rafe amava Piers. Ele queria ter a oportunidade de ser um bom irmão, e Clio não queria tirar isso dele. Assim, o que quer que os dois tivessem, ela e Rafe... Não poderia ir adiante, a menos que ela estivesse disposta a destruir a última chance que ele tinha de unir a família.

"Nós não podemos fingir que somos outras pessoas?", ela sussurrou. "Pelo menos por algumas horas?"

"Eu não quero isso. Você também não."

Clio aquiesceu. Ele tinha razão, ela não queria fingir que os dois eram outras pessoas. Não queria ser ninguém que não ela mesma. E queria ficar com ele. Ela queria *Rafe*. Não porque ele era perigoso, indômito ou errado. Mas porque se sentia *bem* com ele.

"Você não vai se arruinar", uma voz conhecida anunciou.

Oh, Deus.

Rafe a soltou e deu um passo atrás. Clio agarrou a almofada bem apertada contra o peito. Mas não importava quantos passos – ou almofadas – estivessem entre eles, os dois estavam sozinhos, semivestidos, no meio da noite. Ninguém deixaria de enxergar a verdade. Ninguém, exceto talvez a pessoa que entrou naquela sala. Phoebe, com o cabelo castanho solto sobre os ombros e o nariz enfiado em uma cópia velha do *The Times*.

"Phoebe", Clio disse o nome em meio a um suspiro de alívio. "Que surpresa. Lorde Rafe e eu estávamos..."

"É o rendimento do lúpulo", a irmã interrompeu Clio, sem mostrar interesse em explicações.

"O quê?"

Colheitas. A irmã estava vagando pelo castelo, no meio da noite, lendo *The Times*, enquanto se preocupava com o rendimento do lúpulo. Sim, isso era a cara de Phoebe.

A irmã baixou o jornal.

"Lorde Rafe estava certo. Lúpulo é uma cultura frágil e um investimento de risco. Mas eu descobri como você pode se proteger da ruína." Ela apontou um artigo. "Todo ano, especuladores apostam centenas e milhares de libras no rendimento final do lúpulo. Está tudo nos jornais."

Clio vasculhou sua memória. Se algo tivesse aparecido nos jornais, ela saberia.

"Sim, eu lembro de ler as previsões. Não me dei conta de que as apostas eram tão disseminadas."

"Pode ter certeza que sim." Rafe pegou o jornal. "Em algumas tavernas apostam mais dinheiro em lúpulo do que nos lutadores. Eles fazem gráficos de cada nuvem de chuva que passa."

Clio se aproximou para também espiar o jornal.

"Mas nós não podemos prever o tempo. Como eu saberia o que prever?"

"Não importa", Phoebe disse. "Você vai apostar contra si mesma."

"Apostar contra mim mesma? Mas por que eu...?" Enquanto calculava os resultados de cabeça, Clio começou a entender. "Então se a colheita for boa, nós ganhamos dinheiro com o lúpulo, mas se o ano for ruim..."

"Ganha com a aposta", Phoebe concluiu. "Os ganhos são limitados, mas as perdas também. Você não tem como perder tudo."

"Apostas cobertas." Rafe coçou o queixo. "É tão louco que pode ser genial."

Phoebe deu de ombros.

"Já fui chamada das duas coisas."

"Bem." Clio a pegou pelo braço. "Como sou sua irmã mais velha, vou mandar você para a cama. Nós temos um dia importante amanhã. Será o seu primeiro baile de verdade."

O rosto da irmã ficou sombrio.

"Ah, sim. A provação desgraçada."

"Não vai ser tão ruim. Essas coisas não podem ser evitadas para sempre. Não se você for debutar na próxima temporada."

"Ninguém vai me cortejar. Por que eu tenho que ter um baile de debutante?"

Clio pegou uma mecha do cabelo da irmã.

"Vai ficar tudo bem. Eu vou estar lá com você. E já sei como isso funciona."

"Você não sabe como funciona *comigo*." Phoebe virou a cabeça e a mecha de cabelo escapou dos dedos de Clio. "Lorde Rafe, você virá conosco amanhã, não é?"

Os olhos de Rafe estavam sombrios quando encontraram os de Clio. *Por favor,* ela implorou silenciosamente. *Por favor, venha.* A presença dele acalmaria Phoebe. Quanto a Clio... Aquela podia ser a última chance dela. A última chance *dos dois.* Depois que terminasse o noivado com Piers, Clio não teria mais desculpas para convidar Rafe para esses eventos. Que mal poderia fazer os dois terem uma noite para lembrar?

"Você ainda me deve uma dança", ela o advertiu. "Acho que está na hora de pagar a dívida."

"Não é uma boa ideia. Há um motivo pelo qual fui embora do seu baile de debutante. Eu fico fora do meu ambiente nessas coisas. Fico agitado. E quanto fico agitado... o meu lado ruim cresce e pessoas ficam magoadas."

"Gosto do seu lado ruim também", ela disse. "*Eu* vou ficar magoada se você não for."

Em uma atitude que foi ao mesmo tempo encantadora e inusitada para ela, Phoebe estendeu a mão e segurou o braço de Rafe.

"Por favor, diga que vai."

"Vou pensar durante o sono", ele suspirou.

Capítulo Dezenove

Rafe não dormiu naquela noite. E quando o dia nasceu, ele saiu.

Por uma hora, talvez duas, manteve o cavalo marchando. Não queria forçar demais a montaria, e no estado de espírito em que estava, isso era bem provável. Minuto após minuto, Rafe pôs distância entre ele e o Castelo Twill. E Clio. Sabia que ela ficaria decepcionada, mas ele tinha que ir. Rafe não confiava em si mesmo. Se passasse mais um instante na presença dela, com aquelas mãos bonitas e macias o procurando, ele a puxaria para perto – arruinando não só ela, como também suas famílias. Não, aquele era o momento perfeito para ir embora. Depois de fazer tudo o que tinha feito, e antes de aprontar alguma coisa. Queria garantir que seu irmão tivesse chance de reconquistá-la e, para ser honesto, aquilo provavelmente era mais do que Piers merecia.

Depois de um tempo, o trecho de estrada começou a parecer familiar. Estava a cerca de oito quilômetros de Queensridge. E em Queensridge ele conseguiria uma luta. Deus, aquilo era tudo de que precisava. Tinha passado tempo demais sem o gosto de sangue na boca e o rugido frenético do público nas orelhas. Rafe estava esquecendo quem era. Ele poderia ter entrado em qualquer vilarejo e arrumado briga com o canalha falastrão local. Todo pub tinha um. Mas não era um valentão e não lutava com amadores. Precisava de uma luta de verdade com um oponente habilidoso. A *Torre Torta* era o lugar ideal.

Em séculos passados, a estalagem tinha sido covil de contrabandistas e ladrões de estrada. Atualmente abrigava o público de lutas profissionais. Como as lutas eram ilegais, tinham que ser disputadas fora de Londres e só podiam ser anunciadas com pouca antecedência. Os cartazes saíam apenas um dia antes, e daí em diante era uma loucura para os espectadores conseguirem chegar ao local do evento.

A *Torre Torta* era ideal, pois ficava perto o suficiente de Londres e não muito longe da estrada principal. Apenas algumas horas de viagem para a maioria das pessoas. Possuía um campo amplo nos fundos, com bastante espaço para o ringue e os espectadores. E Salem Jones, atual proprietário, mantinha um entendimento amigável e corrupto com os magistrados locais. Para Rafe, e muitos outros, ali era uma segunda casa. Se tivesse entrado ali no ano anterior – quando era campeão –, teria sido recebido com um aplauso ensurdecedor, vindo de todos os cantos.

Naquele dia, quando passou pela porta, em torno do meio-dia, sua recepção foi mais morna. Oh, muitos acenaram na sua direção ou o cumprimentaram de longe. Mas o clima do lugar era de incerteza. Ninguém sabe muito bem o que falar para um campeão derrotado. Ele estalou o pescoço. O clima estaria diferente quando fosse embora. Parecia um bom dia para começar seu retorno. E uma rápida olhada para o bar foi tudo do que precisou para encontrar seu primeiro oponente.

Os boxeadores lutavam por motivos diferentes. Alguns gostavam do esporte, outros gostavam do dinheiro, e apenas alguns gostavam de fazer os outros sangrarem. Finn O'Malley pertencia à última categoria. Ele tinha sido campeão há mais de dez anos, mas durante a década passada, O'Malley tomava conta do banco mais à esquerda da *Torre Torta*. Só levantava daquele lugar por duas razões: para ir ao banheiro ou para desferir socos. Ele lutaria com qualquer um, e o perdedor pagava a próxima rodada... O homem não pagava por sua cerveja há anos.

Rafe foi direto até ele.

O irlandês, mais velho, virou seus olhos, duas fendas escuras, para Rafe.

"É o Brandon? O que você quer?"

"Eu quero uma luta. Um campeão vencido contra outro."

O'Malley bufou.

"Eu só luto com idiotas por cerveja. Não luto com campeões, a menos que haja um prêmio."

"Isso pode ser providenciado." Rafe pegou seu próprio dinheiro no bolso. Tirou umas moedas do saco e colocou o resto sobre o balcão, onde pousou com um baque sonoro. "Guarde para nós", ele disse ao taverneiro.

Um novo entusiasmo se acendeu nos olhos de O'Malley. Um entusiasmo que dizia a Rafe que a luta não seria fácil. Ótimo! Ele não queria que fosse fácil.

"No pátio." O'Malley apoiou as duas mãos no balcão e tirou o traseiro do banco. "Me dê um minuto. Preciso ir ao banheiro."

Rafe aquiesceu.

Enquanto aguardava, organizando seus pensamentos, uma caneca de cerveja apareceu diante dele.

"Da senhora", o taverneiro inclinou a cabeça na direção de um canto obscuro do bar.

Senhora? Rá. Somente um tipo de "senhora" frequentava aquele estabelecimento. Rafe olhou para o lado. Esguia. Cabelos escuros. Sedutora. Disponível.

Ele já sabia o que ia acontecer. Primeiro venceria a luta, depois iria para o quarto com ela. Quando começasse a lavar o suor e o sangue do rosto, ela lhe diria que não precisava. Quando a tocasse, ela estremeceria – de propósito, porque gosta da ideia de sentir medo. Sua brutalidade a excitava. Dali em diante seria igual a todos os outros encontros desse tipo. Rápido, enérgico e, no fim, insatisfatório.

Ele levantou a caneca e tentou afogar a pontada de culpa. Talvez aquele tipo de encontro fosse do que precisava. Estava na hora de parar de babar pela única mulher – uma *virgem* inocente, comprometida, criada com classe – que ele nunca poderia ter. O que ele queria com metros de renda cor de marfim e uma cama de dossel com duas dúzias de almofadas? Não podia ter noite de núpcias, lua de mel nem felizes para sempre em um maldito castelo de contos de fada. Não um homem como ele.

"Rafe Brandon, seu bastardo dissimulado." Salem Jones emergiu da despensa da taverna. Nos braços trazia um baú pequeno, que depositou sobre uma mesa ao lado.

Rafe estendeu a mão para cumprimentá-lo, mas o outro o puxou para um abraço.

"Fazia tempo demais que você não aparecia", disse, batendo nas costas de Rafe.

Jones era um escravo liberto das Índias Ocidentais, nascido na Jamaica. Ele veio para a Inglaterra há cerca de vinte anos, com um grupo de abolicionistas. Com seu testemunho comovente a respeito da crueldade da escravidão, deixou seus patrocinadores Quaker muito satisfeitos. Como pacifista, contudo, ele os decepcionou profundamente.

Assim como a maioria dos lutadores profissionais, Jones teve alguns anos bons. Ao contrário da maioria, ele transformou o sucesso transitório em algo mais duradouro – a *Torre Torta*. Naquelas horas solitárias da noite em que contemplava sua vida depois que parasse de lutar, Rafe tinha pensado em se oferecer para comprar uma parte do estabelecimento. Apesar do que disse a Clio, sabia que seus anos de lutador não eram infinitos, e queria garantir algo para seu futuro. Mas tinha que ser do seu jeito. O lugar dele não era em nenhum tipo de escritório. E ele queria ser mais que uma curiosidade da taverna, lutando por cerveja ou enfiando canecas no reboco das paredes.

"Imagino que esteja aqui para pegar isto." Jones bateu no baú. "O resto está lá atrás. Diga para o atendente onde você quer que coloque."

Rafe tinha praticamente esquecido de suas coisas, para ser honesto. Tinha pedido a Jones que guardasse os baús para ele quando saiu de seu apartamento em Harrington. Rafe não queria bagunça no armazém enquanto treinava.

Abriu o baú e revirou uma pilha de camisas de algodão e calças de lã. Esperava encontrar algo mais confortável para lutar, mas as roupas naquele baú eram muito finas. Quando chegou ao fundo, sua mão se fechou sobre uma caixa pequena de madeira. Ele sabia o que a caixa continha mesmo antes abri-la. As cartas de Clio. Riu para si mesmo. Bem quando tinha decidido esquecê-la, Clio o seguiu até aquele lugar. Ela o seguiu por toda parte, não foi mesmo? Não importava quantas vezes ele mudasse de endereço. Ao longo dos anos, foi lhe enviando todas aquelas mensagens – uma ou duas por mês, no mínimo. Rafe tinha guardado todas naquela caixa. Não tinha lhes dado muita atenção, mas também não conseguiu jogá-las fora. De certa forma, as cartas grudaram nele, do mesmo jeito que coisas encantadoras costumam fazer.

"Então?" O'Malley voltou do banheiro. "Vamos começar?"
"Um instante."

Rafe se esparramou em uma cadeira, pediu outra caneca de cerveja e mandou uma garrafa de vinho para a "senhora" que iria passar a noite sozinha... e então fez algo que não fazia de boa vontade há anos.

Começou a ler. A maioria das mensagens era leve; convites misturados a eventuais notícias sobre a família. Todas eram velhas e nenhuma era especialmente importante.

Estamos organizando um jantar para a próxima quinta-feira. Se você não tiver outros planos para essa noite, será muito bem-vindo.

* * *

Receba calorosos cumprimentos por seu aniversário de todos nós da Casa Whitmore.

* * *

Eu recebi uma nova carta de Piers e tomei a liberdade de copiar aqui as partes que podem interessar a você. Vamos passar o mês de agosto na propriedade do meu tio em Hertfordshire. Se estiver passando por perto, faça-nos uma visita.

Ainda assim, Rafe leu carta por carta, bilhete por bilhete, cada palavra que ela escreveu, da saudação à despedida. Quando levantou a cabeça e esfregou os olhos cansados, o céu estava ficando escuro. As mensagens eram breves, inconsequentes por si só. Mas quando reunidas, seu peso era esmagador. Quando saiu da Casa Brandon, seu pai lhe deu as costas. O resto da família e os amigos da alta sociedade também lhe fecharam suas portas. Todos fizeram o mesmo. Todos menos Clio. Ela lhe estendeu a mão, várias vezes. Nunca deixou que se afastasse demais. Sempre pronta para recebê-lo quando ele decidisse aparecer. Ela não sabia o que isso tinha significado para ele. E ela não sabia, pois nunca tinha feito o esforço de lhe contar.

Era tão irônico. Quando adolescente, nunca sentiu que pertencesse àquela família. Agora que ficava mais velho, ele podia ver as características Brandon que tinha herdado. Características como ambição, orgulho e a recusa obstinada em admitir que possuía sentimentos até ser tarde demais.

Segurou a raiva fútil que sentiu crescendo. O passado já estava decidido. Não havia como mudá-lo. Ele não podia ser o homem de que Clio precisava. Mesmo que voltasse à sociedade, o escândalo sempre o seguiria. Não era apenas a fofoca. Ele estava formado, agora, habituado com as coisas do seu jeito – para o bem ou para o mal. Sua mente era muito agitada e seu corpo precisava de ação constante. Não servia para a vida de cavalheiro e também não queria ser um. Nunca poderia ser um desses idiotas vaidosos e inúteis como Sir Teddy Cambourne. Rafe não sabia como fazer nenhuma dessas coisas de sociedade.

E foi por isso que, depois de finalmente ler todas aquelas cartas, não podia continuar parado nem mais um momento. Ele tinha uma dívida com ela que era muito maior que uma dança. Mesmo que não pudesse ser o homem de que ela precisava, Rafe tinha que fazer *alguma coisa*.

Ele levantou e pegou todas as correspondências, uma por uma. Juntas, formavam uma pilha da altura do seu punho. Ao longo dos anos ela deve tê-lo convidado para centenas de jantares, festas e bailes. O mínimo que podia fazer era comparecer a um, e fazer com que valesse por todos os outros.

Ele alongou a rigidez de seus braços e pernas. Não era tarde demais. O dia ainda tinha uma ou duas horas de luz. Seu baú continha algumas peças de roupa adequadas. Contudo, não podia partir sem dinheiro.

Foi até o balcão recuperar suas moedas.

"Desculpe, amigo", ele disse a O'Malley. "Nossa luta vai ter que ficar para outro dia."

Rafe estendeu a mão para pegar o saco com seu dinheiro.

"Não tão rápido." A manzorra de Finn O'Malley desceu sobre a sua. "Se você quiser recuperar isso, vai ter que lutar comigo."

"Acho que Lorde Rafe não vem."

Clio passou a noite toda segurando a língua, mas acabou falando. Ali, no canto mais sossegado do salão de festas dos Pennington, onde ela e Phoebe passaram as últimas duas horas. Esperando, assistindo. Ajeitando as costuras da luva ou arrumando as pregas do seu vestido de seda cor-de-rosa para pontuar o tédio.

De vez em quando algum conhecido fazia uma peregrinação até aquele canto remoto em que estavam para cumprimentá-las. Então, perguntavam sobre Piers e o casamento, praticando a arte da ironia sutil-mas-inconfundível. Ela percebia o que todos estavam pensando: Granville aparecerá desta vez ou não? Mas não era Piers e sua ausência que ocupavam os pensamentos de Clio. Oito anos após seu baile de debutante, ela ainda estava esperando – em vão – Rafe Brandon tirá-la para dançar.

Enquanto observavam as ladies e os cavalheiros formando pares para dançar, Phoebe tirou um pedaço de barbante do bolso.

"Ele virá", ela disse.

"Já são sete e meia", contrapôs Clio. "Talvez tenha acontecido alguma coisa que o fez mudar os planos."

Pretendia falar com Rafe mais cedo, para se certificar de que ele pretendia ir ao baile. Não queria que Phoebe ficasse decepcionada. Mas ele não apareceu durante o café da manhã, e depois Clio ficou muito ocupada com as irmãs, todas se preparando para a festa. Quando saiu à procura dele, no meio da tarde, Rafe não estava mais no castelo. Bruiser disse que ele provavelmente iria encontrá-las na festa, mas que não podia dar certeza.

Àquela altura, Rafe podia ter voltado ao armazém em Southwark, tocando sua vida em frente. Ou podia ter sofrido algum acidente com o cavalo e, naquele exato momento, estar caído em uma vala, usando o que lhe restava de forças para escrever o nome de Clio com seu próprio sangue. Não desejava, honestamente, o segundo cenário, mas uma parte horrível e egoísta dela o preferia ao primeiro. Rafe não estava ali e Clio não conseguia evitar de se sentir magoada. A ausência dele amplificava todos os insultos sutis que lhe eram dirigidos na Casa Pennington.

Você é uma boa garota, Clio. Mas isso não é bom o bastante.

Sir Teddy, trazendo duas taças de ponche, e Daphne, com uma careta de deboche, foram se juntar a elas.

"Phoebe", Daphne exclamou, "não acredito que você trouxe esse barbante."

"Eu não vou a lugar nenhum sem meu barbante."

"Bem, você não pode ficar brincando com essa coisa suja em um salão de festas." Daphne arrancou o barbante das mãos de Phoebe e o jogou no chão, onde logo foi pisoteado. "Esta noite nós queremos que as pessoas falem do casamento de Clio, não das suas esquisitices."

"Eu tenho mais", Phoebe disse.

"Esquisitices? Ah, sim. São intermináveis."

"Barbante", respondeu Phoebe, colocando a mão na bolsa e tirando outro pedaço.

"Dê isso aqui." Daphne estendeu a mão para o barbante.

Dessa vez, Phoebe o segurou com firmeza.

"Não."

"Deixe-a em paz", Clio pediu. Ela não estava com paciência para aguentar Daphne bancando a mãe.

Pois esse era o problema. Bancar a mãe do modo que elas aprenderam na Casa Whitmore. Daphne *acreditava* que estava sendo amorosa e protetora, à sua própria, estranha e tortuosa maneira. Mas ela estava errada.

Teddy estalou a língua.

"Você está fazendo uma cena, gatinha."

"Não me importo", Phoebe disse em voz alta. "Isto é meu e vocês não podem pegar."

Ao redor delas, pessoas se viraram, encararam e conversas foram silenciadas. Aquela noite toda era um erro, e tudo era culpa de Clio. Ela deveria ter protegido a irmã. Phoebe não estava pronta para aquilo. Talvez nunca estivesse.

"Deixe-a em paz", Clio repetiu.

"É para o bem dela, Clio. Ela tem que perder esse hábito."

"Pelo amor de Deus, por quê? Deixe-a ficar com o barbante e suas esquisitices também. Deixe-a ser ela *mesma*." Clio inclinou a cabeça em direção à multidão no salão reluzente. "Nós fomos criadas para dar muita importância ao que os outros pensam de nós. Isso me mudou. Mudou você também, Daphne. E sinto dizer, nenhuma de nós mudou para melhor. Eu me recuso a deixar que Phoebe tenha o mesmo destino. Ela é admirável."

"'Admirável' é a palavra certa. Todo mundo está admirando."

Clio se virou para Phoebe, apertando o barbante na mão dela.

"Vou fazer uma promessa. Para você e para mim mesma. Sou sua irmã e, agora, sua guardiã. Eu te amo e nunca vou fazer com que você sinta que precisa ser outra pessoa só para agradar os outros."

"Não seja ingênua, Clio", Daphne disse. "Não pode ignorar a Sociedade. Você vai ser a mulher de um diplomata. Uma marquesa."

"Não, não vou. Eu não vou casar com Piers."

"Oh, docinho", Teddy disse, cutucando-a no flanco. "Não desista agora. Espero que não esteja dando ouvidos ao que estão falando na sala de carteado."

"Por quê? O que estão falando na sala de carteado?"

Seu cunhado pareceu envergonhado.

"Estão apostando, claro. Se o casamento vai mesmo acontecer. Lorde Pennington está pagando quatro contra um."

Ah. Provavelmente era esse o motivo de terem sido convidadas para esta noite. Para que fornecessem um pouco de diversão. Uma piada.

Naquele momento, Clio percebeu algo maravilhoso. Não se importava. Talvez eles a tivessem vencido. Ou talvez 25 anos fosse uma idade mágica em que uma mulher se tornava segura de si. Qualquer que fosse a razão, genuinamente, não dava a mínima. E então, como se anunciando o prêmio que ela tinha conquistado, o mordomo pigarreou antes de anunciar:

"Lorde Rafe Brandon."

Ninguém estava mais preocupado com o barbante. Nem mesmo Phoebe. Clio sabia que ele poderia fazer uma entrada dramática e assustadora em cima de seu cavalo. Mas que fosse aparecer em uma casaca bem ajustada, gravata branca e botas reluzentes...? Bom Deus. O formato de seu maxilar forte era totalmente Brandon, assim como o ar natural de comando. Mas ele também trouxe consigo a essência Rafe. A aura de rebeldia e perigo que deixava o ar carregado e fazia seu coração acelerar. Tudo em sua aparência declarava que ele tinha nascido para aquele ambiente. Tudo em sua expressão deixava claro para Clio que ele *detestava* tudo aquilo. Mesmo assim, ele estava ali... Por ela.

Rafe atravessou o salão, chegou ao canto em que ela estava e fez uma reverência para cada uma delas, deixando Clio para o final.

"Srta. Whitmore."

Clio fez uma mesura.

"Lorde Rafe."

"Você veio!", Phoebe disse.

"Claro." Ele deu um puxão na manga e passou os olhos pelo salão abarrotado. "Desculpem-me por chegar tão tarde. Srta. Whitmore, imagino que todas as suas danças já estejam reservadas."

Clio não conseguiu segurar a risada.

"Não. Todas as minhas danças estão disponíveis."

"Como diabos isso é possível?"

"Eu estou aqui sentada com a Phoebe."

A orquestra tocou os primeiros acordes de uma valsa. Rafe a pegou pela mão.

"Bem, você não vai ficar nem mais um momento sentada."

Com o rosto ostentando uma expressão que misturava desafio e desconforto, levou-a para a pista de dança e os dois começaram a valsar. Ele era um dançarino muito bom, o que fazia sentido. Mover-se com elegância e coordenação fazia parte do ofício dele.

"Eu confesso que tinha perdido a esperança. Não achei que você viesse."

"Eu também tinha minhas dúvidas."

Quando ela conseguiu levantar os olhos para o rosto dele – o que foi estranho, já que olhar para ele era o que mais queria fazer, e ainda assim isso lhe custou toda a coragem que tinha –, Clio reparou uma sombra roxa na maçã do rosto esquerdo. E aqueles lábios carnudos e sensuais estavam mais carnudos que de costume.

"Você está machucado. O que aconteceu?"

Ele deu de ombros.

"Bati em um obstáculo da estrada. Por assim dizer."

"Parece que o obstáculo também bateu em você."

Ele torceu o canto da boca inchada.

"Não foi nada que eu não faria dez vezes só para estar aqui esta noite. Mas não posso ficar muito tempo. Só vim para pagar a dança que lhe devia. E para me despedir."

"Para se despedir?!"

"Vou voltar para Londres esta noite." Ele a girou. "Imagino que possa deixar Bruiser e Ellingworth no castelo com você."

"Claro, mas... Por quê? Piers vai voltar dentro de uma ou duas semanas. Você quer vê-lo e eu..." O peito dela murchou. "Eu só não entendo por que você tem que ir embora tão cedo."

Ele a puxou para perto e baixou a voz.

"Ora essa. Você é uma garota inteligente e não lhe fica bem fingir que não é. Sabe por que eu tenho que ir embora."

"Eu não sei mesmo. Nós podemos combinar em manter distância."

"Sim, podemos fazer um combinado. Mas então vem a noite. Uma coisa é estar sozinho no escuro, e outra é saber que você está em algum lugar debaixo do mesmo teto. Não podemos depender dos seus parentes sonâmbulos e insones para continuar salvando você. Se eu passar mais uma noite naquele castelo..."

O olhar dele passeou pelo corpo dela. Clio sentiu o corpo todo arder.

"Eu iria atrás de você", ele disse.

Eu iria atrás de você... Aquelas palavras fizeram o coração dela dar um pulo e seus joelhos amolecerem.

"Eu iria atrás de você", ele repetiu, como se fizesse um juramento solene. "Não conseguiria me manter longe."

"Eu poderia mudar de quarto. Poderia ir para..."

Ele sacudiu a cabeça.

"Não faria diferença. Nem se você se trancasse na torre mais alta e distante. Eu a encontraria. Bateria na sua porta à noite. E então... você sabe o que aconteceria."

"O que aconteceria?", Clio perguntou, sem conseguir respirar.

"Você atenderia." Ele se aproximou e ela ficou tonta com o calor que emanava dele, com seu aroma másculo de limpeza. "Você me deixaria entrar, Clio. Não deixaria? Não conseguiria me mandar embora."

Ela aquiesceu, em um transe causado pelo ritmo sensual e grave das palavras dele. Ele estava certo. Se Rafe batesse em sua porta no meio da noite, ela o deixaria entrar. E isso não teria nada a ver com educação ou generosidade, mas com paixão e desejo. Com a torrente de sangue que corria mais rápido pelas veias dela sempre que ele se aproximava. À pontada de carência que Clio sentia toda vez que Rafe olhava assim para ela. O poder da emoção naqueles olhos verdes... Se esse homem um dia amasse de verdade uma mulher, esta poderia passar a vida se alimentando apenas dessa força. Mas ele estava ali para se despedir, e a dor lancinante de perdê-lo foi suficiente para deixá-la tonta.

"Você está pálida." Ele interrompeu a dança.

Ela estava? Depois que ele falou, Clio percebeu que as bordas do salão tinham escurecido. E sua cabeça continuava girando, embora os dois tivessem parado de dançar há alguns segundos. O coração dela estava tão cheio. E batia com tanta força. O terno dele, aquelas palavras, a valsa... Como qualquer mulher mortal podia suportar tudo aquilo?

"Acho que eu só preciso de um pouco de ar", ela disse.

Rafe a amparou com um braço na cintura e a conduziu até o canto do salão, onde Daphne, Teddy e Phoebe a esperavam.

"Lady Cambourne." Ele inclinou a cabeça para Daphne. "Você deveria levar sua irmã até a sala das senhoras."

"Não." Clio inspirou um pouco de ar. "Não me deixe. Vou ficar bem. O problema foi ficar rodopiando de estômago vazio. O espartilho apertado. Você nessa casaca."

Você, você, você. Ele ignorou o elogio.

"Por que você está com o estômago vazio? Não comeu antes da festa?"

"É claro que não", Daphne disse. "Uma lady nunca come antes de uma festa."

Rafe olhou para Clio.

"Quando foi a última vez que você se alimentou de verdade?"

"Não é isso..." Ela evitou responder.

"Responda", ele insistiu.

"No café da manhã", ela admitiu, relutante.

Ele praguejou baixo.

"É um mau hábito." Um hábito que Clio sabia que precisava abandonar. Se queria proteger Phoebe de expectativas danosas, tinha que estender essa proteção a si mesma. "Eu só preciso de uma limonada ou água de cevada e vou ficar bem."

Rafe passou o braço dela pelo seu.

"Precisa de comida de verdade. Vou acompanhar você até o bufê."

Daphne os deteve.

"Mas você não pode. Ainda não."

"*Ainda* não?"

Minha nossa. Clio nunca o viu com uma expressão tão severa. A ruga em sua testa poderia quebrar nozes. Mas Daphne, sendo Daphne, ignorou a raiva evidente que ele demonstrava.

"Essas coisas têm uma ordem. Talvez você esteja fora do nosso círculo há tanto tempo que se esqueceu. Mas nós não atacamos, todos ao mesmo tempo, o bufê do jantar, como se fôssemos um bando de gaivotas. Nós jantamos de acordo com a precedência, começando com os de classe mais alta e descendo."

"Então posso levá-la primeiro", Rafe disse. "Sou filho de um marquês. Ninguém aqui é de classe mais alta."

"Nós observamos a classe das mulheres", Daphne o corrigiu. "E minha irmã, como Srta. Whitmore, solteira, está quase no fim da fila."

"Ela é noiva de um lorde."

"Mas ainda não casou com ele."

"Isso é bobagem", Rafe rilhou os dentes.

"Isso é a Sociedade."

"No momento, Lady Cambourne, não vejo diferença entre as duas coisas." Ele apertou o braço, puxando Clio para perto. "Nós vamos jantar. Que se dane a precedência."

"Sério, eu posso esperar", Clio murmurou.

"Mas não vai." A voz grave dele fez tremer até a sola dos pés dela. A raiva mal contida irradiava dele. "Esta noite, não. Quando eu estiver por perto, você não fica sem dançar, você não fica com fome. E com toda certeza, não espera no fim da fila."

Bom Deus. Outra vez ela precisou se esforçar para não desmaiar. Ela não queria que aquilo significasse o fim da festa para os dois.

"Eu juro que posso esperar. Já estou me sentindo melhor."

"Boa garota", Teddy disse. Ele cutucou Rafe nas costelas. "Nós temos que permitir que as mulheres tenham suas vaidades, Brandon. É como eu já disse à nossa docinho aqui, mais de uma vez. É melhor ir devagar com o jantar. Lorde Granville já tem um peso-pesado na família."

O cunhado de Clio riu com satisfação da própria piada. Ela queria desaparecer.

"Isso mesmo", Rafe concordou, parecendo achar aquilo divertido. "Lorde Granville tem."

Pou! Ninguém viu o soco chegando. Nem Clio, nem Daphne. Com certeza, nem Teddy, cuja cabeça virou para o lado com a força do golpe de Rafe.

Ele piscou. Então cambaleou para trás e caiu sentado, produzindo um "puf" fraco e nada dramático. Um baque sem graça que parecia sintetizar toda a existência daquele homem. Clio quis aplaudir.

"Teddy!", Daphne exclamou. Ela se ajoelhou ao lado do marido, pegando um lenço no bolso do colete dele, que encostou no lábio que sangrava. Então lançou um olhar fulminante na direção de Rafe.

"Qual é o seu problema? Você parece algum tipo de animal."

Mas Rafe não estava lá para ouvir.

Quando Clio o procurou na multidão, ele já tinha sumido.

Capítulo Vinte

Bem, então foi assim. A volta triunfal de Rafe à Sociedade terminou antes de começar. Uma multidão se juntou no mesmo instante. Multidões sempre eram atraídas por sangue. Desde o momento em que Rafe entrou no salão, todos esperavam uma cena como essa. Ele também esperava algo assim. Por isso tinha dito aos cavalariços que mantivessem seu cavalo selado.

Enquanto ele abria caminho até a porta, em meio à multidão, sussurros e rumores zuniam ao redor dele como se estivesse cercado de abelhas que o picavam de todos os lados. Eles sabiam que ali não era o lugar dele. Ele também sabia. Ele era um demônio impulsivo e temerário, sem nenhuma noção de comportamento. Só havia um motivo pelo qual teve algum interesse em comparecer ao baile ou reclamar o privilégio que acompanhava seu título: pagar suas dívidas com Clio. Bem, seu direito aristocrático de nascença não conseguiu sequer levá-la até a maldita sala de jantar. E ele não aguentou dez minutos sem soltar seu ser bruto interior. Agora a melhor coisa que podia fazer por ela seria sumir.

Uma chuva forte tinha começado, transformando em lamaçais os caminhos e estradas. Ele levantou a lapela da casaca e foi para os estábulos. Ele não conseguiria ir longe com aquela chuva, mas precisava ir para algum lugar.

"Rafe! Rafe, espere!"

Ele se virou. Clio vinha correndo ao seu encontro, com a seda molhada agarrando em suas pernas. Na verdade, a seda molhada estava agarrando tudo. E é claro que o vestido era rosa. *Tinha* que ser rosa.

Ele a levou para o estábulo.

"Clio, o que você está fazendo? Volte para a casa."

"Se você vai embora, eu vou junto."

Ele olhou para os cavalariços e baixou a voz.

"Isso é um absurdo. Está chovendo. Vai pegar um resfriado. E, pelo amor de Deus, você ainda não comeu. Volte para dentro agora mesmo."

"Não vou voltar." Ela sacudiu a cabeça. "Não tem volta."

Não tem volta. Ele não sabia o que aquelas palavras significavam para Clio, mas as possibilidades ao mesmo tempo o empolgavam e o deixavam aterrorizado.

Ele tirou a casaca molhada e a colocou nos ombros de Clio, aproveitando a oportunidade para examinar a expressão dela. Mechas de cabelo dourado estavam grudadas em seu rosto e gotas de chuva escorriam por suas faces. O nariz dela estava vermelho. Mas seus olhos nunca estiveram mais claros e determinados. Que mulher impossível, tola e linda.

"E quanto a Phoebe?"

"Eu perguntei. Ela disse que ficaria mais preocupada se eu não viesse atrás de você."

"Se quer ir embora, eu posso pedir ao cocheiro da sua carruagem que..."

"Eu não quero a carruagem. Não, a menos que você pretenda ir nela comigo. Rafe, você não consegue entender? Não estou fugindo da festa. Eu estou seguindo você."

Não, não. Não diga isso. Retire o que disse. Ele poderia resistir a qualquer coisa, menos a essas palavras.

"Não faça isso", ele pediu. "Se me forçar agora, vou fazer algo imprudente. Algo de que você se arrependeria."

Ela deu um passo à frente.

"Se você sair deste estábulo sem mim, eu vou atrás de você. A pé. Na chuva. Sem capa. Vou andando até Southwark, se for necessário." Ela piscou para fazer cair uma gota de chuva parada em seus cílios. "Então, se está preocupado com a minha saúde e o meu bem-estar, Rafe Brandon, é melhor você..."

Rafe não ouviu o resto da ameaça passional dela. Colocou as mãos na cintura de Clio e a ergueu, colocando-a montada em seu cavalo. Então ele montou atrás dela, cingindo sua cintura com o braço e acomodando suas coxas ao redor dos quadris dela.

Quando colocou o cavalo em movimento, ele a puxou bruscamente para si, segurando-a não como uma amante, mas uma prisioneira. Ela tinha pedido por isso. Nessa noite ela estaria à sua mercê, com tudo de bom e ruim que isso poderia significar para os dois. E ela tinha razão numa coisa. Não teria volta.

Clio estava completamente encharcada e tremia no escuro. Ela não tinha ideia de onde estava, nem para onde Rafe a levava. E nunca esteve mais feliz em sua vida. Não importavam o frio e a escuridão. Seu corpo estava quente. E seu coração tinha tanta alegria que brilhava como um lampião. Ela podia ficar para sempre daquele modo – abraçada ao peito largo e forte dele, coberta pela casaca enquanto o cavalo marchava fielmente através da chuva e da lama.

Eles pararam na primeira estalagem que encontraram. Rafe a colocou para dentro e contou para o estalajadeiro alguma história sobre serem recém-casados e o eixo da carruagem ter quebrado.

Clio tentou não interpretar demais o fato de ele a apresentar como esposa. Ele só a estava protegendo, sem dúvida. Tentando afastar as suspeitas que surgiam em torno de um homem e uma mulher viajando a sós. Ainda assim... quando ele proferiu a frase "um quarto para minha mulher", ela agarrou a oportunidade de se aninhar ao lado dele. Depois que eles foram para o quarto, ele deu ordens às camareiras. Bem, não apenas às camareiras.

"Fique daquele lado do quarto", ele disse para Clio. "Só vou ficar aqui até você se ajeitar. Depois vou descer e passar a noite lá embaixo."

"Receio que isso vá ser um golpe no seu orgulho. Nós somos recém-casados. Vão pensar que a lua de mel não vai muito bem."

Ele deu de ombros.

"Vou dizer que você está com medo por causa do meu tamanho prodigioso."

Ela sorriu e se abraçou para tentar fazer os dentes pararem de bater. Depois que ele a soltou, ela começou a sentir muito frio.

"Eu só queria lhe agradecer pelo que aconteceu mais cedo, Rafe. Foi estupendo. Tudo."

"Foi estupidez. E grosseiro e impulsivo." Ele passou as mãos pelo cabelo e expirou. "Eu não devia ter trazido você aqui. Não devia ter batido nele."

"Estou contente por estar aqui. E adorei que você tenha batido nele. Essa foi a melhor parte."

"Ele é seu cunhado."

"É. E também é insuportável."

Rafe esfregou a boca, pensativo.

"Eu poderia tê-lo acertado com mais força. Eu queria acertar com mais força."

"Eu sei."

"Maldição. Eu poderia ter matado o Teddy."

Ela sentiu a nuca formigar.

"Você nunca faria isso."

O olhar sombrio dele ficou cravejado no dela. Tão intenso que ela o sentiu do outro lado do quarto.

"Você não sabe o que eu faria por você."

Blam! O coração dela bateu contra as costelas com tanta força que Clio perdeu o fôlego.

"Com licença, senhor."

Rafe se afastou e três camareiras entraram no quarto. Uma carregava uma tina de banho, e as outras traziam jarras de água fumegante. Clio e Rafe ficaram em silêncio enquanto elas enchiam a banheira. Elas demoraram mais do que deveriam, porque todas ficavam parando para olhar Rafe. Mesmo depois que elas foram embora, ele manteve seu posto de sentinela junto à porta.

"As coisas não deveriam ter acontecido dessa forma."

"Eu imagino que não. Você estava magnífico com isto." Ela apertou à sua volta a casaca de fina alfaiataria. "Eu imagino que você não se deu esse trabalho todo só para acertar um cruzado de direita no meu cunhado."

Ele fez um gesto de desânimo.

"Nós deveríamos ter dançado. Uma dança de verdade. Uma que fosse longa o bastante para eu lhe dizer como você estava linda naquele vestido. Da maneira como eu deveria ter feito no seu debute, anos atrás."

Oh, Rafe.

"Então, antes de ir embora, eu iria puxar você de lado e lhe dar..."

"O quê? O que você iria me dar?"

Ele fez um sinal com a cabeça.

"Veja o bolso."

Ela deslizou uma mão para o bolso do peito da casaca. Seus dedos se fecharam sobre um pacote de papéis.

Os *papéis*.

"Você não fez isso."

"Eu tinha que fazer. Você merecia. Eu..."

"Meu senhor, desculpe, novamente."

As camareiras voltaram. De novo, Rafe saiu da frente da porta para deixar que entrassem. Elas trouxeram mais uma jarra de água para o banho, uma braçada de toalhas e uma bandeja com um bule de chá, pão e o que cheirava a cozido de coelho.

"Isso é tudo, senhor?" A camareira mais velha perguntou.

Ele aquiesceu.

"Prepare uma refeição para mim lá embaixo, por favor. Vou descer em um instante."

As três saíram, e no momento em que desapareceram, Clio pôde ouvi-las rindo e sussurrando no corredor.

"Escute, não posso ficar para conversar", Rafe disse. "Eu diria que nós temos cerca de três minutos antes que a sua reputação seja destruída."

"Ninguém sabe quem eu sou."

"Mas sabem quem *eu* sou. Ou alguém vai saber. E não vai ser difícil imaginar o resto." Ele sacudiu a cabeça. "Você não sabe. Eu não me importaria se o mundo todo soubesse. Por mim, eu penduraria um cartaz do lado de fora da porta dizendo 'Ruína em progresso', e nos trancaria aqui dentro."

Nada disso parecia tão terrível para Clio.

"Mas não foi por isso que fui ao baile esta noite", ele disse. "Eu queria..."

Após olhar para o corredor, ele se abaixou e entrou no quarto. A porta continuou aberta.

Ele baixou a voz.

"Clio, eu queria lhe dar opções. Não tirá-las de você."

Os dedos dela se curvaram ao redor dos papéis.

"Então você pretende assinar o documento?"

"Eu já assinei."

Ela baixou os olhos para os papéis e os desenrolou para verificar. Lá estava, a assinatura dele na última página, rabiscada com firmeza e decisão.

"Você não está mais noiva, desde as sete e meia desta noite. Eu queria que soubesse no mesmo instante, para o caso de isso poder fazer você aproveitar melhor o baile. Eu lhe devia mais do que uma valsa. Queria que você se sentisse livre. Para dançar, flertar, para mandar os fofoqueiros para o inferno." Ele abriu os braços. "Em vez disso, viemos parar aqui."

"Sim. Aqui estamos."

E Clio não estava nem um pouco chateada com isso. Talvez aquilo não fosse o que ele tinha planejado, mas para ela era mil vezes melhor do que qualquer valsa.

"Se isso lhe faz bem, saiba que agora você é uma mulher independente. Livre para ir aonde tiver vontade e fazer o que quiser."

Ela ficou em silêncio por um momento.

"Nesse caso..."

Com passos calmos e medidos, ela o rodeou e foi até a entrada.

Então Clio fechou a porta e virou a chave, trancando os dois dentro do quarto.

"Quero passar a noite com você."

Capítulo Vinte e Um

Clio prendeu a respiração. Por um instante breve e assustador, nada aconteceu. Ele não emitiu nenhum som. Não se mexeu. Não teve nenhuma reação. Ele nem mesmo piscou. E então, num piscar de olhos, pressionou-a contra a porta. Sua coluna encontrou a madeira com uma urgência impossível. As mãos dele deslizaram até seu traseiro e a levantaram, moldando seu corpo ao dele.

As palavras dele soaram como um rugido grave de encontro aos seus lábios.

"Eu esperava que você dissesse isso."

Ele a beijou. Faminto, a princípio. Depois com doçura. Mais do que antes, saboreando seu lábio superior, depois o de baixo. Provocando sua língua com a dele. Murmurando palavras doces que ela não conseguia entender, mas que não precisava, na verdade. Tocando sua face com as costas dos dedos e demorando tanto tempo quanto queria. Porque eles não precisavam se apressar. Não precisavam se preocupar com interrupções. Afinal, os dois estavam sozinhos.

Mas logo ele se afastou.

"Nós deveríamos es..."

"Não!" Em pânico, ela colocou os dedos sobre os lábios dele, que estavam prontos para destruí-la. "Não diga essa palavra. Eu aceito qualquer outra começando com E, mas não essa. Estar, escandalizar, espancar..."

Ele ficou um pouco assustado com a última opção.

"É só um exemplo", ela explicou. "Você sabe o que eu quero dizer. É melhor que a próxima palavra a sair da sua boca seja qualquer coisa menos 'esperar'."

Ela retirou os dedos dos lábios dele. Os polegares dele traçaram círculos reconfortantes na parte inferior das costas dela.

"Esquentar. Nós deveríamos esquentar você. Pegar alguma coisa para você comer."

"Oh. Ótimo, é verdade. E muito melhor do que as minhas sugestões."

"Sem dúvida. Eu vou pegar um cobertor e então vamos tirar esse vestido de você." Quando Rafe a baixou até seus pés tocarem o chão, o rosto dele ficou, de repente, muito sério. "Você vai ter que casar comigo, sabia?"

Sim. Ela sabia. Naquele momento, Clio olhou para dentro do seu coração. Foi a observação mais clara que já tinha feito. Ela viu todo o seu futuro. Todo o futuro *deles*. O castelo, a cervejaria, crianças, natais e páscoas e chuva de verão. Eles sempre teriam a chuva.

"Não há como evitar", ele disse, afastando-se e indo para a cama. "Isso talvez não seja o que você queira, mas... Você veio atrás de mim na chuva, molhada e tremendo. E eu deveria tê-la mandado de volta, mas sou impulsivo demais e isso não é bom. Especialmente para você."

Oh, droga. Ele estava magoado. Clio deveria ter dito logo a palavra sim, mas não foi o que fez e Rafe não conseguia entendê-la. Ele confundiu a pausa dela com relutância.

Ele pegou os cobertores.

"Eu sou um lutador. Se restava algo de bom na minha reputação, eu destruí esta noite. A única coisa que posso lhe oferecer é proteção e..."

"Rafe..."

"Mas você não pode recusar agora." Ele parou, de travesseiro na mão, segurando-o como um escudo. "Você não tem escolha."

"É claro que eu tenho escolhas. Ao assinar o documento, você me deu todas as escolhas do mundo. Eu sou uma nova Clio. Não vou fazer nada porque *tenho* que fazer, e não me importa o que as pessoas digam. Com certeza não vou me casar com você só porque está dizendo que devo."

Ele apertou os dedos, enterrando-os no travesseiro.

"Pelo amor de Deus, coitado do travesseiro."

Ela o tirou das mãos dele e o afofou com carinho antes de recolocá-lo na cabeceira da cama.

"Rafe", ela disse, "eu vou me casar com você porque eu te amo."

Ele piscou várias vezes, e Clio percebeu, com uma repentina pontada no coração, que ele talvez nunca tivesse ouvido aquelas palavras. A mãe dele morreu tão jovem. E não importava o que o pai e o irmão dele tivessem sentido por ele, os dois nunca foram do tipo que manifesta os sentimentos em voz alta. E se o que ele havia lhe contado fosse verdade, sobre sua história com mulheres ser superficial e insatisfatória... Clio era, provavelmente, a primeira pessoa que lhe dizia isso. E o fato de ela poder lhe dar isso... Oh, enchia o coração dela de alegria.

Clio segurou uma das mãos dele.

"Eu estou loucamente apaixonada por você, Rafe Brandon."

Ele ficou em silêncio por um tempo.

"Você está com febre?", ele perguntou.

"Não."

"Tem certeza?"

"Tenho." Ela levantou a mão dele e encostou o dorso em sua testa. "Está vendo?"

"Eu não falei da febre. Tem certeza do que sente por mim?"

Clio achou que merecia o ceticismo. Pelo que Rafe sabia, esses sentimentos eram uma novidade.

"Tenho certeza. Eu me sinto assim há algum tempo. Nem sei quando começou, mas... foi muito antes deste verão. Faz anos que leio tudo o que encontro sobre a sua carreira. E festejei suas vitórias; fiquei preocupada quando você se machucou. Por que mais eu continuaria enviando todos aqueles cartões de natal e convites bobos? Sou uma boa garota, Rafe, e sim, fui criada para ser um modelo de boa educação e nobreza, mas nem eu sou *tão* educada."

Ela ergueu a mão dele e a beijou.

"Eu te amo. E compreendo que seja difícil para você acreditar de verdade nisso hoje. Mas está tudo bem. É uma frase pequena. Eu posso repeti-la tantas vezes quantas forem necessárias. Você pode praticar ouvi-la do mesmo modo que recebe um jab." Ela ergueu os punhos do modo que ele ensinou e começou a socar o ombro dele. "Eu te *amo*. Eu te *amo*. Eu..."

Ele a pegou nos braços. Os olhos dele estavam cheios de fogo.

"Clio, não. Você tem que parar."

"Eu não vou parar. Nem mesmo o campeão peso-pesado da Inglaterra é forte o bastante para me fazer parar." Inebriada pelo poder do sentimento, ela passou os braços ao redor do pescoço dele. "Eu te amo. Aceite isso."

Oh, Rafe pretendia aceitar. Ele iria aceitar, guardar bem guardado com as duas mãos e nunca mais soltar.

"Pensando bem, deixe os cobertores para lá", ele disse. "Eu mesmo vou esquentar você."

"Gostei dessa ideia."

Ele também.

Rafe pôs as mãos na cintura dela e a girou, deixando-a de costas para ele. E então, pela segunda vez naquela semana, ele se dedicou à tarefa de desabotoar e desamarrar as roupas dela. Mas foi tão diferente dessa vez. Dessa vez, ela era dele. Ele esperou muito tempo para ter alguém que fosse dele. Alguém que ele pudesse amar sem reservas. Com honestidade. Com cada parte de si, não apenas com as partes brutas e problemáticas.

"Coma algo enquanto eu faço isso", ele disse. "Não podemos deixar que você desmaie de novo."

Ela partiu um pedaço do pão.

"Se você não queria me fazer desmaiar", ela disse com a boca cheia, "não deveria ter aparecido daquele jeito, tão atraente."

"Você não pode dizer nada. Não com este vestido." Ele soltou o último botão e tirou a seda molhada das costas dela. "Quando a vi naquele salão de festas, pensei que *eu* fosse desmaiar."

Ele puxou o vestido para baixo, passando pela cintura e pelos quadris, e a ajudou a tirar as pernas de dentro dele. Então Rafe começou a soltar os laços do espartilho e as fitas das anáguas. Nós molhados são mais difíceis do que os secos, mas logo ele conseguiu soltá-los.

Ela se virou para encará-lo, vestindo apenas a chemise fina e molhada que usava por baixo de tudo. O tecido estava grudado nela, revelando todas as suas curvas – completamente translúcida. Santo Deus. O olhar de Rafe vagou dos mamilos duros para a curva encantadora dos quadris dela, chegando depois ao lugar que guardava seu sexo.

Se não fosse despertado pelo tremor repentino dela, Rafe poderia ter ficado ali, observando-a, a noite toda.

"Desculpe", murmurou. Rafe precisava se apressar ou ela podia pegar um resfriado. "Por que você não termina e deita na cama para se esquentar? Eu vou tirar minha roupa e logo vou ficar com você."

Ela aquiesceu e ele se virou, sentando em uma poltrona junto ao fogo para retirar as botas. Em questão de segundos, ele tirou o colete e a camisa, e depois se livrou das calças. Segurando as roupas em um amontoado diante de si, ele se virou.

Clio jazia aninhada entre os lençóis, o cabelo solto caído sobre os ombros em ondas molhadas. Tão linda. Ela parecia uma pintura que se poderia ver em um palácio de Veneza. E aquele retrato de delicadeza feminina olhava para ele. Do modo que um gato de rua olha para bancas de peixe no mercado.

"Eu..." Ela pareceu envergonhada ao ser pega, mas não desviou os olhos.

Rafe jogou o monte de roupas para o lado e abriu as mãos, como quem diz: *Vá em frente, olhe à vontade*. O olhar dela flertou com os ombros e abdome, mas logo desceu para as partes mais importantes. As faces dela adquiriram um tom de rosa totalmente novo, preocupante, até. Ele não sabia que nome dar àquele matiz de rosa. Talvez isso nem existisse na natureza até aquela noite.

"Eu não sabia o que esperar." Ela mordeu a ponta do dedo, pensativa. "Você é um homem grande. Em todos os lugares. Faz sentido que você também seja... grande... aí."

Ele coçou a nuca, tentando não rir. Não era assustadoramente grande. Só maior do que a média. Mas o elogio não intencional – e o rubor violento que chegou às raízes do cabelo dela – só estava piorando as coisas. Ele ficava cada vez maior.

Ela esticou a mão para a frente, incerta.

"Posso...?", ela pediu.

Como se ele fosse dizer não! Rafe se aproximou da cama, o pau se projetando à frente. Duvidava que tivesse estado mais duro em toda sua vida. Ela o tocou com a ponta de um dedo – a ponta de apenas um dedo, deslizando por toda a extensão, desde a base até a cabeça – e todo o corpo dele pegou fogo.

"Você tem certeza de que tudo isso vai...", ela inclinou a cabeça.

"Tenho."

"Tudo?"

"Na hora certa." Ele se juntou a ela na cama, fazendo-a deitar de costas. "Nós vamos bem devagar, do jeito que for melhor para você. Se quiser que eu pare, é só falar."

Ele se esticou ao lado dela, puxando o corpo de Clio para junto do peito e a envolvendo com seus braços. Dando-lhe seu calor. Ele tinha de sobra.

"Está mais quente?"

Ela aquiesceu.

Quando se curvou para beijá-la no pescoço, ela virou a cabeça para um lado, desenhando uma curva graciosa. Um convite. E aquele era um convite que ele nunca recusaria. Rafe começou a beijá-la na orelha e foi descendo pelo pescoço, o caminho todo até a clavícula. A mão dele tinha descido até o seio por vontade própria. Enquanto acariciava um, ele beijava o outro, aninhando-se naquela pele com aroma de violetas. Mesmo que eles vivessem e fizessem amor por cinquenta anos – e ele desejava com fervor que isso acontecesse –, Rafe achava que nunca deixaria de ficar espantado que ela *quisesse* aquilo. Seu corpo grande e embrutecido se esfregando na perfeição delicada dela.

Ele a colocou de costas e beijou-a até a barriga, parando no meio do caminho para apoiar o queixo no umbigo e admirar o rosto dela.

"Eu vou fazer com que seja bom para você", ele prometeu. "Melhor que bom. Eu quero... sons de bolo. Não, esqueça isso. Eu quero *sons de Rafe*."

Ela riu baixinho. Mas quando ele subiu com a mão por sua coxa nua, a risada virou um suspiro de prazer.

"Essa é minha garota. É um bom começo."

Ele terminou de beijar a barriga dela e foi mais baixo com a cabeça. Ela estremeceu. Ele segurou firme os quadris dela.

"Está tudo bem. Sei que você confia em mim."

"Eu confio em você."

A confiança dela era um presente ao qual ele dava valor. Rafe primeiro a acariciou com os dedos, abrindo suas dobras com o polegar e entrando só um pouco. Quando ela arfou e gemeu, ele aceitou o estímulo.

Afastou as pernas dela, o bastante para acomodar seus ombros. Então ele mergulhou entre as coxas, colocando a língua no centro dela. Clio arqueou as costas com a surpresa do primeiro contato, mas ele não se deteve. Rafe a provocou com lambidas lentas e adorou o gosto dela. Ela era tão doce, com o toque certo de acidez.

"Rafe." Ela tocou seu ombro. "*Rafe*, você tem certeza que..."

"Está tudo bem." Ele a abriu mais com os polegares. "É perfeito. Você é perfeita."

Ela gritou de prazer. E fechou as coxas, puxando a cabeça dele como se a prendesse em um torno. Ele não podia sair dali agora. Então se dedicou à tarefa de provocá-la e saboreá-la, aprendendo cada contorno dela, cada uma de suas reações. Em instantes, ela ofegava por ele.

"Isso", ela gemeu.

Ele também gemeu. Seu pênis latejava em vão onde estava preso, em meio aos lençóis.

Quando não conseguiu mais esperar, Rafe subiu pelo corpo dela. Suportando seu peso com os braços, posicionou o pau duro e dolorido no centro do sexo dela. Ele não se mexeu para entrar nela. Ainda não. Apenas movimentou os quadris para a frente e para trás, acariciando-a ele sabia que ela iria gostar. Dando-lhe mais calor, mais fricção.

Mais provocação. Um êxtase enlouquecedor.

"Oh", ela suspirou. "Oh, Rafe."

Ele adorou aquela sensação. Não era só a satisfação de dar prazer a ela – embora isso fosse uma alegria por si só. Era aquela consciência inebriante, super-humana, a intensidade de concentração que conseguia tirá-lo de sua mente atormentada e fazê-lo sentir que podia fazer *qualquer coisa*. Em toda a sua vida, ele só tinha se sentido assim lutando... Até agora. Até ela.

Enquanto subia e descia, Rafe se equilibrava nos braços sobre ela, observando cada uma das reações de Clio. O prazer dela crescendo continuamente era como uma história cativante. Uma história escrita com pinceladas rosas na pele clara dela. Ela era tão linda. E estava pronta para ele, a julgar pela umidade que crescia entre seus corpos. E isso era muito bom, porque ele não aguentaria esperar muito mais.

"Por favor", ela choramingou, agarrando o lençol nas mãos. "Logo, por favor."

Ele pegou o membro com a mão e o colocou na entrada dela.

"Diga que você quer isso."

"Eu quero!"

Rilhando os dentes, ele provocou a ambos enfiando a ponta da sua ereção e depois a retirando.

"Diga que você *me* quer."

Ela abriu os olhos e o encarou.

"Rafe. Eu quero você. Só você."

Ele se sentiu um deus enquanto entrava nela. Onipotente. Arrogante. Possuidor da chave do Paraíso. Ela estava molhada, mas era tão apertada. O que para ele era um sentimento glorioso, para ela devia ser um sofrimento. Rafe não tentou entrar fundo de uma vez, mas se moveu para a frente em estocadas delicadas, firmes. Ainda assim, a expressão no rosto dela se contorcia a cada centímetro que ele avançava.

Ele parou.

"Se estiver doendo, diga-me para parar."

"Não pare. Estou amando. Eu te amo. É só que... há muito de você para amar, só isso. Seja paciente."

Seja paciente, ela disse. Mas ser paciente era uma qualidade *dela*, não dele. A paciência de Rafe era quase tão grande quanto sua capacidade de bordar. Ele já estava usando toda sua reserva de autocontrole. E estava apenas na metade do caminho, e louco de desejo de se enterrar nela até o fundo.

Ele colocou a mão entre os dois, tocando-a onde ela mais sentia prazer. Aqueles círculos pequenos que descrevia com o polegar eram seu único movimento. Ele retesou cada músculo de seu corpo, determinado a se manter absolutamente imóvel.

Logo a respiração dela foi ficando irregular. E ela começou a mexer os quadris, ondulando em arqueios delicados. Ele só conseguiu se segurar com muita força de vontade. Ela é que foi subindo e descendo, fazendo-o entrar um pouco mais fundo a cada movimento. Os gemidos e suspiros dela ficaram mais altos e Clio arqueou as costas, tirando-as do colchão. Aquilo o estava matando. *Seja paciente.* Quando ela chegou ao clímax, ele perdeu o controle. Rafe enfiou fundo, esperando que o prazer dela pudesse superar qualquer dor. Ele estava no coração dela. Clio o segurava apertado. *Muito* apertado. As últimas contrações de seu clímax ondularam em volta dele. Quando ele puxou para trás, o corpo de Clio abraçou seu pau do modo mais apertado, molhado e maravilhoso de toda sua vida. E mal tinha tirado até a ponta, voltou a mergulhar lá dentro, ansioso por sentir aquilo outra vez.

Ele disse a si mesmo para ir mais devagar, ser mais delicado. Talvez devesse tirar e terminar com a mão. Mas Rafe não conseguiu se obrigar a fazer nada disso. Ele tinha esperado tempo demais por ela, e tinha exaurido cada fragmento de sua paciência, restando apenas sua necessidade crua e inexorável. O orgasmo que se aproximava era como um jóquei em suas costas, chicoteando-o para ir cada vez mais rápido. Por fim, decidiu que uma corrida até o final seria o modo mais gentil.

"Segure-se em mim", ele disse, ao sentir as pontadas na base da coluna que o informavam que o clímax estava se aproximando. "Segure firme, com toda força."

Ela apertou os braços ao redor dos ombros dele e trançou as pernas na parte de baixo de suas costas. E quando ele gozou dentro dela, foi de parar o coração. Esvaziar o cérebro. Derreter os ossos. Foi tão doce. Tão assustadoramente doce. Em seguida, ele a beijou nos lábios, tentando saborear tudo o que restava daquela doçura. Sabia que aquilo não podia durar.

Aquela era a vida dele, afinal. E ele sabia, pelos 28 anos de experiência sendo Rafe Brandon... Que não importavam as promessas que ele tinha feito para ela ou para si mesmo. Quando suas emoções ardiam, suas boas intenções viravam cinzas. A noiva do irmão se tornava sua... Uma valsa virava uma luta... *Tenha paciência* se traduzia como *Mais rápido, mais firme, agora.*

Algum dia a magoaria. Ele seguiria o impulso errado, diria palavras que não pretendia. Encontraria um modo de acabar com aquilo de alguma maneira estúpida e irreparável. Rafe tinha uma certeza doentia sobre isso, que era mais um motivo para valorizar a intimidade daquele momento.

Ele deixaria que ela o abraçasse pelo tempo que ousasse.

Capítulo Vinte e Dois

A manhã trouxe uma novidade irônica. Uma que Clio não estava preparada para encarar.

"Você entende o que isto significa." Com as primeiras luzes da alvorada, Rafe vestiu a camisa pela cabeça e enfiou os braços nas mangas. "Agora nós temos mesmo que planejar um casamento."

"Oh." Ela parou de abotoar a chemise. "Temos, é?"

"A não ser que eu tenha sonhado com tudo isso..." Ele lançou um olhar cheio de significado para a cama. "Eu tenho certeza de que temos."

Ela lhe deu um beijo tranquilizador.

"Você não sonhou com nada disso."

E ela também não. A noite dos dois tinha sido maravilhosa, maravilhosamente real. Depois que fizeram amor pela primeira vez, eles levantaram para tomar banho e jantar. Então conversaram até caírem no sono, um nos braços do outro. Mas não por muito tempo. Duas vezes, durante a noite, ele a acordou com beijos que logo se transformaram em algo mais. Eles repetiram o ciclo enquanto a noite durou – fazendo amor, adormecendo, depois acordando para fazer amor de novo. Como se uma noite pudesse parecer várias.

"Não é a ideia de casamento que me incomoda", ela disse. "É só a parte do planejamento. Você já me carregou pela escadaria – eu vestida de renda marfim. Já demos bolo um para o outro. Passamos nossa noite na suíte de lua de mel. Não podemos dispensar toda a cerimônia?

Eu me contentaria em casar no meio do campo, com um vestido que já usei vinte vezes, desde que ame o homem com quem estiver me casando."

"Eu gosto de simplicidade. Não vou reclamar da falta de bandeirolas."

Sorrindo para si mesma, ela pegou o espartilho.

"É claro que eu gostaria de contar com as minhas irmãs. Ainda que às vezes elas possam ser inoportunas, meu casamento não seria o mesmo sem elas."

Ocupado com o fecho de sua calça, ele não respondeu.

Ela se encolheu, arrependendo-se no mesmo instante das palavras impensadas. Sim, ela poderia contar com a presença das irmãs. Quando casassem, Rafe não teria a presença do irmão. Piers talvez nunca mais falasse com nenhum deles. Rafe estava desistindo de muita coisa por ela. Clio não tinha o hábito de acreditar que valesse tanto, para qualquer pessoa. Mas ele também valia tudo para ela. Clio tinha jurado amá-lo intensamente, para que ele nunca sentisse carência de amor.

Enquanto desembaraçava as fitas do espartilho, uma ideia se formou em sua cabeça. Ela molhou os lábios e criou coragem.

"Lembra o que você me disse outro dia? Que quando nós éramos mais novos você não aguentava olhar para mim, às vezes, porque na sua cabeça nós fazíamos coisas obscenas?"

"Lembro", ele ergueu uma das sobrancelhas.

Ela deixou o espartilho cair do seu lado, e ficou diante dele apenas de chemise e meias.

"Faça-me fazer essas coisas obscenas."

Ele a observou por um instante, como se tentando medir a sinceridade dela. Ou talvez a coragem.

Clio endireitou as costas e empinou o queixo.

"Então...?"

Com passos calmos, ele foi até a poltrona e se sentou. Quando falou, a voz dele soou sensual como o próprio pecado.

"Tire a chemise. Deixe as meias."

A excitação dela foi instantânea. Um rubor quente cresceu no seu rosto enquanto abria os mesmos botões que tinha acabado de fechar. Ele a observou enquanto Clio se despia, e seu olhar descarado não dava a ela chance de se esconder. Ainda que tivesse sido ideia dela, Clio se sentiu tímida e exposta. Mas desconfiou que a timidez fazia parte da fantasia dele, então não tentou fingir outra coisa.

"Ótimo." O olhar dele passou pelo corpo nu dela. "Agora venha tirar a minha roupa."

Ela se aproximou da poltrona com passos delicados, felinos. Com os dedos trêmulos, pegou a bainha da camisa dele e começou a levantá-la, expondo seu peito, que mais parecia uma obra-prima esculpida por deuses. Ela teve a consciência repentina de que aquela vez seria diferente de todas as outras daquela noite. Afinal, estava de dia. Eles podiam se ver com clareza. O corpo de Rafe era tão perfeito que era difícil, para ela, não se sentir constrangida.

Mas, a menos que ele fosse um ator muito bom, Rafe também parecia estar apreciando o corpo dela. Seus olhos passeavam por cada curva. Enquanto ela puxava a camisa por sobre a cabeça dele, deixou que seus seios roçassem a face dele, o que o fez inspirar fundo, produzindo um chiado agudo.

Então ela olhou para os fechos das calças dele. Aquilo seria difícil, se não impossível, de abrir com ele sentado na poltrona.

"Você não quer levantar?", ela perguntou.

"Não."

O significado da negativa a atingiu em cheio. Para retirar as calças dele, teria que se ajoelhar. A ideia a excitou de um modo que ela não imaginava. Ela puxou as calças para baixo, e ele ergueu os quadris apenas alguns centímetros para ajudá-la. Ela baixou as calças, enfim, libertando toda a dura extensão da ereção dele. Uma virilidade pura e orgulhosa que a encarava de frente.

Envergonhada, baixou os olhos.

"Olhe só", ele disse, e seu tom brusco a atingiu no baixo-ventre. "Olhe o que você fez."

Ela sentiu o rosto queimar. Mas Clio tinha começado aquele jogo. Não poderia desobedecer agora. Então olhou. Foi ela que fez isso, mesmo? Tudo isso? Em caso positivo, se sentia muito orgulhosa. Ela pôs as duas mãos nele, pegando o máximo que conseguia daquela extensão grossa. Então trabalhou as mãos para cima e para baixo.

"Estou fazendo certo?"

"Muito certo. Agora..." Ele ficou sem ar. "Agora use sua boca em mim."

O comando rude fez um arrepio erótico percorrer o corpo dela.

"Como?"

"Comece com a língua."

Abaixando a cabeça, ela deu uma lambida receosa na ponta.

"Assim?"

"Isso. Assim mesmo. Em tudo."

Ela rodeou a cabeça avermelhada com a língua, depois desceu pela parte de baixo. Ele cheirava a sabão e pele recém-lavada. Ela não esperava que fosse tão macio. Tão macio e tão duro ao mesmo tempo. Quando ela voltou com a língua até a ponta, ele prendeu a respiração. Ele estendeu a mão para segurá-la pela nuca.

"Agora assim."

Ele empurrou a boca de Clio sobre a cabeça de seu membro, enroscando a mão no cabelo dela para guiá-la para cima e para baixo. Além daquela breve lição, ela não precisou de mais encorajamento. A obscenidade do ato a excitava além de tudo que pudesse ter imaginado. Ela fez o possível para tomá-lo bem fundo, depois mais um pouco – adorando o fato de que nunca conseguiria o engolir todo. Adorando o gosto de Rafe, saboreando os gemidos suaves que ela arrancava do peito dele.

"Clio... Céus."

Ele firmou a mão no cabelo dela e a afastou com delicadeza. Ela choramingou, decepcionada.

"De pé", ele lhe disse. "Abra as pernas e sente no meu colo."

Ela fez o que ele pediu, movendo-se com rapidez. A meia dela prendeu no forro da poltrona, mas ela não se importou.

"Levante os seios", ele disse, parecendo impaciente. "Traga-os até a minha boca."

Ela os ergueu conforme pedido. Primeiro um, depois o outro. Então os dois ao mesmo tempo. Ele moveu a cabeça de um lado para o outro, estimulando os mamilos com beijos alternados a lambidas. Tomou um na boca e o chupou com firmeza. Ela sentiu o rosnado dele vibrar por todo seu corpo.

"Por favor", ela sussurrou. "Eu preciso... eu quero..."

"O que você quer, amor? Diga-me."

"Eu quero você."

Ele fez um carinho com a mão no braço dela.

"Você me tem. Estou bem aqui."

"Você sabe o que quero dizer." Ela se contorceu no colo dele. "Eu... eu quero você dentro de mim."

"Assim?" Colocando a mão entre eles, Rafe deslizou um dedo para dentro dela. A sensação a deixou sem fôlego.... mas não foi o bastante.

Aquele demônio. Ele sabia exatamente o que ela queria e estava apenas a provocando.

"Mais", ela gemeu, movendo os quadris de encontro à mão dele. Cada vez que seu sexo roçava a palma dele, uma onda de êxtase passava por ela. "Eu quero mais."

"Então diga." Ele a puxou para perto e beijou sua orelha. "Diga que você quer o meu pênis."

Ela gelou. Um arrepio ricocheteou dentro dela.

"Vamos", ele insistiu, enfiando o dedo mais fundo. "Eu estou sentindo como você está molhada. Você gosta de me ouvir dizer essas coisas. Então diga-as você mesma. Diga que quer meu pênis bem fundo dentro de você. Duro e rápido."

"Eu... eu não consigo dizer isso."

"Por que não? Ele já esteve na ponta da sua língua. E é só uma palavra."

"Uma palavra obscena."

"Você queria *fazer* coisas obscenas."

Sim, mas ela esperava que falar obscenidades fosse a parte dele. Quando se tratava de falar de desejos carnais, ele não parecia ter dificuldade. Mas Clio tinha dificuldade. Muita dificuldade. Grandes pilhas de dificuldades que reuniu ao longo da vida.

Ele a provocou descrevendo círculos com o polegar, bem onde sabia que ela sentiria mais. A respiração dele acariciou o cabelo de Clio.

"Você está aqui. Comigo. Está tudo bem. Você pode dizer o que sente."

O corpo todo dela doía de desejo. Ele a tinha excitado tanto, que ela teria feito qualquer coisa.

"Eu quero seu pênis." A voz dela estava trêmula. "E quero dentro de mim."

Ele tirou o dedo dela e pegou sua ereção na mão, posicionando a cabeça larga e lisa na entrada dela.

"É isso o que você quer?"

"Sim."

Ele pôs as mãos nos braços da poltrona.

"Então pegue."

Ela afundou nele, aos poucos, enterrando toda a dureza de Rafe dentro de si em um movimento deliciosos, até sentar no colo dele.

"Agora olhe." Ele virou a cabeça para a penteadeira. "Olhe o que você fez."

O reflexo dos dois preenchia o espelho. As mãos grandes e bronzeadas dele agarrando a pele clara dela. Os pulos delicados dos seios dela enquanto Clio o cavalgava em um ritmo preguiçoso. O desejo ardendo na expressão dele.

"Deus... você é linda."

Ele cravou as mãos nos quadris dela e a guiou em um ritmo mais rápido, movimentando os próprios quadris para preenchê-la. Ela se inclinou para a frente, enterrando o rosto no pescoço dele, entregando-se por completo. A sensação da dureza dele entrando e saindo dela, estimulando seus lugares mais sensíveis sem parar... O prazer cresceu e se acumulou com tanta rapidez que o clímax a atingiu sem ela esperar. Clio ficou mole nos braços dele, soluçando baixo com o prazer, confiando nele para manter o ritmo de que ela precisava. Foi o que ele fez. Quando os últimos tremores cessaram, ele apertou os braços ao redor dela e acariciou seu cabelo.

"Isso não saiu como eu planejava", ela disse, quando finalmente recuperou o fôlego. "*Eu* deveria estar dando o prazer obsceno para você."

"Ah, mas você deu. Com certeza deu."

Ele colou sua boca na dela, e foi como o primeiro beijo na torre – doce, suave, o mais puro amor espalhado sobre uma porção de carência. Ela ficou maravilhada com a paciência dele. Rafe continuava tão grande e duro dentro dela. Ele devia estar desesperado pelo alívio. Baixando a cabeça, ela o beijou no pescoço. Clio passou os dedos pelos ombros dele e desceu até os pelos escuros em seu peito. Ele começou a se mover dentro dela de novo. Arremetendo devagar. Com suavidade. Tão fundo que Clio podia senti-lo no coração.

O braço dele se firmou na cintura dela e suas investidas ficaram mais firmes, mais desesperadas. Até que cada uma extraía um soluço dela e um som áspero, gutural, dele. Fechando os olhos, ele encostou a testa na dela. Suas estocadas redobraram em força. Eles trombavam um contra o outro – face contra queixo, dentes contra lábios. Beijo selvagem, de boca aberta.

Então a mão dele se firmou no cabelo dela e Rafe interrompeu o beijo, puxando-a para muito perto. Ele a segurou com muita firmeza, impedindo que Clio sequer olhasse para outro lugar. Ela não teve chance a não ser encará-lo nos olhos.

"Olhe só", ele disse. "Olhe o que você fez."

Aqueles impetuosos olhos verdes continham fome, ânsia e um desejo decidido, ousado. E algo mais. Algo que só podia ser amor.

"Eu sei", ela disse. "Eu sei. Vai ficar tudo bem."

Ele pareceu inchar dentro dela. Um... dois... três estocadas finais, desesperadas. Então, com um uivo, estremeceu e se desmanchou nos braços dela. Enquanto a respiração dele ia se acalmando, ela passava a mão em suas costas, murmurando palavras doces em sua orelha. Parecia que o ato tinha deixado Rafe tão abatido e vulnerável, que ele se permitiria ser mimado – e ela tirou vantagem disso.

"Isso foi..." Ele soltou o ar, depois pareceu desistir completamente do que ia dizer.

"Foi mesmo." Ela levantou os olhos para ele. "Vamos para casa."

Capítulo Vinte e Três

Rafe alugou uma carruagem para levar Clio de volta para casa. Ele voltou em seu cavalo. Poderia ter ido com ela no veículo, mas teve seus motivos para cavalgar sozinho. Primeiro, porque sabia que ela devia estar com o corpo dolorido depois da noite de paixão que os dois viveram. E passar duas horas com ela em um espaço escuro e apertado? Ele não conseguiria ficar com as mãos longe daquele corpo. Em segundo lugar, porque precisava de tempo para pensar.

Havia tanto a ser feito. Depois que Clio estivesse acomodada no castelo, Rafe precisaria acertar as coisas com os advogados. Em seguida, cavalgaria até Dover para esperar por Piers. Não seria uma festa à beira-mar receber o irmão com a notícia de que a noiva dele não era mais noiva dele. Mas Rafe não queria que a notícia lhe chegasse por nenhuma outra pessoa. Enquanto isso, havia outras dificuldades a serem superadas. Como seu desentendimento com Sir Teddy Cambourne.

Quando eles chegaram ao Castelo Twill, contudo, pareceu que o acerto de contas teria que esperar.

"Que surpresa", Clio disse, depois de consultar Anna e trocar a roupa de festa por um vestido mais simples. "Nós chegamos antes deles. Devem ter ficado até muito tarde no baile. Ou até hoje cedo."

"Vai ver eles não quiseram viajar na chuva."

"Desde que estejam bem e em segurança, nós tivemos sorte." Eles entraram no hall do castelo e Clio falou com Rafe em voz baixa. "No que diz respeito às pessoas que estavam no baile, você me trouxe para casa ontem à noite. E com relação às pessoas no castelo, nós passamos a noite na Casa Pennington. Pode ser que não tenhamos que nos explicar para ninguém. Não até Piers voltar para casa."

"Não vou esperar que Piers chegue." Rafe contou para Clio sua intenção de ir até Dover.

"Dover?", ela perguntou. "Mas sou eu quem vai contar para ele. Nós até praticamos na outra noite."

"As coisas mudaram. É a minha assinatura que está naqueles papéis, e ele merece uma explicação minha."

"Mas passei o caminho todo praticando meu discurso. E eu tive a melhor ideia."

Ela o levou por um corredor lateral até uma sala que parecia ser o escritório dela. As prateleiras estavam repletas de livros de literatura e contabilidade do castelo. Na parede estavam afixados mapas topográficos das terras da região e vários desenhos arquitetônicos.

"Sente-se na poltrona, por favor. Atrás da escrivaninha."

Espantado, ele fez o que ela pediu.

"Estou sentado na poltrona. O que foi?"

"Eu tenho os esboços para a estufa e a cervejaria." Ela pegou um livro de contabilidade. "Já fiz os cálculos de quanto vai custar para substituir as plantações locais por lúpulo. Mas antes de entrarmos nos números, quero que veja isto."

Se a intenção dela era fazer com que Rafe compreendesse algo, Clio fez a pior coisa possível. Ela colocou dois livros sobre a escrivaninha, lado a lado. Um encadernado em azul, o outro em vermelho.

Rafe consultou os títulos e seu entendimento não melhorou.

"Livros de culinária?"

"Por favor, acompanhe meu raciocínio. Você vai entender." Ela abriu o primeiro – o volume azul, desbotado – no índice. "Este é o livro de culinária da minha mãe, comprado assim que ela se casou." Então, ela abriu o segundo livro na mesma página. "Esta é uma edição nova, que eu ganhei no meu aniversário de 18 anos. Se você consultar os dois, lado a lado, vai ver que são muito parecidos, mas não idênticos. Consegue encontrar a diferença?"

Só de bater os olhos? Ora, não. E Rafe não tinha paciência para ler as duas listas para descobrir.

"Curry." Ela tocou o centro da página com o dedo. "E aqui, ponche de aguardente de arroz. Está vendo?"

Ele tamborilou os dedos, acreditando que alguma explicação viria a seguir.

"Não havia nenhum prato indiano no livro de culinária da minha mãe. Hoje, não se encontra nenhum livro de receitas sem influência indiana."

Inexpressivo, ele a fitou.

"Guarde esse pensamento. Tem mais." Em seguida, ela pegou um pedaço de tecido e o entregou para ele. "Veja."

Ele virou o pano em suas mãos. Um pedaço de tecido estampado.

"O que eu devo fazer com isso?"

"Olhe bem. *Pense* nele." Ela estava quase dando pulinhos.

Rafe observou o tecido. E pensou um pouco nele, mas não fazia ideia do tipo de pensamento que deveria formular a respeito de ramos e flores estampados em algodão barato.

"É chita", ela disse. "Quando nós éramos crianças, a moda era tecido indiano importado. Usado em cortinas, xales, colchas e almofadas. Mas agora as fábricas usam tecido doméstico e estampam a chita aqui. Não é mais importado."

Ele franziu a testa.

"Não sou a pessoa certa para interpretar Piers nessa situação. Ele é o viajante."

"Não, não. Isto diz respeito à Inglaterra. E você é a pessoa perfeita." Os olhos dela faiscavam de empolgação. "Confie em mim."

Rafe se remexeu na poltrona, sentindo-se desconfortável.

"Você pode explicar do que se trata?"

"A questão é esta." Ela apoiou as mãos espalmadas no tampo da escrivaninha. "O que acontece na Índia, não fica lá. Vem para a Inglaterra e se torna a última moda aqui. Isso foi verdade para o curry e para a chita, e vai ser verdade para a cerveja."

Ela abriu uma pasta, de onde tirou sua última prova. Um recorte de jornal. Maravilha. Mais coisas para ler.

Ele encarou a notícia em letras pequenas.

"Então, houve um naufrágio."

"Não é o naufrágio que me interessa. É a carga." Ela apontou para uma linha específica. "O conhecimento de embarque informa que esse navio transportava um novo tipo de cerveja maltada. Os fabricantes do norte já a estão fabricando há alguns anos, especificamente para exportar para a Índia. O clima lá não é adequado à produção de cerveja, e os fabricantes acrescentam lúpulo adicional na mistura para que a cerveja aguente a viagem de mar. Os ingleses que moram lá adoram essa bebida. Piers até mencionou isso em uma de suas cartas."

"Mas já estão produzindo no norte."

"Sim, para *exportação*." Ela apoiou o quadril na mesa. "Isso significa que este é o momento ideal para conseguirmos uma fatia do mercado doméstico. Quando homens como Piers voltarem de suas viagens, vão querer tomar a mesma cerveja que apreciaram no exterior. Então o gosto vai se espalhar. Assim como aconteceu com curry e chita. Dentro de uma geração ninguém mais vai estar bebendo porter. Essa nova cerveja maltada da Índia vai se tornar a bebida mais procurada. Tenho certeza. Essa é a oportunidade da minha cervejaria."

Ela parou de falar e inspirou fundo e devagar.

"Bem?", ela insistiu, depois que alguns instantes se passaram. "Consegui convencer você?"

Ele se reclinou na poltrona e a observou, admirando-a.

"Eu acho que sim. Você deveria ter sido advogada."

"Ah, mas eu tenho outros planos. E melhores." Ela sorriu. "Vou abrir uma cervejaria. A Cervejaria Brandon."

"Você vai pedir ao Piers que seja seu sócio nesse negócio?"

"É claro que não." Ela riu. "Rafe, estou pedindo a *você*."

Sócio dela? Ele não sabia o que dizer.

"Eu pensei que você poderia hesitar", ela disse. "Mas na verdade, estou preparada para isso." Ela lhe deu um sorriso malicioso. "Prepare-se para ficar deslumbrado."

Deslumbrado.

"Esqueça tudo o que eu disse outro dia, sobre enfiar canecas nas paredes." Ela andou até a entrada do escritório. "Imagine seu nome na porta. Bem aqui. Lorde Rafe Brandon, Sócio na Cervejaria Brandon."

"Clio..."

"Não, não. Eu só estou começando." Ela fez gestos largos indicando o aposento. "Imagine que este é o *seu* escritório. Você teria papéis e livros de contabilidade. E assistentes, claro." Ela correu para uma escrivaninha menor na lateral da sala e se sentou, posando com uma caneta. "Quer que eu escreva uma carta, meu lorde?"

"Uma secretária." Ele disse e se recostou na poltrona. "Ela seria tão bonita quanto você?"

"Seu *secretário* seria um homem de meia-idade e calvo, mas muito eficiente." Ela levantou e voltou para a porta. "E as pessoas viriam durante todo o dia para se reunir com você. Pessoas importantes.

"Pessoas como..." Ela continuou, saindo do escritório e voltando depois de um minuto, vestindo um casaco velho de outra pessoa e um chapéu de palha. Em uma mão, trazia um ancinho. "Fazendeiros."

Saiu de novo e reapareceu usando uma boina e segurando uma caneca com uma mão, enquanto mantinha a outra sobre a boca, fazendo um bigode com o dedo.

"Ou cervejeiros," ela disse engrossando a voz.

Rafe lutou contra o impulso de sorrir. Ele tinha perdido a batalha. Ela era encantadora. Ridícula e possivelmente com problemas na cabeça, mas encantadora.

Clio desapareceu mais uma vez. Ele esperava que ela reaparecesse brandindo outra ferramenta ou usando uma fantasia.

Em vez disso, o que apareceu à porta foi Ellingworth. Usando cartola e óculos.

"E até mesmo escudeiros", ela disse.

Então, ele não conseguiu evitar de rir.

Ela surgiu de trás do batente e acariciou o buldogue.

"Na verdade, reuniões com escudeiros serão improváveis. Com advogados, sim."

Advogados. *Maldição*. Rafe passou a mão no rosto. Não sabia o que dizer se não a verdade.

"Eu não sirvo para trabalhar em escritório."

"Mas essa é a melhor parte. Você não precisaria ficar aqui o tempo todo. Quando terminarem as reuniões, vai poder andar pelos campos, conversar com o tanoeiro sobre os novos tonéis, ou provar a cerveja que está sendo produzida. Posso lhe prometer toda a cerveja que você conseguir tomar. E ainda ofereço meu coração como parte do negócio." Ela sentou na escrivaninha na frente dele, os pés pendurados. "Então? Está pelo menos um pouco tentado?"

Tentado? Rafe estava à beira do precipício da Perdição. O retrato que ela pintou diante dele tentaria até um santo. Mas e o acordo que ela propôs? Administração, contabilidade, correspondência...

Ela balançou as pernas para a frente e para trás.

"Então?"

"Eu pretendo sustentar você", ele disse. "Tomar conta de você. Mas sou um lutador, não um burocrata."

Rafe se conhecia muito bem. Ele podia querer ser bom naquilo. Faria promessas e tentaria ao máximo por algum tempo. Mas, no final, a decepcionaria.

"Isso está fora de questão por enquanto. Tenho que voltar para o ringue. Assim que nos casarmos eu vou voltar aos treinos e..."

"Assim que nos *casarmos*? Assim que nos casarmos você vai embora? Para treinar para a revanche contra Dubose..."

"É claro. Se é com a cervejaria que você está preocupada, deveria querer o mesmo que eu. Ninguém vai beber a Cerveja do Brandon Derrotado. Vou ser mais útil para você depois que recuperar o título."

"Você vai ser mais útil para mim se mantiver sua saúde!" Ela levou a mão ao peito. "Eu te amo. Não posso suportar a ideia de perdê-lo."

Eu te amo. Droga, ele esperou a vida toda para ouvir isso. Mas toda vez que ela dizia, seu instinto era evitar o sentimento.

"Você não vai me perder." Ele se levantou da poltrona e colocou as mãos nos ombros dela. Com o polegar, ele desenhou a curva suave da clavícula dela. "Eu sei que está com medo, mas eu faço isso há anos. Não existe um bom motivo para..."

"Motivo número um. Você pode ser morto." Ela foi contando com os dedos. "Dois, você pode ficar aleijado. Três, você pode matar ou aleijar um oponente. Quatro, você pode ser preso, condenado por tumulto e agressão e enviado para a Austrália, e nunca mais ser visto. Esses são *quatro* motivos excelentes, Rafe. Quatro."

"Não é provável que nenhuma dessas coisas aconteça."

"Mas elas são todas possíveis. E só porque não aconteceram ainda, não quer dizer que nunca irão acontecer."

Ele suspirou, impaciente.

"Você não acredita em mim?"

"É claro que eu acredito em você. Mas também sei que Jack Dubose é um adversário diferente dos outros que você enfrentou. Faz anos que acompanho o esporte, lembra? Eu sei como ele demoliu Grady, e li sobre o que fez com Phillips. Os jornais esportivos disseram que o homem nunca mais poderia lutar."

"Phillips vai lutar de novo." Talvez não conseguisse mais *mastigar*, mas lutar ele conseguiria.

"E vi com meus próprios olhos o que Dubose fez com você. Eu ainda consigo ver, Rafe. Cada fratura." Ela passou um dedo pela curva irregular do nariz dele, depois fez um carinho em seu rosto. "Cada machucado."

Ele pegou a mão dela e a apertou.

"É por isso que não posso encerrar minha carreira desse modo. Eu preciso provar para mim mesmo – e para todo mundo – que não sou apenas um valentão acabado."

"Então não seja um valentão acabado. Rafe, você tem tantos talentos. Você poderia fazer muito mais com a sua vida."

Muito mais? Ele fechou os punhos. O que seria *mais* do que ser o melhor lutador profissional da Inglaterra? A maioria das pessoas consideraria isso um feito e tanto.

"Quantas pessoas podem dizer que são as melhores? Em qualquer coisa?" Ele baixou a voz. "Nós já discutimos isso. Eu não preciso ser salvo do esporte que amo. Pensei que você compreendesse isso. Pensei que você *me* compreendesse."

Ela apertou a ponte do nariz e suspirou.

"Só uma vez. Só uma vez eu queria saber qual é a sensação de ser importante para alguém. Passei oito anos sendo colocada de lado por causa da carreira do seu irmão. E agora, depois de tudo o que fizemos na noite passada, percebo que na *sua* vida, também, eu estou em segundo lugar."

"Isso não é justo. Não se trata de estar em primeiro, segundo ou terceiro lugar. Isso faz parte de mim. Pedir que eu desista de lutar é o mesmo que pedir que eu desista de um braço."

"Eu nunca pediria que você parasse de lutar. Só estou perguntando se não existe outro modo de você continuar no esporte que não coloque sua vida em risco logo nos primeiros meses de nosso casamento." Ela gesticulou para as paredes do castelo. "Se não gosta da ideia da cervejaria, talvez possa abrir uma escola aqui. Uma escola de boxe. Você seria um ótimo professor."

"Para ensinar almofadinhas como Teddy Cambourne, você quer dizer? Ah, seria ótimo."

"Não precisaria ser uma escola para cavalheiros ricos. Podia ser para garotos com dificuldades."

Ele meneou a cabeça.

"Essa é uma ideia bonita para algum dia, depois que nossa renda estiver garantida. Mas você mesma disse. Não existe muito dinheiro em órfãos."

E Rafe precisava ganhar dinheiro. Mais do que qualquer coisa, ele queria sustentá-la, protegê-la e lhe dar a vida que ela merecia. Viver com o dote dela e a renda do castelo seria possível, acreditava. Mas seu orgulho exigia que ele também contribuísse. Estava confiante que poderia fazer isso, depois que voltasse aos ringues. Mas a gaiolinha restritiva que era aquele escritório? Ele só poderia se dar mal ali.

"Eu não posso..." Cristo, ele nunca tentou explicar aquilo para ninguém. "Eu não consigo fazer esse tipo de coisa. E não é porque não queira, ou porque sou preguiçoso demais para tentar. Não consigo me concentrar em contabilidade, programações e livros. Eles fazem como se estivesse com a cabeça presa dentro de uma colmeia. Eu fui assim minha vida toda. Eu acabo ficando cansado de tentar e... perco o interesse."

"Você perde o interesse."

Ele deu de ombros.

"Essa é a melhor forma que eu consigo descrever. Sim."

Ela mordeu o lábio e o encarou.

"Você tem medo de que vá perder o interesse por mim?", ela perguntou.

"Isso é diferente. Você é diferente", Rafe respondeu.

"Como pode ter certeza?"

"Como você pode duvidar disso?", ele devolveu a pergunta.

As palavras foram pronunciadas com intensidade demasiada. Soaram irritadas até aos ouvidos dele. Sua consciência – aquele espírito vivo constituído por uma vida de pecados acumulados – gritava para ele naquele instante. *Recue*, ela dizia, *antes que você vá longe demais. Antes que diga algo que não queira dizer.*

"Eu sou um lutador", ele disse. "Se você quer um homem para ficar mexendo em papéis nesta escrivaninha... talvez você *devesse* casar com Piers."

Assim que ele ouviu suas próprias palavras, Rafe se arrependeu delas.

Rafe, seu idiota.

Ela estremeceu.

"Eu não acredito que você disse isso."

Ele esfregou o rosto com a mão. Rafe desejava também poder ficar surpreso com o que tinha dito. Sua vida toda era uma sequência de palavras e ações impensadas que desejava poder retirar. Na noite anterior, esses impulsos tinham funcionado de um modo que deu prazer a ela. Mas Rafe soube, então, que era questão de tempo até estragar tudo. Sabia que realmente havia um demônio dentro dele. Que estava destinado a afastar as pessoas que mais amava. Ele nunca seria capaz de manter algo realmente bom. Se perdesse Clio, teria feito por merecer. Diabos, no que dizia respeito a ela, talvez fosse melhor assim.

"Escute", ele disse. "Eu não deveria ter..."

E então – só porque era tudo a vida de Rafe não precisava naquele momento – Bruiser apareceu na entrada do escritório.

"Aí estão vocês. Espero que o baile tenha sido agradável. Eu", Bruiser juntou as mãos com um estampido, "tenho ótimas notícias."

Rafe duvidava. Ele fez gestos para que o outro se calasse.

Bruiser, como era natural, os ignorou.

"Primeiro, Srta. Whitmore, fico feliz de relatar que o anel de noivado foi... bem, recuperado."

"Sério?", Clio perguntou. "Quão oportuno. Nós estávamos mesmo discutindo os planos de casamento. Não estávamos, Rafe?"

Maldição.

"E segundo", Bruiser continuou, "seus vestidos novos acabaram de chegar de Londres. Foram feitos sob medida para você, e são magníficos. As costureiras estão esperando na sala de estar."

Rafe sacudiu a cabeça.

"Ela não quer..."

"Ah, mas eu quero." O olhar frio dela encontrou o de Rafe. "Eu quero, Sr. Montague. Não posso esperar para provar os vestidos."

Capítulo Vinte e Quatro

Na verdade, provar mais vestidos cheios de babados era a última coisa que Clio queria fazer naquela manhã. Mas ela e Rafe precisavam de um pouco de distância um do outro, e aquele pareceu o melhor modo. Após uma semana inteira dizendo para ela que não podia romper um noivado que tinha sido combinado aos 17 anos... Eles tiveram uma discussão e Rafe já estava *cancelando* o casamento deles? Isso era um pouco assustador, a rapidez com que a cabeça dele saltava do domínio de "desentendimento leve" para "diferenças irreconciliáveis".

Talvez você devesse casar com Piers. De tudo o que ele poderia ter dito... Mas ela sabia que ele não falava sério. E Clio devia saber que não devia colocá-lo sob tanta pressão quando se tratava da luta.... Ele a tinha avisado, não tinha? Salões de festa, recepções, salas de aula, escritórios... quando ele se sentia desconfortável, alguma grosseria podia acontecer. Mas o que ela admirava nele era que Rafe reconhecia que isso acontecia com ele, e assim encontrou seus próprios meios não apenas de ter sucesso, mas de se desenvolver. Se quisesse construir uma vida com ele, teria que entender e respeitar isso. Ela lhe devia desculpas, mas Clio duvidava que ele já estivesse pronto para ouvi-las. Para passar o tempo, não custava nada experimentar um vestido bonito.

Enquanto caminhava até a sala de estar, ela ouviu a carruagem parando na entrada. Um após o outro, seus familiares saíram do veículo.

Clio correu para cumprimentá-los no hall de entrada.

"Phoebe. Como você está?"

"Extremamente cansada." Com isso, sua irmã mais nova desapareceu em direção à biblioteca.

Bem. Clio achou que podia parar de se preocupar. Essa era a Phoebe de sempre.

Daphne e Teddy vieram a seguir.

Clio fez uma mesura para seu cunhado. Ele estava com o chapéu inclinado para disfarçar o rosto machucado, e mal a cumprimentou com um movimento de cabeça antes de subir para o quarto.

"Clio, é melhor você estar agradecida." Daphne parou ao lado dela para se explicar. "Nós abusamos da hospitalidade dos Pennington da pior forma possível."

"Você abusando da hospitalidade de alguém? É difícil acreditar."

"Eu estava decidida que devíamos ser os últimos convidados a ir embora", ela disse. "Nós precisávamos controlar os boatos, você sabe. Teddy foi um santo por você. Riu do soco como uma brincadeira entre amigos. Nós contamos para todo mundo que você desmaiou e Lorde Rafe a acompanhou até em casa." A irmã se aproximou e a encarou. "Foi *isso* o que aconteceu, não foi?"

"Mais ou menos."

Os eventos não tinham se desenrolado na ordem em que Daphne acreditava, e muito mais coisas tinham acontecido. Mas podia-se dizer que ela não havia mentido.

"Então, ótimo", a irmã disse, inspirando profundamente. "Foi isso."

Clio não era boba. Ela sabia que o esforço de Daphne e Teddy tinha sido tanto para preservar o status social deles quanto o dela. Mas se o escândalo em potencial tinha sido evitado, ela não precisava se apressar e fugir para casar com Rafe. Poderia ter o tipo de casamento que quisesse. Continuava tendo todas as escolhas.

"Agora", Daphne disse, "a menos que você queira me transformar na pior espécie de mentirosa, é melhor que esse casamento seja espetacular. E que aconteça logo."

Clio levou a irmã até a sala de estar.

"Talvez aconteça. Venha comigo."

Nada menos do que seis costureiras e assistentes esperavam para ajudá-la. A sala estava tão tomada por babados brancos que parecia que um vulcão tinha entrado em erupção. Um vulcão de merengue.

Clio se virou para Daphne e disse as palavras que, ela sabia, a irmã esperava ouvir há anos.

"Faça com que eu fique linda."

"Isso é loucura."

Rafe tinha passado tanto tempo em salas de estar naquela semana que sua cota estava completa até o fim da vida. E ele não tinha vontade nenhuma de ver Clio experimentar um vestido que não era para o casamento deles.

"Talvez nós devêssemos ir embora", disse.

Ele não sabia o que havia de errado consigo, mas se tivesse um pingo de decência iria parar de querer impor esse erro a Clio.

"Você é sifilítico?", Bruiser perguntou com a orelha colada na porta adjacente à sala em que Clio provava os vestidos. "Nós não vamos embora. Rafe, você não sabe o que eu passei nos últimos dias. Só para trazer essas costureiras de Londres já foi uma dificuldade enorme. E o anel? Ah, você me deve muito por esse anel."

Rafe não sabia como rebater isso. Na verdade, tinha todo tipo de dívida com Bruiser. Pensou, então, que seu treinador talvez fosse a única pessoa, em sua vida, que ele *não* conseguiu afastar.

"Há quanto tempo nós trabalhamos juntos?", Rafe perguntou. "Cinco anos?"

"Seis, pelas minhas contas."

"E suponho que você sonha em deixar de me treinar com a mesma frequência que eu penso em me livrar de você."

"Diariamente, você quer dizer? Ah, com certeza."

"Então como é que nós mantivemos essa parceria tanto tempo?"

Bruiser lhe deu um olhar enfadonho.

"Sem ficar pensando demais."

Certo. Talvez houvesse algo de verdade na resposta impaciente do seu treinador. Rafe tinha que parar de pensar demais nas coisas. Ele amava Clio e faria qualquer coisa para ficar com ela. Qualquer coisa. Essa era uma verdade divina que morava no seu coração, e que pretendia dizer para ela no momento em que Clio saísse por aquela porta.

"Ela está vindo. Levante-se."

Ele sabia que estava em apuros antes mesmo de Clio entrar na sala. Conseguia perceber isso pelo ritmo dos passos dela. Vivacidade. Confiança. Determinação. Nada de tropeços ou hesitações. Ela se sentia poderosa. O que significava que devia estar linda.

Ele se pôs de pé, encontrou seu ponto de equilíbrio, deixou os membros relaxados e se preparou para receber o soco.

As portas se abriram. Santo Deus. Ele não tinha nenhuma chance. Ela era um nocaute.

Bruiser deu um soco no ar.

"Agora sim."

Rafe nem mesmo viu o vestido. Era branco, ele supôs. Ou cor de neve. Ou marfim. Devia ter seda e babados. Talvez alguns brilhantes ou pérolas. Ele não conseguiria descrever o corte, o estilo ou o tecido, mesmo se sua vida dependesse disso. A única coisa que viu foi ela. O vestido era como um suporte de ouro feito por um mestre-joalheiro. E Clio era a joia que brilhava nesse suporte.

"E então?" Daphne quis saber. "O que você acha?"

Uma pergunta excelente. O que *ele* achava? Seu cérebro tinha parado de funcionar. Palavras. Devia dizer alguma coisa, mas não encontrava as palavras. Estava ficando difícil para ele respirar. Tudo que saiu foi "Você... está... ahn."

"Incomparável."

A declaração articulada com suavidade veio de algum lugar atrás dele, mas Rafe reconheceu a voz no mesmo instante. Nem precisou se virar. Agora que o velho marquês estava morto, aquela voz só podia pertencer a um homem.

"Piers", Clio suspirou.

Era Piers. Em carne e osso. Cada vez que Rafe via o irmão, Piers estava mais parecido com o pai deles. Alto. Forte, mas magro. O cabelo escuro mostrava alguns fios prateados novos. Os ombros retos pareciam sustentar qualquer peso, e aquele rosto aristocrático – o nariz sem fraturas e tudo mais – era clássico. Os olhos azuis que viam tudo e encontravam imperfeições em tudo.

"Não consigo acreditar que você está aqui", Clio disse.

"Mas estou. Voltei para a Inglaterra definitivamente desta vez. E esta é a melhor recepção que eu poderia ter." O olhar dele se alternava entre Clio e Rafe. "Ver vocês dois. As duas pessoas de que mais gosto no mundo."

Piers atravessou a sala em passadas decididas, estilo Granville, e ficou de frente para Rafe.

"Sobre nosso pai."

Todas as desculpas e explicações que Rafe tinha ensaiado durante os últimos meses... sumiram de sua mente. E então seu irmão o puxou para um abraço.

"Desculpe-me", ele sussurrou na orelha de Rafe. "Sinto muito que você teve que o enterrar sozinho. Droga. Eu deveria estar com você."

Oh, Jesus.

"Isto é mágico." Bruiser enxugou uma lágrima no canto do olho. "Eu mesmo não teria planejado melhor."

Rafe não queria ouvir sobre Bruiser e sua mágica. Estava com suas próprias emoções tão confusas que achou que fosse vomitar. E a coisa só piorou. Piers andou até Clio e colocou as mãos em seus ombros.

"Olhe só para você. Incomparável. Perfeita."

E então... Oh! Ele a beijou. Piers beijou a noiva *dele* na frente de todo mundo, e não havia nada que Rafe pudesse fazer. Exceto uivar e sangrar por dentro.

"Eu deveria ter feito isso anos atrás", Piers disse ao levantar a cabeça. "Bem que eu queria."

"Você queria?", ela perguntou.

"É claro."

"Então... por que com oito malditos anos de atraso?" Rafe não tinha o direito de perguntar, mas não conseguiu evitar.

"Foi para sua segurança." Piers soltou um suspiro pesado. "Devo milhares de desculpas a vocês dois. Eu tenho mentido a vocês nos últimos anos."

"Mentido? A respeito de quê?"

"Da natureza do meu trabalho."

"Você não é um diplomata?", Clio perguntou.

"Ah, eu estava trabalhando para o Ministério das Relações Exteriores. E diplomacia era uma grande parte do que eu fazia. Mas havia outros deveres, também. Deveres que eu não tinha liberdade para discutir."

Rafe praguejou.

"Você não está dizendo que era algum tipo de espião?"

"Não. De modo geral, nós evitamos dizer isso." Ele se virou para Clio. "Não parecia justo casar com você até eu terminar meu trabalho. Mas essas malditas guerras foram se arrastando e... O que é isso?" Piers levantou a mão dela e a examinou. "Você não está usando seu anel."

"Ah, isso." Bruiser se apressou a explicar. "Está sendo limpo, meu lorde."

Piers se virou para ele e o encarou.

"Quem diabos é você?"

Bruiser ajeitou a lapela do paletó e endireitou a coluna.

"Quem você acha que eu sou?"

"Um idiota pretensioso?"

Bruiser colocou seu monóculo diante do olho.

"E agora?"

"Um idiota pretensioso com um monóculo."

Talvez aquela cena *fosse* mesmo um pouco mágica. Rafe sempre soube que havia muito para se admirar em Piers. Mas naquele momento sentiu que gostava do irmão.

"Oh, Lorde Granville", Daphne interveio. "Não seja tão malvado. Você sabe quem é o Sr. Montague. Estivemos trabalhando a semana toda nos preparativos do casamento. Tudo está pronto. Ora, com Clio pronta... vocês dois podiam casar hoje."

"*Daphne*", Clio disse.

A irmã respondeu entredentes.

"Não discuta. Seria uma ideia prudente, depois da noite passada."

"O que aconteceu a noite passada?", Piers perguntou.

Daphne fez um gesto com a mão.

"Aconteceu uma cena horrível no baile, mas Clio não teve culpa. Foi tudo culpa de Lorde Rafe."

Piers abriu um sorriso.

"As piores cenas geralmente são culpa de Rafe."

Ah, sim. São mesmo. E Rafe sentiu que outra cena se aproximava. Seu irmão estava com um braço ao redor de Clio. Como se tivesse o direito. Aquilo era o bastante para fazer Rafe sentir gosto de fumaça e cheiro de sangue. *Afaste-se dela*, Rafe pensou. *Ela não é sua.*

"Piers, nós precisamos conversar", Clio disse.

"Sim, acredito que precisamos. Estou começando a suspeitar que na verdade ainda estou no continente, e que tudo isto é uma alucinação complexa." Piers pigarreou e incorporou o clássico tom de autoridade Granville. "Alguém pode me dizer, em poucas palavras, o que está acontecendo?"

"Eu posso." Phoebe adentrou a sala segurando um livro. "Clio não vai se casar com você. Ela vai morar aqui no castelo e abrir uma cervejaria."

"Obrigado", Piers disse. "Agora sei que estou ficando louco."

"Ela não é sua", Rafe soltou.

"Como?", Piers perguntou.

Rafe sabia que deveria estar pedindo perdão. Mas aquilo tinha que ser dito, e ele não conseguia mais esperar.

"Você me ouviu. Ela não é mais sua."

O olhar de Piers se estreitou, formando um facho frio e questionador.

"O que você fez?"

"Só o que ela me pediu."

"Seu bastardo. Você tocou nela?"

"Eu..."

"Rafe, não", Clio exclamou, a voz frenética. "Por favor."

Suas palavras foram uma facada no coração de Rafe. Está certo que foi uma facada merecida. Ele ficou a semana toda repetindo que ela deveria casar com Piers. Repetiu a mesma estupidez naquela manhã. E agora o noivo estava de volta, acalmando todas as inseguranças dela com um ar de quem conhecia o mundo inteiro e bancando o herói. E com direito a beijos. Por que ela escolheria Rafe? Se pudesse escolher *ser* qualquer homem naquela sala, não escolheria ser ele próprio.

"Você precisa saber", Clio disse ao se virar para Piers, "que seu irmão tem sido muito leal a você. Quando tive dúvidas a respeito do casamento, ele tentou me fazer mudar de ideia. Ele fez todos os esforços para me convencer e disse coisas encantadoras em seu nome. E isso não foi tudo o que ele fez. Rafe administrou Oakhaven na sua ausência. E espere até ver como ele foi maravilhoso com..."

A voz dela foi sumindo enquanto Clio passava os olhos pela sala, abaixando-se para espiar embaixo dos móveis.

"Oh, céus. Alguém viu o cachorro?"

Capítulo Vinte e Cinco

"Ellingworth! Ellingworth, querido, onde você está?"

Clio correu de um lado para outro pelos caminhos dos jardins, abaixando-se para espiar debaixo de cada banco e arbusto, parando em cada esquina para enxugar a chuva de seus olhos. Eles já tinham procurado pelo castelo inteiro. O cachorro tinha que estar em algum lugar do lado de fora. As poças de lama prendiam seus sapatos de salto, diminuindo sua velocidade. Clio acabou se cansando dos sapatos e os tirou. Suas meias já estavam completamente molhadas.

Com os sapatos em uma mão e as saias recolhidas em outra, ela começou a correr pela fileira de sebes e pérgulas. Quanto mais longe ia sem encontrar o buldogue, mais ansiosa Clio ficava. A constituição dos cães lhes permitia aguentar um pouco de frio e chuva. Mas um cachorro tão velho, já com a saúde debilitada?

Pobre Ellingworth. *Pobre Rafe*. Ele ficaria arrasado se alguma coisa acontecesse com aquele cão. Tinha tomado conta daquele animal com tanta dedicação, por tantos anos. Aquelas dietas meticulosas, o cuidado especial com veterinários... Não seria apenas uma questão de esforço sendo jogado fora, ou da frustração de decepcionar o irmão. Rafe amava aquele cachorro velho e feio. Clio sabia que sim. E Clio amava Rafe.

Começou a correr mais. Um galho espinhoso agarrou a manga bufante do vestido, e ela se livrou com um puxão, rasgando o tecido.

"Ellingworth! Ellingworth, cadê você?"

Ela tropeçou em uma pedra do caminho, torcendo o tornozelo e quase caindo de cara na lama. Ainda assim, caiu de quatro, sobre as mãos e os joelhos.

"Droga."

Clio se levantou, limpou as mãos na seda marfim arruinada e continuou, controlando seu pânico. *Concentre-se, Clio*. Medo não iria ajudá-la. Ela começou a elaborar uma lista mental de providências. Assim que encontrassem Ellingworth, mandaria um dos cocheiros buscar o veterinário. A governanta deveria providenciar água quente e toalhas aquecidas, e a cozinheira, preparar carne picada com ovos crus. Os cachorros tomavam caldo de carne? Afinal, era bom para pessoas resfriadas. Eles tinham que encontrar o cachorro. Eles *iriam* encontrar aquele cachorro.

Quando passou debaixo de uma pérgula, ela parou. Uma coisa branca chamou sua atenção. Ali. No lado mais distante do jardim, junto ao chão. Embaixo do canteiro de rosas cor de damasco. Será que...?

Deixando as saias caírem na lama, ela afastou de sua testa o cabelo encharcado pela chuva e forçou a vista em meio à chuva. Sua respiração ofegante dificultava a concentração. Ela se esforçou para manter a calma e o foco.

"Ah, não."

Lá estava Ellingworth, amontoado embaixo da roseira, deitado de lado. Imóvel. *Por favor. Por favor, Deus. Não deixe que esteja morto.* Seu temor cresceu como uma nuvem de chuva enquanto ela corria na direção do buldogue. Ellingworth estava do outro lado das roseiras, de modo que ela teve que correr toda a extensão do canteiro e rodeá-lo pela outra trilha para chegar ao cão.

"Ellingworth, querido. Aguente aí, estou indo."

Clio dobrou a esquina e parou de repente... *Rafe*. O casaco verde-escuro dele se misturava aos arbustos, e ela não tinha conseguido vê-lo quando estava debaixo da pérgula. Mas ali estava ele, agachado junto ao buldogue imóvel, com uma de suas mãos grandes e nodosas sobre o flanco do cachorro. Rafe não levantou a cabeça, mas Clio sentiu que ele sabia que ela estava ali.

Ela engoliu o caroço que sentia na garganta. Enquanto se aproximava, toda a urgência sumiu de seus passos.

"Ele está...?"

Clio nem mesmo conseguiu fazer a pergunta. Ele negou com a cabeça. Clio sentiu uma onda de alívio ao cobrir a distância que restava até Rafe.

"Oh, graças a Deus!"

Quando chegou lá, conseguiu ver a lateral do animal subindo e descendo com a respiração. Graças a Deus. Mas embora o cachorro estivesse vivo, todo vigor parecia ter abandonado Rafe. Ele estava tão quieto.

"É melhor não deixar o pobrezinho deitado aí", Clio disse, tentando parecer animada. "O chão está tão molhado e frio. Vamos agasalhá-lo e carregá-lo para dentro. Não se preocupe, nós vamos dar um jeito. Vou mandar buscar o veterinário na vila. Aquele de Londres, se você preferir. A cozinheira comprou um filé excelente no açougue. Era para o nosso jantar, mas será perfeito para Ellingworth. Nós podemos picar a carne e..."

Rafe sacudiu a cabeça.

"Não adianta, Clio."

"Claro que adianta."

"Ele ainda não se foi, mas está indo."

Ele mal tinha acabado de falar e o cachorro soltou um chiado fraco.

"Não!", Clio protestou. "Não, ele não pode morrer."

"Não vai demorar muito, agora. É assim que os cachorros fazem." A voz dele saiu baixa e sem emoção enquanto ele acariciava a orelha do cachorro. "Eles são assim. Sabem quando sua hora chegou. Então afastam-se e encontram um lugar tranquilo para..."

A voz dele falhou e o coração de Clio falhou junto. Ela levou a mão à boca para segurar sua emoção, para não causar mais aflição ao animal nem ao homem. Apesar disso, sua voz tremeu quando esticou a mão para acariciar a pata de Ellingworth. "Nós estamos aqui, querido. Estamos aqui, pelo tempo que você precisar."

"É melhor você entrar", Rafe disse. "Eu vou ficar com ele."

"Não vou deixar nenhum dos dois."

Clio esfregou as duas mãos, para aquecê-las, e tocou com delicadeza na pata de Ellingworth.

"Você é um bom garoto. E nos deixou muito orgulhosos."

Rafe levantou para tirar o casaco, e quando se abaixou de novo, fez menção de colocá-lo em volta dos ombros de Clio. Um gesto atencioso, mas ela o deteve sacudindo a cabeça.

Ela pegou o casaco das mãos dele e o colocou sobre o cachorro.

"Ele precisa mais do que eu."

Aos poucos, os outros foram chegando.

"Oh, céus." Daphne e Teddy vieram pela trilha. "Ele está..."

"Logo, logo", Clio disse.

"Ah, não. Ah, não." Bruiser disse ao se juntar a eles, pela primeira vez sem se preocupar em esconder seu sotaque plebeu. "Agora não. Como ele pode fazer isso conosco? Com certeza deve ter algo que possamos fazer."

Phoebe foi a próxima a chegar.

"Ele tem 14 anos", ela explicou, agachando-se ao lado de Rafe. "A expectativa de vida de um buldogue não é maior que 12 anos. Se compararmos com a idade humana, ele teria algo perto de cem anos de idade. Então não há motivo para surpresa. Nem para luto. Ele teve uma vida longa."

"Eu sei", Rafe aquiesceu.

"Ainda assim, eu..." Phoebe jogou os braços ao redor dele em um abraço desajeitado. "Eu sinto muito por seu cachorro."

Oh, céus. Agora Clio ia chorar mesmo. A respiração de Ellingworth foi ficando mais ruidosa e rouca.

"Ele está indo, não está?" Daphne enterrou o rosto no peito do marido. "Não consigo olhar."

"Nós estamos aqui, querido." Clio engoliu suas lágrimas e acariciou a cabeça enrugada do cachorro. "Estamos todos aqui com você. Fique em paz."

E então a respiração barulhenta parou. Tudo ficou em silêncio.

"Aí estão vocês." Piers se juntou ao grupo. "É Ellingworth que está embaixo da roseira?"

Ninguém sabia o que dizer. Clio pegou a mão de Rafe.

"Eu tentei", Rafe disse com a voz rouca. "Fiz o meu melhor, mas eu deveria saber..."

Se Piers o ouviu, não respondeu. Ele apenas ajoelhou entre Rafe e Clio, separando-os. Aproximando-se do cachorro, ele ergueu a ponta do casaco.

"Meu bom e velho Ellingworth. Você sentiu minha falta, amigão?"

"Não adianta", Rafe suspirou. "Ele se foi."

"Não, não. Nós fazíamos essa brincadeira o tempo todo. Ele só está se escondendo. Não está, malandro?"

Debaixo do casaco de Rafe... alguma coisa se mexeu. A respiração canina cheia de chiados que tinha minguado até sumir... voltou. E começou a ficar mais forte. O cachorro levantou a cabeça, saiu debaixo do casaco e começou a lamber a mão de Piers. O toco de rabo ia de um lado para o outro.

"Nossa!", Bruiser exclamou. "Ele está vivo! O cachorro está vivo!"

"É um milagre!" Daphne tirou o rosto do peito do marido.

E talvez fosse mesmo. Ellingworth parecia um filhote, abanando o rabo não existente, pulando e cheirando a mão de Piers.

"Esse é o meu garoto", Piers riu enquanto coçava o cachorro revivido atrás das orelhas. "É bom ver você de novo. Já faz alguns anos."

"Ele está feliz de ver você", Clio disse.

"Parece mesmo que ele está feliz por eu ter voltado." Os olhos de Piers encararam os dela. "E *você* está feliz por eu ter voltado?"

"Eu..."

Oh, Deus. Piers sempre foi atraente, mundano, assertivo... e o que quer que ele tivesse feito durante os últimos oito anos tinha pegado aquelas qualidades e as transformado em armas. A ausência de qualquer vulnerabilidade na atitude dele foi o que convenceu Clio de que as fraquezas dele deviam estar em algum lugar debaixo da atitude controlada. Ela sentiu isso quando ele a beijou. Ele não era mais um jovem diplomata arrogante, mas um homem que havia passado por provações e confrontado sua própria mortalidade. Um homem que talvez estivesse pronto para compartilhar as partes vulneráveis de sua existência com outra alma confiável.

"Estou", ela disse. "Estou muito contente em ver você, Piers. Você voltou no momento perfeito."

Ela estava feliz por Piers estar em casa. Ela estava feliz porque parecia que ele a queria. E estava feliz por ele a ter beijado – uma única vez, depois de tanto tempo. Porque ela então sabia, sem qualquer dúvida, que as escolhas em seu coração eram realmente *dela*.

"Eu tenho uns documentos que você precisa ver", Rafe disse. Com uma expressão sombria, ele se levantou. "Vou correr até o quarto para pegá-los, e então nós poderemos conversar."

"Rafe, espere!"

Rafe chacoalhou os braços enquanto andava de volta para o castelo.

Aquilo era típico de Piers. Não era suficiente que ele fosse o filho preferido do pai. Não era suficiente que ele tivesse voltado de algum trabalho misterioso e perigoso a serviço da Coroa, e que provavelmente receberia condecorações, títulos e louros. Não era suficiente que ele tivesse a noiva mais bonita de toda a Inglaterra, pronta para entrar na igreja com ele naquele dia mesmo. Tudo isso já seria bastante impressionante para a maioria dos homens. Mas não, Piers tinha que exagerar. Ele também ressuscitava cachorros. Aquilo era demais. E tão previsível.

Rafe entrou no castelo pela entrada nos fundos e começou a subir as escadas em espiral. Mas alguém o seguia.

"Aonde você está indo?" A voz de Clio ecoou pela escadaria.

"Vou pegar os papéis da dissolução. E vou conversar com Piers. Nós vamos acertar isso hoje."

"Com certeza isso não..."

"É tarde demais." Ele a interrompeu. "Não tente discutir. Nós dois sabemos que você pode estar carregando meu filho agora mesmo. Você disse na noite passada. Não tem volta."

"Você..." Ela correu para alcançá-lo. "Você acha que eu mudei de ideia?"

"Não culpo você." Ele voltou a subir. "Acredite em mim, isso não é novidade. Quem não preferiria Piers a mim? Meu pai preferia. Todos os tutores e babás o adoravam. Até o maldito cachorro o prefere."

Ele a ouviu soltar uma risada.

"Eu achei que eu não era o cachorro!"

Ele parou no alto da escada e se voltou para o corredor.

"Eu tentei avisá-la. Eu lhe disse que você se arrependeria de vir atrás de mim. Eu lhe disse que Piers gostava de você – mesmo que ele não demonstrasse."

"Isso não importa. Nada disso muda qualquer coisa."

Ele escancarou a porta do quarto dela.

"Onde estão suas coisas? Sua empregada já guardou tudo." Ele foi até a escrivaninha. "Imagino que ela guardaria os papéis aqui."

"Bom Deus, Rafe. Você não está me ouvindo!"

Ela correu na frente dele e sentou na escrivaninha antes que ele pudesse vasculhar as gavetas.

"Clio, saia daí."

"Não."

"Saia ou eu tiro você."

Ela o pegou pela camisa e o prendeu com o olhar.

"Você se lembra da sua luta com o Espinoza?"

O quê? A pergunta o pegou com a guarda baixa. Sim, ele se lembrava do embate com Espinoza. Lembrava-se de cada detalhe de suas lutas. Mas isso fazia três anos. O que isso poderia ter a ver com qualquer coisa?

"Eu sei que ele caiu no quarto golpe", ela disse devagar, franzindo a testa ao se concentrar. "Mas então ele se recuperou. Vocês dois duelaram por várias vezes. Não lembro direito como você acabou com ele. Não foi com um direto no rosto, no nono ataque?"

"Foi um gancho no rim. No décimo-terceiro golpe. O que tem essa luta?"

"Nada." O olhar dela se suavizou. "Eu só precisava que você se acalmasse para que nós pudéssemos conversar."

Santo Deus. Ela o conhecia tão bem. Ele amaria, sangraria, rastejaria, imploraria e morreria por ela – apenas por ela o conhecer assim. E ela pensou que ele a deixaria ir embora? Até parece que deixaria. Ele se concentrou, então. Talvez fosse a conversa sobre a luta. Ou talvez fosse apenas ela. Clio estava linda. Uma noiva linda em seu vestido de seda marfim. Com aquele rubor sutil subindo pelas faces.

Ele apoiou as mãos na escrivaninha, uma de cada lado dela.

"Lá embaixo. Você parecia tão... Eu queria... E então ele chegou. Eu passei tantos meses desejando que meu irmão voltasse para casa. Tendo a esperança de consertar nossa relação. Mas quando ele a tocou, eu tive vontade de socá-lo no rosto."

"É compreensível que você esteja bravo com seu irmão."

"Essa é a parte mais irritante. Eu nem consigo ficar bravo com ele." Rafe fechou a mão e bateu no tampo da escrivaninha. "Olhe só para ele. Não basta que seja um diplomata. Ele arriscou a vida a serviço da Coroa. É provável que seja um maldito herói. Ele pediu desculpas para *mim*. Ele é sempre perfeito. Sempre melhor que eu, não importa o que eu faça." Ele a encarou. "Mas ele cometeu um erro. Piers ficou longe tempo demais, e agora é tarde. Ele não pode ficar com você."

"Não. Ele não pode, porque *eu* não o quero. Rafe, você sabe que eu te amo."

Ele não sabia na verdade. Ele sabia que ela ficava repetindo isso, mas era tão difícil de acreditar. Toda vez que ele tentava fazer isso entrar em sua cabeça, seu coração tentava escapar de seu peito. Aquilo não fazia sentido.

Ela segurou o rosto dele com as mãos, obrigando-o a olhar para ela.

"Sim, Piers é uma boa pessoa. Sim, parece que ele gostava de mim mais do que eu acreditava. Sim, talvez ele seja mesmo um herói. Estou aliviada, acima de qualquer coisa, por vê-lo de volta à Inglaterra, a salvo. E fico feliz por ele ter voltado neste momento. Assim não haverá nenhuma dúvida."

"Não há nenhuma dúvida. Você vai casar comigo."

"É claro que vou, seu homem ridículo." Ela soltou o ar. "Você diz que seu irmão é perfeito? Bem, parece que eu prefiro homens com defeitos.

Talvez Piers seja um dos heróis da Inglaterra. Mas Rafe, você é o *meu* herói." Ela apertou a mão na camisa dele e o puxou para perto. "Está me ouvindo? Você é meu. Estou tomando posse e nunca mais vou largar."

Deus. Ele não sabia até aquele momento, mas era isso que ele quis a vida toda. Não possuir, mas ser possuído. Irrevogavelmente. Sentir a liberdade de amar e ser amado, sem o medo constante de que algumas palavras impulsivas pudessem pôr fim a tudo.

"Se você quiser continuar a lutar, eu não vou atrapalhar. Mas você vai precisar de um novo nome de guerra." Ela o encarou com um olhar firme e decidido. "Agora você é o Homem da Clio. Se o diabo quiser você, vai ter que passar por cima de mim."

Aquilo era demais. *Demais*. Ele não sabia se o seu coração iria aguentar.

"Está me ouvindo, Rafe? Você é meu. Você é meu." Clio repetiu, porque a sensação era muito boa, e porque a expressão carente e abalada dele tocava o fundo de seu coração. "Meu herói. Meu amor. Meu futuro marido, espero."

"Seu futuro marido. Com certeza." Ele a agarrou pela cintura e seus olhos ficaram intensos. "Eu sou seu, então. E você também é minha."

Ela aquiesceu.

"Fale para eu ouvir", ele sussurrou, a voz rouca. "Diga as palavras. Diga que você é minha."

"Eu sou sua, Rafe. Para sempre."

Aconteceu tão rápido. Os lábios dele caíram sobre os dela, e com os braços ele a recolheu em um abraço apertado. Suas bocas se combinaram em um beijo tão impetuoso, tão carente, que nem mesmo um sussurro poderia se colocar entre eles. Clio sentia necessidade do toque dele. Ela queria senti-lo em todo o corpo. A mão dele tomou seu seio por cima do vestido. Não foi suficiente. Clio puxou a seda apertada, tentando baixá-la. Ela não tinha paciência para botões no momento.

"Não rasgue seu vestido." Ele deslizou a mão por baixo do tecido, envolvendo um dos seios. Quando o polegar tocou o mamilo duro, ela suspirou de prazer.

"Já está estragado." Ela arrancou uma tira de renda que tinha sido rasgada no jardim para provar o que dizia. "Não importa. Eu só quis usar isso para você."

Alguma coisa mudou nele quando Clio disse isso. Uma impetuosidade diferente tomou conta dele. Ele beijou o pescoço dela. Depois os seios. Suas mãos estavam em todos os lugares ao mesmo tempo. Ainda assim, ela queria mais. Finalmente, lá estava a intensidade pela qual Clio ansiava. A paciência da noite anterior deu lugar ao desejo puro e sem restrições, o que a deliciou. As mãos dele desceram e levantaram as camadas e camadas de tecido molhado acima da cintura dela. Rafe afastou os joelhos dela e se colocou entre as pernas.

"Eu preciso de você." A voz dele estava intensa. Seus dedos encontraram e acariciaram as partes mais íntimas dela. "Aqui. Agora."

"Sim."

Ele colocou a mão entre os dois, para abrir os fechos da sua calça.

Ela passou uma perna pelo quadril dele, puxando-o para perto. Clio moveu a pelve, roçando-se contra ele de um modo que fez os dois gemerem.

"Eu..." Ele praguejou. "Não sei se consigo ser delicado."

"Então não seja delicado. Seja apenas você mesmo."

Ainda assim ele hesitou.

"Você não vai me machucar", ela mentiu.

Suas partes íntimas ainda estavam sensíveis e doloridas por conta da noite anterior, e ela não era tola de pensar que mais uma em cima da escrivaninha fosse melhorar as coisas. Mas ela queria aquilo assim mesmo.

Ele a fez deitar por completo sobre a mesa, e então passou os ombros por baixo dos joelhos dela, abrindo-a por completo. Ver o contraste entre suas pernas claras usando meias e os ombros bronzeados dele a excitou.

Ele enfiou fundo.

"Diga-me se for demais."

"Nunca vai ser demais." Ela agarrou os braços dele.

"Eu te amo." Ele foi mais fundo. "Eu te amo. Aceite isso."

Ela sentiu o coração inchar. Com cada movimento, ele empurrava a coluna dela contra o mogno inflexível. A firmeza da escrivaninha não lhe dava abrigo. Clio estava à mercê dele, e estava adorando. Quando chegou ao clímax, ela gritou. De dor, de prazer. Ela enterrou as unhas no pescoço dele. Rafe rugiu em resposta, segurando-a firme enquanto se derramava dentro dela.

Depois, ele a abraçou com todo o carinho. Junto ao coração que batia forte.

"Eu fui tão idiota esta manhã", ele sussurrou. "Se você quiser que eu trabalhe com papéis, é o que eu vou fazer. Se você quiser que eu desista de lutar, eu desisto. Eu faria qualquer coisa para ficar com você, Clio. Eu te amo. Eu queria ter meios melhores de mostrar isso. Mas tudo que eu tenho é este coração bruto e insensato. Mas ele é seu."

"Sério?" Ela encarou os olhos dele.

"Sério."

"Ótimo. Espero que seu amor por mim sobreviva a isto."

Ela abriu a gaveta superior da escrivaninha, encontrou os papéis da dissolução que Rafe tinha assinado... e os jogou no fogo.

"Clio, não!"

Ele correu para tentar salvá-los, mas era tarde demais. Os papéis se incendiaram e queimaram na lareira.

Ele passou os dedos pelo cabelo.

"Por que você fez isso?!"

"Porque não vou deixar você ser o vilão, hoje. Eu também fui idiota esta manhã. E quando Piers chegou, percebi que isto está acontecendo rápido demais. Nós precisamos de algum tempo. Nós dois. Você precisa lutar suas batalhas. Eu preciso lutar as minhas. E nós precisamos fazer isso direito. Devemos isso ao Piers.

"Vocês continuam irmãos", ela continuou, "apesar de tudo. Ele precisa de alguém que o acolha em casa, e não vou ser eu. Se nós casarmos imediatamente, você nunca mais vai conseguir se entender com ele. Mas se eu der a notícia do rompimento e nós dermos tempo ao tempo... Piers vai superar qualquer decepção que poderia sentir. Com um pouco de sorte, logo ele escolherá outra noiva."

"Ele é um homem rico, nobre e privilegiado. Piers pode cuidar dele mesmo. Eu quero cuidar de você."

Ela tocou os ombros dele.

"Eu sei. Mas como eu poderia dizer que te amo, e depois lhe pedir que escolha entre mim e seu único irmão? Você não vai ter que escolher nada, se nós esperarmos."

"Não posso pedir que você espere. Eu sei que você detesta essa palavra. Já esperou oito anos."

"Eu aguento mais alguns meses." Ela acariciou o rosto dele. "Vai ser diferente, agora. Desta vez eu sei que vale a pena esperar."

Ele enfiou as mãos no cabelo dela e a segurou perto dele.

"Você vale tudo nesse mundo. Você sabe disso, não sabe? Eu engoliria pregos. Andaria sobre o fogo."

"Ah, isso seria fácil demais. Vou pedir a você que faça algo muito pior. Vá passar algum tempo com seu irmão."

Capítulo Vinte e Seis

"Clio! Clio!" Daphne, corada e ofegante, a abordou no corredor. Ela colocou as mãos nos ombros de Clio. "Eu acabei de ver Lorde Granville e Lorde Rafe montados em seus cavalos indo embora?"

Clio sentiu o coração apertar ao pensar em Rafe partindo. Mas se ele precisava ir, pelo menos estava indo com o irmão.

"É provável que tenha visto, sim", ela disse.

"Bem, o que eles estão aprontando? Foram conseguir a licença do casamento?"

"Não, eles..." Ela deu de ombros enquanto entravam na sala de estar, onde se juntaram a Sir Teddy e Phoebe. "Eles simplesmente se foram."

"Simplesmente se foram?" Daphne sacudiu a cabeça, rindo. "Mas o que isso quer dizer?"

Clio endireitou os ombros e inspirou profundamente. Aquele seria um momento tão bom quanto qualquer outro para anunciar.

"Eu desmanchei o noivado", ela disse.

Pronto. As palavras tinham sido ditas, e não foi tão difícil assim dizê-las. Se tinha conseguido manter a firmeza quando comunicou sua decisão a Piers, ela conseguiria dar a notícia para seus familiares mais próximos.

"O quê?!" Teddy bateu o pé no chão. "Você quer dizer que deixou que ele se safasse?"

"Eu não diria dessa forma, mas..."

"Isso não é justo, docinho." Seu cunhado se levantou, visivelmente agitado. "Ele a deixou pendurada durante oito anos! Humilhou você, desperdiçou os melhores anos da sua vida... Faça o homem cumprir sua palavra!"

"Você está enganado", Clio disse, tentando manter a calma. "Fui eu que rompi o noivado. Foi uma decisão minha. Eu não quero me casar com ele."

"Você? Rompendo com ele?" Teddy riu. "É uma boa tentativa de salvar seu orgulho, mas ninguém vai acreditar nessa história."

"Não é uma *história*. É a verdade."

Mas quando esses dois saberiam reconhecer a verdade, se esta saísse da boca de Clio?

"Oh, Senhor." Daphne se largou no sofá e soltou um gemido suave, sem força. "Oh, não."

Clio meneou a cabeça. Pelo amor de Deus, *Piers* tinha aceitado a notícia fazendo menos drama. Ele até que tinha aceitado bem a notícia. Expressou um grau convincente de decepção, mas Clio percebeu que era o orgulho dele que sofria mais. Seu coração não correu perigo. Eles eram pouco mais que estranhos depois de todos aqueles anos. Ela esperava que, com o tempo, os dois pudessem se tornar amigos. Ele era um bom homem. Mas não era o homem certo para ela.

"Você não pode tentar consertar as coisas?", sua irmã perguntou. "Talvez não seja tarde demais. Ou... Ou Teddy pode ir atrás dele e exigir que Lorde Granville cumpra suas promessas."

Clio sacudiu a cabeça.

"Acabou."

"Não pode ter acabado", Teddy disse. "Depois de todos esses anos, nós não podemos desistir. Você não pode deixar que ele fuja."

"Que ele *fuja*?" Ela riu. "Eu deveria trancá-lo nas masmorras?"

"Ria o quanto quiser, mas isso é tudo culpa sua." A irmã estalou a língua. "Você deixou essa coisa se arrastar por muito tempo, quando deveria ter se manifestado há anos. Você é muito boazinha."

Ela pensou naquilo.

"Você tem razão, Daphne. Eu sou muito boazinha."

"Fico feliz que você perceba."

"Isso vai mudar", Clio disse. "Hoje."

"Ah, sim. Vamos atrás dele. Vou pedir a carruagem agora mesmo. *Teddy!*"

A irmã estalou os dedos e o marido levantou do sofá. Juntos, eles se apressaram pelo corredor. Clio os antecedeu. Mas quando eles se aproximaram do hall de entrada, ela ficou para trás.

"É sua última chance de ir na frente", ela disse para a irmã, sorrindo com doçura. "Depois que eu me casar com Piers, vou ganhar precedência."

Daphne sorriu.

"Esse é o espírito."

Ela esperou até Daphne e Sir Teddy passarem, e então ela se encolheu na alcova ao lado e esticou as duas mãos para puxar a alavanca. Com um gemido e rangido férreo, o rastrilho caiu, fechando a passagem.

"Foi muito bom receber vocês", Clio disse à irmã e ao cunhado chocados, acenando-lhes através do portão de ferro. "Por favor, voltem no Natal."

"O que você está fazendo, docinho?", Teddy perguntou.

"Usando meu castelo para sua função original. Proteção. E, por favor, não me chame mais de docinho. Rafe me ensinou a socar."

Teddy piscou várias vezes, assustado.

"Primeiro você deixa Lorde Granville escapulir, e agora isso?", Daphne perguntou. "Clio, você ficou louca de pedra?"

"Talvez." Deu de ombros. "Daphne, você é minha irmã e eu te amo. Eu sei que suas intenções são boas. Mas às vezes você sabe como magoar."

Clio tinha que pensar no bem-estar de Phoebe. Ela não podia mais ser boazinha com aqueles dois. Teddy e Daphne eram daquelas coisas que faziam bem em pequenas quantidades. Como cravo ralado. Ou varíola.

"Eu sei que vou ficar com saudade assim que você for embora", Clio disse para a irmã. "Estou ansiosa para sentir saudade de você."

"Você não pode fazer isto!" Daphne bateu no portão. "Você não pode simplesmente nos jogar para fora."

"Na verdade, eu posso. Eu ainda estou solteira. E talvez nunca me torne uma lady, nem mesmo uma esposa. Talvez você seja sempre superior a mim, socialmente. Mas eu sou a senhora do meu castelo. Nesta propriedade, eu faço as regras. E hoje estou me sentindo um pouco medieval."

Clio acenou para a irmã e o cunhado, chocados, através do portão de ferro.

"Façam uma boa viagem. Espero que não peguem muito trânsito na ponte."

Isso feito, ela se virou para Phoebe.

"Será que você estaria interessada em me ajudar a fundar uma cervejaria?"

"Não sei no que eu poderia ajudar." Phoebe pegou um pedaço de barbante do bolso. "Mas eu ganhei mil e oitocentas libras no carteado a noite passada. Eu quero investir."

"Os administradores me disseram que estes campos podem ter melhor utilidade." Rafe deteve sua montaria no limite sul de Oakhaven. "O que você acha de cevada?"

"Eu não sei se meus sentimentos por cevada são muito fortes", Piers respondeu.

"Eu não sei se os seus sentimentos por qualquer coisa são fortes."

Piers puxou as rédeas e firmou a mandíbula.

"Na verdade, eu tenho alguns sentimentos fortes. Nenhum deles é muito positivo neste momento."

Rafe fez sua montaria descrever um círculo tenso. Eles estavam há menos de dez minutos em Oakhaven e já tinham retomado os velhos e conhecidos conflitos da infância. Se Clio não tivesse lhe pedido para fazer aquilo...

"Talvez nós dois devêssemos resolver logo isso", Rafe sugeriu. "Vamos tirar nossos casacos, enrolar as mangas e acabar com isso."

"Eu não vou lutar com você. Não seria justo."

"Acho que você tem razão." Rafe estufou o peito. "*Eu* fui campeão peso-pesado da Inglaterra por quatro anos."

"Eu sei como matar um homem com um abridor de cartas e fazer parecer um acidente", Piers disse com frieza. "Quis dizer que não seria justo para você."

Rafe revirou os olhos.

"Você é tão previsível. Desde que me lembro, tenho vivido à sua sombra. Sempre fracassando. Sempre com inveja. Lutar é a única coisa que eu faço melhor do que o perfeito e correto Piers. Mas não. Tinha que ir e me superar nisso também."

"É claro que sim. Você não era o único com inveja."

"Por que diabos você teria inveja de mim?"

"Por uma centena de razões. Você sempre fez o que teve vontade. Disse o que quis. Você se divertiu mais. Com muito mais garotas. Você tinha o ar rebelde de que todas elas gostam, e seu cabelo faz essa coisa."

"Meu cabelo o quê?" Rafe fez uma careta. "Que coisa?"

Piers não quis explicar.

"Eu aceitei missões que normalmente não teria pegado. Trabalho perigoso. Porque embora nós estivéssemos separados por um continente, e a verdade sobre o que eu fazia devesse ser mantida em segredo de todo mundo, eu não podia evitar de sentir que continuava competindo com meu irmão mais novo. E, como se viu, nós *estávamos* mesmo competindo. De um modo, pelo menos. E, ao que parece, eu perdi."

Então, ele parecia ter compreendido a verdade a respeito de Clio. Rafe *tinha* vencido essa disputa, não tinha? Já era hora.

"Eu não me sinto culpado por isso", Rafe disse. "Estou longe de ser perfeito, mas sou melhor em amar aquela mulher do que você jamais conseguiria ser. Eu a conheço de maneiras que você não conhece. E necessito dela de formas que você nunca compreenderia. E lutaria para ficar com ela até meu último suspiro." Ele inspirou fundo para se acalmar. "Mas ela não quer que nós lutemos. Ela quer que sejamos amigos."

"*Amigos*? Eu não acredito que nós possamos ser amigos", Piers declarou.

"Você tem razão. Seria estupidez tentar."

Droga. Lá ia Rafe de novo. Soltando palavras em um surto de raiva. Palavras que ele não queria dizer.

Ele encarou aquela nuvem negra e malformada de ressentimento que vinha ocupando seu peito desde que eles partiram do Castelo Twill. Era uma raiva nascida da baixa autoestima e de todo aquele tempo desperdiçado. Se ele tivesse sido homem o bastante oito anos atrás, poderia ter proposto casamento a Clio primeiro. Mas isso teria sido um desastre. Eles teriam casado jovens demais, e Rafe não teria meios de sustentá-la. Talvez o pai dele tivesse lhe proporcionado algum meio de vida, e Rafe com certeza teria fracassado de modo espetacular. Clio teria ficado isolada, grávida ao fazer 18 anos, ainda sofrendo os efeitos da educação danosa que sua mãe lhe deu. Se ele tinha alguma chance de fazê-la feliz, era somente porque os dois tinham sido forçados a esperar. Talvez por isso ele devesse ser grato ao seu pai e a Piers.

O tempo só é desperdiçado quando não se aprende nada.

"O que eu acabei de falar, não foi para valer." Rafe encarou o irmão. "Desculpe-me. Vamos tentar."

"Ser amigos? Eu não vejo como..."

"Só me escute, tudo bem? Não sou um grande orador, mas de vez em quando eu tenho o que dizer. Se a minha carreira de lutador me ensinou alguma coisa, é que amigos são fáceis de encontrar. Verdadeiros oponentes – rivais que forçam você a trabalhar com mais empenho, a pensar mais rápido, a ser melhor do que você pensava que poderia ser – são muito mais raros. Se é isso que somos um para o outro, para que mudar?"

Piers olhou para longe, além dos campos.

"Talvez você tenha razão. Então, não vamos ser amigos. Vamos continuar sendo *adversários vitalícios afetuosamente ressentidos*."

Rafe meneou a cabeça. Quaisquer que fossem as missões especiais que seu irmão tinha desempenhado, ele era, em essência, um diplomata. Ninguém mais arrumaria quatro palavras grandiloquentes para dizer algo que uma palavra simples resumiria.

"Nós podemos chamar assim", Rafe disse. "*Ou* nós podemos apenas dizer *irmãos* para poupar saliva."

"Muito bem. Então seremos irmãos."

Capítulo Vinte e Sete

Oito anos, quatro meses e dezesseis dias depois de aceitar o pedido de casamento de Lorde Piers Brandon, Clio fez uma visita a ele em seu novo escritório na Casa dos Lordes.

"Ora, Ellingworth." Ao entrar, ela cumprimentou o buldogue ancião com um carinho na cabeça. "Você está tão em forma quanto um filhote."

"Entre", convidou Piers. "Sente-se."

Clio se acomodou em uma poltrona e tirou uma bolsinha de veludo de seu bolso.

"Primeiro isto. Não quero correr o risco de me esquecer." Ela despejou o conteúdo cintilante sobre a escrivaninha.

"Eu não preciso do anel", Piers disse. "Você deveria ficar com ele."

"Ficar?"

Clio olhou para a joia de ouro e rubi. E depois olhou para o cachorro.

"Um gesto magnânimo, meu lorde. Mas ainda assim um gesto que não posso aceitar."

Ele começou a protestar.

"Eu insisto." Ela o silenciou com uma mão aberta. "Eu não posso... de fato... e sinceramente... aceitar."

"Muito bem, então." Dando de ombros, ele pegou o anel e o colocou em uma gaveta com chave da escrivaninha e pegou um maço de papéis. "Sinto muito ter que pedir que você venha até Londres por isso."

"Não tem problema. Eu sei que você é ocupado, e eu tinha mesmo negócios em Londres."

Clio passou os olhos pelo escritório dele. Pilhas enormes de papéis, volumes de lei e registros parlamentares arrumados à espera da análise dele. Ele estava se jogando nesse novo papel com a típica dedicação e atenção a detalhes dos Granville. E ela tinha que admitir que aquele manto de autoridade lhe caía bem. Mesmo com os toques grisalhos no cabelo, ele estava mais atraente do que nunca. Ela imaginou que tipo de mulher poderia ameaçar a dedicação que ele tinha para com o dever. Clio se perguntou que segredos ele poderia contar a essa mulher durante a hora mais silenciosa da noite. Mas não cabia a Clio descobrir essas coisas. Não mais. Nunca coube, na verdade.

"Não estou tentando fazer você mudar de ideia, mas só por curiosidade", ele começou, "existe alguma coisa de diferente que eu poderia ter feito?"

Ela sorriu.

"Além de se ausentar do país por oito anos e de nunca ser honesto quanto aos seus objetivos?"

"Isso mesmo. Além disso."

Clio meneou a cabeça.

"Você só poderia ser você mesmo. E eu precisava crescer e me descobrir. Foi melhor assim."

A assinatura dos papéis foi bem amigável. Depois que eles terminaram, Piers se recostou na sua cadeira e a encarou.

"Então você tinha negócios na cidade. Relacionados à cervejaria?"

Ela aquiesceu.

"Estamos seguindo em frente. A plantação de lúpulo vai começar na primavera. A construção da estufa começa no mês que vem. Acabei de ver a planta com o arquiteto."

No fim, ela decidiu não converter a velha torre do castelo. O arquiteto tinha avaliado a estrutura como sólida o bastante, mas Clio não conseguiu se convencer a destruir o lugar favorito da região para namorar. Não depois que ela fez uma inspeção do local com o capataz e observou uma nova e notável adição aos grafites dos apaixonados.

$$RB+CW$$

Bem na parede. Gravado em pedra. Ele devia saber que ela veria. Clio se perguntava quando ele teria feito aquilo. Devia ter sido em algum momento depois do retorno de Piers. Mas podia ter sido logo depois do primeiro beijo dos dois. Será? Esperar pouco tempo por Rafe era mais difícil do que tinha sido esperar oito anos por Piers. Ela sentia falta de tudo dele – sua impaciência, sua delicadeza, sua força, seu toque, seu cheiro. Mas esses meses não foram tempo desperdiçado. Para se distrair, ela se jogou no trabalho, realizando mais em menos tempo do que qualquer um – incluindo ela própria – teria imaginado. Ela esperava que Rafe tivesse feito o mesmo.

"Como está seu irmão?"

Ela não conseguiu evitar de perguntar. Clio esperava que a pergunta que escapuliu de seus lábios tivesse soado leve e educada, e não carregada de emoções reprimidas.

"Está ótimo", Piers respondeu. Então, ele acrescentou, "Eu acho."

"Você *acha*?"

"Eu não o vejo há semanas. Ele está treinando outra vez."

"Oh. Ele está com uma luta marcada, então?"

"Parece que sim."

Uma pontada de expectativa cutucou seu coração.

"É com Dubose? Ele vai lutar para reconquistar o título?"

"Eu não sei. Mas outro dia eu recebi um folheto..." Remexeu em uma pilha de papéis sobre a escrivaninha até que encontrou o que procurava. "Ah. Aqui está."

Piers estendeu para ela o papel – um cartaz com o desenho de Rafe. Deus, só de olhar para o retrato dele ela sentia como se sua grande mão de boxeador entrasse em seu peito para mexer com seu coração.

Ela passou os olhos pelo texto enérgico do cartaz.

"Rafe Brandon... o Filho do Diabo... o confronto de sua vida... atrás da *Torre Torta* em Queensridge..."

Oh, céus. Ela acenou com o papel para Piers.

"Isto vai acontecer *hoje*, a quinze quilômetros de Londres. Vai começar dentro de poucas horas."

"É mesmo?"

"Sim!", ela disse. "Por que você está aqui? Não vai assistir à luta?"

"Eu... não tinha me programado."

"Mas você *tem* que ir." Clio levantou de sua cadeira. "Você *tem* que estar lá."

Sempre um verdadeiro cavalheiro, Piers também se levantou.

"Não vejo por que..."

"Você precisa ir", ela repetiu com firmeza. "Piers, ele enviou este cartaz para você por um motivo. Você é a família dele. Ele o quer lá." Ela viu o chapéu dele pendurado em um gancho na parede, e o pegou e enfiou na cabeça do ex-noivo. Depois, agarrando-o pelo braço, ela o puxou. "Nós vamos. Nós dois."

"Nós dois? Claro que não. Uma luta não é ambiente para uma dama."

"Tampouco o são uma cervejaria e o Parlamento, pelo que me disseram – e, no entanto, estive nesses dois lugares hoje mesmo. Depressa! Nós vamos chegar bem a tempo, mas só se sairmos agora."

"Por que você está tão decidida a fazer isso?", ele perguntou, franzindo a testa. "Por que a luta do canalha do meu irmão é importante para você?"

A pergunta pairou no ar por um momento.

"Porque eu o amo", ela disse, quebrando aquele silêncio pesado com as únicas palavras que possuíam força suficiente. "E você tem que vir comigo porque também o ama."

"Há quanto tempo você ama o meu irmão?"

Piers fez a pergunta enquanto a carruagem rangia pela Estrada Velha de Kent, em algum lugar perto de Gravesend. Como se estivessem apenas continuando a conversa que interromperam duas horas antes no escritório dele.

"Desde sempre, eu acho." Ela entrelaçou as mãos. "Mas só percebi recentemente."

A reação dele foi, como era de se imaginar, estoica. Clio não conseguia entender como Piers permanecia tão calmo em face às suas revelações. Muito menos diante daquele trânsito. Bom Deus, o ranger das carruagens e carroças na ponte teria causado apoplexia no cunhado dela. Até mesmo Clio tamborilava os dedos no assento e remexia os pés. O dia de outono estava ficando quente, e o calor não melhorava sua paciência.

A carruagem parou de repente.

"Por que paramos? É um pedágio?"

"A estrada está cheia de carruagens, daqui até a curva", Piers disse, esticando o pescoço. "Devemos estar perto."

Clio conferiu seu relógio. Quase meio-dia. Não havia tempo a perder. Ela levou a mão à maçaneta.

"Então vou fazer o resto do caminho a pé."

"Clio, espere!"

Ela riu enquanto abria a porta e escapava da carruagem. De todas as palavras fúteis para lhe dizer. *Clio, espere*. Ela não iria esperar nem mais um segundo. Piers a seguiu enquanto ela corria ao lado da estrada, passando por cima de uma cerca para cortar caminho através de um campo. O mato alto e impertinente se enroscava em seus sapatos e agarrava na bainha de sua saia.

Quando ela chegou à taverna, percebeu que a luta tinha atraído dezenas de espectadores. Talvez centenas. Todos se dirigiam como um cardume de peixes ao campo gramado atrás da estalagem. Ela levantou as saias e correu a distância que faltava, tentando abrir caminho em meio à multidão.

"Com licença, por favor. Com licença. Por favor, deixe-me passar."
Um homem pisou no pé dela.
Ela fechou o punho e o preparou.
"*Saia daí!*"
A última fileira de espectadores deu passagem e Clio surgiu na clareira do centro. Lá estava ele. *Era ele.* A menos de dez metros dela. Estava de costas para Clio, mas ela reconheceria aqueles ombros em qualquer lugar do mundo.

"Rafe!" Ela atravessou a clareira correndo. "Rafe, espere!"
Ele se virou, parando enquanto arrumava o punho da camisa, e franziu o rosto para ela.
"Clio. Você chegou cedo."
Cedo? Talvez Clio devesse ter se perguntado por que ele parecia estar esperando por ela, mas estava muito ocupada se sentindo aliviada por não ter chegado tarde. Era evidente que a luta ainda não estava para começar. A roupa dele era muito boa para boxear – casaca azul, gravata recém-engomada e um colete listrado de seda. E aquelas botas altas e reluzentes. Bom Deus, ele estava magnífico.

"O que você está fazendo?", ele perguntou, olhando por cima dela na direção da estrada. "Onde está meu ir..."
"Eu não..." Ela colocou a mão na barriga, tentado recuperar o fôlego. "Eu não vim para impedir você."
"Não?"
Ela negou com a cabeça.
"Eu não vou nem assistir, se você não quiser."
"Você... não vai."
Ela sacudiu a cabeça.
"Mas eu queria que você soubesse que estou aqui. Torcendo por você. Acreditando em você. Mais que tudo, eu preciso lhe mostrar isto."

Ela tirou um papel do bolso e o desdobrou, entregando-o para Rafe. "Vamos, dê uma olhada."

Ele fez o que ela pedia.

"É para a cervejaria", ela explicou. "Eu acabei de encomendar setecentos tonéis com esse desenho. Então é melhor você vencer. Eu odiaria ter que mudar tudo isso agora."

Ele leu a inscrição em voz alta.

"Champion Pale Ale."

"Você vai derrotá-lo, Rafe. Eu sei que vai. É o homem mais forte e valente que conheço. E o mais corajoso. Você apoiou meus sonhos. Eu acredito nos seus. Vá recuperar seu título."

Ele ficou quieto enquanto olhava fixamente para o papel. Durante instantes intermináveis.

"Você poderia..." Ela engoliu em seco, nervosa. "Poderia dizer alguma coisa? Ou fazer alguma coisa? Qualquer coisa, na verdade. Eu estou me sentindo muito sozinha, no momento."

Ele afastou uma mecha de cabelo do rosto dela, e a sensação a deixou sem fôlego de novo. Ela tinha ficado tanto tempo sem o toque dele.

"Você não está sozinha. Nunca vai estar." Dobrando o papel, ele acrescentou, "Eu acho que Champion Pale Ale é um belo nome. Só que... você vai ter que pedir ao Jack Dubose para endossá-la."

"Não, não. *Você* vai endossá-la. Você vai derrotar Dubose hoje."

"Isso vai ser difícil, já que ele não está aqui."

Ela não entendeu.

"Mas eu vi o cartaz. Dizia 'Veja Rafe Brandon encontrar seu oponente mais formidável. A luta de sua vida'. Quem mais poderia ser, se não Dubose?"

Aquele sorriso juvenil torceu os lábios dele.

"Quem, não é?"

Clio estava confusa. Ela recuou e girou, pela primeira vez olhando direito para tudo. O espaço era amplo e aberto, mas ela não via o adversário de Rafe em nenhum lugar. Os espectadores pareciam muito bem vestidos para uma luta e... Nossa. Que esquisito. Aquela era sua prima Elinor? O que ela estava fazendo em uma luta?

"Onde está o ringue?", ela perguntou, virando-se para ele. "Não tem ringue."

"Ah, mas hoje eu não preciso de ringue. Eu preciso disto aqui."

Ele enfiou a mão no bolso da casaca e tirou um anel brilhante de ouro, que equilibrou entre seus dedos enormes, polegar e indicador.

Um bolo se formou na garganta de Clio enquanto ela olhava para a joia. Três lindas esmeraldas verdes rodeadas por brilhantes menores.

"Você disse que sua cor favorita é verde. Espero que essa seja uma das verdades."

"Isso é para mim?"

"É tudo para você. O anel, os convidados, o cartaz. Desculpe, mas pensei que você já tinha sofrido bastante com preparativos de casamento. E eu não tive paciência para fazer convites formais."

O coração dela se agitou dentro do peito quando Clio começou a entender.

"Isto não é uma luta, então. É um casamento."

Ele aquiesceu.

"O nosso, eu espero."

Oh. Oh, aquele homem. Ela se sentiu sem ar.

"Não posso acreditar que você fez isso."

"Você disse que não se importava se o casamento fosse no meio de um campo. Desde que amasse o homem com quem estivesse se casando."

E ela o amava. Clio o amava tanto que era difícil respirar.

Ela olhou então para Piers, que só naquele momento a tinha alcançado.

"*Você sabia*", ela acusou. "Você sabia o tempo todo. Você é mesmo ardiloso."

Piers deu de ombros.

"Eu lhe devia um casamento, depois de tudo."

"Acredite em mim", Rafe disse, "você não conhece metade das emboscadas de que ele é capaz de planejar. Nós estamos trabalhando nisto há semanas. Ele ajudou a planejar tudo."

"Esse é o dever do padrinho", Piers disse.

Os dois trocaram um olhar de conspiração fraternal. Se Clio não estivesse tão feliz por vê-los se entendendo como irmãos, teria puxado a orelha deles por torturá-la daquele modo.

"Mas e quanto à luta? O campeonato?"

"Eu não parei de lutar", Rafe disse. "Mas Bruiser está negociando com o treinador do Dubose. Pode ser que nós cheguemos à conclusão de que podemos ganhar mais dinheiro com uma exibição."

"Uma exibição?"

"Uma série delas, na verdade. Campeão contra campeão. Seriam lutas de verdade, mas legais. Conduzidas em arenas de verdade. Com luvas e mais regras, de modo que fique menos perigoso."

Clio gostava do que estava ouvindo.

"E essa série de lutas de exibição precisaria de um patrocinador? Uma cervejaria nova, talvez?"

"Pode ser." Ele inclinou a cabeça, indicando a estalagem ao lado. "Agora vá lá para dentro. Daphne e Phoebe estão à sua espera, com o vestido e o buquê. O almoço de casamento também está esperando. Foi o Bruiser que planejou, então prepare-se para o pior. Mas eu mesmo providenciei o bolo."

"Que tipo de bolo?"

Ele se aproximou e encostou o rosto na orelha dela.

"Bolo de todos os tipos."

Ela não conseguiu segurar o riso.

"Clio, você é tudo para mim. É você quem consegue me desafiar, me igualar golpe a golpe, e me deixa querendo mais. Você me faz ser melhor. Eu quero passar o resto da minha vida fazendo o mesmo por você." Ele pegou a mão dela e colocou o anel em seu dedo. "Case comigo. Em um campo. Na frente de toda essa gente."

Ela olhou para o anel em seu dedo, com as esmeraldas reluzindo sob o sol do meio-dia. Então ergueu os olhos para ele, encarando aqueles olhos verdes tão intensos e cheios de amor.

Ela pôs sua mão na dele.

"O que nós estamos esperando?"

Epílogo

Vários meses depois...

Será que era ele?

De pé em sua sala de estar no Castelo Twill, Clio se aproximou da janela e olhou através do vidro.

Uma nuvem de poeira revolta apareceu no fim da trilha, e conforme se aproximava do castelo, a nuvem foi se transformando em um cavalo baio montado por um cavaleiro enigmático. Não podia ser outra pessoa.

Quando ele parou a montaria na entrada, Clio abriu a janela e acenou para ele.

Ele ergueu a mão para cumprimentá-la.

"Só vou guardar o cavalo."

Nossa, ele tinha estado fora três dias inteiros, visitando tavernas e estalagens para conseguir clientes. Ele pretendia mesmo deixá-la esperando por mais meia hora? Rafe se dirigia aos estábulos quando ela gritou para ele.

"Para variar, você pode deixar os cavalariços fazerem isso? Eu tenho uma coisa para você lá em cima."

"Muito bem, então." Ele fez uma reverência sugestiva. "Minha senhora é quem manda."

Ela estava pulando de impaciência dos passos lentos com os quais ele subiu a escada.

"O quarto é deste lado", ela chamou. "Não se perca. Siga o som da minha voz."

Ela só o estava provocando. Depois de vários meses morando no castelo, Rafe *sabia* o caminho até o quarto. Na verdade, desde a lua de mel eles tinham cavado uma trilha de tanto passar por ali. Ela teria que trocar o tapete do corredor em breve.

Quando chegou à porta, Rafe se deixou cair contra o batente, como se a beleza dela o tivesse deixado tonto. Um pequeno sorriso entortou os lábios dele enquanto ele a olhava de cima a baixo.

"Bem, esta é uma bela recepção."

"Eu tenho uma surpresa para você", ela disse, puxando-o para a antecâmara da suíte. "Três surpresas, na verdade."

"Meu dia está ficando cada vez melhor."

Ela o levou até uma mesa elegante, arrumada para dois com o que o castelo tinha de mais fino em porcelana, prataria e cristais.

"Agora, as surpresas. Esta é a primeira." Ela puxou um pano para revelar um pequeno barril de carvalho com torneira. "Esta é, oficialmente, a primeira produção de Champion Pale Ale. Está pronto para provar?"

"Sim, claro!" O sorriso dele ficou maior. "Isso é ótimo!"

"Não diga isso ainda. Pode estar horrível. O que pelo menos me deixa mais segura de que a segunda surpresa vai ser gostosa." Ela levantou uma reluzente tampa de prata, revelando um bolo com cobertura de caramelo e nozes. "O que é uma cerveja sem bolo?"

"Nesta casa?", ele perguntou. "Uma cerveja sem graça."

"Isso mesmo."

"Você disse que tinha uma terceira surpresa", ele disse.

"E tem. Mas é melhor deixarmos para depois que nós terminarmos com estas duas."

Sentando-se à mesa, Clio cortou uma fatia grossa para cada um. Rafe abriu a torneira do barril e serviu dois copos de cerveja.

"Estou nervosa", ela confessou, pegando o seu.

"A cor é boa." Ele segurou o copo contra a luz. "Não é turva."

Só havia um modo de avaliar. Ela reuniu coragem e levantou o copo.

"À Champion Pale Ale."

"À Champion Pale Ale", ele ecoou.

Seus copos se tocaram em um brinde. Então, cada um tomou um gole cauteloso.

Seguido por um silêncio pensativo.

"Não é... ruim", ele disse, afinal.

Ela riu.

"Também não é ótima. Mas é apenas nossa primeira tentativa. Isto aqui precisa ficar mais tempo no tonel. E da próxima vez, vamos mexer na receita." Ela bebeu mais um gole da cerveja. "Na verdade, quanto mais eu bebo, melhor ela fica."

"É engraçado, mas isso acontece mesmo."

Quando ela ergueu o copo outra vez, ele a segurou e a impediu de beber.

"Espere", ele disse. "Você tem certeza de que é saudável?"

Ela franziu a testa para o líquido em seu copo.

"Talvez não seja a melhor cerveja da Inglaterra – ainda. Mas tenho quase certeza de que não é venenosa."

"Não. Eu quero dizer, saudável para o... você sabe."

"Na verdade eu não sei", ela olhou confusa para ele.

"Não banque a inocente. A terceira surpresa, lembra? Eu suspeito o que seja."

"Suspeita?"

"Vamos lá, Clio. Você tem agido de forma muito misteriosa nos últimos quinze dias."

Rafe levantou de sua cadeira e rodeou a mesa, ajoelhando-se ao lado dela. Suas mãos envolveram sua cintura, virando-a para ele, que acariciou seu rosto.

"Estou vendo as mudanças em você", ele disse. "Você fica corada com um novo tom de rosa. Rosa-bebê."

Oh, céus. Ele achava que ela...

"Rafe..."

"Não se preocupe", ele disse. "Sei que nós dissemos que iríamos esperar um ano ou mais, até eu acabar as exibições e a cervejaria estar de pé. Mas não me importo que aconteça antes. Na verdade, eu..." Os olhos verdes dele encararam os dela. "Clio, estou tão..."

Ele nunca terminou essa frase. Mas conseguiu transmitir o que queria dizer quando tomou a sua boca em um beijo apaixonado.

Rafe estava tão feliz. Profunda e verdadeiramente apaixonado. E ela também.

Quando seus lábios se encontraram, um suspiro lânguido escapou da garganta dela. O gosto dele era de cerveja, e o cheiro tinha aquela mistura familiar de couro e gaultéria. Ela sentiu tanta falta dele, e Rafe voltou para casa na hora certa – seu cheiro tinha quase desaparecido da camisa usada com que Clio dormiu na noite anterior. Ela passou os dedos pelo cabelo dele e o puxou para mais perto. Mas ainda que estivesse gostando de receber toda aquela atenção do marido, Clio começou a se sentir um pouco culpada. Havia mais alguém naquela sala, que ficava cada vez mais ansioso enquanto aquele interlúdio se prolongava.

"Eu tinha percebido uma mudança em você", ele murmurou e descreveu uma trilha sinuosa com a língua no pescoço dela. "Até seu gosto está diferente. Mais doce."

"Rafe." Ela quase não segurou a risada.

"Hummm." Rafe mordiscou levemente o lóbulo da orelha dela.

"Eu tenho que lhe contar uma coisa."

"Você está carregando meu filho. Eu sei, amor. Eu sei."

"Eu..." Ela engasgou de prazer com os dentes dele em sua orelha. "Mas não estou. Eu não estou carregando seu filho."

"O quê?" Ele puxou a cabeça para trás e sua testa roçou o queixo dela. "Não está?"

"Não." Ela sorriu. "Estou carregando seu cachorro."

A expressão de espanto no rosto dele... Oh, foi impagável. Com pena dele, ela levantou de sua cadeira e foi pegar a cesta que tinha escondido debaixo da cama. Quando ela retirou a cobertura, de dentro saiu um filhote. Um filhote de buldogue, com nariz preto achatado e uma pelagem que parecia veludo.

"Está vendo?", ela disse. "Esta é sua terceira surpresa. Este fofinho completa nove semanas hoje. Acabou de desmamar."

Ela colocou o pacote de rugas marrom nos braços dele.

"Um cachorro!", ele exclamou, olhando para o cãozinho.

"Isso."

"Não tem bebê..."

"Ainda não. Ah, e agora você ficou decepcionado." Ela pôs a mão no rosto dele. "Eu não deveria ter tentado esconder isso de você."

"Não estou decepcionado. É só que..." O cachorrinho lambeu e mordeu o polegar dele. "Você fez uma surpresa de verdade."

"Que bom." Ela sorriu.

"Ele já tem nome?", Rafe perguntou.

"Ainda não."

Ele refletiu por um instante enquanto coçava a orelha do filhote.

"Acho que poderia ser Campeão, mas parece um pouco óbvio."

"Concordo", ela disse. "Um campeão na casa é suficiente. O nome certo vai vir naturalmente."

Em pouco tempo o filhote pegou no sono sobre uma das almofadas verde-esmeralda de Clio. Rafe insistia em dizer que ainda iria achar utilidade para todas aquelas vinte coisas.

Eles ficaram sentados no chão, com as costas apoiadas na parede, tomando cerveja e se divertindo com os roncos delicados do buldogue.

Clio inclinou a cabeça.

"Eu acho que nós devemos chamá-lo de Diabo."

"Diabo? *Isto* aqui?" Rindo, ele passou a mão pelas rugas aveludadas. "Por quê?"

"Porque você é o Filho do Diabo. E já ficou claro que esse filhote o conquistou, de coração e alma."

"Está com ciúme?" Rafe nem mesmo tentou negar.

"Não me importo de dividir. Você é tão grande que tem bastante aí para a gente compartilhar."

Ele não era só grande de corpo – Rafe também tinha o maior e mais leal coração. Ela sabia que aquele homem tinha amor suficiente dentro dele para uma esposa, um irmão, algumas cunhadas, amigos, um cachorrinho... e ainda sobrava.

"Posso perguntar uma coisa?" Clio apertou a mão dele.

"Qualquer coisa."

"Quando você disse que não se importaria se tivéssemos um filho logo, estava sendo sincero?"

Rafe colocou a cerveja de lado e se levantou. Então, abaixando-se, ele a pegou nos braços, levantando-a do chão e a carregou para a cama.

"Vou lhe mostrar o que é sinceridade."

Agradecimentos

Muitas pessoas inteligentes e talentosas ajudaram a fazer este livro acontecer. Eu sou muito grata à minha brilhante editora, Tessa Woodward; ao meu agente fantástico, Steve Axelrod; a todas as pessoas maravilhosas da Avon Books/HarperCollins e à extraordinária editora de texto Martha Trachtenberg.

Meu muito obrigada a Courtney, Carey, Leigh, Bren, Bree, Susan, Laura, Karen e todos do Círculo Anônimo pela amizade valiosíssima, pelos abraços e apoio. Sou devedora dos seguintes amigos, por compartilharem comigo sua experiência e seu conhecimento: Brenna Aubrey, Jeri Smith-Ready e Greg Nagel. Obrigada, Diana e Carrie, pelo bálsamo, e muito obrigada a Larimar por seu anel insubstituível.

Para minha família maravilhosa, que aguentaram tanta ansiedade artística e comida de delivery – amo vocês.

E como sempre, agradeço às minhas leitoras. Eu gostaria de poder servir um pedaço de bolo a cada uma de vocês.

SÉRIE CASTLES EVER AFTER

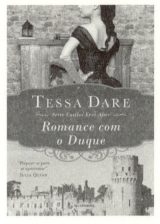

Romance com o Duque
Tessa Dare
Tradução de A C Reis

Izzy sempre sonhou em viver um conto de fadas. Mas, por ora, ela teria que se contentar com aquela história dramática.

A doce Isolde Ophelia Goodnight, filha de um escritor famoso, cresceu cercada por contos de fadas e histórias com finais felizes. Ela acreditava em destino, em sonhos e, principalmente, no amor verdadeiro. Amor como o de Cressida e Ulric, personagens principais do romance de seu pai.

Romântica, ela aguardava ansiosamente pelo clímax de sua vida, quando o seu herói apareceria para salvá-la das injustiças do mundo e ela descobriria que um beijo de amor verdadeiro é capaz de curar qualquer ferida.

Mas, à medida que foi crescendo e se tornando uma mulher adulta, Izzy percebeu que nenhum daqueles contos eram reais. Ela era um patinho feio que não se tornou um cisne, sapos não viram príncipes, e ninguém da nobreza veio resgatá-la quando ela ficou órfã de mãe e pai e viu todos os seus bens serem transferidos para outra pessoa.

Até que sua história tem uma reviravolta: Izzy descobre que herdou um castelo em ruínas, provavelmente abandonado, em uma cidade distante. O que ela não imaginava é que aquele castelo já vinha com um duque...

SÉRIE SPINDLE COVE

Uma noite para se entregar
Tessa Dare
Tradução de A C Reis

Spindle Cove é o destino de certos tipos de jovens mulheres: bem-nascidas, delicadas, tímidas, que não se adaptaram ao casamento ou que se desencantaram com ele, ou então as que se encantaram demais com o homem errado. Susanna Finch, a linda e extremamente inteligente filha única do Conselheiro Real, Sir Lewis Finch, é a anfitriã da vila. Ela lidera as jovens que lá vivem, defendendo-as com unhas e dentes, pois tem o compromisso de transformá-las em grandes mulheres, descobrindo e desenvolvendo seus talentos. O lugar é bastante pacato, até o dia em que chega o tenente-coronel do Exército Britânico, Victor Bramwell. O forte homem viu sua vida despedaçar-se quando uma bala de chumbo atravessou seu joelho enquanto defendia a Inglaterra na guerra contra Napoleão. Como sabe que Sir Lewis Finch é o único que pode devolver seu comando, vai pedir sua ajuda. Porém, em vez disso, ganha um título não solicitado de lorde, um castelo que não queria, e a missão de reunir um grupo de homens da região, equipá-los, armá-los e treiná-los para estabelecer uma milícia respeitável. Susanna não quer aquele homem invadindo sua tranquila vida, mas Bramwell não está disposto a desistir de conseguir o que deseja. Então os dois se preparam para se enfrentar e iniciar uma intensa batalha! O que ambos não imaginam é que a mesma força que os repele pode se transformar em uma atração incontrolável.

Uma semana para se perder
Tessa Dare
Tradução de A C Reis

O que pode acontecer quando um canalha decide acompanhar uma mulher inteligente em uma viagem? A bela e inteligente geóloga Minerva Highwood, uma das solteiras convictas de Spindle Cove, precisa ir à Escócia para apresentar uma grande descoberta em um importante simpósio. Mas para que isso aconteça, ela precisará encontrar alguém que a leve. Colin Sandhurst Payne, o Lorde Payne, um libertino de primeira, gostaria de estar em qualquer lugar – exceto em Spindle Cove. Minerva decide, então, que ele é a pessoa ideal para embarcar com ela em sua aventura. Mas como uma mulher solteira poderia viajar acompanhada por um homem sem reputação?

Esses parceiros improváveis têm uma semana para convencer suas famílias de que estão apaixonados, forjar uma fuga, correr de bandidos armados, sobreviver aos seus piores pesadelos e viajar 400 milhas sem se matar. Tudo isso dividindo uma pequena carruagem de dia e compartilhando uma cama menor ainda à noite. Mas durante essa conturbada convivência, Colin revela um caráter muito mais profundo que seu exterior jovial, e Minerva prova que a concha em que vive esconde uma bela e brilhante alma.

Talvez uma semana seja tempo suficiente para encontrarem um mundo de problemas. Ou, quem sabe, um amor eterno.

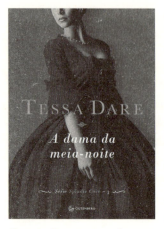

A dama da meia-noite
Tessa Dare
Tradução de A C Reis

Pode um amor avassalador apagar as marcas de um passado sombrio?

Após anos lutando por sua vida, a doce professora de piano Srta. Kate Taylor encontrou um lar e amizades eternas em Spindle Cove. Mas seu coração nunca parou de buscar desesperadamente a verdade sobre o seu passado. Em seu rosto, uma mancha cor-de-vinho é a única marca que ela possui de seu nascimento. Não há documentos, pistas, nem ao menos lembranças…

Depois de uma visita desanimadora a sua ex-professora, que se recusa a dizer qualquer coisa para Kate, ela conta apenas com a bondade de um morador de Spindle Cove – o misterioso, frio e brutalmente lindo, Cabo Thorne – para voltar para casa em segurança. Embora Kate inicialmente sinta-se intimidada por sua escolta, uma atração mútua faísca entre os dois durante a viagem. Ao chegar de volta à pensão onde mora, Kate fica surpresa ao encontrar um grupo de aristocratas que afirma ser sua família. Extremamente desconfiado, Thorne propõe um noivado fictício à Kate, permitindo-lhe ficar ao seu lado para protegê-la e descobrir as reais intenções daquela família. Mas o noivado falso traz à tona sentimentos genuínos, assim como respostas às perguntas de Kate.

Acostumado a combates e campos de batalha, Thorne se vê na pior guerra que poderia imaginar. Ele guarda um segredo sobre Kate e fará de tudo para protegê-la de qualquer mal que se atreva a atravessar seu caminho, seja uma suposta família oportunista… ou até ele mesmo.

A Bela e o Ferreiro
Novela da Série Spindle Cove
Tessa Dare
Tradução de A C Reis

Diana não precisava mais temer suas próprias emoções. Ela queria viver intensamente. E iria começar nessa noite.

Diana Highwood estava destinada a ter um casamento perfeito, digno de flores, seda, ouro e, no mínimo, com um duque ou um marquês. Isso era o que sua mãe, a Sra. Highwood, declarava, planejando toda a vida da filha com base na certeza de que ela conquistaria o coração de um nobre.

Entretanto, o amor encontra Diana no local mais inesperado. Não nos bailes de debute em Londres, ou em carruagens, castelos e vales verdejantes... O homem por quem ela se apaixona é forte como ferro, belo como ouro e quente como brasa. E está em uma ferraria...

Envolvida em uma paixão proibida, a doce e frágil Diana está disposta a abandonar todas as suas chances de um casamento aristocrático para viver esse grande amor com Aaron Dawes e, finalmente, ter uma vida livre! Livre para fazer suas próprias escolhas e parar de viver sob a sombra dos desejos de sua mãe.

Há, enfim, uma fagulha de esperança para uma vida plena e feliz. Mas serão um pobre ferreiro e sua forja o "felizes para sempre" de uma mulher que poderia ter qualquer coisa? Será que ambos estarão dispostos a arriscar tudo pelo amor e o desejo?

Este livro foi composto com tipografia Electra e impresso
em papel Off-White 70 g/m² na gráfica Assahi.